LAOBING

LIEZHUAN

# 老兵列传

张光辉 著

我们经常夜不能寐，寻找这些爱唱军歌、爱穿军装的军人的军魂，突然有一天，我们惊呼找到了，他们半个世纪的故事集中体现了两个字：忠诚。我们之所以被感动是因为忠诚呀！

时代呼唤老兵精神，兵团需要老兵精神。

新疆生产建设兵团出版社

**图书在版编目（CIP）数据**

老兵列传 / 张光辉著 . — 五家渠 : 新疆生产建设兵团
出版社，2022.11（2024.4重印）
　ISBN 978-7-5574-1982-0

　Ⅰ.①老… Ⅱ.①张… Ⅲ.①纪实文学—作品集—中
国—当代 Ⅳ.①I25

中国版本图书馆CIP数据核字（2022）第162225号

责任编辑：李书群　　　责任校对：王学得　　　封面设计：王　洋

**老兵列传**
LAOBING LIEZHUAN

出版/新疆生产建设兵团出版社
印刷/永清县晔盛亚胶印有限公司
版次：2022年11月第1版　　　　　　　印次：2024年4月第2次印刷
开本：787毫米×1092毫米　16开　　　印张：24.5　字数：300千字

新疆生产建设兵团出版社
ISBN 978-7-5574-1982-0　定价：98.00元
邮购地址 831300 新疆五家渠市迎宾路619号
电话：0994-5677116　0994-5677185
传真：0994-5677519

# 自　序

## 兵团需要老兵精神

2007年的那次采访让我刻骨铭心，让我心灵震撼。

我采访的是一个群体，是半个世纪前肩负着军人的使命，奉命穿越塔克拉玛干大沙漠；解放和田后，又奉命建设和田的兵团第十四师四十七团老战士。在15天的采访中，我认识了军人，听到了军歌，感受到了军魂。

我的父母都是军人出身，他们是兵团第一代创业者。我去过不少团场，采访过不少老兵，但唯独那次在四十七团采访，我才真正认识了这些军人。在四十七团游憩于广场或街道上，你能经常看到拄着拐杖白发苍苍的老人，虽然他们的背是弯的，步履是蹒跚的，但你准能一眼看出他们是军人。这并不仅仅因为他们穿着一身黄军装，主要是他们浑身上下透出一种军人的气质，军人的"骨质"，军人的"精气神"。

59年前，这个群体有1803人，现在在和田的也就二三十人，他们大多住在四十七团老干所，用他们的话说，自参军入伍的那天起，就没有离开过部队，一班岗站了一生，一身军装穿了一生。四十七团就是他们的部队，他们是四十七团的战士。

这些老人，如今都已七八十岁了，有些糊涂得"出了家门就找不回了"，但只要问他是哪个部队的，他立即会以一个军人标准的语气回答出一长串部队的番号。部队的番号如同生命，在他们的心里扎了根。这些老人一生节俭，都是一分钱掰成两半花的人，但买军装一点都不吝啬，有人甚至专程到和田军分区军人服务社买军装穿，在他们眼里，军装是一个战士的标志。每年春节、八一建军节，有不少领导来慰问他们，哪年哪位领导给他们带来了军大衣，他们都记得，在他们眼里，这是最珍贵的礼物。

方阵，最能体现军人的气质，当年这支部队进阿克苏城、和田城时，他们是排着方阵。在四十七团，他们建设的条田是方阵。甚至他们的归宿地——"三八线"也是方阵，这是一条宽300米、长800米的"方阵"，军人的墓地就得起个具有军人色彩的名字，战士们思来想去，想起了抗美援朝时的"三八线"。在这里，坟头排列有序，就如排列的方阵在前进，这里有营长、连长、排长……"就差司号员了。"

他们生前是军人，死后仍然是军人。

在四十七团，具有军人烙印的不仅是男人，就连20世纪50年代参军的那些湖南、山东女兵——如今的老太太们，身上也有军人的痕迹。她们至今都珍藏着"中国人民解放军"胸章，家里还保存着挑了一辈子沙的扁担。她们说，那一座座沙包，就是我们用扁担挑走的，扁担是我们屯垦戍边的武器。一位1952年参军的女兵，说了一句让我一生都忘不了的话："四十七团条田里有我们的手印子。"那是一双手指弯曲、骨节突出、粗糙如砂纸的手。是的，兵团绿洲不仅有我们父辈的脚印子，还有我们母亲的手印子，那如同指纹般的阡陌、林网、渠系……就是放大的手印子呀。

这些女兵说，我们是军人，死后也去"三八线"，和老头子一道开荒、种地、守边关。

哟，月上昆仑更迷人。

四十七团老战士爱唱军歌，采访时讲到动情处，他们都会唱一首军歌。半个世纪过去了，他们仍清晰地记得那一句句歌词。他们是唱着这些军歌穿越塔克拉玛干大沙漠的，是唱着这些军歌开荒造田的。有一年，老战士到石河子参观，在王震司令员的铜像前，他们排成方阵，向司令员报告完成屯垦戍边任务的情况，报告完毕后，他们不忘向司令员唱了一首军歌。这次采访，我听了不少军歌。被誉为"战士歌手"的张远发在接受采访的几个小时里，为我们唱了3首军歌。在李炳清家采访时，他没顾上给我们唱军歌，晚饭后，老两口摸黑来到团招待所为我们唱军歌。见我们兴致勃勃地在记，就唱一句停顿一下，见我们记下来后，他们再唱。等我们记完了，他俩再从头到尾唱一遍，生怕我们记错或漏记。那副认真的劲头令人感动。

在15天的时间里，我们共采访了50余人。在众多的故事中，我们对两件事曾有疑问，一是在穿越塔克拉玛干大沙漠前和穿越中，战士们是否犹豫退缩过；二是在部队整编时，不少人被分配到生产部队，是否有过情绪。第一个疑问产生于"这毕竟是一次生死的关头"。因为那时他们也听到不少关于塔克拉玛干的传说，什么"进去出不来""死亡之海"等等，但回答是众口一词："没有犹豫退缩"。他们甚至还清楚地记得当时在请战书上写的原话：

"什么进去出不来，我们是人民解放军，既然进得去，就能出得来。"

"不能让和田人民多受一天苦，我们要抢时间，早日解放和田。"

"徒步进和田，红旗插上昆仑山。"

我们折服了，只有被死亡吓不倒的军队才能穿越"死亡之海"。

我以前看过斯文·赫定的不少探险游记，印象最深的是他的探险队在穿行塔克拉玛干大沙漠时的那种气氛：死寂、恐惧、绝望……因为这是死亡之旅，是走着走着就倒毙的穿行。

而老战士讲述的穿越，是一次充满革命乐观主义和爱国主义的大行军，也只有这样大无畏的军队才能做到。与死寂、恐惧、绝望形成强烈对比的是整个穿行过程中，部队表现出一种积极、乐观、坚定而无畏的精神，如果不是事实，你很难想象到，在穿越塔克拉玛干大沙漠的队伍里，会出现讲故事、做游戏、看报纸、听快板，甚至创作诗歌的"文化现象"，这种"文化现象"既是一种凝聚力，更是一种战斗力的体现。

当老战士给我们讲述部队整编前，一些战士为了能到生产部队，站一辈子岗，穿一辈子军装，夜里悄悄将右手食指砍掉……

当老战士给我们讲述团政委黄诚在十五团动员大会上一动员，台下战士发出雷鸣般的喊声：

"一切行动听指挥，党指向哪，就打到哪。"

"走，跟着毛泽东走。"

听到这里，我们羞愧难当，我们不该用当下世俗的心态向老战士提出那样的疑问，这是一支铁军，他们是纯净得没有丁点瑕疵的军人呀！

采访进行到一半，我们被感动得不能自已，整理采访笔记时，我们常常控制不住地流泪，有时右手抖得无法握笔。我们经常夜不能寐，寻找这些爱唱军歌、爱穿军装的军人的军魂，突然有一天，我们惊呼找到了，他们半个世纪的故事集中体现了两个字：忠诚。我们之所以被感动是因为忠诚呀！

时代呼唤老兵精神，兵团需要老兵精神。

此文刊发于2008年4月27日《兵团日报》

# 目 录

# 郭鹏：一千块大洋烧毁一座花桥

郭鹏　时任红六军团十七师五十一团团长，后任新疆军区副司令员，兰州军区副司令员、顾问。

红六军团从甘溪突围后，在一个叫铅厂坝的小镇与贺龙领导的红三军汇合，红三军恢复了红二军的番号，从此，红二军团和红六军团这两支红军部队就结伴踏上了长征之路。部队终于摆脱了敌人围攻，来到永顺县城得以休整。两天后，红军部队发现了敌情：有1万多敌人向永顺县城扑来。二军团的贺龙与六军团的萧克、王震研究作战方案，计划狠狠打击来犯之敌。

永顺县河面上有一座建造得很漂亮的花桥，为了阻止敌人进犯并切断敌人的退路，贺龙命令六军团十七师五十一团团长郭鹏执行烧桥任务。贺龙命令道："你去军团供给部领1000块大洋送到县商会会长家里去。"郭鹏团长十分不解，烧桥怎么还要领1000块大洋，但还是执行了命令。永顺县商会会长是个84岁的老人，他看着送来的1000块大洋，大惑不解，就让人挑着大洋来找贺龙。他支支吾吾地说："自古以来，军队打仗都是老百姓掏钱，你们红军烧桥怎么还给1000块大洋。这钱我老头子不敢收。"贺龙笑着解释道："这座花桥是县里的重要交通要道，红军为了阻击国民党军，只能烧了这座花桥，但战斗结束后，红军委托你负责用这1000块大洋再造一座花桥，我找人预算过，1000块大洋造这样一座花桥够用了。"听贺龙这么一说，商会会长摸着雪白的胡须感慨道："从古到今，也只有红军这么替老百姓着想。"

就在五十一团战士要动手烧桥时，县城一些老百姓涌上桥头，央求红军不要烧了花桥，当时场面有些混乱。军团政委王震不知发生了什么事，就过来询问，老百姓说，我们平时都在桥面上摆摊做小生意，红军把桥烧了，可在新桥造好前，我们的生意就做不成了？王震立刻命令五十一团想办法弥补老百姓的损失。五十一团只好派人再去军团供给部领大洋，供给部回答已将全部1000块大洋给了你们。郭鹏说，军团没有大洋，那就大家凑吧，反正不能让老百姓受损失。就这样，全团官兵将身上的大洋全部拿出来，一共凑了200块，分发给了做生意的老百姓。可花桥刚一点着，事情又发生了，一些围观的老百姓有的往桥上冲，有的往河里跳，原来，县里的一些大户为防不测，将家里的金银细软和烟土藏在桥面下的缝隙里，桥一燃烧，这些东西纷纷落入河里，人们见了就去哄抢。

不一会儿，敌人的枪声响了，可他们看到的是一座没有桥面的桥墩，负责诱敌的五十一团朝敌人放了两枪，大摇大摆地走了。

这是红二军和红六军团汇合后打的第一仗，陷入红军包围圈的敌人完全丧失了斗志，落荒而逃，敌人在前面跑，红军战士在后面追，五十一团的红军战士大喊，县城没有桥了，看他们往哪里逃。果然，逃到只剩桥墩而没有桥面的河边后，敌人只能举起双手做了俘虏。这一仗，红军共俘虏敌人2000多人，缴获枪支2000多支。

手记

"从古到今，也只有红军这么替老百姓着想。"84岁的商会会长说出当时百姓的心声。那时的红军就是这么做的，打仗也不能让老百姓受损失。

无独有偶，1949年王震率领一兵团进入新疆前，毛主席告诫王震说要多为新疆各族人民办好事。一兵团二军六师十八团在修建十八团渠时，就遇到了渠道要经过维吾尔族老乡马木提的果园，部队没有钱补偿马木提。按照王震司令员关于部队生产绝对不侵犯群众利益，更要遵守少数民族的意愿的指示，部队修改了设计图纸，拐了个大弯，还便于马木提用水灌溉。此事感动了乡亲们，他们议论说："要在国民党那个时候，马木提的果园还不是毁掉当柴烧啦……"从中国工农红军红六军团到中国人民解放军一兵团，这一支部队从弱到强，各方面都发生了巨大的变化，但"为人民服务"的宗旨没有变，这也是这支部队在战争年代能打胜仗，和平年代能屯垦戍边的法宝之一。

# 晏福生：简短动员会和"默哀三分钟"

晏福生　红六军团十六师政委（后任三五九旅七
一七团政委）。

1935年11月，红六军团十六师占领了锡矿山，
当时守矿的200名矿警和保安团还没见到红军的影子
就逃之夭夭。红军一到矿山就做起群众工作，政委晏
福生站在高处举起那支健在的胳膊（战争使他失去了
一只胳膊）慷慨激昂地喊道："……矿山老板不出力，
却养得肥头大耳，成天吃喝玩乐；而你们呢，成天在
矿山干着牛马一样的苦力，连肚子都吃不饱，瘦成了
一把骨头，这是为什么？这是因为矿山老板在压迫剥
削你们，是你们的血汗养活了他们，我们只有团结起
来，跟着红军干革命，打倒这些土豪劣绅和矿主，推
翻这种人剥削人的制度，跟着红军去过有活干、有衣
穿的好日子。"晏福生深知老百姓，他用这种极为简
单的话语就说明了一番大道理，这番话正好说到矿工

的心坎里了。矿工和百姓群情激昂，在红军宣传干部的带领下，喊着："打土豪，分田地""跟着红军干革命"的口号。有矿工反映：红军来之前，矿主就将财产转移或埋入了地下。晏福生就大声喊道："工友们，你们熟悉矿上的情况，咱们去找原本就属于你们的财产。"可矿主的财产都藏匿在地下，到哪找呢。这时就有矿工想出了办法：咱们担着水，发现可疑的地方就往地上浇水，水渗下去了，说明土是虚的，地下肯定有东西。此法果然灵验，一连挖出了好几个窝藏点。在矿主家的院子里，红军挖出了用煤油桶装着的大洋，有稻谷和衣物，红军将这些财物低价出售给矿工，一块大洋就可往家挑回一担稻谷，如果没有钱说明情况后也可以挑，无儿无女的家庭，红军战士帮着送到家里去。一时间，矿上就像过节一样，挑粮人满脸笑容，脚下生风。

矿工不但分到了财产，还懂得了阶级压迫和阶级反抗的革命道理，这是红六军团最大的收获。

红二方面军强渡渭河时，红六军团十六师担任后卫负责掩护军团机关和其他部队渡河。这是一场残酷的战斗，十六师与人数多于己几倍、武器精锐的敌人展开了力量悬殊的拉锯战，师长牺牲，师参谋长、政治部主任负伤，就在师政委晏福生举着驳壳枪指挥战斗时，一颗炮弹落在他的身边，晏福生被巨大的气浪高高抛起，随后又重重落到地上——他身负重伤。他清醒过来的第一件事就是从胸口处掏出电报密码本，交给警卫员，"你要安全地把密码本带出去。"然后，他将手中的驳壳枪交给一个战士，大声喊道："这把枪好使，你也带上，快，你们赶快突围。"警卫员和那个战士要背政委一起突围，但晏福生厉声喝道："背着我怎么能突围出去，你们好胳膊好腿的，革命需要你们。"他见两人不动，就又喊道："把我的驳壳枪给我，我毙了你们。"就这样，警卫员和那个战士将政委抬到一片草丛中藏匿后，突围出去了。过了渭河的军团政委王震听到晏政委身负重伤，没有过河，立即命令模范师师长刘连转带着一个小分队去寻找，当时战斗已经结束，河岸边到处都是红军和敌人的尸体，小分队没有找到晏福生，回到河对岸后，刘连转师长向王震政委做了汇报。王震脱下军帽，对身边的干部战士说："让我们为晏福生同志默哀三分钟。"话音刚落，只见晏福生身上背着几支步枪，摇摇晃晃向他们走来，大家齐声喊道："王政委，你看，那不是咱们的晏福生政委吗？"王震一看果然是他，大家一起跑过去将他紧紧抱住。王震大声笑道："晏福生，你的命真大，这可是第二次为你'默哀三分钟了'。"原来，在去年的一次战斗中，由于晏福生带人追击敌人追得太远，没有及时归队，大家都认为他牺牲了。可是一个多月后，几个老百姓找到六军团萧克军长，说有一个流浪汉要找萧军长，他已经走不动路了，是老百姓用门板将他抬来的。萧克心想流浪汉怎么知道我呢，一定是失散的战士，萧克让老乡赶紧将那人抬到军部来。这时，萧克军长看到一个蓬头垢面、衣不遮体的人躺在门板上，虽然还没看清那人的脸，但凭直觉，萧克立刻认出了这人就是晏福生，萧克一步跑上去，双手紧紧握住晏福生的手说："晏福生，你的命真大，知道吗，我们已经为你'默哀三分钟了'。"晏福生风趣地说："敌人还没有消灭，革命还没有成功，阎王爷还不忍心收咱们呢!"在场同志破涕为笑。

手记

人常说，死过两回了。意思是经过大灾大难，死而复生。在工农红军的历史上就有这样的事。看了"为晏福生默哀三分钟"，内心再也无法抑制波涛一般涌起的震撼，新中国就是无数这样的红军、八路军、解放军流血牺牲建立的。新中国来之不易呀!

晏福生，长征时，红六军团十六师政委;在南泥湾大生产运动时，他是三五九旅七一七团（今四师七十二团）政委。就是这个只有一只胳膊的、"死过两回"的人，一马当先去开荒种地。

笔者在《把南泥湾的种子撒遍伊犁河谷》一文中对七一七团政委晏福生有这样叙述:在战斗中失去了一只胳膊。可独臂政委仍然积极参加开荒，不能抢镢头挖地，他就半夜起来到山上烧荒，等开荒的战士来了，他又赶紧跑到伙房给大家伙儿烧开水，然后挑着担子送水。他特意让铁匠给自己打了一把小锄头，锄草时，这把小锄头可派上了用场。1942年，他被评为"生产英雄"，毛主席在给22名"生产英雄"题词中就有给晏福生的题词，毛主席给他的题词是："坚决执行屯田政策"。

# 红军战士："七仙女"的故事

长征途中二十五军（今第五师前身）的"七仙女"是一个凄婉而又美丽的故事。

1934年11月16日，红二十五军近3000名指战员高举"中国工农红军北上抗日第二先遣队"的旗帜，开始了长征。在这支浩浩荡荡的队伍中有7名女战士，官兵们都亲切地称他们"七仙女"。她们是红军医院女看护周东屏、戴觉敏、余国清、田喜兰、曾纪兰、张桂香、曹宗楷。

部队天天行军打仗，有时一天急行军50公里，前面有敌人堵截，后面有敌人追击，在这种情况下部队无法保证这7名女战士的安全。有一天，医院政委动员她们留在当地，并给她们每人发了八块大洋。7位女战士一听说让她们离开部队，都哭了，一时不知怎么办才好。还是岁数稍大些的曾纪兰首先开口："我们不同意离开部队，我们要跟着部队走。"周东屏胆大活泼,她接着话茬说:"是呀,我们出来是参加革命的,难道让我们回去还当童养媳,我们坚决不离开部队,就是死,我们也要死在战场上。"说完,周东屏将手中的大洋摔在地上,其他6名女兵一看也学着样子将大洋摔在地上,齐声喊道:"不回,坚决不回。"

就在僵持不下时,副军长徐海东骑马过来了,见女战士与医院政委吵吵嚷嚷的就问道:"怎么回事。"医院政委一五一十将女战士不愿离开部队的事说了。徐海东略一沉思后说:"好吧,既然我们的女战士这么坚定,那就让她们跟随部队行军吧。"说着,他将手中的马鞭往前方一指:"快追赶部队吧。"女兵们高兴得欢呼雀跃,她们对徐军长保证道:"我们绝不会拖部队的后腿,相信我们。"

"七仙女"没有食言。部队行军时,为了防止掉队,她们就用绑腿带当绳子,一个一个拽着绳子往前走,她们白天边行军边采药,宿营时就熬药给伤病员敷伤口,都争着看护伤病员。她们不但是医院的看护人员,而且还是长征途中的宣传员,部队每打下一座县城,她们就上台向老百姓宣传红军革命道理,动员群众打土豪分田地,号召青年参加红军。她们将这些内容编成新词配上老调,连夜排练,然后登台演出。虽然她们并不擅长唱歌跳舞,但为了革命,她们现学现演,她们的节目老百姓特别爱看。

中国人民革命军事博物馆至今还陈列着一张"七仙女"的照片。

(根据资料改写)


手记

这7位女红军虽然没有在战场上用枪消灭敌人,但她们为红二十五军的长征胜利作出了重大贡献,部队行军她们跟着行军,部队宿营了,她们还要护理伤员,冒着危险去采药。每到一地,她们又是革命道理的宣传员,将革命道理用歌舞的形式表现出来,老百姓爱听,通俗易懂。

在兵团的历史上,也有不少女兵的传奇故事,"冰峰五姑娘""塔河五姑娘"

"全军第一个女拖拉机手""中国保尔"……翻开兵团英雄谱，创造兵团劳动纪录的竟然大都是女性，"玉米大王""水稻大王""甜菜大王""养猪大王""植树大王"……一顶顶桂冠全由她们摘取！

从红军长征的"七仙女"到兵团屯垦戍边的戈壁母亲，她们之间有着一样的红色基因。兵团历史是不可多得、不可再生的人文资源，是打上历史红色烙印的品牌，这是父辈留给我们后人的精神财富，在"文化+"的时代，这些精神财富也能变成物质财富，也能变成红色文化产业。怀旧是老年人的本能，励志是年轻人的追求。这都是需求，有需求就有市场，就能将红色基因变为红色品牌。

# 谭清林：跟着打旗兵往前走

翻阅中国工农红军长征路线图，你会被那密如蛛网、纵横交错的长征路线震撼。虽然这只是一张无言的平面图，但稍有些军事常识的人看到这幅图后，就不得不被这跨越人类几乎无法逾越的雪山草地的长征路线所震撼，就不得不被这支部队所表现出来的精神气概所折服。其实，这张路线图只是描绘了红军的一个大致的行军路线，真正的行军路线已不可能复原，远比图上所标示的路线复杂得多。进中有退，直中有曲，往往复复，一条赤水河就渡了四次。长征几乎是一次人类远征的极限，但共产党人领导的中国工农红军完成了，两万五千里的征途上，平均每三百米就有一名红军牺牲，可以说，长征路是用红军的鲜血染红的路，是用红军的身躯奠基的路。

《长征——前所未有的故事》作者索尔兹伯里在序言里的最后一句话是："阅读长征故事将使人们再

次认识到，人类精神一旦唤起，其威力是无穷无尽的。"英国传教士鲁道夫·阿尔弗雷德·勃沙特·比亚吉特评论道："中国红军那种令人惊异的热情，对新世界的追求和希望，对自己信仰的执著，是前所未闻的。"

埃德加·斯诺在《西行漫记》一书中记录了一些他自己都无法相信的数字：在367天的长征中，红军进行了300多次战斗，几乎每天一次遭遇战；平均每天行军35公里以上，翻越了18座山脉，渡过了24条河流；突破了10个地方军阀的封锁包围，打败了数倍于己的国民党中央军的围追堵截，征服了雪山、草地等极端恶劣的自然环境。

红三十一军九十一师（今第六师一〇三团前身）在过松潘大草地时，16岁的红军小战士谭清林用他手中的小红旗指引着部队向前进。

谭清林是个打旗兵。

红三十一军九十一师的一个连队过草地时，因草地茫茫无边，没有参照物，很容易迷失方向，全连前进的目标全靠打旗兵手中的那面小红旗。而先头部队行军过后都要为后续部队留下一节毛绒绳，谭清林就循着断断续续的毛绒绳前进。有一次，连队的前方不见了那面小红旗，原来是谭清林掉进了泥沼里，整个身子已深深陷进泥潭，但他的右手还举着那面小红旗。卫生员发现后就用一根木棍去拉谭清林，不料，自己也险些掉进泥潭里。这时只见一个大个子战士解下背包，将被子铺在草地上，再用两只步枪交叉着横在被子上，然后几个战士趴在被子上一起伸手去拉谭清林，这才将打旗兵谭清林救出来。

谭清林继续循着毛绒绳向前走。在一个暴雨天，前面的一条小河河水暴涨，先头部队在河中拉了一根铁丝，以便后续部队顺着铁丝过河。谭清林在举着红旗过河时，那根铁丝突然断了，瞬间，他弱小的身子就被湍急的河水卷走了。连长翻身上马去追赶他，并打马冲进河中。他一边驱马向谭清林靠拢，一边大声向他喊道："抓住马尾巴，一定要抓住马尾巴。"这时，岸上的红军看到，谭清林一手紧紧抓住那杆小红旗，一手一下拽住了马尾巴。浑身湿透的谭清林上了岸，吐了好一阵水，稍好后，又举着红旗向前走去。夜里，草地气温骤降，人们就躺在潮湿的草地上休息。这时，一位红军战士走到谭清林身边，在口袋里掏了半天才掏出一小块干姜，他用手抠了一点干姜末子，放到谭清林的茶缸里，说道："小谭，你烧点开水，喝点姜汤，暖暖身子，明天好有力气打旗。"第二天，谭清林起不来了，原来他的身下与泥水冻在了一起，几个红军过来一起拽他才将他拉起来。那晚，连队打旗兵就这么牺牲了——身体与草地紧紧连在了一起。

红旗象征着军魂，红旗不倒，军魂犹存，红旗猎猎，所向披靡。

（根据资料改写）

手记

长征之所以能胜利，根本原因是中国工农红军是一支有理想有信仰的部队，当兵打仗不只是为了自己填饱肚子，而是要解放千千万万像自己一样的受苦人。为理想而战，就不畏牺牲，就会义无反顾地冲锋陷阵。

长征部队的一面面小红旗就这样指引着部队越雪山，过草地，走过了两万五千里，终于到达陕北吴起镇、甘肃会宁。毛泽东曾对史无前例的长征总结道：长征是历史记录上的第一次，长征是宣言书，长征是宣传队，长征的播种机。

这6万余人的红军就是革命的火种，星星之火可以燎原，离开了井冈山革命苏区，又建立起了陕甘宁苏区，红军将长征精神和革命理想信念的火种带到了陕甘宁，又播撒到全中国，为全面抗战胜利奠定了精神基础。

历史已经证明，兵团是一支有着光荣传统和坚定理想信念的部队，一杆红旗从井冈山举到天山，80多年过去了，部队的番号更替多次，部队指战员换了一茬又一茬，但兵团人的红色基因始终如一，没有变，理想信念没有变，灵魂没有变，从井冈山精神到南泥湾精神再到兵团精神，兵团人传承弘扬了这三种精神，在全面建成社会主义现代化强国的进程中开始了又一次长征。

# 长征路上的"小扫把"

红二十五军是一支奇特的部队。说他奇特是因为部队战士大多是由不到18岁的青年组成，部队中还有不少十二三岁、甚至八九岁的娃娃。全军团营级干部很少有超过20岁的。一名叫匡书华的少年，他家被国民党军烧光了，家人也失散了，这个孩子就带着六七个和他一样无家可归的孩子投奔了红军。红军部队看这些孩子太小，没答应，但他们不离不弃，红军走到哪，他们就跟到哪，软磨硬泡的法子还真管用，红军收下了这些孩子。但匡书华个子实在太矮，岁数又小，部队就让他到炊事班帮忙，算是半个红军。有一次战斗中，炊事班班长牺牲，炊事班又缺人手，匡书华就自然成了炊事班的战士。

18岁的明道和是一位与红军失去联系的红军战士，有一次战斗中他身负重伤并掉队，后被一户百姓家收留。他的枪伤养好后，就天天盼着红军路过。恰好，有一次他的老部队红二十五军过来了，他就带着十几个放牛娃投奔了红军。一到二十五军他就说他是二十五军七十三师的战士，并说军政委在一次大会对战士说："我们红军就是一把大扫把，要把敌人扫个落花流水。"军长一下想起来了他确实说过这话，就对明道和说："好同志，你没有忘了自己是一名红军战士，现在你归队了，正好，你带来了一个班，你就当班长，现在你就是一把'小扫把'了，要把敌人扫个落花流水。"

就是这样的娃娃兵，在长征途中干出了一件大事。

红二十五军七十五师二二五团在一次战斗中，冲出敌人的包围圈到达乌鸡山，但敌人很快又追过来并采取拉网似的搜索。当时七十五师师长周希远就在二二五团，残酷的战斗和艰苦的环境消磨了他的斗志，他产生了投降敌人的念头。周希远召集营连干部，暗示与其这样疲于奔命，不如到对方吃香喝辣。二营政委李世煌听出了周希远的意图，就说："把部队带过来，免得被搜山的敌人发觉。"李世煌一回到营部就立即布置，带着营交通班和五连赶回周希远开会的地方。周希远问为什么这么长时间才回来？李世煌说听到敌人的枪声就绕道过来了，耽误了一点时间。然后，他一使眼色，他的战士一拥而上将周希远用绑腿带捆了个结结实实，然后用一根木棒抬着叛徒周希远到军长那去。路上，敌人搜山队过来了，双方距离只有30米，容不得考虑，李世煌又是向战士使了个眼色，几个战士就用刺刀将叛徒周希远捅死。李世煌向军长汇报后，军长吴焕发说："你们干得好，李世煌，从现在起你就是二二五团的政委。"

（根据资料改写）

手记

就是这些娃娃兵，嘴上说不出什么高深的革命理论，但心中装着坚定的理想信念，他们疾恶如仇，是非分明，不唯上，不唯命是从，这一点就是在今天都有着深刻的现实意义。

红军长征时，指挥员的平均年龄不足25岁，战士的平均年龄不足20岁，14岁至18岁的战士至少占到百分之四十。在二万五千里长征征途上，在国民党的围追堵截下，在自然环境异常艰苦条件下，红军队伍没有发生过一起成建制的投敌事件，哪怕是一个班的投敌。宁可饿死、冻死、战死，绝不屈服。在一次惨烈的战斗结束后，天已黑了，二十五军军长吴焕发重新召集打散的部队，军长看到除了牺牲的官兵外，没有一个人脱离部队，年轻军长对更年轻的官兵大声说："我们都是革命的坚定分子。"

# 一位红军战士：张吉兰
# 女扮男装追赶部队

1934年8月7日，已经在井冈山革命根据地转战近五年的红六军团就要离开这里了，中共中央和中革军委命令红六军团撤出根据地，以"最大限度地保存六军团的有生力量"，并运用游击战争"破坏湘敌逐渐紧缩湘赣苏区的计划及辅助中央苏区之作战"。红六军团从湘赣苏区突围战中最为惨烈的一仗要数甘溪镇战斗了。一位参加过此战的红军战士几十年后回忆道："……团长田清海牺牲后，二营营长代理团长指挥战斗；但是二营营长很快也牺牲了，于是三营营长接替指挥战斗……"

在战斗间隙，红六军团十七师五十团女战士张吉兰在掩埋战友尸体时，意外发现了丈夫的尸体。丈夫双目紧闭，整个脸庞都凝固着血，军帽虽然已是破了好几个洞，但那颗红五星依然灿烂如星。面对牺牲的丈夫，张吉兰没有嚎啕大哭，残酷的战斗已经使她几天都没有喝一口水了，嗓子火烧般的疼痛。她已经哭不出声了，只是紧闭着嘴唇，咬紧牙关，泪水从那双燃烧的眸子里流出来。战斗还要继续，经张吉兰的手不知埋葬了多少个战友的尸体了，她最后一次看了看丈夫，将丈夫脸上的血迹用衣袖擦干净，然后将她和丈夫最喜欢的那支牙刷插到丈夫的口袋里。掩埋了丈夫，张吉兰病倒了，身体虚弱得迈不动步子，部队转移时，五十团政治部主任将自己的马让给张吉兰。瘦得只剩一把骨头的张吉兰骑在马上摇摇晃晃就如一个竹篓子，她对主任说："广西人都说猴子会骑马，我现在像不像猴子。"几天后，张吉兰连趴在马背上的力气都没有了，部队只好将她隐藏在当地一户老百姓家里。经过一段时间的休养，张吉兰自觉身上有了些气力，"只要能走路就要去找红六军团"，她在心里暗暗发誓。可到哪去找红六军团呢？突然，她想出了一个办法：既然国民党军在追剿红军，那就跟着国民党军去找红六军团。张吉兰在一个山洞里将长发剪去，装扮成一个男人报名参加了国民党军。此法果然灵验，在一次追剿中，张吉兰看到了隐藏在草丛中的红军，特别是他们头上的一颗颗红五星。国民党的部队与红军部队就隔着一条小河，她再也控制不住自己激动的心情，没有丝毫犹豫，抱着步枪就跳进河中，她奋力向河对岸游去，向红军游去，快了，快了，她甚至可以看清河岸草丛中红军战士的面容了，就在她一只手抓住河岸一束青草时，身后响起了枪声。张吉兰张了张嘴，想喊一声，但她没能喊出来，身边河水顿时成了红色，她深情地望了最后一眼河岸上的红军战友后，抓着青草的手松开了，她沉入了河底。

从井冈山突围时，红六军团有7000多人，其中包括10名女性，张吉兰是唯一留下姓名的牺牲女战士。

（根据资料改写）


手记

2016年中国工农红军长征胜利80周年，我写了纪实文章《我们从哪里来》。文章是这么开头的：

"我们从哪里来？"兵团年轻人问父辈。

父辈总是用司令员王震将军的诗作答：

生在井冈山，

长在南泥湾。

转战数万里，

屯垦在天山。

看着"新疆生产建设兵团历史沿革示意图"，我心潮澎湃：兵团的历史源头可追溯到土地革命时期以井冈山为中心的湘赣苏区，可追溯到抗日战争时期以延安南泥湾为中心的陕北边区，还可领略到社会主义建设时期以两大沙漠边缘和千里边防线为战场的天山南北垦区。苏区、边区和垦区这三个关键词就是兵团苦难辉煌历程的丰碑。兵团第四师七十二团的前身是土地革命时期的红六军团；兵团第五师的前身是红二十五军七十五师二二五团；兵团第六师一〇三团的前身是红三十一军九十一师一部。

今年是中国工农红军长征胜利80周年，而兵团历史源头的红军部队在长征途中发生过很多感天动地的故事。

《我们从哪里来》的采访均是间接采访，是根据报刊资料写的，我从众多的红军长征故事中挑选出兵团前身的红军部队在长征前或长征中的故事，严格来说，这只是整理，不是撰写，但我内心还是颇感欣慰，因为这几个故事是散落在资料中，将它们挖掘整理出来，见诸报刊，也算我这个兵团后代做了一件事。

# 杜宏鉴：挑着电台过草地

杜宏鉴　时任红六军团十七师五十团的指导员。后任农一师政委。

在长征中的一次战斗中，红六军团十七师五十团指导员杜宏鉴的右腿和右手负伤，先是到后方医院养伤，后回到军团政治部边学习边疗伤。一天，部队行军到了芷江，军团政治部组织部的一位领导找到杜宏鉴，见他右手仍用绷带掉在胸前，显得有些犹豫。杜宏鉴猜想这位领导找他一定有重要事情，就说："有什么事你就说吧。"那位领导才说："是这样的，现在师无线电分队没有指导员，组织部考虑调你过去任指导员，可你的伤还没好呀，这可咋办？"杜宏鉴立刻回答道："行军靠的是腿，我的腿伤已经好了，行军没问题，请领导放心。"那位领导听杜宏鉴这样一说，才放下心来，说道："无线电分队是部队的耳目，没有了无线电联络，我们就成了瞎子聋子。无线电分队很重要，你能去赴任我们也就放心了。"

红六军团进入草地后，不久就断了粮。无线电分队没有马匹，几十斤重的无线电设备、甚至天线杆子全靠人扛肩挑。草地气候变化莫测，一会儿下雨，一会儿又下起了冰雹。但大家纷纷向党支部表示：与电台共存亡。没有粮食就挖野菜吃，一到宿营地，大家就去挖野菜，杜宏鉴是领导，他总是在忙完了与上级联络任务后，才提着布袋去挖野菜。同志们将野菜煮熟后就往嘴里塞，这是他们一天中唯一的食物了。杜宏鉴要求大家多拔些野菜，晚上用瓦片将野菜烘干，再将野菜装到布袋里，好在白天行军时吃。靠吃野菜战士身体哪能抗得住呀，有一天，一位挑电台的战士走着走着腿一软就坐到草地上了，人们还以为他是在休息呢，可好一会儿还不动，就过去拉他，这才发现他已经死了。要保证无线电分队与中央红军联络，就要想办法解决战士吃的问题，杜宏鉴召集党支部委员开会，让大家想办法解决粮食问题。最后，杜宏鉴决定由他带领几名有战斗经验的战士去找粮食。他们一行走了一天，在一个山坡上发现了一个土围子，他们迅速卧倒，观察地形，然后分别匍匐向前靠近。在空无一人的土围子里，他们意外发现有几百斤麦子，他们一时简直不敢相信自己的眼睛，用手一抓，确定无疑是麦子后，一阵狂喜——这可是救命的粮食呀。他们按价将大洋压在原处后，将粮食背回了草地。他们将这些麦子如数上交后，为了奖励他们，上级又将一部分麦子分配给无线电分队，他们每个人都分到了两碗麦子。于是，战士们将麦子在瓦片上炒熟后，装入干粮袋。

部队长征到了腊子口，杜宏鉴生病掉队了，在两当县城，因为没有药品和护理人员，他只能在原地等着救援。无线电分队安排了一位战士跟着他。杜宏鉴对那战士说，你去追赶部队吧，别管我了，等好些我就去找部队。那个战士坚定地说："指导员，我背你去找部队。"杜宏鉴心里明白，战士刚刚走出草地，哪有体力背他呀。他想了想后，从怀里掏出两块大洋，这是红军分伙食尾子的钱，他一直没舍得用。"这样吧，你用这两块大洋去找找人，看能不能帮忙抬我去找部队。"不一会儿，战士就领来两个老乡，他们抬着一个3米长的木梯做担架，就这样，老乡用木梯将杜宏鉴抬着找到了部队。

部队在过渭河时，国民党的飞机来轰炸，分队的一位姓金的报务员为了保护电台，献出了自己的生命。多少年后，已是一师政委的杜宏鉴在一篇文章中回忆到："在红六军团的长征中，我们分队就是这样克服行军、作战、断粮、疾病和敌机轰炸等艰难险阻，挑着沉重的电台和其他物件，涉水翻山，经过一年多的时间，终于在1936年10月的一天，到达甘肃省会宁，与中央红军胜利会师，保证了所有无线电设备的完整无缺，使它在戎马倥偬的抗日战争中，发挥了极大的作用。"

手记

历史是延续，是接力，是轮回，是传承，是薪尽火传，是继往开来……

看到文章中的红军战士饿着肚子挑着电台过草地，视电台比生命都重要，宁可牺牲生命也要用身体保护好电台，我就想起了同时这支部队到新疆后的一些故事。一兵团二军五师十五团（今四十七团，前身是红六军团十七师）1949年为了解放和田，穿越塔克拉玛干大沙漠时，1803名指战员，每人肩负1支步枪、1把刺刀、40发子弹、4颗手榴弹、1把圆锹，外加5公斤炒面和1个背包，正如战士所说："兵不兵，身上背着七十斤。"武器比生命都重要，在15天的强行军中，没有一个因负重而掉队的，不但如此，有的战士为了多背一颗炮弹，竟在夜里偷偷地将炮弹塞到自己的背包里。老战士王交角，牵着骡子从沙漠这头走到沙漠那头（792.5公里），他不但没有骑过一次骡子，见骡子累了，就从骡背上卸下辎重背到自己背上。

谁说故事像雪花一样，各有各的不同。我要说发生在红六军团前世今生的故事就是一脉相承。

# 王家范：难忘的皮带饭

王家范　五师师直干部，1933年参加红军。

　　部队进入草地已经半个月了，身上的粮食都吃完了。草地上根本找不到一点能充饥的东西。指导员胡朝昆出点子，让大家将炒面口袋放到锅里煮。其实，面口袋已经被倒腾几遍了，哪还有什么炒面。但战士们还是围着那口锅等着吃"口袋糊"。我们连坐的力气都没有了，肚子饿得疼，咕咕直叫。大家就躺在草地上。这时，连队通信员小云来了，他说指导员让班里派一人去连部开现场会。大家也不知开什么现场会，还以为是布置过草地的事。班长让我去了。还没到连部宿营地，就见不少战士正围着指导员看什么。只见胡指导员一边讲一边做示范。他说，你们看这是什么？大家说是手枪带。胡指导员说，你们只说对了一半，它是手枪皮带，但现在它是牛肉干，是能帮助红军走过草地的宝贵粮食。胡指导员见大家一脸茫然，就边说边用小刀将手枪皮带割成一截一截来，"皮带是牛皮做的，放到水里煮熟，那不就成了'牛肉'吗。这锅里还有煮熟的'牛肉'，大家尝尝。"有个战士说，指导员你先尝。指导员说："我已经尝过了，油水大着呢。"接着他介绍道，这条皮带还是在一次战斗中，蒋介石的一个小军官送给我的"礼物"（缴获的）。你们回去将枪带解下来，再用绳子拴上能背就行了。还有，你们的腰里不是也有上好的"牛肉干"吗，解下来，煮了吃了，等我们过了草地，打一胜仗，新武器，新皮带不都有了。散会了，我还没到宿营地，班里的战士已经知道了会议的内容，他们正统计着班里有多少"牛肉干"哩。班里11人，每人有一双用烂皮子裹脚的"皮鞋"，还有11条皮带，班里只有5条枪，4条枪带。这可是一笔不小的财产呀。班长说："别的班可没我们富，应该支援他们，这样，每人拿出一只'皮鞋'给他们怎样?"大家都赞成。于是，大家计算着，11只皮鞋，4条枪带，11条皮带，每天吃一只鞋，半条皮带，这样过草地还有结余。当天，我们奢侈了一顿，吃了一只鞋，两条皮带。

夜里，繁星闪烁，草地上一片说笑声，大家吃着"牛肉干"，喝着"口袋糊糊"，高兴地就像过大年。

这顿皮带饭让我终生难忘。


手记

据史料记载，五师的历史应该追溯到红军时期。部队进疆后，还有一些老红军，本文讲述者王家范就是其中之一。红军过草地时吃皮带的故事我是从小就听说过，但没有这么详细。我还在五师工作时，参与了《昨日红星》一书的部分稿件的编辑撰写工作，王家范讲述的吃皮带的故事深深打动了我。时间已过去近30年了，在纪念中国工农红军长征胜利80周年之际，我又想起了王家范老红军讲述的过草地吃皮带的故事，并把故事记录下来。

# 三五九旅战士：南泥湾春耕忙

中央军委于1939年8月7日，电令第三五九旅由华北抗日前线挥师陕甘宁边区，分梯次向指定驻防地域转移，执行保卫党中央，保卫边区的光荣任务。

接到命令后，三五九旅在王震旅长的指挥下，分梯次回到陕甘宁边区，他们的任务一是戍边，即保卫党中央，保卫陕甘宁边区；二是"屯田"，即开赴南泥湾，响应毛泽东主席的"自己动手，丰衣足食"号召，开展大生产运动，彻底打破国民党顽固派的经济封锁。

王震旅长运筹帷幄，作出南泥湾大生产运动的部署：

七一七团驻扎临真镇；七一八团驻扎马坊；七一九团驻扎九龙泉、史家岔。

对南泥湾的认识，在大多数后人的想象中，是郭兰英唱的那首《南泥湾》所展现出的"江南"画面，

其实，在南泥湾大生产之前，却是另一副样子，对此，当时延安的《解放日报》
有过描述：

"那从前的南泥湾，不论山高山低，沟宽沟窄，满是黑压压的杂草和灌木，
几乎看不见天的。连蓬蒿都长到丈把高；烂树叶的气味冲着鼻子。而黄羊在奔，
狐狸在跑，长蛇在乱爬，什么地方狼和豹子在嚎叫……"

而民谣是这样描述的：

南泥湾，烂泥湾，

荒山臭水臭泥潭。

方圆百里山连山，

只见梢林没见天。

黄羊狼豹满山窜，

一片荒凉无人烟。

这就是三五九旅"屯田"的战场。

三五九旅指战员一到南泥湾，放下背包就打响了开荒种地的战斗，这虽然不
是与日本鬼子正面战斗，但它同样是抗日战争的一部分，是为抗日战争夺取最后
胜利奠定物质基础。王震麾下的干部战士，大多来自农村，对开荒种地有一种天
然的情感，部队到达驻地后，朱德总司令来到七一八团，他说："现在没有房子
住，也不能先挖窑洞，因为下种的时候快到了，大家都知道不违农时，老乡说的
是时节不饶人嘛，必须先开荒下种，然后再挖窑洞，盖房子。大家先住树枝和茅
草搭的棚子，都是苦惯了的，也没有什么关系。"

春暖乍寒，战士们有的住在山洞里，大多战士是用树枝搭起"马架子"，铺
些干草，天当被，地当炕。战士们还编了顺口溜：

窑洞草房好军营，

茅草床铺软腾腾，

三尺雪地绫罗被，

茂密梢林好屯军。

开荒战役打响前，全旅指战员举行了宣誓："毛主席啊，请你放心吧，我们绝不辜负你的教导，一定要用我们的双手，创造出人间的奇迹！"

旅长王震发布命令："全体参加生产，不让一个人站在生产战线之外"，"上至旅长，下至马夫、伙夫一律参加生产"。

战士们背着步枪和镢头，高唱着战歌向南泥湾荒草野地走去：

英雄气概三冬暖，

战士哪怕风雪寒。

……

要与那深山老林决一战，

要使陕北出江南。

开荒好比上前线，

没有后退永向前。

困难纵有千百万，

它怕咱干劲冲上天。

这是世界军事史上破天荒的"军人屯田"，没有开荒工具，就自己锻造。七一八团有个连队刚开荒时，全连只有六把半镢头，因一把镢头还裂着大口子，只能当半把使用，一个排一把镢头。战士们从边区捡来废铁和炮弹皮，从坍塌的寺庙里挖出破钟。七一七团一营战斗英雄王福寿带领 10 名战士偷渡黄河，来到日军占领的火车站，神不知鬼不觉地搞回一批钢铁。钢铁搞回来了，可部队没人会打铁，怎么办？王福寿又带人到处找，他们跑遍了方圆百十公里，终于找到了一个从河南逃荒来的姓王的师傅。他们恭恭敬敬地将王师傅请到连队，在师傅的指导下，战士们架起烘炉打造锄头、镢头等生产工具。一首《打铁歌》从战士们的口中唱出：

叮当，叮当！

打把镵头好开荒！

叮当，叮当！

打倒鬼子"小东洋！"

南泥湾漫山遍野长着狼牙刺、黑葛兰、蝎子草、猫儿草、蒿子草，特别是灌木丛，根系发达，盘根错节，镵头砍在上面，被弹出老高，能将战士的虎口震裂。开荒伊始，人们没有经验，人人手掌上都打了血泡，镵头把子都被染红了。善于在实战中总结经验的王震说："打仗要讲战术，开荒也要讲战术。"七一七团的田守忠就将各连各排各班的开荒经验编成了顺口溜：

开荒如打进攻仗，

不讲战术伤亡大。

挖树根，瞅准茬，

先斩周围小"爪牙"，

再用狠劲把树拔。

镵头斜下挖草皮，

边抬镵把往后拉。

草皮埋底下，

打碎土坷垃。

冻土虽硬也有法，

镵头抡圆松握把。

手上有汗赶快擦，

莫要磨起"血疙瘩"。

挖深耙平保墒好，

播下种子出苗早。

精耕细作多打粮，

兵强马壮打"东洋"。

南泥湾沸腾了，漫山遍野响彻着开荒战士的歌声（由快板编的歌）：

锄头低，

要用力。

一锄下去尺二三；

慢慢挖，

莫着急。

草根儿喀叭一声响，

挖得深，

挖得细。

土块儿似浪向上翻。

要求并不高，

每天一亩一。

这边山坡歌声一落，那边山坡歌声又起：

你一锄呀，

我一锄呀，

分开地，

见高低。

比比谁的气力壮！

山坡上的歌声刚刚落下，河谷里的歌声又响起来：

每个人，

要尽力。

谁先完，

谁胜利。

你一锄呀，

我一锄呀，

　　开荒好比上战场。

　　毛泽东主席对王震的评价是"有创造精神"，并亲笔题词。在南泥湾开展的大生产运动，本身就是创造，开创了军队生产的先河，在大生产运动中，三五九旅又首开劳动竞赛先例。榜样的力量是无穷的，七一七团李黑旦是南泥湾开荒中最早涌现出的劳动英雄，他使用的镢头口面五寸宽，重4斤半。干起活来如李逵，他一天开荒二亩半。"劳动英雄李黑旦，一天开荒二亩半"，成为南泥湾开荒人谈论的话题。可山外有山，南泥湾英雄层出不穷，不几天，李黑旦的开荒纪录就被打破。七一八团三营劳动英雄、模范班长李位，使用了一把5斤重的镢头，一天开荒三亩六分地，1943年3月，三五九旅94名开荒英雄进行生产大比武，一连三天，战士郝树才开荒纪录都保持在4亩以上，在现场观战的一位农民提议，这位英雄能否与耕牛比一比。结果，那头耕牛累得口吐白沫，而郝树才的成绩超过了耕牛。那位农民大喊："八路军开荒英雄'气死牛'。"由此，开荒英雄又多了一个雅号。

　　1941年，是三五九旅进驻南泥湾开展大生产运动的第一年，也是最为困难的一年，其实，用"困难"一词已不能准确表现当时的境况，我们还是用故事来再现当时的情景吧。

　　开荒人没粮、没菜、没油吃，粮食，要到100多里的延安、延长、牛武镇去背，唯一的运输工具就是战士的两条腿和几条破口袋。困难吓不到英雄汉，战士们将自己的床单做成口袋，用自己的裤子做口袋，装满粮食后，裤腿、裤腰一扎，然后往脖子上一搭就上路了。100多人的运粮队伍好壮观呀，当时，天气寒冷，河里还结着薄冰，七一八团团长陈宗尧第一个跳进冰河里，看到团长跳进去了，战士们一个接一个跳进冰河里，冰碴子将战士的双腿划破了，没有一个战士退缩。老百姓看到八路军运粮部队，感动地说："过去国民党军队都是强迫老百姓为他们运送物资，八路军真好，不打扰老百姓。"

　　背粮来回一趟就得三四天，断粮的事时常发生。没有粮食就吃野菜或狩猎充饥。七一九团排长曹福财一天开荒都在一亩以上，可每到吃饭时，他就先喝一大碗开水，等战士们吃完了，他就吃点剩饭。时间一长，整个人瘦了一圈。战士们看到后，就商量，排长不吃饭，全排战士就不吃，逼着排长先盛饭。曹排长语重心长地说："送到工地上的饭是不够吃的，这样吧，我来给大家分。"说着，拿起勺子一点一点分到战士的碗里。战士们将排长围在中间，举起饭碗高声喊道："为了大生产丰收，大家一起吃。"

七一九团7个月吃豆渣和野菜，只有3个半月吃粮食，超额完成开荒任务。

1941年，三五九旅开荒达1.12万亩，截至1944年，全旅开荒面积达到26.1万亩。

（根据资料改写）

手记

1939年2月2日，灿烂的阳光投在延安的宝塔山上，落在宝塔山下的延河河面上。中共中央所在地，八路军、新四军的抗日指挥中心延安，艳阳高照，春意盎然。宝塔山、延河水、艳阳天，勾画出一幅战争年代少有的和平图画。

然而，这一天中共中央召开的干部生产动员大会的内容，却十分严肃，毛泽东主席穿着我们在历史照片上看到的那身打着补丁的衣服，面色凝重，他挥舞着右手慷慨激昂地说道："在敌人包围封锁面前，我们是饿死呢？解散呢？还是自己动手呢？饿死是没有一个人赞成的；解散也是没有一个人赞成的；还是自己动手吧，这就是我们的回答。"

如果联系到毛泽东主席在陕甘宁边区高级干部会议上的另一段话："我们曾经弄到几乎没有衣穿，没有油吃，没有纸，没有菜，战士没有鞋袜，工作人员在冬天没有被子盖，困难大极了。"我们就会对中国人民抗日战争进入相持阶段后，陕甘宁边区所处的环境之艰苦、形势之险要，有了具体了解。

当时，侵华日军占领武汉、广州以后，即停止了向国民党战场的战略进攻，它的主力逐步转移，向我坚持敌后抗战的八路军、新四军进攻，而国民党顽固派则消极抗战，积极"反共"，不断掀起"反共"高潮。蒋介石调动几十万重兵对我陕甘宁边区进行军事包围、经济封锁，停止供给八路军、新四军微薄的军费、薪饷、弹药、被装等，切断通往陕甘宁边区的所有渡口、要道，叫嚷"不让一斤棉花、一尺白布、一点药品和一张纸进入边区"。

一场打破国民党封锁，自己动手，丰衣足食的战役在南泥湾打响了。

# 三五九旅战士：南泥湾夏耘热

糜子、玉米、土豆等种子播撒到地里后，三五九旅的战士才腾出手"建造我们的阵地，建造我们的家园"。王震旅长提出口号："一把镢头一支枪，生产自给保卫党中央。"夏天，陕北高原的太阳犹如一个大火炉，烤得大地直冒烟。挖窑洞首先得选一处既朝阳而又土质坚硬的山坡，各团、各连的干部，从这座山，走到那座山，选出最好的地方挖窑洞。战士为了节省衣服，索性脱去外衣，只穿条裤头挖。整个人都笼罩在呛人的尘土中，身上的泥土被汗水浸得像鱼鳞，收工时，战士走出窑洞，就成了"泥人张""泥人王""泥人李"……经过一个多月的艰苦劳动，三五九旅共挖窑洞1374孔，建平房6000多间，土房601间，瓦房96间，礼堂3个。战士又编了顺口溜：

窑洞挖得强，

冬暖夏日凉。

战士住了喜洋洋，

喜洋洋，有力量。

开发南泥湾，

荒山变粮仓。

以往只长草的山坡和河谷，如今长出了糜子苗、玉米苗、土豆苗……一座座山坡和一条条河谷都被染绿了，嫩苗上挂着一滴滴被朝霞染红的露珠儿，就像彩珠儿。

南泥湾又迎来了一个早晨。

驴驹儿不叫鸡儿又叫，

战士们一起起床了。

问你为什么起这么早，

清早里趁凉快去锄草。

这时儿锄草不勤快，

秋天里收成全减少。

在大力发展农业的同时，部队还开展副业生产，以解决副食品供应。战士们在边角地或河边，开出一块块地来，你种烟，我种蔬菜，他种西瓜，品种繁多，就像开了一个"杂货铺"。一些吃不完的蔬菜，战士们就挑到市场上销售，收入归班，战士提成。王震称赞这种现象是"统一领导，分散经营"，是"公私兼顾"。

"凡事要好，须问三老"。三五九旅上至旅长王震，下至普通战士，都拜陕北农民为师，虚心向他们学习耕作技术。王震严肃地告诫部队指战员："他们是我们的生产教官，他们祖祖辈辈务农，熟悉陕北的一草一木、一山一水，什么地种什么，什么节气干什么，农活经验相当丰富，以后都要听取教官的指导。"有一个故事一直传到延安：南泥湾有一位70多岁的老者，名叫朱玉寰，他是陕北有名的种田能手，他看到共产党的部队为了减轻老百姓负担，自己开荒种地，十分敬佩，就常到南泥湾三五九旅指导战士种地，与部队建立了深厚的感情。后来，他向王震请求参加八路军，王震批准了他的请求，并委任朱玉寰为本旅的农业生产副官，同时，写了一道命令："南泥湾劳动英雄朱老汉，现年71岁，参加我军，兹委任他为本旅农业副官，指导本旅各部农业生产。他到各部巡视时，望各部官兵向他请教，虚心地接受他的指导和批评，并应很好地招待。"朱玉寰不负王震旅长的期望，任劳任怨，兢兢业业，为部队农业丰收作出了极大的贡献。

锄草，是夏耘过程的重要环节，农谚说："锄一次颗子是扁的，锄三次颗子是圆的。"果然如此，有的连队只锄了一次草，一斗谷子只碾了4升米，而相邻连队锄了3次草，一斗谷子就碾了6升米。

火辣辣的太阳当头照，
锄掉的草儿遍地倒。
抬头看看晌午到，
送饭的老王又来了。
小米饭豆芽菜吃个饱，
铺上地盖起天睡午觉。
锄头底下唰啦啦响，
锄头变成革命的枪。
风又调雨又顺苗长得高，
咱们边区沸腾了。
穿得暖来吃得又饱，
谢谢共产党领导得好。

（根据资料改写）

手记

1942年10月，中共中央主席毛泽东在陕甘宁边区高级干部会议上，赞誉三五九旅是边区大生产运动的一面旗帜。

1942年12月12日延安《解放日报》发表题为《积极推行南泥湾政策》的社论，指出："南泥湾政策就是屯田政策，三五九旅是执行屯田政策的模范。"社论号召陕甘宁边区各部队都要像三五九旅一样，在驻地建设自己的南泥湾，以克服经济困难，支持长期抗战，争取最后胜利。

# 三五九旅战士：南泥湾米粮川

　　经过艰苦的春耕夏耘，南泥湾的山冈、河谷成了"粮山""米川"，山坡河谷染成了金黄，谷子黄了，玉米熟了，整个南泥湾都飘荡着一种丰收的香味。一位战士在回忆文章里写道："那谷穗就像狗尾巴一样又长又粗，玉米棒子像娃的腿，土豆大如饭碗，萝卜就如暖水瓶。"每个团或营都修筑了打谷场，战士们将收获的稻谷挑回来，每天，打谷场上便响起有节奏的打谷声、笑声和歌声：

　　九月九是重阳，

　　收呀么收割忙；

　　谷子呀，

　　糜子呀，

　　收呀收上了场。

　　你看那谷穗穗，

　　多呀多么长，

比起那个往年呀，

实呀实在强。

……如今的南泥湾，

与往年不一般，

再不是旧模样，

是陕北的好江南，

陕北的好江南。

陕北的老百姓看到他们从来没看到过的"粮山""米川"，就说，自古军队都是吃老百姓的粮，所以老话说"当兵吃粮"，可现在共产党领导的八路军，自己种粮吃，真是开天辟地头一回见到。一位姓高的老汉，手里攥着一把谷子，对打场的战士摆起了龙门阵："当年诸葛孔明陇东屯兵生产，上占天时，下通地利，劳师动众几万人，费尽三江四海的力气，临了还是靠老百姓养活。今天，毛泽东的部队，两手空空，竟在这万古荒原的南泥湾，干出这样大的家业。我要不是亲眼看到，任你说得天花乱坠，也休想叫我点头呀。"接着，高老汉放声大笑："共产党，毛主席真是好，子弟兵到底是子弟兵啊！有了这样的好军队，日本鬼子不怕打不倒，国民党兔子的尾巴长不了。"

南泥湾大生产运动大事记中有这样的记载：

1940年 三五九旅贯彻中央"发展生产，保障供给"的方针，南泥湾大生产运动的第一年夏，蔬菜达到自给，自给经费占总经费的56.5%。

1941年 耕地24981亩，产粮2781.25石，收获蔬菜41万公斤。

1942年 耕地26000亩，产细粮3050石，收获蔬菜81万公斤，养猪2000头，基本解决食肉（油）供应。

1943年 耕地100000亩，产细粮1.2万石，收获蔬菜297.75万公斤，养猪4200头，羊存栏7784只。

1944年 耕地216000亩，产粮达10万多石，达到"耕一余二"（即耕一年余两年）全旅 1 万人，实现人均耕地 33 亩，除了自给外，还上交余粮 2 万石，交公粮 1 万石，由"吃粮人"变成"交粮人"，经费全部自给。

延安《解放日报》发表题为《积极推行南泥湾政策》的社论，指出："南泥湾政策就是屯田政策，三五九旅是执行屯田政策的模范。"社论号召陕甘宁边区各部队都要像三五九旅一样，在驻地建设自己的南泥湾，以克服经济困难，支持长期抗战，争取最后胜利。

1942 年 10 月，中共中央主席毛泽东在陕甘宁边区高级干部会议上，赞誉三五九旅是边区大生产运动的一面旗帜。

1943 年 10 月 26 日，正是南泥湾收获的季节，毛泽东主席与朱德、任弼时、王若飞、林伯渠、彭德怀等一行，兴致勃勃地来到了三五九旅驻地南泥湾，毛主席看到满山、满谷的庄稼时，笑着夸奖三五九旅种的庄稼长得好。毛主席与三五九旅旅长王震有这么一段对话：

"每人每天多少油？多少菜？"

"平均五钱油，菜随便吃。"

"星期天要改善生活吗？"

"午饭，多半是吃大米、白面。有时杀头猪，有时宰只羊，几个单位分着吃。"

"有没有发生柳拐病（一种地方病）。"

"没有，一个也没有。"

接着，毛泽东严肃地说道："国民党要困死我们，饿死我们，甚至连许多国际友人支援我们的药品也都被封锁起来，进不到延安，使我们在抗日战场上负伤的伤员没有药品治疗，想最后消灭我们。但我们用自己的双手粉碎了国民党顽固派的阴谋。你们在这里搞生产，就是为抗日作出贡献。他们越想困死、饿死你们，你们自己动手，生活越来越好了，他们越困你们，你们身体越来越壮。看，困得同志们连柳拐病都消灭了。"主席的一席话引得大家开怀大笑。

毛泽东欣然为三五九旅和劳动模范题词：

为三五九旅的题词是："既要勇敢，又要明智，二者不可缺一。"和"生产模范。"

为王震同志题词是："有创造精神。"

为七一七团政委晏福生的题词是："坚决执行屯田政策。"

为七一八团团长陈宗尧的题词是："模范团长。"

毛主席还为三五九旅其他同志题了词。

（根据资料改写）

手记

1942年10月，中共中央主席毛泽东在陕甘宁边区高级干部会议上，赞誉三五九旅是边区大生产运动的一面旗帜。

三五九旅垦荒南泥湾付出了艰辛和汗水，堪称一代英雄。他们以崇高的理想，满腔的热情，无私奉献的精神，开创了抗日烽火中屯垦的新篇章——树立了大生产运动的一面旗帜，创造了"陕北的好江南"的奇迹，奠定了自力更生，艰苦奋斗的南泥湾精神。

写到这，我耳畔不由得响起了《南泥湾》那首歌。

# 三五九旅战士：南泥湾冬藏大练兵

春耕夏耘，秋收冬藏，这些原本的农家活，三五九旅指战员干得十分出色。他们将最好的粮食交给边区政府，剩下的才是自己的口粮，王震提出了"生产要多，消费要省"的口号，克勤克俭，厉行节约。于是，三五九旅发明了"八宝饭"，即将瓜菜、红薯、土豆等掺在粮食中，日食两干一稀，既调节了生活，又节约了粮食。仅1943年就节约粮食45万公斤。为了保证已经到手的粮食在储存中不受损失，入冬前各部队战士将自己住的窑洞腾出做粮仓。王震亲自设计粮仓内部结构：地面垫一尺高的木板，以防潮湿，抹平墙面并粉刷上白灰，以防鼠咬，并安装活动门，方便开启。每个连队都有几间这样的大粮仓，附近的老百姓纷纷来部队参观。面对众多的老百姓，部队宣传员不失时机进行宣传。

毛主席号召大生产，

子弟兵，屯田南泥湾；

披荆斩棘，日夜苦战，

老荒山变成米粮川。

战斗为解救国家危亡，

生产给人民减轻负担；

我们用枪杆和镐头，

把反动派的锁链砍断。

你看这谷子玉米千万石，

地球上增加了几座金银山；

瓜菜土豆堆满场院，

自己动手才有丰收年。

八路军赤胆红心骨头硬，

怕什么困难重重把路拦；

有志不在乎流血洒汗，

吃尽苦中苦，才得甜上甜。

快板虽短情意儿长，

三天三夜也说不完。

感谢老乡多帮助，

感谢老乡来参观。

冬藏讲究科学，养猪照样讲科学。三五九旅的猪圈不拘一格，在山坡上修筑窑洞，铺上木板，安上木栅栏。为防止狼豹袭击，筑土围墙。在这样的猪圈里喂养的猪，不瘟不病。一天三餐制，主要饲料为酒糟、糠秕、碎土豆。架子猪（15公斤）吃了这些饲料，日长膘4两，肥猪日长膘12两。老百姓看着八路军养的猪膘肥体壮，无不羡慕地说："八路军不但会种地，家畜也养得这么好。"

让老百姓佩服的还有八路军战士做的鞋、织的布。

刚到南泥湾时，由于天天开荒，衣服很快就被荆棘刮破了，战士们衣服脏了，只得光着膀子站在河里洗衣服，等衣服干了才能穿上衣服走出河。长裤子破了改成短裤穿，短裤再破了就改成裤头穿，再破也舍不得扔，就打成布壳，纳鞋底用。冬天到了，战士们有时间自己学做布鞋了，很快，战士们都学会了做鞋，而且越做越好，花样不断翻新，有布鞋、凉鞋、球鞋、高腰棉鞋，精致得如同城里商店里买的一样。一次，一位老汉到部队看儿子，同班的战友拿出一双鞋让老人家评价评价，老汉眯缝着眼看了半天，说："这是谁家闺女做的鞋呀，这么好看，我要有个这么会做鞋的儿媳妇就好了，一辈子不愁穿鞋了。"战士们笑着说："这鞋就是你儿子做的。"老汉呵呵笑了，说："你说我儿子会种地我信，可说他做鞋我不信，我的儿子我知道，他手笨，哪能做出这么好的鞋，不信，不信。"战友们将老汉的儿子叫出来，儿子看着父亲不好意思地直摸脖子，父亲两眼疑惑地看着儿子，问道："虎子，这鞋是你做的?"儿子点点头。父亲拉着儿子的手端详好一会儿，说："儿呀，你们八路军怎么这么能呢，不但会种地，还会做鞋，这鞋做得像你妈做的一样好呢。"

为使全旅官兵穿上毛布衣服，王震于1943年1月20日发布训令：每人发给羊毛4公斤，自己动手捻线。干部在动员时说："我们八路军能粉碎蒋介石的围剿，能打垮日本帝国主义，能叫南泥湾长出粮食来，还能被捻线难住?"于是，全旅指战员学起了捻线，人人手里一团羊毛，一个拨吊，旋转的拨吊将松散的羊毛拧成一股线，千万个拨吊就拧出千万根线来，这成了南泥湾一个特有的风景。

小小拨吊本领强，

捻出线儿细又长，

一个一个手中拿，

换来呢料棉衣裳。

吃得饱、穿得暖，

打仗生产有力量。

经济封锁白费劲，

越贫我们越富强。

气死奸贼"蒋该死"，

吓死日本"小东洋"。

三五九旅战士个个都是能工巧匠，制作生产农具就不用说了，一些日用品也是他们做的。像木桶、木盆、木碗、木勺、座椅等都是自己动手制作。旅部还办起了"五坊"，也就是张仲瀚后来在他的《老兵歌》中写到的"五坊何所指，油酒粉豆糖"。

冬季也是学习的最好时机。没有纸张，就用桦树皮、沙盘来代替。有顺口溜为证：

桦树皮，

赛过纸。

大沙盘，

好练字。

学习哪怕条件差，

越是困难越要上。

"敌人来了拿起枪战斗，敌人没来拿起锄种地"，这是一二〇师师长贺龙的命令。三五九旅正是这么做的。三五九旅副政委王恩茂在《忆南泥湾大生产》一文中这么写道："部队每年还利用冬季的农闲进行4个月的大练兵。在各团、营驻地，都修建了训练场地，自制木枪、单双杠、木马、天桥等多种训练器材。军事训练除队列操练外，以演练刺杀、投弹、射击三大技术为主……1943年冬训后，全旅投弹由平均25米，提高到40米以上，不少人达到60米，最远的投到72米。实弹射击命中率由原来52.9%，提高到86.3%。还出现了11个百发百中的连队。毛主席称赞我们部队，'你们是一支英雄的部队，你们到东边，东边就安全；你们到南边，南边就安全；你们到北边，北边就安全。敌人来了你们拿枪去战斗，敌人不来，你们就自己动手，发展生产，建设好南泥湾'。"

最能展示三五九旅战斗素质的是那场军事演习。

1944年6月3日，蒋介石迫于国内外舆论的压力，派了一个由6名外国记者和9名中国记者组成的中外记者团来到陕甘宁边区采访。记者最想了解的是三五九旅的战士从事着繁重的农业生产劳动，军事素质是否下降。军事演习的现场采访让外国记者大为惊叹，美国记者爱波斯坦作了如下报道："100米步枪射击，372发击中369发。投掷手榴弹，全连平均40米。攻击科目：打出3枪后，一分钟火速推进150米，途中扔出3颗手榴弹，并刺中7个标靶。"美军观察组组长包瑞德看到这个纪录后连连摇头说："这是目前世界上最不可思议的成绩。"

三五九旅以优异的成绩完成了党中央、毛主席交给的"保卫延安，保卫党中央，自己动手，丰衣足食"的任务，接着，他们高唱着《钢铁的三五九旅》军歌走上了解放全中国的战场：

钢铁的三五九旅，
我们是钢铁的三五九旅，
经受了长期的革命考验，
高举着毛泽东的旗帜，
为解放全中国而战。

我们经过了二万五千里长征，
坚持了八年的抗战，
从黄河北到长江南，
我们开辟了南泥湾，
保卫过革命圣地延安。

像铁样的硬，

像钢样的坚，

在祖国辽阔的大地上，

胜利进军，

勇往直前。


我们是钢铁的三五九旅，

经受了长期的革命考验，

高举着毛泽东的旗帜，

为解放全中国而战。

## 后记

1949年10月，解放军第一兵团挺进新疆。

生在井冈山，

长在南泥湾，

转战千万里，

屯垦在天山。

这是王震将军20世纪60年代给三五九旅转业到新疆生产建设兵团的老战士的题词。

原三五九旅七一九团团长、长期主持新疆生产建设兵团领导工作的张仲瀚，在他的《老兵歌》中，激情澎湃地写道：

兵出南泥湾，

威猛不可挡。

身经千百战，

高歌进新疆。

据史料：原三五九旅七一七团即为现兵团第四师七十二团；原三五九旅七一八团即为现兵团第一师一团；原三五九旅七一九团即为现兵团第十四师四十七团。

（根据资料改写）


手记

沙场不寂寞，军训是传统。自兵团成立以来，兵团人每年冬季都要进行军事训练，上至兵团领导，下至职工群众，军训是必备课，特别是2011年以来，兵团冬季全员军事训练活动如火如荼，截至2014年，兵团120万名民兵参加了冬季军事训练。

为了国土安宁和绿洲和平，兵团人必须沙场练兵。68年来，兵团发生了翻天覆地的变化，唯独不变的是屯垦戍边使命，是长年不断的沙场练兵。子承父业，世代相传；"老兵带新兵，一浪接一浪"。（张仲瀚《老兵歌》）

# 刘韵秋：南泥湾有了大光纺织厂

刘韵秋　大光纺织厂厂长。

1939年8月7日，中央军委电令正在晋察冀前线浴血奋战的三五九旅挥师陕甘宁边区，执行保卫党中央，保卫边区的光荣任务。

王震旅长意识到，这次回边区是党中央毛主席的一项重大战略决策，他知道，国民党对我边区实施经济封锁，妄图将我边区军民困死、饿死。三五九旅回到边区，主要任务是保卫党中央，保卫边区，但饿着肚子，没有军装穿，如何保卫。他在挥师边区的途中，即命令每个战士携行一匹布，骑马的干部背一匹布，牲口驮五六匹布，实行"布匹先行"，背包沉了就扔掉个人东西，保证将这些布匹运到边区。

1940年，三五九旅用这些布做了军装，当年为每人发1套棉衣，2件单衣，2条毛巾。可到了1941

年，就改为每人2年发一套棉衣，一年发一件单衣。当时战士的单衣脏了，在河里洗濯，人就站在河边等着衣服晒干，如果有任务，也不管干不干，穿上就走。因为战士只有这么一件外衣。当时，战士的网套成了"渔网"，医务绷带洗了又洗，白色变成黄色，长的变成短的，还得用，因为国民党封锁得厉害，三五九旅那些从抗日前线带回的布匹早已用完。

自己动手，丰衣足食。毛主席的这句话为三五九旅指明了方向。在南泥湾，大生产运动就是要解决部队的吃饭穿衣问题。相对于开荒种地，纺织对以男性为主的三五九旅来说要困难得多，这些战士在家大多是耕田把式，织布都是女人的事，"男耕女织"是他们在老家的生活场景。

革命需要战士办纺织厂。

1940年，三五九旅决定创办纺织厂，解决全旅指战员穿衣问题。旅部选派刘韵秋为纺织厂的厂长。一切从零开始，筹备人员从一个耳聋的老婆婆那里借来一架她姥姥留下的破织布机，又借来一个破窑洞作为厂房。没有一分钱，就向一商人赊了1捆（7.14斤）16支纱做经线，以战士手捻的土纱做纬线，找来一个会织布的人来试生产。那人坐在那台借来的破织布机前，"噼噼啪啪"一天一夜，终于织出一丈二尺窄布面。这可是大光纺织厂生产的第一块布。有了第一块布就有第二、第三块布。他们拼凑了19架小木机子，4架铁机子，经王震旅长批准从各团抽调了来20多个在家织过布的战士。一个龙王庙就成了纺织厂，王震旅长亲自写了一副对联贴在大门上："动手动脚，自给自足，同心同德，爱国爱民。"这个由王震旅长命名的"大光纺织厂"就这样开工了。

为了加快发展边区纺织业，大光纺织厂又从部队选调100多人进厂培训，从周边的绥德、米脂等县招收50多名女工，自制大的木织布机几十架，全厂拥有大小织布机66架，并将手拉织布机逐步改为脚蹬织布机。人多了，机子多了，龙王庙显得庙小了。刘韵秋带人在山坡上砌了2层8眼（上层3洞、下层5洞）石窑洞，盖了37间平房。这样，厂房、工人宿舍都具备了。

有了工人，有了厂房，有了织布机，但没有原料棉纱怎么办。三五九旅大光纺织厂向边区政府借边币20万元，派人深入敌占区收购棉纱，秘密运入边区。1941年大光纺织厂生产40码洋大布3051匹，20码洋土小布5293匹，三丈六尺的毛布2061匹，毛毯637床，毛巾913打。

1942年，日本鬼子和国民党严禁棉纱进入边区，没有棉纱，纺织厂就无法生产布匹。怎么办，三五九旅发出动员令，从旅长到战士，人人学纺纱。除了指战员纺纱外，又组织妇女纺纱，特务团政委谭文邦的爱人陈敏带着两个小孩，日纺一等线二两半多，旅政治部主任李信的爱人柳慧明纺线效率高，两人都被评为劳动模范。为了提高生产效率，三五九旅又创建了纺纱厂，购置了4架棉花机，40多架纺纱机，彻底解决了纺织厂的棉纱供应问题。这一年，大光纺织厂职工增加到400多人，织布机108台，产品由单一窄面白布，发展生产宽面细洋布、花格子布、斜纹布、土褡裢布、华达呢、粗毛呢、花格毛毯和毛巾等十多个产品。为了改变单一的"孝子布"（白布），工人们群策群力，发明用草木灰做染料，将白布染成灰布，用"黑格兰"树根烧水煮开将白布染成黄布。大光纺织厂生产的布匹质量好，布面平整，布边整齐，疙瘩少，结实耐用，很受边区老百姓欢迎，有些布匹还销售到国民党统治区。一〇二师政委关向应生病买不到睡衣，纺织厂领导听说后，就用织毛巾的机子为政委赶织了两件睡衣。关向应高兴地说："没想到，三五九旅不但在南泥湾种出了棒子和南瓜，还能纺织出这么好的毛巾，我们的战士不但能打仗，能耕田，还能织布。三五九旅真是不赖呀。"1942年，全旅官兵每人发外衣1套，衬衣两套，绑腿1副，帽子1顶，子弹带1条，共耗布2000匹，剩余的3000匹布投入市场，"四八土布"、褡裢布和毛毯、毛巾深受边区群众欢迎。大光商店日试销毛巾750打，3000匹布销售一空。红利由1941年的390万元边币增加到800万元边币。

手记

### 自己动手，丰衣足食

三五九旅用实际行动践行了毛主席的这一号召。没有粮食，自己开荒种，没有布匹，自己"动手动脚"纺织，从而解决了吃饭穿衣这一困扰边区军民的大问题。难怪毛泽东主席为王震题词，赞扬他"有创造精神"。审视兵团屯垦戍边历史，其实，早在南泥湾，兵团的前身三五九旅就开创了屯垦戍边的先河，兵团人发扬南泥湾精神，在新疆的大漠边缘和戈壁荒滩上开辟出世界最大的人工绿洲，为新疆的工业打下了坚实的基础，一批以"八一"命名的绿洲丰碑拔地而起：八一农学院是新疆第一所由军人创办的大学；八一钢铁厂是中华人民共和国成立后我国兴建的第一个钢铁厂；八一面粉厂是新疆第一家现代化的粮油工业企业；八一糖厂是西北第一座规模最大的现代化糖厂；八一毛纺厂生产出新疆第一批毛条、第一把毛线、第一匹毛布；八一棉纺织厂是兵团第一个大型棉纺织联合企业……

江河行地，日月经天，这些故事背后蕴藏的南泥湾精神和兵团精神永不消失。

# 陈敏：模范家属

*陈敏　三五九旅七一七团鞋厂指导员。*

1942年3月的一天，南泥湾临真镇三五九旅七一七团鞋厂门前，来了一位八路军女干部，她齐耳短发，一身戎装，腰间扎着皮带，显得飒爽英姿。鞋厂的工人好奇地问道，同志，你找谁？女干部笑笑说："就找你们。""找我们？"工人们你看看我，我看看你，没人认识这位八路军女干部。女干部这才笑着告诉大家："我是来鞋厂工作的，我叫陈敏。"

原来七一七团为了加强鞋厂领导，任命陈敏同志任鞋厂指导员。

当时鞋厂全部家当只有8000元钱，150公斤烂布，还有只能供鞋厂工人吃一个星期的小米。全厂有27名职工，10名学徒工，2名技术工。陈敏了解了鞋厂情况后，首先是召开大生产动员大会。她是高中生，又在部队历练多年，战前动员是那时政工干部必备的素养。

她在全厂职工大会上说："现在国民党反动派对我们延安解放区实施经济封锁，叫嚣不让一尺布、一张纸、一粒粮运进解放区。毛主席说：'在敌人包围封锁面前，我们是饿死呢？还是自己动手呢？饿死是没有一个人赞成的；解散也是没有一个人赞成的；还是自己动手吧。自己动手，丰衣足食。'七一七团为什么要成立这个鞋厂，就是要打破国民党的经济封锁，为我们的战士生产出更多更好的军鞋，战士们穿上我们做的军鞋，去开荒种粮食，去战场消灭日本法西斯。你们说我们鞋厂工作重要不重要。同志们有没有决心做出更多更好的军鞋，为全民抗战贡献一份力量？"鞋厂职工群情激奋，纷纷表示，要加班加点，多生产军鞋，让七一七团指战员放心，让毛主席放心。

职工的干劲鼓动起来了，下一步就是要保质保量完成生产任务。为了节约成本，陈敏与技术工人计算出一尺布能做多少双鞋，怎么做才能节约布料，做到物尽其用。她与工人一道在厂里做鞋，一天能缝50双鞋口。她发现地上有些散麻头，就捡起来，交给搓麻绳的工人，让他们将碎麻头与好麻掺在一起搓。

陈敏的丈夫是三五九旅特务团政委，工作更忙。陈敏在工厂里干一天回到家，还要给丈夫和孩子做饭。吃过饭后，她还一边哄孩子，一边做鞋子。上班时，将孩子放在家里，让大的看小的。鞋厂在陈敏的苦心经营下，越办越红火。他们生产的鞋，式样好，又耐穿，还便宜。各地机关、部队纷纷派人前来订货、购买。工厂不但做到了全部自给，供给全团7000双军鞋，而且年终结账还盈利20万元。

有一天晚上，陈敏正在家里赶做军鞋，七一七团的命令来了：命令鞋厂在两个月内做1200双军鞋。陈敏是个急性子，她放下手里的活，就去鞋厂做计划。第二天工人们一上班，她就召开动员大会，讲明这次赶做军鞋的重要意义。她和工人一道加班加点，甚至比工人干的时间还长。不到两个月，1200双军鞋就做出来了。当陈敏将这批军鞋送到七一七团团部时，团领导开玩笑说："听老谭说，你这个鞋厂指导员为了赶制这批军鞋，连家都不回了，夜里就住在厂里。害的老谭回家还得给孩子做饭。"看到陈敏红肿的眼睛，团领导让她休息两天。陈敏感谢领导的关心，说厂里还有下一步的生产任务。

1942年、1943年陈敏连续两年被评为边区劳动模范，受到了毛主席、周恩来、蔡畅、贺龙等中央领导的亲切接见。毛主席为她的题词是"模范家属"。《解放日报》报道了她的事迹，号召边区军民向陈敏学习。

手记

七一七团就是后来进驻并开发肖尔布拉克的七十二团，也被誉为兵团的"红军团"。当年在南泥湾，毛主席为三五九旅及几名干部题词，其中就有陈敏，这在七十二团的团志里有记载。陈敏并非做出了惊天动地的大事来，而是放下身段，与鞋厂的工人打成一片，保质保量地完成七一七团给他们下达的生产任务。战士们穿上他们做的军鞋，把南泥湾变成了米粮川；战士们穿上他们做的军鞋，南下北返，历时300天，征战7920公里，被毛主席誉为"第二次长征"。

# 李福田：南泥湾三产红红火火

李福田　三五九旅供给部运输队通信员。

1939年至1945年，在南泥湾执行守边屯田的三五九旅指战员，大力践行毛泽东主席提出的"自己动手，丰衣足食"的号召，坚决执行农业第一位，工业与运输业为第二位，商业为第三位的方针政策。截至1944年12月，三五九旅开荒21.6万亩，人均耕地33亩。产粮10万石，达到"耕一余二"（即耕一年余二年）。上交公粮1万石，由"吃粮人"变成了"交粮人"。建起了纺织、制鞋等10余个工业。有粮吃，有衣穿，还得有钱花，三五九旅将商贸流通办得红红火火。

无商不活。大光商店开门揽客。旅部设总店，各团设分站、支店。商店里有战士自产的布匹、肥皂、毛巾、镐头、镰刀等生产生活用品，还有骡马运输队从外地采购来的药品、纸张等商品。当时运输队有骡马400多匹，将边区生产的物品运出去，通过物物交换，又将边区需要的物品运回来。沿途每隔30公里设一客栈性质的骡马店，在绥德、三边、延安之间的交通沿线设骡马大站、商贸分店30个。

商贸一旦流通起来，就有了人气。昔日的"烂泥湾"变成了人来人往的闹市，街道上店铺一个接着一个，商店、饭店、客栈的门楣上都贴着对联，喜气洋洋。

旅供给部运输队开办的饭店对联是："高朋满座畅谈生产事，美味佳肴全凭劳动来。"这家饭店厨师就是战士刘吉祥，他父亲是一个颇有名气的厨师，从小耳濡目染，他也学会了烹饪手艺，没想到，在南泥湾排上了用场。再加上通信员李福田当跑堂，口齿利落，迎来不少客人。

大光商店的门联是："大家投资创办合作社，群众献策开辟新财源。"

旅供给部机关骡马店，由老红军陈吉任经理，门联写着："今晚住店好好喂牲口，明早赶路快快去驮盐。"

旅司令部四科开办的理发店门联是这样的："进门来好似苍头老者，出屋去都是英姿青年。"

三五九旅七一九团团长张仲瀚在1965年创作的《老兵歌》中，就有"场队办五坊"……"五坊何所指，油酒粉豆糠"的诗句。兵团场队的五坊，源头就在南泥湾。

大光肥皂厂，还生产粉条，金盆湾油酒综合厂，以豆子、麻子榨油，玉米、高粱酿酒，每个团都开办了豆腐坊，吃不完的就挑到集市上销售。具有战略眼光的王震旅长曾对部下语重心长地说："要为战士着想，我们的战士得不到经济利益，而仅凭着政治觉悟去干，我们的生产经营是不持久的。战士们也有家，有家就要养。抗战胜利后还要结婚生儿育女，到头来革命成功了，还是个'无产阶级'那怎么行呢？他们为革命可以无条件牺牲自己利益甚至生命，但绝不能忘记他们的个人利益。"于是，军人合作社开办起来了。所谓合作社，就是除了公家投资外，还大量吸收指战员节约部分津贴费和生产红利入股。战士人均年入股30～40股（一股30元），并建立按质分等的分红制度，使直接从事生产的人员分得红利，借以提高战士的生产积极性。截至1944年底，三五九旅每人存入合作社的款额达到3万元左右（折合银元80元左右），待抗战胜利后，作为成家立业或寄回家赡养父母的资金，解除了当兵就是做和尚的顾虑。这一举措得到了毛泽东主席、朱德总司令的赞扬。

手记

在战争中学习战争。当兵吃皇粮，自古如此。但在陕北边区，由于国民党的经济封锁，不让一尺布、一张纸流入边区，所以，当时的边区与世隔绝。国民党企图通过封锁将边区军民困死、饿死。

毛泽东主席的"自己动手，丰衣足食"开出一片新天地，而三五九旅旅长王震又创造性地践行了这一指示。他们一边守边，一边屯田。开荒种地为了吃饭，开办工厂为了穿衣，大办商贸流通是为了活跃经济，是为战士攒钱成家立业。

今天看来，三五九旅的这种创新精神仍然具有现实意义。

# 柴桂铭：难忘的烽火舞台

柴桂铭  1945 年与马玉杰一起参军并去延安，在西北野战军教导旅宣传队任宣传队队员。

这两位老人年轻时曾演过 105 场《白毛女》，柴桂铭扮演"杨白劳"，马玉杰扮演"二婶子"。中华人民共和国成立后的第二年，两位战友结为夫妻。

75 岁老人柴桂铭对 51 年前的 10 月 1 日仍然记忆犹新（笔者 2000 年采访）。他拿出一张已经有些模糊的照片说："这就是 1949 年 10 月 1 日拍的。当时我随六军文工团西进到甘肃平凉，当天平凉县城沸腾了，满街都是欢庆的人。瞧，这个扎羊肚白毛巾扭秧歌的男演员就是我。我们手拿镰刀和斧头尽情地扭呀。"

柴桂铭和老伴马玉杰都是 1945 年参军后去的延安。当时两人在西北野战军教导旅（今第五师前身）宣传队任宣传队员，先后参加了《白毛女》《夫妻识字》《血泪仇》《刘胡兰》《赤叶河》等优秀剧目的演出。

马玉杰老人在国庆节前夕接受采访时说："最难忘的一次演出是在1946年9月的一天，当时我们在杨家岭中央礼堂演出话剧《李国瑞》，毛主席也来看演出，演出结束后，毛主席上台接见了剧社全体演员，我们都激动得热泪盈眶。"

柴桂铭和马玉杰是在战争年代的演出中结下的友谊。柴桂铭在《白毛女》剧中扮演"杨白劳"，马玉杰扮演"二婶子"。这一剧目他们从延安演到哈密，共演出105场。有一次在哈密为当地军民演出《白毛女》，他们在台上演，台下通过一位翻译为维吾尔族群众介绍剧情。演出结束后，一位维吾尔族老大爷抱着一个用红毡裹着的甜瓜送到后台，说"这丫头（指喜儿）太可怜了。"

"当时的演出条件很差。"柴桂铭老人回忆道，"每到一处演出，演员的服装都是借老百姓身上的服装，演完后脱下来再还给人家。这些演出极大地激发了受苦人的血泪仇。有一次在为战士演《赤叶河》，我在剧中扮演公公，马玉杰在剧中扮演儿媳妇，当演到地主要强奸儿媳妇时，台下的战士愤怒了，突然一个水壶被投上台子。大幕当即落下。部队领导怕出更大意外（当时战士都带着武器），大声向战士解释："这是舞台演出，扮演地主的是演员，不是地主本人。"

柴桂铭、马玉杰进疆后一直从事文化、宣传工作，柴桂铭离休前任自治区文化厅副厅长，马玉杰离休前任自治区党委宣传部文艺处处长。

2000年6月6日，两位老人度过他们的金婚纪念日。


手记

一对老人68年前在那烽火舞台上演了105场《白毛女》，这是历史，也是新闻，是读者欲知而不知的史态类新闻。

如何将那段历史再现、还原给读者？这是笔者在采访前就思考的问题。老人讲述了很多故事，但给笔者留下深刻印象的只有三个情节：毛主席观看演出；一位维吾尔族大爷到后台送甜瓜；演出时一只军用水壶飞到台上。笔者的任务就是以读者的口味选择新闻，还原新闻。所以说，媒体是人体的延伸，于是，笔者舍弃其他，就写了这三个情节。

# 张复中：走向光明路

张复中　1949年酒泉起义后，任六军十六师五十一团一营参谋。进疆后，一营负责迪化（今乌鲁木齐）城防任务，担任新疆日报社、红山弹药库和四个城门的防卫。后被组织选派到八一农学院学习两年。

1949年11月初的一天，对刚刚从国民党部队起义的张复中来说，是永生难忘的一天。当他与六军十七师五十一团副团长杨兴国率领的10多人先遣小分队在酒泉机场踏上一架苏联飞机时，他就激动难抑，感慨万千。在过去的一个来月里，张复中完成了他人生的重大转折：从一个国民党军队的排长，成为一名解放军的参谋（连级）。而且，解放军还如此器重他，让他这个起义人员参加了先遣小分队，越发感到当时毅然选择起义是他一生中做出的最正确的一件事。

随着苏联伊尔运输机的颠簸，张复中的思绪又回到了一个月前的那段日子里……

1949年9月25日，新疆警备总司令陶峙岳通电全国宣布和平起义后，新疆国民党军驻扎在甘肃清水镇（距酒泉不远）的一个骑兵连，就接到远在新疆库尔勒团部的命令：就地待命，等待整编。当时这个骑兵连的连长是顽固派，意欲哗变。而人缘极好的排长张复中却表现出一种平静与沉默，60年后，当我采访他时，他依然记忆犹新地重复着60年前的那段针锋相对的对话：

"解放军就要到酒泉了，我要带着弟兄们到戈壁滩上打游击，誓与党国共生死！"国民党的骑兵连长张牙舞爪地咆哮着。

而几位排长并不言语。

"张复中，难道你要等着吃解放军的'花生米'吗？"见大家都不吱声，连长对张复中叫喊道。

张复中在几位排长的注视下，平静地说："军人以服从命令为天职。我要'就地待命，等待整编'。"

"你这不是等于起义了吗？"连长气势汹汹地质问道。

"我们的总司令陶峙岳将军起义了，新疆省政府主席包尔汉起义了，我们为什么不起义？起义是条光明之路。"这句话说到大家的心坎里了，是他们想表达而不敢表达的心里话。他们赞许地望着张复中。

连长从大家的面部表情已看出他们与张复中的想法是一致的，他像泄了气的皮球，赌气似的说："看来国民党的气数确实已尽了，但我宁死不投解放军。你们走你们的阳关道，我走我的独木桥。兄弟们，再见了。"连长带着10多名亲信走了。

张复中对大家说："我们要执行陶峙岳总司令的命令，就地待命，等待解放军整编。"就这样，国民党一个骑兵连的100多人和马匹、弹药全部留了下来。

……

飞机降落在迪化（现乌鲁木齐）机场。张复中走下飞机，见迪化（现乌鲁木齐）的上空阳光灿烂，人们的脸上洋溢着解放后的喜悦。在驱车前往红山宿营时，不少维吾尔族市民见到他们，竖起大拇指说："解放军同志亚克西。"

几天后，先遣小分队接到六军司令部命令：十七师五十一团进疆后开赴绥来（现玛纳斯县）与沙湾一带屯垦戍边。

春风催雪融，大地复生机。1950年3月15日，五十一团团长李凤友率部来到沙湾县李家庄与炮台一带。这里有着大片的荒原和清朝时开垦过的零星撂荒地，战士掘地为屋，吃麦粒，喝盐水，拉开了开荒的序幕。张复中回忆道："在营部召开的生产动员会上，各连递上了请战书，'战斗是英雄，生产当模范'的口号喊得震天响。战士们的劲头就像出膛的子弹。当时没有机力和畜力，战士们就穿着裤头抢着坎土曼挖地，以班为单位，一字排开，因为这样可以强弱互补。在挖干渠时，我和管理员许书怀同志一起挖，他是南泥湾大生产时的劳动模范，我是才起义的解放兵，我干活不如他。可许书怀总是'挖过线'，我知道他是在帮我。我也不甘落后，豁出命来与他比赛，我们两人挖渠纪录日日刷新，都获得了甲等三好模范。"

当时，劳动时间很长，都是两头见星星。战士们还创作了不少劳动诗歌，既抒发情感，又鼓舞斗志。如：

红旗插沙湾，

荒原变良田。

打仗是英雄，

生产当模范。


人民战士硬骨头，

四人拉犁气死牛，

今天汗珠甩八瓣，

秋后吃饭不用愁。

那年，沙湾李家庄军垦农场开荒3万亩，播种1.6万亩，收获粮食95.1万公斤，全团2148人（当年抽出一个营去剿匪）人均粮食442.7公斤。年末各类牲畜存栏1215头（只）。特别是一连开荒1005亩，当年收获粮食6000余公斤，可供全连吃3年。六军党委嘉奖一连"耕一余三"，并授予"建国立家模范连"光荣称号。

10月20日，五十一团接到新疆军区、十七师命令，赴迪化（现乌鲁木齐）换防四十九团卫戍城防。五十一团将开垦的土地和收获的粮食全部移交二十五师（现农七师）。

手记

### 肝胆相照 真诚相待

可以说，起义官兵从起义的那天起，解放军就与他们情同手足，并真诚相待，起义官兵最感恩的是党组织对他们的信任。

张复中起义后，就成为解放军的参谋，并参加了入疆先遣小分队，难怪他感慨万千。不仅是张复中，许许多多起义官兵对解放军这么信任自己都是感激不尽的，解放军的光明磊落与国民党的尔虞我诈形成了巨大反差。信任赢得了起义官兵的心，他们彻底地改造了自己，一心一意跟党走。

本文中南泥湾开荒模范许书怀与才起义的张复中肩并肩开荒，可以说这是部队整编后，"相互帮助、共同进步"的一个典型细节。起义官兵就是在解放军的帮扶下进步的，他们脱胎换骨，成了一名真正的战士。

采访张复中时，他讲述了起义前和五十一团开荒的故事，看得出，这两个故事在他人生中是有色彩的，因为他起义后，就成为解放军的参谋，因为在开荒中，他和许书怀都被评为甲等三好模范。

# 张文治：赶着骡马进新疆

张文治　十七师骡马大队队长，从1949年10月7日起，骡马大队经过近两个月的跋涉，行程达1500多公里，500多名战士终将2000多匹骡马安全地护送到哈密和迪化（现乌鲁木齐）。

1949年10月，甘肃酒泉这个小城镇沸腾了，二军、六军由这里启程，从天上、地上向新疆进发。部队指战员可以乘飞机，坐汽车，徒步，但两个军的2000多匹骡马怎么办？对此意见不统一。中国人民解放军第一兵团入疆总结中这样记载：当时有人认为骡马不能进疆，即使进疆也不知死亡多少，因而不愿拉牲口。针对此种情况，一兵团司令员王震为骡马召开了一个专题会议，二军、六军的主要领导都参加了。那次会议，王震动了感情："这些骡马跟随我们南征北战，在军中服役，长的10多年，短的也有三五年，它们有的在战场上和我们冲锋陷阵，流尽最后一滴血，有的为了救战友，身上布满了枪伤刀痕，它们可是为革命作出贡献的呀！"略微停顿了一下，王震又接着说："这2000多匹骡马可是我们进疆后屯垦戍边的本钱，所以要选派得力的干部和有经验的饲养员，这个任务不比打仗轻松，任务是艰巨的，也是光荣的。"

根据王震司令员的指示，二军、六军对骡马大队负责人和饲养员进行层层挑选，六军最后确定许会增为十六师骡马大队队长；张文治任十七师骡马大队队长。

10月6日，王震在六军参谋长陈海涵的陪同下，接见了许会增、张文治以及500多名指战员。可见这些骡马在王震心目中的位置。

10月7日，十六、十七师的2000多匹骡马从酒泉小城出发。按照六军的部署，十七师1000多匹骡马在前开路，十六师1000多匹骡马在后压阵。虽然战士和骡马都是身经百战，但在大戈壁滩上顶着火球般的烈日跋涉，还是第一次，很不适应。头一天，只走了30公里，就人困马乏了，没有村落、没有人烟，骡马大队只得在戈壁滩上宿营。张文治深感责任重大，他提着马灯查看战士是否给骡马喂了草料。检查完后，他又与其他干部在灯下展开地图研究第二天的行走路线。

西部戈壁滩气候无常，中午还日头高照，戈壁卵石被骡马的铁蹄踩踏得生烟冒火，空气中弥漫着呛人气味。可不一会儿，天上飘过一片黑云，大地瞬间就暗如黑夜，气温陡然下降。向导对张文治喊道："不好，黑旋风来了，快把骡马集中到低洼处，让骆驼围在外面，让战士紧紧抱着头马的脖子，只要头马不乱，其他骡马就不会乱跑了。"张文治按照向导的说法刚刚布置完毕，呼啸的狂风卷着沙石劈头盖脸地打来，天地间混沌一片，这些其他省市的骡马从来没有经过这阵势，有些惊慌。这种时候最怕牲畜炸群，战士们双手紧紧地抱着马头，将身子紧紧地贴在马身上。由于外围有骆驼，里面又有战士护着头马，所以，整个骡马群像座山似的一动不动。大约一个多小时后，风息了，大戈壁安静下来，太阳从云层中露出来。可战士们耳中仍是呼啸的风声，他们依然搂着马头一动不动。向导对着战士大喊道："快醒醒，风停了。"可战士们仍不动。向导推推战士，战士这才抬起头来。他们只见向导张嘴说话，可一点都听不到声音。见到这幅情景，向导大笑起来，他用手做出掏耳朵的样子。这时大家才明白过来，纷纷掏起耳朵——耳朵里灌满了沙子。

几天后，骡马大队来到一个名叫"苦水"的地方，此地徒有虚名，干的没有一滴水，只有一间小破房，屋内没有一人，只有一部电话。原来这里是国民党的一个兵站，解放军进疆前，守卫兵站的人都跑光了，只留下了那部电话。骡马大队来到这里，已是人困马乏，只得在这宿营。向导对张文治说："离这100多里是'骆驼圈子'，那里有国民党的驻兵，定有粮草。"张文治果然摇通了"骆驼圈子"兵站，可对方一听说是解放军要粮草，口气十分冷淡，说天已黑了，无法送粮草，等到明天再说。张文治一听火了："我是解放军六军十七师骡马大队大队长，我现在命令你，今晚务必将水和草料送到'苦水'，如果你不执行命令，我将电告陶司令，等待你的是军法处置。"说完，张文治"啪"地将话筒摔了。3个小时后，几辆汽车拉着水和草料来到苦水。向导吐着舌头说："解放军就是厉害。"

骡马大队终于到了哈密，只见天山上白雪皑皑，山下是村落和农田。十六师政委关盛志早在路边等候了，战士们激动地跑过来，围着首长说着一路的见闻。关盛志见他们一个个又黑又瘦，心疼地说："大家辛苦了，现在新疆就要开展大生产运动了，这些骡马来得正是时候呀。军长也很惦念大家呀，天天打电话问你们走到哪里了。"那天夜里，关政委好好犒劳了两个骡马大队的500多名战士。第二天，十六师的骡马就留在了哈密，而十七师的骡马大队继续向迪化（今乌鲁木齐）进发。

战士们终于看到了博格达峰，在山下的马路上不时看到十七师和起义部队的运输汽车。"到家了，我们到家了。"战士们高声喊道，并把帽子抛向空中。

　　经过近两个月的跋涉，行程1500多公里，六军的500多名战士将2000多匹骡马安全地护送到哈密和迪化（现乌鲁木齐）。在六军评奖大会上，两个骡马大队评出特等功14人，大功129人，小功150人。

手记

### 铁流滚滚向西流

　　1949年末，从甘肃酒泉到新疆迪化（现乌鲁木齐）漫长的古丝绸之路上，滚滚铁流西进、气势波澜壮阔。天上有飞机，地上有汽车，还有一支支徒步的部队，除此之外，成千上万匹骡马为西进铁流增添了别样的风景。本文讲述的就是六军骡马大队进疆的故事。

　　王震将军不愧为南泥湾开荒的"好把式"，他从战略的高度来看待这些为中国革命作出贡献的骡马："这2000多匹骡马（指六军的骡马，不含二军骡马）可是我们进疆后屯垦戍边的本钱。"果然如此，这些骡马进疆后，和战士一样，征尘未洗，就投入到大生产运动中，它们的任务变了，套上绳索奋力拉犁，角色也由战马变为耕马，它们与战士齐心协力、并辔而行，亘古荒原变良田，它们功不可没。

　　在记忆中，过去几乎每个团场都有几匹立过功的战马，人们对它们爱护有加，连队也流传着各种战马的故事。战马年老病死后，人们将它们厚葬。

　　战马也是战士，我们不能忘记它们。

# 黄诚：奔袭和田　粉碎叛乱

黄诚　时任第一野战军一兵团二军五师十五团政委。

黄诚率领大部队向塔克拉玛干大沙漠挺进的第二天，也就是1949年12月6日，团长蒋玉和、政治处主任刘月率领的80人组成的先遣队也出发了。四十七团老战士马鹤亭介绍说，四十七团的老战士中共有7人参加了先遣队，现在只剩下他一人了。先遣队配备了50响的冲锋枪、卡宾枪，另外还有两挺机枪、两门迫击炮。队员分乘两辆美式大道奇、一辆美式吉普救护车。先遣队于12日上午抵达和田。国民党和田专员安筱山、副专员王肇智、和田警察局局长米杰假惺惺地前来迎接。

到和田后，国民党起义部队（驻和田骑兵连）向解放军交出防务，并介绍了和田当时的情况。这位连长说，和田的社会情况比较复杂，隐藏于此的国民党特务和外国敌对势力的间谍，一直在暗中进行活动。

蒋玉和团长说，你们骑兵连虽然交出了和田防务，但不要撤离和田，必要时，需要你们协防。同时要求他们送来几箱手榴弹、子弹。

当晚，先遣队召开营以上干部会议，对和田的局势进行了分析，认为和田各族人民是欢迎解放军的，是盼望解放的，但由于敌人的造谣和诽谤，人民群众还有顾虑，还不敢接近解放军。只要我们做好宣传，多为他们做好事，就会得到人民的支持，这样，我们就能站稳脚跟。会议还就具体任务进行布置，一是一部分人上街宣传我党我军的民族政策，广泛与群众接触；二是做国民党上层人物的工作，尽量争取他们。

和田的反动势力见解放军只来了80人先遣队，便开始蠢蠢欲动。他们表面上表示欢迎解放军，拥护起义，暗地里却加紧阴谋策划暴动。

14日晚，安筱山等人出面召开欢迎会，邀请先遣队全体出席。当时不少人就指出，这不是欢迎会，这分明是"鸿门宴"，是阴谋，我们决不能去。蒋玉和是位长征过来的干部，具有丰富的对敌经验，他知道，这是在与敌人进行一场斗智斗勇的较量，如果不去，敌人会认为解放军心虚，会更加嚣张；如果去，这分明是个陷阱。经过周密分析后，蒋玉和决定：由他带领全副武装的40人前去参加晚会，另40人（包括蒋玉和的爱人朱爱珍和黄诚的爱人杨桂英）留在营房准备接应。

晚饭后，蒋玉和带着队伍高声唱着军歌来到俱乐部。他们发现会场内外已布满了荷枪实弹的国民党警察，不少便衣在会场中窜来窜去。安筱山、王肇智等人在前排就座，中间是留给蒋团长的位子，而后面又坐着国民党警察。看到这种情况，蒋玉和沉着冷静，高声命令解放军战士在俱乐部的前后门担任警戒（站上双岗），并在会场内外布置了流动哨。解放军战士一个个胸前挂着50响冲锋枪，腰间是一排手榴弹，他们目光凌厉，双手握枪，枪口对着前排国民党要员，手中冲锋枪的保险已打开，手指就在扳机上。蒋玉和这一安排就是要让安筱山、王肇智等人知道，解放军已经识破他们的阴谋，我们是有准备而来。

那场晚会演出拖了很长时间才开始。会场上不时有便衣警察走来走去，等待长官下手的命令，可安筱山等人就是不敢下这个令。他们完全被解放军的威严给震慑住了。

晚会进行到一半时，有解放军战士小声向蒋团长报告：会场内外秩序混乱，情况异常。蒋玉和当机决定，立即回营房。他不慌不忙站起来，对安筱山、王肇智说："时间太晚了，我们要回营房休息了。"说完，大步走出俱乐部。接着，内外岗哨也撤出俱乐部回到营房。

第二天晚上，一位维吾尔族青年从院墙的一洞里钻进营房，向蒋团长报告了一个重要情报：由于敌人的鸿门宴阴谋没有得逞，他们又秘密策划暴动，警察局已把库存的武器发下去，并准备了3000根"大头棒"，成则实行割据，败则进行杀光、烧光、抢光，然后逃往印度。

得到情报后，先遣队召开紧急会议，认为情报可信。当即决定从国民党骑兵连调来两匹马，派见习参谋陈跃俭带上蒋玉和团长写给黄诚政委的信件与向导进入沙漠送信。同时，营房加强戒备，要求所有战斗人员做好战斗准备，同时分头找反动头目谈话，防止他们串通。会后，蒋玉和带人上到城墙上，查看了地形，给每个战士都安排了具体任务。蒋玉和命令道：敌人暴乱后，小分队要固守待援，万一守不住，冲出城后向沙漠的主力部队靠拢。为了掐断敌人的退路，蒋玉和通过和田电报局向边卡驻军（属国民党起义部队）发报，命令封锁通向国外的出口，任何人不准出境。

现在我们再回到穿越沙漠的大部队这来。

大部队已在大沙漠中行进了12天，总算走出了沙漠的中心地带，到了有水有柴的肖尔库勒（阔什拉什）。大家不觉松了一口气——总算走过了最艰险的那一段。战士们在一片说笑声中忙着支帐篷，炊事员见到了甜水地也情绪高涨，要擀顿面条，让大家吃碗捞面条。战士体力消耗极大，黄诚政委、贡子云副团长、白纯史参谋长研究是否休整一天。就在这时，黄诚突然听到帐篷外面传来一阵急促的马蹄声，忙走出一看，见几名战士正扶着一人摇摇晃晃向他走来，仔细一瞧，这不是蒋玉和团长先遣队的陈参谋吗？黄诚的心一下揪了起来：和田那边有情况。陈参谋叫了一声政委，从胸口掏出那份信后，就一屁股坐到地上。

看了蒋团长的信，听了陈参谋的汇报后，黄诚像得到了十万火急的命令，立即召开团党委会，研究支援先遣队的计划。

此地距和田还有200公里，部队就是强行军，最快也得3天。再说，大部队在沙漠中已经行军10多天了，体力消耗极大，病号也越来越多，如再强行军，会把部队拖垮的，反而会影响战斗力。再说，和田那里情况十分紧急，如果3天后才赶到，恐怕已经迟了。怎么办？这时，参谋高焕昌提出一个方案：将部队所有驮马集中起来，挑选精干干部战士组成一个小分队，昼夜兼程，驰援和田。会议同意了高参谋的计划，同时决定，大部队19日走75公里赶到伊斯拉木阿瓦提。假使情况紧急，就留一个营在伊斯拉木阿瓦提，其余两个营和炮兵连轻装前进，20日一天走125公里赶到和田。

战士们听说和田的情况后，个个义愤填膺，有的战士气愤地喊道："4天的路程我们一天赶到，坚决消灭暴乱的敌人。""不消灭反动派，不算毛主席的好战士。"大家纷纷报名，要求参加小分队。由于马匹有限，只能组成40人的加强排。

情况紧急，马蹄生风。这支临时组成的骑兵加强排，没有辜负全团干部战士的期望，一天一夜就赶到了和田。高焕昌战斗经验丰富，他没有立即下令骑兵加强排入城，而是带着骑兵在城墙外放蹄疾飞绕城三周。一时间，人喊马嘶，蹄声震天，烟尘飞扬。和田城内的反动势力做梦也没想到，解放军的骑兵大军会这么快来到和田。

两天后，大部队来到和田城外待命。团部通知每个战士要做四件事：一是理发，二是擦澡，三是擦枪，四是补衣服。总之，战士要干干净净、整整齐齐、威风凛凛进入和田。

历史将永远记住这一天，1949年12月22日，中国人民解放军一野一兵团二军五师十五团全体指战员经过792.5公里的沙漠穿行后，迈着整齐的步伐，排成一列列方阵，走进和田城。

和田城沸腾了，几万人民涌到街头欢迎解放军。

12月25日，第一野战军司令员彭德怀、政委习仲勋向十五团发来嘉勉电，全文如下：

"你们进驻和田，冒天寒地冻，漠原荒野，风餐露宿，创造了史无前例的进军纪录，特向我艰苦奋斗胜利进军的光荣战士致敬。"

手记

2007年金秋时节，我来到新疆兵团农十四师四十七团，一架铁犁图案构成的中国人民解放军进军和田纪念碑，吸引了我们的目光，仔细看去，原来这架紧紧插入泥土的铁犁是由"47"阿拉伯数字组成，在阳光下闪着金属般的光亮。纪念碑是四十七团凝固的历史，那不长的碑文讲述着四十七团半个多世纪的故事：

中国人民解放军第一野战军一兵团二军五师十五团（四十七团前身。笔者注），是一支饱经革命战火锤炼的英雄部队，前身是一二〇师三五九旅七一九团。这支部队为了中国人民的解放事业转战南北、浴血奋战，立下了赫赫战功。1949年12月，为及时粉碎聚集在和田的国民党残匪的暴乱，遵照军首长郭鹏、王恩茂的命令，团长蒋玉和率领小分队12月12日先期抵达和田。十五团主力部队1803名指战员在黄诚、贡子云、白纯史同志的率领下，于12月5日从阿克苏出发，克服了狂风暴沙、饥饿干渴等常人难以承受的困难，昼夜兼程行军15天、行程1585里（792.5公里），于12月22日，胜利解放了和田，开创了徒步横穿塔克拉玛干大沙漠这一死亡之海的奇迹，受到了一野首长彭德怀、习仲勋的通电嘉奖。

　　50年来，十五团模范地执行党中央、毛主席的伟大指示，肃清匪特、发动群众、建设政权、屯垦戍边，为和田的社会稳定、民族团结和经济发展建立了历史的功勋，他们像沙漠中的胡杨，深深扎根在和田这块贫瘠而又充满希望的土地上，用生命书写了一部艰苦创业、无私奉献的军垦诗篇。

　　为纪念解放和田的老战士，发扬中国人民解放军的光荣传统，特立此碑，昭示后人。

中共和田地委、和田行署

中共和管局党委、和管局

中国人民解放军和田军分区

1999年12月22日

# 连承先：进疆后的第一场战斗

连承先　六军十六师四十六团团长，进疆先遣小分队指挥，干净利落地完成了王震司令员交给的稳定起义部队、确保我大军顺利进疆的任务。

1949年9月28日，在新疆警备总司令陶峙岳宣布起义的第三天，哈密发生了一起震惊全国的"抢金案"。

为了迅速粉碎敌人破坏新疆和平起义、分裂祖国的阴谋，在酒泉的一兵团指挥部里，王震司令员果断命令：由六军十六师以最快的速度组织一支小分队，乘飞机到达哈密，平息暴乱，稳定起义部队，保证进疆大军的道路畅通。

作战命令下达到十六师后，师长吴宗先、政委关盛志非常清楚这一命令的重要性：这是新疆和平起义后，解放军的第一支进疆部队，与以往的战斗不同，它不是枪来弹往、血肉横飞的火线，而是靠胆量、智慧去战斗，是一场没有硝烟的战斗。经过缜密分析研究后，决定小分队由四十六团团长连承先担任指挥，该团一营副营长胡青山担任副指挥。这两人是师首长从全师团、营职干部中精选出来的，可以说是百里挑一。两人的共同特点是身经百战、遇事冷静、有勇有谋。

10月17日，6架银光闪闪的伊尔军用运输机（当时斯大林支援中国40架伊尔运输机）一字停在酒泉机场上。130名解放军战士全副武装站在机旁，等待登机。

飞机在哈密机场降落后，连承先按照师部制定的作战方案，留下一个加强排警戒机场，以防不测，为大部队降落作前期准备。然后，他带着近百人火速赶到已经宣布起义的一七八旅旅部所在地——大营房。一七八旅长官已经接到总司令陶峙岳的命令，指示该旅积极配合解放军的先遣小分队。但小分队的突然到来还是让他们吃了一惊，犹如从天而降的天兵天将。副旅长熊略赶忙走出营房大门，伸出双手握住连承先团长的手说："兵贵神速，有失远迎。抱歉，抱歉。"

该旅参谋长拉着脸不阴不阳地说："贵军进疆有些迫不及待了。"

连承先早在酒泉就了解到一七八旅部分长官对起义的态度不明朗，甚至有抵触情绪，所以参谋长的态度并不令他吃惊，他们来就是做这部分人的工作，稳住起义部队，以防兵变，确保大军顺利进疆。连承先先看了一眼参谋长，然后镇静地说："请问参谋长，一七八旅的广大官兵和新疆各族人民是不是都在急切地盼望我人民解放军尽快进疆？和平解放新疆，维护祖国统一是历史潮流，不可逆转，是大势所趋，人心所向。"

参谋长一脸的尴尬，坐在那一声不响。

熊略副旅长将一七八旅在哈密的防务以及20天前发生的"抢金案"向连团长作了汇报，然后安排先遣小分队住下来。

先遣队的驻地是一座土木结构的营房，对面是旅部，侧面不远是该旅的炮营防地。胡青山一看急了，对连团长说："真是煞费苦心呀，这是在严加防范我们，四周都是眼睛，我们的一举一动都在他们的观察之中。"

连承先观察了地形后，笑着对大家说："观察是双方的，他把先遣队放在这，以便观察我们的举动，我们正好也可观察他们的一举一动。我看这个地形对我们完成任务十分有利，我们先遣队的百十人就要像钉子一样插在一七八旅的心脏，让他们不敢轻举妄动。"接着，胡青山安排观察哨兵，哨兵们伏在窗口昼夜观察。他还让战士在四面的墙上挖出射击孔，以防不测。

自先遣队来到大营房后，在国民党特务暗中挑唆下，一七八旅也做出了一些小动作，一会儿增加岗哨，一会儿派人到我驻地侦察，令人气愤的是，那炮兵阵地不时将炮口对准我驻地，进行操练演习，指挥人员故意将"目标，前方200米"喊得山响，那是喊给我先遣队听的，战士们的肺都要气炸了。但也有不少国民党起义士兵慌慌张张来到我驻地，不敢说话，看一眼，递个眼色，就赶紧走了，他们显然是给先遣队传递信息，提醒我们要多加防范。

连承先多次召开干部会议，反复强调，紧张的不该是我们，而是极少数国民党特务，别看我们人少，但我们是代表新疆各族人民和平意愿的，我们的身后有10万大军，有新疆各族人民。他们的动作越多，说明他们越心虚。我们就是一颗钉子，牢牢地扎在一七八旅的心脏。

突然有一天，旅部的戒备更加森严，如临大敌一般。不一会儿，来了一辆吉普车。原来，一兵团参谋长张希钦已经乘飞机来到哈密，他派人来接连承先到我军指挥部。

到了军指挥部，连承先向军首长汇报了先遣队的工作。张希钦说："先遣队已经完成了稳定起义部队的任务，你们就是一颗插在一七八旅的钉子，团结了大多数国民党官兵，震慑了极少数别有用心的人。现在已经查明，哈密暴乱是国民党特务一手策划的，目的就是企图阻挡我大军西进；如果这一企图不能得逞，就拉起队伍窜入天山北麓与那里的土匪会合，或者逃入南疆，伺机负隅顽抗。现在你的任务是迅速赶到机场，指挥我即将到达的两个营，在夜幕降临时，实施对一七八旅的包围，解除其全部武装。"

十六师的两个营的兵力准时到达哈密机场，在连承先的指挥下，又火速赶到大营房，在距旅部一公里处，将该旅前哨排全部堵在营房内，切断电话线。两个营的战士连夜在大营房的外围挖好作战工事，神不知鬼不觉完成了包围。第二天天一亮，一七八旅一些顽固分子发现后，顿时慌作一团。这时，在张希钦参谋长写信敦促之下，一七八旅广大官兵一致拥护刘抡元旅长、熊略副旅长的起义决定，接受我军提出的"放下武器、接受整编、查明哈密暴乱祸首"的命令。

至此，我先遣小分队干净利落地完成了王震司令员交给的稳定起义部队、确保我大军顺利进疆的任务。

这是一场在复杂局势下的特殊战斗，是一场没有硝烟、没有枪声的战斗。历史将给予记载。

手记

### 没有枪声的战斗也激烈

也许是出生在哈密大营房的缘故吧，我一直对六军十六师的历史颇感兴趣。十六师四十六团的两任团长参加过两场"没有硝烟的战斗"，本文讲述的四十六团团长连承先是一个；另一个人物就是四十六团团长任书田（在连承先后），这次"没有硝烟的战斗"是到哈密专员兼警备司令尧乐博斯家赴宴，为了这次赴宴，六军还召开了紧急会议，可见这不是一次普通的家宴。家宴是"哈密虎"尧乐博斯的一个阴谋，他想借家宴来探解放军的底。结果，在推杯换盏中，尧乐博斯精心设计的家宴阴谋彻底失败了。

本文讲述了新疆和平起义后的哈密国民党驻军里的一部分官兵，在特务和国民党顽固分子的挑唆下，不甘心失败，想"搞出点动作"阻止解放军进疆。正如十六师领导分析的那样：与以往的战斗不同，它不是枪来弹往、血肉横飞的火线，而是靠胆量、智慧去战斗，是一场没有硝烟的战斗。虽然没有枪声，但仍然惊心动魄，就像下棋，排兵布阵，你来我往，虽无声，但又声如惊雷。连承先不愧为久经沙场的指挥员，就连战斗英雄胡青山都焦急地喊道："这是在严加防范我们，四周都是眼睛，我们的一举一动都在他们的观察之中。"时，连承先却看出了千载难逢的机会，"观察是双方的，他把先遣队放在这，以便观察我们的举动，我们正好也可观察他们的一举一动。我看这个地形对我们完成任务十分有利，我们先遣队的百十人就要像钉子一样插在一七八旅的心脏，让他们不敢轻举妄动。"

斗智斗勇，冷静果敢，连承先圆满完成了这场"没有硝烟战斗"。也是我10万大军进疆前的第一场战斗。

# 胡青山：保卫伊吾四十天

胡青山　中国人民解放军六军十六师四十六团一营副营长。伊吾保卫战后，胡青山被六军授予"特级战斗英雄"称号，并出席1950年全国英模大会，是会上毛泽东主席亲自接见的前八名特级战斗英雄之一。

1950年2月下旬，解放军六军十六师四十六团一营二连138人奉命进驻伊吾县，任务是改造当地政权，维护社会秩序，帮助少数民族群众发展生产。

四十六团指挥员之所以把"战斗英雄连"放在伊吾县，是经过深思熟虑的。这个连队相当一部分干部战士在解放战争中立过功，是一支能打硬仗的部队，团里还特意选派一营副营长胡青山带队，无疑是个"双保险"。胡青山是个具有传奇色彩的战斗英雄，解放战争时，他一人曾独闯敌营，俘虏过一个班的敌人，进军新疆前他就立过6次大功，受到过毛主席的接见。

3月30日拂晓，东方山头上刚刚露出鱼肚白，二连的出操号声便响起来，各排各班的战士们跑步来到操场，"一二三四"的号子声震落了稀疏的晨星。突然，从山头上射过一排密集的子弹，6名战士中弹倒在地上。"有情况，卧倒！"胡青山大声喊道。话音刚落，又是一阵枪响。"各战斗小组进入掩体，准备战斗！"胡青山命令道。

这时候由四十六团派到县警察局的指导员孙庆林跑过来向胡青山报告："县长艾拜都拉叛变了，他和众匪徒胁迫全县3000人上了山，电话线已被土匪切断。"

胡青山当即命令孙庆林将警察局和政府人员组织起来，协助二连投入战斗。胡青山早料到匪徒会来的，他在掩体里用望远镜观察着，他一眼就看出敌人没有一点战术，骑着马、挥着刀挤着疙瘩往前冲，这正是"包饺子"的好机会。800米，他按兵不动；600米，他按兵不动；400米，他按兵不动。马速飞快，敌人见我们没有一点动静，更加嚣张，嘴里发出一声声怪叫，转眼到了跟前。战士们已清晰地看到马嘴里泛着白沫子，听到马急促的喘气声。50米，这是我打击的最佳距离。只听胡青山山崩地裂般喊了一声"打"！"七八十枚手榴弹雹子般地落在敌人马队中，接着，机枪、冲锋枪吐出一串串愤怒的火舌。跑在前面的匪徒成片倒下，后面的匪徒由于惯性勒不住马，又被前面的死马死人绊下马来。土匪惯常骑马，掉下马他们就成了"瘸子"，成了我们的活靶子。敌人撂下30多具尸体后，狼狈逃窜。

匪徒在围困伊吾县城的日子里，又发动过两次大规模的进攻，都被我军击退。

4月15日：敌人孤注一掷，又发起进攻。胡青山在营房指挥部大吼一声："共产党员过来集合。"话音刚落，指导员王鹏月、神枪手李振江、三班长杨凤山、九班长杨成保、八班长杨善、炊事员、司号员……呼啦啦一下站出11人，他们像堵墙站在胡青山面前。

　　胡青山的脸都凝固了，双眼血红。他斩钉截铁地说："同志们，考验我们的时候到了，伊吾保卫战成败在此一举。"说着，他一下举起拳头，高声喊道："为牺牲的战友报仇！""誓与伊吾共存亡！"这11人跟着营长高声喊道。这时，胡青山顿了一下，对王鹏月说："你留在营房指挥，万一我牺牲了，由你和孙庆林接替我的指挥权。"说完，11名勇士向南山冲去。敌人的目的非常明显，就是要拿下南山碉堡。一部分敌人已进入碉堡前的壕沟，将战士死死堵在碉堡内，一部分敌人则在半路阻截我军援兵。所以，11名勇士被火力压在山下。胡青山目测了一下距离，命令大家将标尺定到400米。"瞄准了，打当官的，打气势嚣张的。"随着"呼呼"一阵枪响，七八个敌人应声倒下，另外两个捂着流血的伤口嗷嗷嚎叫。一匪徒边跑边喊："解放军的神枪手来了，解放军的神枪手来了。"敌人像炸了群的羊，四处逃窜，就连围攻碉堡的敌人也如惊弓之鸟。胡青山一声令下，11名勇士端着武器边扫射边冲锋，敌人见神枪手冲上来了，慌不择路向后山逃窜。

　　5月7日，哨兵前来报告：解围的大部队来了。胡青山在望眼镜里果然看到团长任书田带着大部队来了，他一下从战壕里跳出来，挥舞着胳膊，大声喊道："大部队来了！团长来了！"

　　二连的战士们欢呼着，与营长一道迎了上去。胡青山与团长任书田紧紧拥抱在一起，团长对老部下胡青山说："你是英雄呀，二连的战士是英雄呀。"

　　不久，西北野战军司令员彭德怀到新疆视察工作，特地来到哈密，在听取了十六师师长吴宗先、政委关盛志同志的汇报后，当即命名二连为"钢铁二连"。剿匪结束后，西北野战军司令部传令嘉奖二连，并授予胡青山同志"战斗英雄"光荣称号。

手记
### 了却一个心愿
因我父亲曾在1953年继任"钢铁二连"连长，所以从小就听父亲讲过钢铁二连胡青山的故事。伊吾保卫战时，父亲所在的四十六团三营八连驻扎镇西（现巴里坤），而驻扎在伊吾县的是四十六团一营二连，因都是一个团，所以，父亲对战斗英雄胡青山很崇敬，对那个战斗经过很了解。

也许是父亲的原因吧（钢铁二连连长继任者），我一直想把"伊吾保卫战"这段历史以及胡青山这个英雄写出来，早在20多年前，我还在五师战旗报社时，就在师档案科查找"钢铁二连"的资料，并将《二连伊吾保卫战总结》手抄下来（那时还没有复印机）。后来，我还采访过时任四十六团团长任书田。我印象最深的是，哪里有危险了，一接到报告，胡青山就抱起一挺机枪，高喊一声"跟我来"旋风一般冲上去了。一阵猛烈扫射，土匪马队仓皇逃窜。这个细节用在了我撰写的报告文学《伊吾保卫战始末》中。在兵团日报社负责编辑纪实版后，我终于下决心将"伊吾保卫战"写了出来。也许是天意，在《兵团日报》刊发《伊吾保卫战始末》一文后不久，父亲就病危了。我带回几张报纸让父亲看，他已经没有力气看了，我就给他读，一天读几段。那段日子是父亲病危以来最高兴的日子，仿佛又回到了那个年代。1万多字的《伊吾保卫战始末》读完后，父亲的脸上露出了一丝笑容，父亲口述了一辈子胡青山的故事终于见诸报端了。当然，伊吾保卫战的故事出过书，拍过电影，但被一个"钢铁二连"继任连长后代写出来，真真了却了父亲的一个心愿。

# 姜玉昆：活捉匪首贾尼木汗

姜玉昆　六军十六师四十六团副政委，在一次剿匪平叛战斗中活捉匪首贾尼木汗。

1950年6月27日，北疆剿匪前线指挥、六军军长罗元发接到侦察兵报告：乌斯满带着他的白俄卫队通过奇台山路窜到大柳峡一带，已与另一匪首贾尼木汗会合，试图纠结散兵败将从甘肃、青海一带逃往印度，然后逃往台湾。

罗元发军长立即命令十六师火速围歼这股顽敌；同时，通过剿匪指挥总部与甘青新三省剿匪总指挥黄新廷司令员联系，防止乌斯满出逃。

十六师师长吴宗先接到命令后，与政委关盛志研究决定：派四十六团副政委姜玉昆带二营及三营两个连迅速赶到大柳峡消灭敌人。

7月1日，部队从前山子出发。战士们听说要去剿匪，个个摩拳擦掌，精神抖擞，在夜幕降临前部队按计划赶到了五鬼泉。

"就地宿营。"姜玉昆下达了命令。

战士们熟练地搭帐篷、架锅,准备烧水做饭。这时,一位哈萨克族老乡骑着马来到二营营地,用生硬的汉语说,他来找解放军有重要情况报告。四连八班班长王俊一听有重要情况,丢下手中的饭锅就带老乡去见姜玉昆副政委。

宿营地的水还没烧开,紧急命令就到了。姜玉昆站在一高处大声喊道:"刚才接到一哈萨克族老乡的报告,说乌斯满、贾尼木汗中午就在此地吃的饭,他们现在就在小红柳沟,离这里只有40华里(20公里)。"姜副政委提高了嗓门喊道:"同志们,咱们是在这里吃饭、宿营?还是急行军赶到小红柳沟活捉匪首?"

战士们一片吼声:"活捉土匪头子!为新疆各族人民除害!"

姜玉昆一挥手,战士们平静下来。他接着说:"同志们,今天是7月1日,是我们党的生日,我们要活捉匪首,打个漂亮仗,来庆祝党的生日。同志们有没有决心!"

"有!"战士的吼声地动山摇。

部队出发了。夜色漆黑,像扣了一口黑锅,空气中有一股湿乎乎的气息,仿佛能拧出水来。战士们一路小跑向小红柳沟奔去。不一会儿,下起了倾盆大雨,但战士们淋着大雨继续前进。

大半夜时,先头部队的战士听到了犬吠声,他们立即伏倒在地,后面的战士也迅速卧倒。姜玉昆来到前面静静地听了一阵后,悄声下达命令:"七连攀上山头阻击敌人,四连正面进攻,其他部队堵在沟口。"

战斗打响了,枪声、手榴弹声响成一片,受到惊吓的牲畜也炸了群,向四处跑去。被解放军追击了大半年的匪徒,早已成了惊弓之鸟,一听到枪声,便往山上跑,跑得比兔子还快。姜玉昆早料到了,"八二"炮这时发挥了威力,一发发炮弹在敌群中开了花。第一发炮弹就落在乌斯满哥哥的身边,他被爆炸的气浪高高抛起,落到地下后就断了气。其他匪徒看到解放军的炮弹像长了眼睛一样,吓得两腿发软，抱着头筛糠似的直哆嗦。七连的战士如猛虎一般冲下来，将匪徒包了"饺子"。

四连的战士分头冲进帐篷，在一顶铺着厚厚花地毯的帐篷里，战士们看到两个留声机、几个大皮箱，还有大量的绸缎、布匹、元宝都原封不动地堆在那，就连挂在帐篷围圈上的两支手枪也没来得及拿走。可见乌斯满当时惊慌成什么样子。被俘的卫兵交代说，一听见枪声，乌斯满连外衣都没穿，带着他的白俄卫队骑马逃跑了。

乌斯满帐篷旁边是贾尼木汗的帐篷，只见贾尼木汗的老婆抱着一个巴郎子在号啕大哭。

这一仗共缴获匪徒7挺机枪，1万余发子弹。

这时，天已蒙蒙亮了，战士们这才感到肚子饿得咕咕叫。姜玉昆命令："抓紧时间吃点干粮，半小时后，追击漏网的匪首。"

雨仍在淅淅沥沥下着，战士们的衣服湿得都在滴水。可为了活捉匪首，这点困难算什么！部队继续追击。到了二道白杨沟，姜玉昆命令七连在前搜索，四连担任后卫，部队跑步前进。

部队追击了不到10公里，果然发现了敌人。在白杨沟的一个山坡上，姜玉昆命令四连爬过山头直插敌人的身后进攻，"八二"炮架在山坡上瞄准敌人，七连堵住山口截击敌人。

这一仗共击毙匪徒80多人，俘虏近百人。

战士们将俘虏集中在一块草地上，向他们宣传我军的政策：只要不再跟随乌斯满与人民为敌，即可回家与家人团圆。

这时，姜玉昆发现一位漂亮的哈萨克族姑娘坐在俘虏堆中，双眼充满着愤怒的目光，紧咬嘴唇，一言不发，两手紧紧地搂着两个元宝。姜玉昆走到她面前。还不等姜玉昆发话，有个俘虏高声喊道："她就是贾尼木汗的女儿，我看见贾尼木汗没来得及逃跑，不知躲在什么地方？"

姑娘一看暴露了身份，"哇哇"大哭起来。在姜玉昆的耐心说服下，女青年极不情愿地指了一下不远处的一个山洞。

八班战士阎如保反应极快，随着一声"跟我上"，他们几个战士就向山洞扑去。到了山洞口，他们高声喊道："贾尼木汗，快出来！不出来我们就开枪了！"说着他们拉响枪栓。

这时，只见贾尼木汗穿着国民党黄呢军大衣举着双手哆哆嗦嗦走出来，他一脸惊恐和疲惫，目光呆滞，头发被雨水淋后乱得像块羊毛毡。

白杨沟的几百名战士一看到活捉了匪首贾尼木汗，顿时沸腾起来，他们相互拥抱，高声喊道："我们胜利了！我们活捉了贾尼木汗！我们为新疆各族人民除了一大害！"

当天，北疆剿匪前线指挥罗元发收到从白杨沟发来的电报，四十六团副政委姜玉昆向他报告：乌斯满及少数随从骑马逃脱，贾尼木汗被俘。

罗元发长长地舒了一口气，脸上露出一丝笑容。他知道，这封电报意味着新疆的剿匪平叛战斗已经接近尾声，离剿匪的全面胜利已经不远了。他兴奋地对身边的参谋高声喊道："命令十六师、十七师及各边防哨卡，高度警惕，严加防范，活捉匪首乌斯满！"

不久，罗元发收到军区电报："乌斯满在甘肃被三军活捉！"

手记

### 各族群众是剿匪部队的耳目

20世纪50年代剿匪平叛战斗不断取得胜利，一个重要的原因是各族人民群众的支持。土匪乌斯满所到之处不是造谣惑众，污蔑解放军，就是胁迫牧民做人质。而解放军剿匪部队，所到之处，收拢牧民失散的牛羊后又交给牧民，将土匪胁迫的牧民解救出来后给予帮助。谁是朋友谁的敌人，各族群众心里最清楚。因此，为剿匪部队的解放军通风报信、做向导的人越来越多，没有各族群众的支持，剿匪平叛战斗不可能这么快取得胜利。

　　本文中所说的这次剿匪战斗，几次得益于群众的支持，就在姜玉昆的部队乘胜追击逃亡的乌斯满和贾尼木汗时，在一个岔路口不得不停止追击。就在姜玉昆分析判断土匪的逃亡方向时，来了一位回族群众，并自告奋勇做向导，他看见河里有一团马粪冲下来，就跳进河水中，抓起马粪一看，说："马粪还没冲散，土匪就在前面，快追。"姜玉昆问他是怎么知道前面就是土匪？向导很有把握地说："你看，马粪里有高粱，我们牧民谁舍得用高粱喂牲口。是土匪，没错。"在先导的带领下，部队果然活捉了贾尼木汗。

　　各族群众帮助解放军剿匪的故事数不胜数，关键要从这些历史故事中解读出它的现实意义。

# 任书田：家宴上的较量

任书田　中国人民解放军一兵团六军十六师四十六团团长，20世纪50年代任五师第一任师长。

1950年2月的一天，六军军长罗元发收到十六师政委关盛志的急电，内容是哈密专员兼警备司令尧乐博斯日内将宴请师长吴宗先和他，请示军长该如何处置。罗元发扫了一眼电文后，对身边的参谋说："这不是一次普通的家宴，这是一场无形的较量。"

罗元发军长在听取了大家的分析后说："大家对尧乐博斯的分析判断是准确的，他不是想摸我们的底牌吗？那我们也可趁机摸摸他的底牌。当然，我们去主要还是为了争取他站到我们的一边，要做到仁至义尽，如果他迷途知返，投向人民，那这酒喝得值；如果他只是想探听虚实，那我们就来个敲山震虎。"他舒了一口气后果断地说："没有必要师长、政委都去，我看政委关盛志去已经给足尧乐博斯面子了，另外把四十六团任书田带上，这小子像武松，喝过酒后打虎更有劲。"

十六师政委关盛志、四十六团团长任书田按照军长的指示来到尧府。尧乐博斯早早地恭候在大门外，见客人来了，尧乐博斯高音大嗓地喊道："关政委、任团长能光临寒舍，景福（汉名尧景福）不胜荣幸。"尧乐博斯是有名的汉语通，他巧舌如簧，能言善辩。

让尧乐博斯始料不及的是，他这个酒场上的老手很快就失去了驾驭酒场的主动权，在他尽了地主之谊的三杯后，关政委和任团长就反客为主了。

关政委端起酒杯说："共产党人是不计前嫌的，只要与国民党和乌斯满土匪一刀两断，我们是欢迎的。王震司令员之所以让你留任哈密专员一职，就是给你一个改过自新的机会，新疆是我们各族人民的共同家园，需要我们团结起来共同建设，我们恳切希望尧专员多做些促进各民族团结的事，多说些有利于各民族团结的话。乌斯满想阻挠解放军进疆，想与解放军抗衡，那是螳臂当车，自不量力。这句典故想必精通汉语的尧专员是明白的。"

让尧乐博斯更没想到的是解放军喝酒的海量，他们在酒场上就如在战场上一样，有章有法，游刃有余，不多会就将他的几个亲信灌得胡言乱语起来。尧乐博斯这时心里有一种不祥的感觉，别偷鸡不成反蚀一把米，没摸到解放军的底牌，反而让解放军摸清了自己的底牌。

好在这时关政委又说话了："没有不散的宴席，今天的酒就喝到这，再喝下去，恐怕尧专员要全军覆没了。"这话让善于揣摩心理的尧乐博斯心里一颤，同时心里升起一股悲凉之感。他有些手足无措，不知如何是好。更让他心惊肉跳的是任团长临出门的那句话："尧专员这次到牧区检查工作，去渠达根牧场了吗？"这句问话在尧乐博斯听来不啻是颗炸弹，他心一惊，险些摔倒。他有些语无伦次地说："没，没，我没去渠根达，真的，我没去。渠达根牧场是乌斯满的老巢。"

送走了解放军的两位客人，尧乐博斯对着东倒西歪的亲信大发雷霆，他左手提起软成一滩泥的阿通伯克，右手一巴掌掴在他的脸上："废物，今天险些让你道破了天机。喝点'猫尿'就嘴上没把门的了。"他越想越气，又一脚将他踹倒在地上。

尧乐博斯很会伪装自己，他在出逃的前几天，还和以往一样"积极地工作"着。1950年3月19日拂晓，哈密专员尧乐博斯向专区机关说，自己要去三堡乡的坎儿仔村视察农田。他带着老婆、亲信共11人，携带武器，乘坐两辆汽车，从哈密潜逃。21日，在石板墩与乌斯满、贾尼木汗会合，后又胁迫2万名哈萨克族牧民公开武装叛乱。4月10日的红柳峡一仗，粉碎了乌斯满匪徒与国民党叛军会合的阴谋，也迫使尧乐博斯与乌斯满分开。打那后，他带着他的警卫部队就盘踞在"八大石"。

"八大石"过去是哈密王的别墅，山深林密，地势险要，设防工事坚固，易守难攻。孤注一掷的尧乐博斯将这里作为大本营后，又在后山储备了大量粮草，做好了与解放军长期抗衡的准备。在这里，他秘密策划了围攻伊吾县城的阴谋，试图消灭四十六团一营二连，抢夺国民党解放前秘密存放在那里的武器弹药，以装备队伍，好长期与解放军对峙。

很快，解放军就将所谓固若金汤的"八大石"围了个水泄不通。尧乐博斯一家还没跑出多远，一发炮弹就落在他别墅的屋顶上。他的警卫队，其实就是由一帮地痞流氓、国民党的散兵游勇组成，打起仗来不堪一击。看到解放军火力如此猛烈，早吓得魂不附体，胡乱放了几枪，就跑的跑、散的散。

这一仗，全歼尧匪警卫队。解救了被裹挟到"八大石"的近千名哈萨克族牧民。

尧乐博斯逃出"八大石"后，又与乌斯满会合，后被剿匪部队追得丢盔卸甲，他孤身一人绕道青海、西藏，越境逃到印度，又从印度逃往台湾。

尧乐博斯1971年死于台湾。

　　手记

"这不是一次普通的家宴，这是一场无形的较量。"通过这次家宴，尧乐博斯企图摸清解放军的底，但在有勇有谋的解放军面前，只得败下阵来。正如十六师政委关盛志说的那样，想与解放军抗衡，那是螳臂当车，自不量力。

# 徐和海：难忘的剿匪战斗

徐和海　六军十七师五十一团司号员，在剿匪战斗中，荣获一等功。大生产运动时，带着一个班到蔡家湖种菜。西北空军组建时，被抽调去当空军。因他军号吹得好，团里舍不得放，他听团里的就没去。1968年，徐和海带着团宣传队赴北京演出，抽空到军事博物馆参观，意外看到了他那把军号。

## 一把军号

2009年我到六师一〇三团采访，其中老战士徐和海给我讲述的"一把军号"的故事至今仍记忆犹新。

那年徐和海老人78岁了，身上还留有国民党军的两块炮弹皮，他说那是解放大西北时的"纪念品"。

徐和海说他与军号有缘，是因为被军号声吸引才参了军。

1947年8月，只有16岁的徐和海有一天被一种从未听到过的声音迷住了。那声音嘹亮、激越、昂扬，一听浑身都是劲。他跑到发出这种声音的解放军驻地，死缠硬磨要参军。部队领导见他岁数小，就让他当吹号兵。就这样，他与军号结下了缘。

一把军号从大西北吹到新疆。而他一生中吹得最为壮烈的一次军号是在1950年克克萨尔克尔山沟那次剿匪战斗中，当他把传达命令的军号吹完后，他的胸部一阵剧烈的疼痛，一股鲜血从口中喷出后，一头倒在地上。对此，一篇回忆文章《军号声声》有过描述：

……匪徒马队熟悉地形，不断变换阵地，猖狂围攻我剿匪支队。战情危急，支队长蒲万兴立即命令徐和海用军号声调遣一连骑兵先头冲锋，占领有利地形阻击匪徒进攻；调遣二连骑兵断后，阻挡匪徒追击。支队长率中路人马杀上山冈，解救出被匪徒围困了一昼夜的军部警卫营。

"战斗中，支队长又命令徐和海速下山坡，把散落的6匹军马牵上山来，同时命令司号员小马（我是司号长）用号令，速调一连撤出阵地。小马是我在迪化（今乌鲁木齐）培训的新号兵，他忙中出错，竟将'撤出阵地'的号令错吹成'坚守阵地'。号音一出，军令如山，前沿阵地的一连又展开了激战。

"我知道小马吹错了，跟跟跄跄跑到山上，一把夺过小马的军号，滴滴答答吹起'撤出阵地'的命令。本来我跑上山来已累得上气不接下气，又吹起军号，所以老伤复发，口吐鲜血……

"后来，我在奇台庆功大会上，荣立剿匪战斗一等功。"

与其他进疆部队一样，当时，五十一团也是边开荒边剿匪。自1950年3月27日五十一团抽出一个营会剿土匪乌斯满起，到1951年12月乌斯满的儿子谢尔德曼被迫投降，五十一团共与匪徒战斗27次，歼匪444人。而五十一团先后有31名干部、战士牺牲。

老战士徐和海还为笔者讲述了另外两个剿匪小故事。

## 一只水壶

1951年的隆冬，五十一团一个连为了配合兄弟部队剿匪，在阿尔泰山的一个峡谷里设伏，两天过去了，还不见匪徒的踪影。战士们饿了就就着雪吃口干粮，困了就在雪地里打个盹。到了第三天，维吾尔族向导老大爷的胃病犯了，卫生员给了他几片药，可是没有水，老大爷只好又用雪水将药吃下去，可胃疼得更加厉害了。这时，一位名叫梁铁军的战士从胸口掏出一只水壶递给老大爷，老大爷一摸，壶里的水是温的，感激地说："热合买提"（谢谢）。

可其他战士对梁铁军的做法有意见，说向导老大爷已经几天没喝上温水了，你的壶里有水，为什么不早点拿出来？等到大爷的胃疼成那样才拿出来，是不是有些自私？面对战友的批评，梁铁军想解释什么，但最后又把话咽了回去。等过了几天，他才委屈地对战友解释，他和大家一样，带的水早喝完了，也是和大家一样吃雪。当他看到维吾尔族向导的胃疼成那样，就将雪灌到军用水壶里，又塞进胸口，就这样，经过一天一夜，那壶水总算有了温乎气，这才拿给向导老大爷。但他又责怪起自己：如果自己早点想出这个办法，早点让向导老大爷喝上温水，那么他的胃病也许就不会犯了。

在设伏的第四天，土匪终于进入伏击圈。为了保护被土匪劫持的牧民羊群，梁铁军受了重伤。

后来，因身体原因，部队批准他转业回老家，但他坚决不回。他对战友说："如果是为了自己的小家，那我根本用不着打仗流血了，在老家盖上一间房，种上两亩地，老婆孩子热炕头，不是很好吗，可是一个人一辈子总不能像燕子一样，围着自己的窝转呀。还是毛主席英明，他命令我们就地集体转业，屯垦戍边，建国立家。"

后来，梁铁军在团场当了一辈子战士。

### 一双毡筒

　　1951年5月初，匪徒谢尔德曼纠集千余人流窜于肖尔不拉克、木垒三个泉子、孚远（今吉木萨尔）南山、北沙窝等地。五十一团奉命组成"杨支队"和"蒲王支队"。在克克萨尔克尔与谢尔德曼匪徒的遭遇战是五十一团剿匪以来最为惨烈的一仗。追剿土匪的第十天，部队在通过一条狭长的通道时，两边的山头突然射下密集的子弹，因山中雪厚，部队行进的速度很慢。也就那一瞬间，五六名战士中弹从马上跌落下来。在部队反击的同时，指导员马小保牺牲了，连长余发盛牺牲了……部队出发前，余发盛的父母从老家来信，说是给他说了个媳妇，让儿子回家相亲。余发盛在回信中说，现在部队正在剿匪，不好请假探亲，等到剿匪胜利了，他一定会去相亲。不料，这封信竟成了他与父母的诀别。

　　在那次战斗中，徐和海的战友李玉生也负伤了，一颗子弹射穿了右膝盖。他在事后说，部队在奇台出发前，是连长余发盛送给他那双老毡筒的，正是这双老毡筒，才使他的另一条腿没被冻坏。在追击土匪时，战士们就将高烧不退的李玉生绑在骆驼的背上，由于没有干粮，每天吃饭时就给他喂一块方块糖，一天三块，走了三天，李玉生在骆驼背上共吃了9块方块糖。到了第四天，也就是1952年的元旦，为了让战士们过个节，支队长命令将一匹已病得走不动的枣红马杀了。马主人董红山起初坚决不同意，但看到战士们都三天没吃一口干粮了，饿得东倒西歪时，他才流着泪抱着马头与坐骑告别。那天，全支队唯独董红山没吃一口马肉，他只喝了点辣椒水充饥。

　　后来，军区的运输车队来了，李玉生才被送到迪化军区医院，截去了右腿和五根手指头。医生说，他在骆驼背上驮了四天，不是那双老毡筒，他的那条好腿肯定也要被冻坏，是老毡筒保住了他的左腿。

　　剿匪战斗结束了，木垒县政府给五十一团送来一面写有"有功人民"的锦旗。

手记

历史记着的是细节

采访徐和海时，他给我们讲述了军号的故事、水壶的故事和毡筒的故事。我又查阅了一些资料，撰写了报告文学《人民要为你们记功》，这个标题是引用王震将军的话。1952年，中国人民解放军六军十七师五十一团千余官兵进驻蔡家湖荒原后，就在这铁打的营盘当了一辈子"铁兵"。第二年，王震将军亲自为战士戴上了大红花，将军大手一挥说："人民要给你们记功。"

本文是那篇报告文学的节选。

多少时日过去了，我一直没忘记五十一团剿匪时的这三个细节，所以，在《当代兵团》开设"老兵列传"专栏时，我特意将这三个细节抽出来组成一篇小文。

令人惊奇的是，20世纪60年代，徐和海带着一〇三团（前身五十一团）宣传队赴北京演出，在参观中国军事博物馆时，意外地发现了他那只军号。在采访时，他异常兴奋地说，他和这只军号有缘，不然怎么这么多年过去了，居然在北京相见了。我倒认为，正因为这只军号有那么一段故事，才被选为中国军事博物馆的文物，如果没有这段故事，谁会记得这把军号呢。所以说，历史让人记着的是细节。

# 张贵官：军民联合抗击叛军

张贵官　六军十七师运输科科长，木垒县建政工作队队长。1950年2月20日，驻扎在巴里坤的数百名国民党骑兵（已接受解放军改编）发生叛乱，驻木垒县的国民党起义部队也叛乱了，形势十分危急。木垒县军民联合抗击叛军，并成功掩护两名女军人出城。

1950年2月20日，由六军十七师运输科科长张贵官带领的14人建政工作队，来到木垒县开展建政工作。当时，木垒县驻扎着国民党起义部队3个连（已接受改编），分别驻扎在县城内外。工作队来的那一天，由图尔逊·赫里诺夫（新疆和平解放前任木垒县副县长，新疆和平解放后，仍任副县长）率领的木垒县各界人士及广大群众出城欢迎，由于群众的支持，工作队的建政工作开展得很顺利。

3月18日这一天，工作队队长张贵官和队员张尚德分别带着爱人罗变芳、张桂芳（均为军人）来到图尔逊·赫里诺夫家商量工作。图尔逊赶紧安排妻子做饭，他对妻子说："工作队的解放军平时忙于建政工作，又是自己做饭，条件很艰苦，所以伙食很差。解放军还是第一次来家里做客，一定做顿拉条子好好犒劳一下解放军，他们太辛苦了。"就在几个人研究工作时，县里的工作人员崔正芳急急忙忙跑来向张贵官队长报告，说驻扎在巴里坤的数百名国民党骑兵（已接受我军改编）发生叛乱，将巴里坤县城老百姓的东西抢劫一空后，又向木垒县开来，目前已过了木垒河。

屋里的气氛骤然紧张起来，张贵官队长说："走，我们赶快到县里布置一下兵力。"

这时副县长图尔逊沉稳地说："国民党的骑兵速度很快，一会儿就到木垒县。我看这样吧，这两位解放军女同志就留在我家，由我妻子和儿子负责掩护，队长你看行吗？"

张贵官感激地看着图尔逊，握着他的手说："如果这样，我和张尚德就放心了。"他和张尚德分别向爱人交代了几句后，就与图尔逊从后门出去了。

对付国民党骑兵叛乱的紧急会议就在工作队临时办公室召开，工作队队员都是从十七师各团抽调来的，有着丰富的战斗经验。根据县城的兵力和地形，会议很快作出部署：由工作队队员魏志祥迅速去县警察局，组织警员保护县城；副县长图尔逊负责召集城里的民兵，将县政府仓库里的武器弹药配发给民兵，再由富有战斗经验的解放军带着上护城墙，与国民党叛军对峙。同时关闭县城东、西、北门（没有南门）。很快，80多名各民族民兵背着武器弹药来到城墙上，做好了战斗准备。

出人预料的是，当巴里坤叛军骑兵来到城墙下时，城里的国民党起义部队也叛乱了，显然，他们事先已经约定好了。城里的叛军一部分爬到屋顶上，架设机枪对准了城墙上的民兵；一部分人来到县警察局。在警察局大门口，工作队队员魏志祥巍然地站在那，力劝叛军放下武器，与民兵一道抗击巴里坤的叛军。一叛军排长对魏志祥说："你只要摘下帽子上的徽章，我可以免你一死。"魏志祥厉声喝道："办不到，我是中国人民解放军。"话音刚落，一声枪响，魏志祥倒在了血泊中。

在城内城外都有叛军、内外受到夹击的不利情况下，为保存实力，张贵官决定转移。

话题再回到图尔逊的家。张贵官他们走后，图尔逊的妻子就对两个解放军女兵说："你们两个换上我的衣服，我们家人会保护你们的。"不一会儿，城里的不少老百姓牵着牲口跑到图尔逊家来躲避，他们认为图尔逊一是副县长，二是维吾尔族人，在他家似乎要保险些。图尔逊的妻子对大家说："你们来我家避难可以，但我有个条件，我家有两个解放军女兵，你们一定不能说出来，而且要把她俩围在中间，不能让叛军看出来。"一位维吾尔族老大爷说："解放军的工作队是为我们老百姓办事的，现在他们正领着民兵保护我们呢，我们会掩护两位女兵的。"

工作队和民兵转移后，城里城外的叛军在城里大肆抢劫老百姓的东西，并挨家挨户抓捕工作队的解放军。一伙叛军用脚踹开了图尔逊家的门，见一名维吾尔族男青年站在院落里，就对他大声喊道："让图尔逊副县长出来。"男青年回答道："我爸爸到牧区去了。""你们家有没有解放军？""没有。""没有？那你站在这里干什么？是不是在这放哨？"叛军说着就要往里闯。男青年正要伸手拦他们，一叛军一枪托将他砸倒。一窝蜂地拥进屋里。他们看到一屋子的男男女女挤成了一团，有的妇女和孩子吓得浑身哆嗦。男青年从地上爬起来说："这都是避难的老百姓，哪来的解放军呀。"就在这时，冲到后院的一叛军大喊道："快来呀，这里有一院子的牛马。"听到喊声，叛军又一窝蜂地涌到后院，吆喝着抢起牲口来。等叛军牵着牲口走后，图尔逊的妻子才深深地松了口气。她对被老百姓围在中间的两位女兵说："这里不能久留，等会儿你俩夹在我们人群中一道出城。"

傍晚，张贵官队长接到图尔逊儿子的口信，说他妈妈已把两个解放军女兵转移出城了，现在很安全。

驻奇台的解放军接到张贵官的信件后，增援部队火速赶到木垒县。叛军一看解放军的装甲车和大部队来了，慌忙向城外逃去。深夜，工作队和民兵以及老百姓都回到县城。老百姓不顾自己的家被抢劫，家家户户忙着为解放军做饭。民兵们纷纷要求与解放军一道去白杨河剿灭叛军。

第二天一大早，解放军大部队在向导图尔逊的带领下，向白杨河进发。

手记

不能忘记的历史

在《兵团日报》做"纪实"版编辑时，时常收集一些新疆和平解放初期的一些剿匪、建政方面的历史资料，在这些资料中，就有"一个战士""两女兵""三进南山"的故事，我分别写进了《没有尘封的故事》中，本文就是"两个女兵"那一部分。

面对国民党叛军，图尔逊考虑得很周全，将两个女兵安置在他的家中，由他的夫人和其他老百姓掩护，在当时那种情形下，这是很危险的，如果被叛军发现，他们一家人就得遭殃，但图尔逊没有丝毫的犹豫。令人敬佩的是，图尔逊的夫人机智勇敢，让两名女兵穿上她的服装，又让女兵躲藏在老百姓中间。这是一幅极为典型的画面：一群老百姓将两名穿着维吾尔族服装的女兵紧紧地包围在中间，成功地掩护了两名女兵。

这个故事再一次证明，人民解放军为各族人民打天下，各族人民就会用生命来保护人民解放军。

# 王鹏月："巴郎子"就是我的孩子

王鹏月　六军十六师四十六团二连指导员，参加过伊吾保卫战，后收养一个哈萨克族牧民遗失的孩子。这个故事后来被一作家写成报告文学《援朝·阿克列姆》刊发在《人民文学》上。1953年，王鹏月赴朝参战。

1950年12月是个多雪的冬天，中国人民解放军六军十六师四十六团二连指战员在巴里坤茫茫雪原上追剿土匪，当追至下马崖时，战士于明智发现在一片雪地上有一个被丢弃的木头箱子，箱子是用皮条紧紧捆着的。于明智好奇地围着箱子转了一圈，似乎听到箱子里有动静，于是他趴在箱子上仔细听，他听到的是孩子微弱而又嘶哑的哭声。于明智大声喊起来："快来，这个箱子里好像有个孩子。"听说箱子里有孩子，战士们一下围拢过来。他们七手八脚打开箱子，果然看到一个大约两岁的孩子躺在里面，孩子苍白的小圆脸上布满了泪痕，已经奄奄一息了。

这时，战士们还在猜测孩子父母的身份。指导员王鹏月对战士们说："别猜了，不管是谁的孩子，都是建设新新疆的接班人。我们要尽快找到孩子的父母，把孩子送到他父母的手中。丢了亲骨肉，孩子的父母还不知急成啥样呢。"

自捡到这个孩子后，王鹏月就向团长任书田作了汇报。任书田在答复中说，在找到孩子父母前，孩子就留在二连，可按战士的服装、伙食供应，把服装折成钱，给孩子扯布做衣服。

战士们听说孩子可以留在连队，都争着要收养，连长爱人张素英对指导员说："我是二连唯一结过婚的女同志，我来收养。"可王鹏月舍不得，这些天他一直带着孩子，对孩子已有了感情，他决定由他来带孩子。

通信员李士成在造花名册时犯难了：花名册上要写孩子的名字，可孩子叫什么名字呢？

战士们七嘴八舌，起了不少名字，可王鹏月都不满意。当时全国喊得最响的口号是"抗美援朝，保家卫国"，王鹏月就说："给孩子一定要起一个有时代意义的名字，我看就叫'援朝'吧。"大家都说这名字好。

于是，李士成在二连战士花名册末尾的一格里慎重地写上了"援朝"。

"战士"援朝从此有了家。部队剿匪时，王鹏月就把孩子驮在马背上，晚上他俩睡一个被窝，就连开会，王鹏月也把孩子搂在怀里，两人朝夕相处、形影不离。援朝学的第一句话就是"解放军"。

战士们议论说，援朝总该有个姓吧，他是由指导员带着的，就随指导员姓吧。王鹏月不同意，他说，援朝不是哪一个人的孩子，是我们二连的孩子，叫援朝更合适。

1952年，王鹏月奉命调到哈密十六师政治部任组织科长，他把援朝也带到了哈密，那时师部刚刚成立红星幼儿园，王鹏月就把援朝送进了幼儿园，每到星期六再接回来。幼儿园领导对援朝的到来十分重视，抽调保育员孙承芝负责援朝的学习和生活。

也就是那年，王鹏月与女兵常修哲恋爱了，他们第一次见面，说的第一件事就是援朝。

让王鹏月没想到的是，漂亮女兵常修哲扑哧笑了："谁不知道钢铁二连指导员王鹏月不但是个战斗英雄，还是个模范'爸爸'，你收养援朝的事迹全军区都知道了，你可是我们女兵学习的榜样呀。"

6月1日，王鹏月和常修哲结婚了。婚后，他们一到星期六，就把小援朝接到家，两人忙着给小家伙做好吃的、洗澡、换新衣服。这时的援朝已经会说汉语了，两人商量着上学后让他学两种语言，以后在部队做翻译。

1953年3月15日，王鹏月两口子奉命赴朝。在那种情况下，不可能把援朝带走，于是，两人决定：将援朝寄托给红星幼儿园保育员孙承芝，由她来照顾。临别时，5岁的小援朝哭着要跟爸爸妈妈到朝鲜打美国佬。王鹏月、常修哲将小援朝亲了一遍又一遍，抱了一次又一次，就是舍不得离开，三人拥在一起，泪流满面。

转眼到了1958年，小援朝已是红星农场（1957年农五师建制撤销，改为红星农场）红星小学四年级的学生了。一位同学无意中将援朝的经历说给了他在甘肃阿克塞哈萨克自治县的一个亲戚，那个叫卡宾的亲戚听说后，又惊又喜，连忙启程赶到哈密。

卡宾向红星农场副政委齐景舜述说的儿子丢失的地点、时间和经过与当时的情景完全吻合，齐景舜决定让他们父子相见。

直到这时，大家才知道援朝的本名叫阿克列姆。

带着儿子临行前，卡宾又找到副政委齐景舜，他紧紧握住齐副政委的手说："是解放军救了阿克列姆，你们像对自己的孩子一样对待阿克列姆，解放军的恩情我们一辈子忘不了。阿克列姆是我起的名字，援朝是解放军起的名字，我们和解放军心连心，以后这两个名字就连在一起，我儿子就叫援朝·阿克列姆。"

在场的人都为卡宾的一番肺腑之言鼓起掌来。

## 补记

王鹏月1983年离休于桂林干休所，多次写信到农五师有关部门打听援朝的下落；

保育员孙承芝现在农十二师二二一团，2008年被推举为兵团十大戈壁母亲候选人；

援朝·阿克列姆长大后到塔城邮电局工作，后任教育干事。

手记

### 这个故事感动我一生

因为王鹏月是四十六团一营二连的指导员，因为这个连参加了著名的"伊吾保卫战"，被彭德怀司令员命名为"钢铁二连"，又因为我父亲是钢铁二连的继任连长，所以，有关王鹏月的故事我从小就听说过，而且"过耳不忘"。

后来，我担任《兵团日报》纪实版编辑时，就想将这个故事写下来，于是，我打听到保育员孙承芝的下落，并去采访了她，又查阅有关资料，撰写了纪实文章《援朝·阿克列姆与红星》，而本文是那篇纪实文章的节选。其实，这个故事早在20世纪60年代就有报告文学发表在《人民文学》上，但我还是想自己写一篇纪实文章，不为别的，就因为我是"钢铁二连"的后代，我有义务将"钢铁二连"的所有故事都写下来。当然，我这篇文章还补充了不少以前人们不知道的细节。写完后，我松了一口气，我为"钢铁二连"做了些事。

历史让人记着的是故事，用故事来传播历史最有效。这些年，我致力于写"我的戈壁父亲"和"我的戈壁母亲"就是基于这一点。

# 寇长青：为剿匪三进南山

寇长青　新疆景化县（现呼图壁）人，新疆和平解放后，他积极要求进步，为建政工作队做了大量工作。解放军清剿南山残匪时，他三次进山劝降和侦查，为歼灭残匪立了功。

1949年新疆和平起义后，乌斯满等匪徒裹挟众多的哈萨克族牧民在深山老林中与解放军对峙，其中，原景化（现呼图壁）县副县长乌拉孜拜等数百土匪盘踞在地势险要的南山，扬言与解放军决一死战。十七师政委袁学凯奉令集结三个团的兵力，随时准备进剿。为了分化瓦解土匪，也为了争取乌拉孜拜，袁学凯决定派人进山劝降。他知道这是一项十分危险的任务，只有与乌拉孜拜熟悉而又会说哈萨克族语言的人才能承担这个任务。选来选去，最后把目标定在了寇长青的身上。

寇长青是本地人，新疆和平解放前在县里做过翻译，与乌拉孜拜很熟悉，也熟悉南山的地形。另外，自解放军的建政工作队来后，他积极要求进步，为工作队做了大量工作，政治上可靠。袁学凯将进南山劝降的任务说明后，寇长青学着解放军战士的样儿，一下站了起来，挺起胸膛说："首长，我保证把劝降信件交到乌拉孜拜的手中。"

第二天，寇长青骑着一匹快马，向南山的三道马场驰去。三道马场距县城100多公里，也就是大半天，寇长青就到了三道马场的地界。

"站住！"七八支枪对准了寇长青。寇长青一看，都认识，其中一个叫乔拉阿哈买提的人还很熟悉，他现在是乌拉孜拜的副官。"你们不认识我了？我们可是朋友呀。"寇长青在马背上笑着与他们套近乎。"少废话，你是从解放军那里来的，是奸细。拉下马来，捆起来！"不等寇长青解释，几个匪兵便把他捆了个结实。

寇长青被押到一顶大毡房前，副官乔拉阿哈买提进去报告，他有意没说是寇长青，而是说抓到一解放军的奸细。

"奸细？快快押进来。"乌拉孜拜命令道。等寇长青走进毡房后，乌拉孜拜大声喊道："寇长青，你来干什么？"寇长青平静地说："你让他们给我松绑后我再告诉你。"松了绑后，寇长青从怀里掏出三封信说："我是解放军派来的信使，一封是袁学凯政委的；一封是景化县政府的；一封是县公安局的。"

乌拉孜拜汉文程度很高，他看完后说："你回去后告诉解放军，我是不会投降的。"

寇长青趁机做起乌拉孜拜的工作来："我来时，看到解放军的大军已经集结好了，光小炮就有百十多门。解放军可厉害了，连国民党的10万大军不是都起义了，乌县长（旧称），识时务者为俊杰呀。"

乌拉孜拜一拳擂到炕桌上："寇长青，你再说我就毙了你。念你与我多年交往，你吃了晚饭后，骑着你的马滚下山去。"

回到县城后，寇长青立即向袁学凯政委作了汇报。他惭愧地说："袁政委，我没有完成任务。"袁学凯笑着说:"小伙子,劝降是一场尖锐的政治斗争,哪能那么容易。好了,你辛苦了,回去休息吧。"

几天后,袁政委又将寇长青找来,他拍着寇长青的肩膀说:"你再去会会乌拉孜拜,这次你送的信除了政府的信外,还有几个亲戚写给乌拉孜拜母亲的信,都是劝乌拉孜拜投降的。另外,这次你一定要想办法侦查一下他们的地形和兵力布置,要牢牢记在心里。"

这次寇长青到了三道马场后,乔拉阿哈买提客气得多了,他抽着寇长青给他的烟,将寇长青带到乌拉孜拜的毡房。毡房的炕桌上堆了一堆羊骨头,看来是刚刚吃过饭。乌拉孜拜一见寇长青又大声喊道:"寇长青,你又来干什么?"寇长青从怀里掏出政府的信递给他时说:"解放军是诚心诚意请你下山,回县里工作,请你三思而行呀。"乌拉孜拜看完信后哈哈大笑,他从炕上站起来,一把拽起寇长青来到毡房外,用手一指说:"你看看,这地形,我只要把山口一封,谁也别想进来。用汉人的话说,就是一夫当关万夫莫开呀,哈哈哈。"

回到毡房后,寇长青说:"我来时,你的几个亲戚让我给你母亲带来了一封信,我能给她老人家送去吗?再说,我也想见见她老人家。"乌拉孜拜爽快地说:"可以,但你小子不许乱跑乱看,明天一早滚蛋。"

乌拉孜拜的母亲看了亲戚的信后说:"亲戚说得对,他们都是为了我儿子好,可我这个儿子像头野牛,根本听不进我的话,他小老婆的话他还能听些,我让她去劝劝。"想到第二天一早就要下山,可山里的地形还没看。寇长青赶紧说:"老人家,咱们好长时间没见面了,我真想陪你说说话呀。"老人笑着说:"那好,你就住几天再下山嘛。"寇长青接过话茬说:"不行呀,乌县长下令了,明天一早我就得下山。"老人说:"我还想听听山下的新鲜事呢,我派人去说,你多住几天。"

第二天,寇长青应乌拉孜拜的小儿子所求,帮他压马(骑在马上将马驹压成走马)。两人来到乌拉孜拜的战略要地——考克彩青沟。在那里他又用几盒火柴套出了重要情报:兵力800人,小炮2门,机枪4挺,冲锋枪12支。其余都是些破烂步枪。了解了这些情报后，寇长青赶紧下了山。

　　袁学凯了解到这些情况后的不几天，又一次找到寇长青，这次是让他做向导。在寇长青的带领下，部队顺利到了三道马场，在冰大坂将乌拉孜拜的主力剿灭。又经过几个月的追击，终于活捉了乌拉孜拜。

手记

群众是胜利的基础

　　这篇纪实文章的主人公是"老兵系列"中唯一不是解放军战士的，但我之所以将寇长青收进"老兵系列"，是因为他在承担"三进南山"任务时，完全将个人的生命置之度外，他执行的是十六师政委袁学凯的秘密任务，而且完成得很好。第三次进南山时，是他带着大部队进去的。他虽然不是战士，但他完成了一项侦察兵的任务，在这次战斗中，他就是战士。这是将寇长青收入"老兵系列"的原因。

　　寇长青胆大心细、机智灵活是他完成侦查任务的内在因素，但这不是主要因素，主要因素是解放军的强大攻势和各族人民群众的支持。这正如寇长青说的那样："解放军的大军已经集结好了，光小炮就有百十多门。解放军可厉害了，连国民党的10万大军不是都起义了。"乌拉孜拜虽然没有缴械投降，但他听了寇长青的话后，精神已经垮了，只是负隅顽抗罢了。

　　寇长青为解放军剿匪作出了贡献，我们理应为他记上一笔。

# 李狄三：最后的请求

李狄三　1914年出生于河北省无极县一个贫困农民家庭，1938年6月加入中国共产党。1950年在新疆军区独立骑兵师一团任保卫股长，为配合解放西藏，率先遣连向西藏阿里挺进。1951年5月28日，在后续部队与先遣连胜利会师时光荣牺牲。

1950年8月1日，中国人民解放军"进藏先遣连"从新疆于田县一个叫普鲁的小村庄向藏北挺进，任务是解放阿里，将五星红旗插在阿里首府噶大克。

先遣连137人，指挥员由李狄三担任。

经过一个月的艰苦行军，先遣连终于踏上了藏北高原，并在两水泉建立了转运留守据点。王震司令员收到先遣连的电报后，电勉先遣连再接再厉，再立新功。

冬天来了，扎麻芒保（先遣连驻地）漫天扯絮地下了一夜大雪，大雪填平了沟坎，抹平了山巅的棱角，也封死了通往藏北的骡马小道。这时，译电员送来了指挥部的电报："立即转入过冬备战，坚持到明春。"李狄三在当天的日记里这样写到："……山封了，路断了，往后只能通过无线电与上级联系，马上开始过冬备战工作，首先要解决吃、住的问题，一定要坚持到明年春天。"

火热的过冬备战开始了。战士们首先将帐篷四周的积雪清扫干净，又将积雪拍实筑成围墙。李狄三用锅灰在围墙上写下几行标语：

越艰苦，越光荣，困难面前出英雄。

越团结，越坚强，群众赛过诸葛亮。

平地起家，藏北高原建家园。

革命英雄主义万岁！

不久，一种从来没听说过的病魔降临到先遣连的营地。这种病（高原肺水肿）非常奇怪，一旦染上，头几天暴食暴饮，总是吃不饱。接着，从腿往上肿，两条腿肿得发亮，亮得吓人。等肿到身上和脸上时，皮肤裂开一道道口子，往外流着黄水。据史料记载：春节过后，先遣连每天都有人死去，最多的一天举行了11次葬礼。

为了增强病员的体力，每天中午，李狄三都要领着大家出来做游戏，有一次做"瞎子捉瘸子"的游戏，李狄三扮瞎子，可他这个"瞎子"还没捉到"瘸子"，自己却绊倒了。大家在扶他起来时，发现他的裤腿里扎着绑带，将已肿的老粗的腿紧紧绑住，流出的黄水把绑带都浸湿了。大家这会儿才知道指挥员也得了怪病。

先遣连党支部扩大会议（连长曹海林不是党员）就在李狄三的病床前召开，这是一次为最后一支盘尼西林召开的会议，会议决定这最后一支盘尼西林用在李狄三身上，与会者除了李狄三都举起了手。副连长彭清云严肃地对李狄三说："这是党支部的决定，作为党员，你必须执行。"李狄三泪流满面："我恳求同志们不要形成决议，我恳求大家把手放下来吧，我不能临到死了还背个'不执行党的决议'的名声，这药可是临出发前，王震司令员派人送来的，把它用在战士身上吧。"最后，同志们看到李狄三恳求的目光，是流着泪把手放了下来。接着，李狄三宽慰地说："同志们请放心，我会坚持的，就是死，我也会笑着去死，因为我是为了解放西藏而牺牲的，光荣呀。"

李狄三是用特殊材料制成的人，他是先遣连出现怪病后唯一一个坚持时间最长的人。他下不了床，就在床上吹笛子，给战士们鼓劲，在床上写日记，把到藏北后的一切工作记录下来，以作资料。在床上作词谱曲，让战士们学唱：

进军藏北先遣连，不怕苦来不怕难，

寒冬将退阳春到，坚持会师边防线。

多出主意想办法，鞋袜破了兽皮扎，

衣服烂了露了棉，用条麻袋补住它。

这些歌成了先遣连战士的精神支柱，战士们就是唱着这些歌坚持了一天又一天，直到阳春到来。

1951年5月21日，由安子明副团长率领的300多人的接应部队到了两水泉留守点，先遣连副连长彭清云前去迎接。安副团长第一句话就是："李狄三怎么样了？"彭清云失声痛哭："恐怕不行了。"安子明高声喊道："部队全速前进，务必天黑前赶到扎麻芒保。"

当彭清云伏在李狄三耳边大声喊道："安副团长和大部队来了"时，已经几天不睁眼的李狄三一下睁开了眼睛。安子明伏在他耳边说："老李，军区首长都在挂念着你，派来了最好的医生，你休养几天后，就回新疆。再告诉你一个好消息，西藏和平谈判结束，西藏政府当局在关于和平解决西藏问题的《十七项协议》上签字。中央军委评价先遣连是插在后藏的一把尖刀。老李，你们立大功了。"

这时李狄三吃力地对安副团长吐出两个字："日记。"当人们从他枕头底下拿出那本日记后，他又示意人们给他穿上那套补了五个补丁的黄军装，这一切都做完后，他脸上露出了笑容，然后永远闭上了那双眼睛。

李狄三在他的日记中对后事作了交代：茶缸留给一个班长；皮大衣送给一个战士；那支"金星"钢笔留给河北老家的儿子五斗。

手记

### 细节表现大爱

此文在《当代兵团》"老兵列传"栏目上刊发后，二师农业局的一位读者打来电话，告诉我先遣连连长曹海林的儿子打听作者有没有先遣连的资料，特别是他父亲的资料。我这才得知，曹海林转业后，到了兵团，在二师三十五团任副团长。

所能见到的先遣连资料都是过去见诸报端的回忆文章，而且都差不多。2011年，我在四十一团采访时，遇见一个先遣连战士，名叫王兴才，他也没谈出更多的故事。这是我采访的唯一一个先遣连战士。我将这个线索告诉了那人，请他转告曹海林的儿子。

先遣连的故事最让我感动的是指挥员李狄三，在他身上，我看到了革命英雄主义的气概，看到了精神支柱的力量，特别是最后一支盘尼西林这个细节，深深地打动了我。平时我们都知道作为共产党员，就要全心全意为人民服务，但到了最关键的时刻，也就是生死攸关的那一刻，才能考验是否是一个真正的共产党员。一支盘尼西林就意味着生命可以延续，就意味着可以等到接替大部队的到来，支部扩大会上，与会者都举手决定将最后一支盘尼西林用在李狄三的身上，先遣连不能没有这个指挥员。可李狄三没有举手，他终于说服了大家，参加会议的三人是流着泪放下手的。这个细节表现了一个共产党人的大爱、大情、大节，什么是共产党员，李狄三给我们竖起了标杆。

# 李洪斌：剿灭土匪办合作社

李洪斌　时任巩留县委书记。

1950年10月2日，上级从五〇团抽调45名干部组成减租反霸、土改、建政工作队，很快，地方人民政权建立。可一小撮土匪不甘心失败，暗地里策划公开叛乱。

1951年8月26日，100多个土匪突然包围了我巩留县委机关和五〇团合作社巩留分社，县委书记李洪斌（五〇团干部）带领12名工作人员和合作社6名同志，爬到房顶组织火力抗击。但敌众我寡，情况十分危机。就在这时，一名当地的维吾尔族青年跃上马背飞一般地向惠远解放军的驻地驰去。得到情报后，五〇团派出的援兵乘坐汽车火速赶到巩留，里应外合，一举歼灭了所有匪徒。

还有一次，土匪欲趁解放军星期六晚看电影时，偷袭驻地，解放军从一个前来投诚的土匪口中得知这一情报。那天，一个全副武装的连队悄悄出城，其他大部分连队像以往一样唱着歌去操场看电影。这时，侦察兵报告：土匪的骑兵正向驻地靠近。团长一声令下，城里的部队火速进入阵地。不多时，土匪骑兵就出现在的射程内。"打！"所有的轻重武器一齐开火，走在最前面的10多个骑兵匪徒掉下马来，后面的土匪一看，掉转马头逃命。可没跑多远，又进入潜伏连的包围圈，在强大火力攻击下，大多土匪举手投降。

解放后的伊犁，城乡商品奇缺，农牧民倍受不法商人的盘剥，农牧民用一只羊只能换到一块砖茶；一张羊皮只值三块肥皂的价钱。为了让老百姓买到货真价实的日用商品，根据上级指示，五〇团全体干部战士用节省下来的3个月的津贴以及大家的捐款准备办合作社，不少抽烟的战士为了入股办合作社，不买烟了，抽起草叶来。新入伍的战士孙俊杰、孙俊荣两兄弟商量后，分别将自己在家的订婚戒指交给连长作为入股资金。连长一看，戒指上镂刻着一颗心的图案和两个有情人的名字，说这可是你们的定情物，不能收。兄弟俩急得直哭，一再要求捐出。无奈，连长这才收下。即使这样，办合作社的资金仍然不够，后经新疆军区和人民政府批准，五〇团又将75万公斤的小麦出口到苏联，换回来大批砖茶、肥皂、布匹、石油、火柴等生活日用品。五〇团在伊犁各县办起了40多个合作社，合作社卖出的商品价格比私营商贩便宜三到五成；而收购的土产品的价格又比商贩高出两到四成。这一低一高，彻底赢得了老百姓的心。他们说："解放军是实实在在为我们办事。"群众争相把手中的土产品交到合作社。

经过开荒大生产和大办合作社，到1950年底，五〇团已拥有牛2470头，羊19973只，修建营房2317间，植树11795株，收获粮食130多万公斤，并建起了水磨坊、酱醋坊、粉坊、豆腐坊，实现了仓满粮足，菜肉自给有余。当年生产总值达到2340万元。

当时，在伊犁河两岸流传着这样一首民歌：

自从来了解放军，

各族人民笑开颜，

修渠开荒搞生产，

美好生活要实现。

五〇团在伊犁这片热土和各族人民心中牢牢扎下了根。

手记

在新疆军区剿匪战斗中，维吾尔族群众为我解放军送情报的事很多，这充分说明了当地的维吾尔族群众对解放军有了了解和感情，他们知道这支军队与国民党部队是截然相反的，是为了穷苦人民打天下的人民子弟兵。所以，他们才会冒着生命危险给解放军送情报。当然，这和五〇团的广泛宣传教育分不开，与五〇团指战员为当地老百姓大办好事分不开。

# 马尚志：扎木占三次救了我

马尚志　新疆军区后勤部战士，组建北塔山牧场，集体转业后，任北塔山牧场场长。

## 引子

1951年8月的一天，新疆军区后勤部21岁的战士马尚志单枪匹马来到奇台县，他的任务是在奇台县建立利民合作分社贸易小组。

贸易，对一个才入伍3年的战士来说是一项新任务。来时领导给他布置任务时说："就是根据各族群众的实际需要，我们用茶叶、布匹、白糖、面粉、咸盐以及日用小百货换取牧民的牛羊，我们再用这些交换来的牲畜进口苏联的种子和机器，发展农业、工业，建设新新疆。"

### 将马尚志藏在羊皮堆里

当时，马尚志骑着战马在奇台、木垒、青河、巴里坤一带进行交易。有一天，马尚志骑着马来到木垒县草原，天擦黑时，他来到一顶毡房前。毡房男主人康其泰热情地迎上来，双手握着马尚志的手表示欢迎。

进了毡房后，康其泰的妻子扎木占端上热热的奶茶和香喷喷的馕，吃饭时，马尚志说明了来意，并把带来的物品向他们展示，介绍说："你们可用羊只来换需要的生活必需品。"

康其泰两口子听了介绍后，高兴地笑了起来，扎木占说："每年都有商人来草原，可我们一年用的生活用品要用20只羊和一头牛来换，现在用5只羊就够了。解放军真是好人呀。"

康其泰问："解放军要换多少羊?"

马尚志答："成千上万，越多越好。"

康其泰吃了一惊："解放军要这么多羊干啥?"

马尚志向他们解释这是为了建设新新疆，用畜产品换苏联的种子和机器。

这时，毡房外突然传来牧羊犬的吠声，急促的马蹄声也越来越近。

康其泰一个箭步冲了出去。扎木占对马尚志说："快把东西装起来，快!快!"说着两人把一炕的东西都装在马褡子里。这时，扎木占用力将马尚志推到地铺上，用一摞羊皮严严地盖住他。这一切，都是在极短的时间内完成的。

这时，毡房外传来叫骂声。就在土匪进来的同时，扎木占突然坐在羊皮堆前大哭起来，一边哭一边喊道："可恶的狼，把我家的羊咬死了两只，呜呜。"

三个土匪进来后，见扎木占哭得撕心裂肺，以为这家真的遇到狼害了。就问康其泰："你们家来过一位解放军吗?"

康其泰摇摇头。

扎木占又哭起来："可恶的狼呀，把我家的羊咬死了两只。"

土匪见没有解放军，怏怏而去。

第二天，马尚志在扎木占家用物品交换了50只羊，暂时由康其泰放养。临走时，马尚志一再感谢他们的救命之恩。扎木占笑着说："我们哈萨克族牧民分得清谁是好人谁是坏人，解放军为我们打土匪除害，咱们是一家人。"

## 将马尚志藏在羊群里

一个月后，马尚志又来到扎木占家。由于贸易十分顺利，短短的一个月就交换了 2000 多只羊，迫切需要招募一批牧民为合作社放羊，马尚志想通过扎木占联络牧民。第一次来是客人，第二次来就是亲戚，所以康其泰一家高兴得像过节一样，煮了一锅羊肉。当马尚志说明来意后，扎木占十分有把握地说："过去我们是为牧主放羊，受尽了剥削，现在是为解放军合作社放羊，我们太高兴了，你放心吧，招募牧工的消息会像春风一样吹进草原牧民的毡房。"

就在这时候，在山头上望风的扎木占的儿子丢三拜高声喊道："妈妈，土匪又来了。"

扎木占对马尚志说："这次不用老办法了，土匪狡猾得很。你先躲到羊群里去。"说着，从地铺上拿了一张羊皮披在马尚志的身上。

这次土匪像是感觉到什么，一进来就在毡房里翻腾。

扎木占这时又哭喊起来："可恶的狼呀，把我家的羊咬死了两只。"

一土匪小头目问康其泰："你见过一个叫马尚志的解放军吗？听说他把我们草原上的羊都骗走了。"

康其泰回答道："上次你们这位小兄弟已经来过了，我们没有见过你说的那个人。"

一土匪向小头目出主意："我们干脆到他家的羊群看看，如果羊少了很多，说明是把羊给了解放军。"一群土匪向不远处的羊群走去。

扎木占突然放声哭喊起来："可恶的狼呀，把我家的羊咬死了两只，呜呜。"

突然的哭喊声把这群土匪吓了一大跳，他们全扭过头看扎木占。这时扎木占索性在铺上翻滚起来，极力表现出一副痛不欲生的样子。

土匪小头目看热闹似的看了一会儿，甩过一句："这女人一定是疯了。"然后向羊群走去。

羊在草地上悠闲地吃着草。

一土匪说："他家也就这些羊，看不出少羊了。"

土匪走后，扎木占到羊群旁小声地喊着"解放军同志，土匪走了。"

她看到马尚志披着羊皮趴在刺芽子丛中，这才松了一口气。

## 将马尚志推下了马

3个月后，马尚志完成了军区合作社领导交给的任务，他要到扎木占的畜群看看，快一个月没见到他们了，还真有点想哩。

马尚志骑马来到毡房前，丢三拜一蹦一跳地迎上前来。马尚志从马褡子里掏出一把糖果塞到丢三拜手里，他对扎木占说："我先去看看康其泰，正好丢三拜给我引路。"

看了康其泰的羊群，马尚志非常满意，直夸他是放羊的好把式。三人在夜幕降临时赶着羊回到毡房。手抓羊肉已经煮好了，康其泰拿出一瓶酒说："咱弟兄今晚喝个痛快。"

马尚志夺过酒瓶说："我们解放军有纪律，不能喝酒。再说，现在土匪活动频繁，大意不得。"

正说着，牧羊犬突然狂吠起来，只听一支马队向毡房急驶而来，随着一声枪响，牧羊犬的吠声戛然而止。

"不好，土匪发现了马同志，快跑。"扎木占大声喊道。

康其泰和马尚志跑出毡房，两人翻身跳上马尚志的坐骑，向夜色中疾驰而去。他们的身后是一阵枪响，子弹"嗖嗖"地从身边穿过。一群土匪发出一声声怪叫声，越追越近。

马尚志的马驮了两人疾驰，不大一会速度就慢了下来，土匪越追越近，并喊叫着抓活的。在一个转弯处，康其泰猛然将马尚志推下了马，马尚志落在一丛杂草中。几乎在同时，土匪的马队轰轰隆隆从他的身边驰过。

马尚志又一次得救了。

## 后续

1987年12月，农六师党委授予扎木占"英雄母亲"称号。

1997年扎木占去世，享年93岁。临终前她说的最后一句话是："要是我的孙女多斯江当上解放军就好了。"

2000年12月31日，丢三拜的女儿多斯江参军入伍，成为北塔山牧场第一位解放军女兵。

### 手记

#### 英雄母亲扎木占

记得2010年到北塔山牧场采访时，在《北塔山牧场志》上看到有关扎木占三次营救解放军合作社战士马尚志史料，觉得这一故事很有挖掘余地。于是，我就在当地展开采访，补充了不少细节。

扎木占三救马尚志在当地哈萨克族牧工中流传很广，颇有传奇色彩。我想，这个英雄母亲的故事很有现实意义，也说明新疆的民族团结是有传统和渊源的。作为新闻工作者，民族团结是我们报道的永恒主题，但苦于找不到好故事，现在得来全不费工夫，我喜出望外。

本文是我撰写报告文学《扎木占三救马尚志》的缩写，那篇报告文学获得兵团新闻奖副刊一等奖。

# 马振福：猎人救了我的命

　　马振福　六军十六师四十八团一营二连战士，1950年，在一次剿匪中中弹昏迷，脱离了大部队。后被一维吾尔族青年猎人相救。22年后，两人重逢。

　　1950年4月9日，我驻守哈密的十六师四十八团接到命令：火速驰援伊吾县城（因我四十六团一营二连被匪徒围困）。当日，四十八团副参谋长王谡录奉命带着7个排从沁城出发。那天，乌云密布，凄风呼啸，虽然已是4月，但天上飘下来零零星星的雪花，空气中有一种潮乎乎发霉的味道。部队像以往一样，轻装上阵，战士们身上除了武器弹药就是干粮，部队行进的速度很快。

　　转眼，部队来到了刺梅花泉，不料，部队在这里遇到了土匪的猛烈阻击。从土匪的布阵来看，他们是有准备的，兵力远远超出了我军的7个排。土匪密集的火力从两旁山头射下来，地形对我军十分不利。四十八团副参谋长王谡录一边命令战士抵抗，一边观察地形准备转移。就在双方打得不可开交的时候，一颗子弹射中了战士马振福，他昏迷过去。

半夜，马振福苏醒过来，这时战斗已经结束，四周没有了战友的身影，他知道部队已经转移了。当时，马振福心中只有一个信念：只要还有一口气，就要找到部队，千万不能落在土匪的手里。他撕开军衣，将伤口包扎后，挣扎着站起来，摇摇晃晃向前走去。由于土匪将大小路口都封锁了，马振福只得在山里走，饿了吃口干粮，渴了抓把山中的积雪，就这样，他在大山里走了十天。这时，他终于看到远处有一户人家：土屋、柴门、炊烟，一切都那么亲切。但马振福没有走过去，他知道土匪搜查得很严，他怕给这家猎户带来危险。他想继续往前走，但身体虚弱得几乎没了一丝气力，身上的干粮几天前就吃完了，加之伤口流了大量的血，他实在走不动了。这时，马振福感到头部一阵晕眩，眼前金花飞溅，他又昏厥过去了。

等他苏醒过来时，看到自己正躺在一间小屋里的土炕上，房屋的墙壁上挂着一支猎枪。一位维吾尔族青年看他醒过来了，就从火炉上的茶壶里倒了一碗奶茶，端到马振福的面前，一勺一勺喂到他嘴里。

热茶如暖流，热泪如泉涌。

由于语言不通，双方都不知对方的姓名。在猎户家喝完茶、吃过馕后，马振福用手比画着要走。维吾尔族猎人用手指着他的伤口，意思是走不成。但马振福执意要走，他是解放军战士，不能脱离了部队。看解放军这么坚决，猎人往他的行军壶里灌满了奶茶，口袋里装满了油馕，然后，背起那支猎枪，将马振福送出老远后，又指了指远方。马振福从这些动作中看出这位年轻的猎人是给他指行走的方向。果然，按着这个方向走了两天，马振福走到了四十八团驻地——沁城。

22年后的1972年，哈密县检察院副检察长阿不都拉到哈密管理局（现十三师）红星一场七连出差，办完事后，在连部遇到了一个人，两人的目光相遇的一刹那，目光仿佛都凝固了，两人的脑海里都浮现出22年前的那幅情景。

"你是1950年打土匪时受伤的那个解放军战士?"

"你是那个救我的青年猎人?"

"是呀,是呀。"双方紧紧地拥抱在一起。

"那时我不会说汉语,你叫什么?"

"我叫马振福。你呢?"

"我叫阿不都拉。"

几天后,马振福带着全家人来到阿不都拉的家。他特意制作了一块大匾,上面用汉、维吾尔文两种文字写着:

昔日剿土匪,

助我脱险境,

今我谢亲人,

体现军民亲。

从此以后,两家人就成了亲戚。1982年,马振福和阿不都拉都被评为自治区和哈密地区的民族团结先进个人。

手记

### 奶茶油馕见大爱

没有全国人民的大力支持,就不可能解放全中国;没有新疆各族人民的支持,就不可能取得平叛剿匪的胜利。新疆和平解放初期,土匪乌斯满在南北疆发动武装叛乱,进疆伊始的解放军,以迅雷不及掩耳之势平叛剿匪。在几年的剿匪战斗中,涌现出不少解放军解救各族人民群众、各族人民群众掩护解放军、为解放军通报消息并做向导的故事。可以想象,在当时那个维吾尔族青年猎人营救战士马振福时,是要冒生命危险的,因为山上、山下都有土匪把守。这位青年猎人不但给苏醒的马振福喂奶茶,而且还给马振福带足奶茶油馕后,又送出大山。

故事并没有完结,22年后,故事又有了延续,两个主人公相逢了,两家人成了亲戚。这是新疆各族人民大团结的一个缩影。

# 袁国祥：军垦第一犁见证者

袁国祥　1949年9月加入中国人民解放军西进大军，历任第二军政治部摄影员、南疆军区政治部干事、副处长、处长，1978年任西藏阿里军分区政治部主任、政治委员，1987年任南疆军区纪律检查委员会副军职专职副书记，1993年离职休养，曾荣立三等功两次，荣获"解放功勋荣誉奖章"。

说不清是在哪一年看到《军垦第一犁》这幅图片的，看后的那种震撼一生难忘，从此，我记住了作者袁国祥的名字，但从来不曾谋面。对于《军垦第一犁》这幅画，我有颇多感慨：《军垦第一犁》是兵团屯垦戍边的见证；是兵团化剑为犁的发端；是传承兵团精神的载体；是兵团屯垦戍边的发轫之作。对于兵团人来说，每人心中都有一座军垦第一犁的丰碑；都能讲述不同版本的军垦第一犁故事；都接受过军垦第一犁文化的熏陶；都继承了军垦第一犁的屯垦戍边大业。后来，我看到了一些有关袁国祥拍摄《军垦第一犁》的过程介绍，这些故事将我的思绪带到那个激情燃烧的岁月。

一切都在不经意间。

1949年9月19日，甘肃张掖解放。17岁的高中生袁国祥在聆听了一兵团二军政委王恩茂的演说后，得出"共产党有道当胜，国民党垮台活该"的结论。"解放军像磁石一样吸引着我，我是铁了心跟共产党走，去当解放军。"半个世纪后，已是少将的袁国祥回忆道。

3天后，一位在县城开照相馆的亲戚来为他送行时说："解放军的队伍里有人会照相，他借我的暗室冲洗胶卷，我看技术还不错。饥荒年饿不死手艺人，你去当解放军，就要求学照相。如果情况好，你就好好干，如果不行，你就回来到我照相馆干。"因袁国祥经常帮着亲戚冲底片、到乡下照相，他父母也赞成亲戚的这个建议。于是，袁国祥参军报名时，就向当时负责报名的二军民运部部长冯达提出了想学照相的要求。没想到冯达爽快答应了。

从此，袁国祥成为二军政治部的一名摄影员。他随着西进大军一路拍照，用那部在战场上缴获的"莱卡"相机记录下一幅幅珍贵的历史镜头。

二军军部到达喀什后，军部各直属单位都在开荒，他所在的政治部就在科克其村开荒，这里离草湖不远，他常去拍照。

1950年4月2日，袁国祥完全被草湖（今三师四十一团）的开荒场面感动了——工地上热气腾腾、红旗招展、歌声嘹亮，他有些目不暇接。这时，他看到有6位教导团的战士肩套绳索、低头弓腰、一步一嗨哟，拉着一架维吾尔族的木质土犁破土前行，而后面扶犁的战士已脱去了棉衣，棉裤裤腿挽到膝盖处，而棉裤的后面还有两个露出棉絮的破洞。袁国祥被这幅画面吸引了，他追上拉犁人，将镜头对准他们的背影，"咔嚓"按下了快门。当时，他的脑海里随即闪现出"辛勤耕耘"一词，对，图片的标题就叫《辛勤耕耘》。

袁国祥说："1950年大生产时这样的情景很普遍，我拍过人拉犁、人拉牛车，还拍过人拉耙磨地、人拉石磙碾场。总之，那时干啥农活都是靠人，所以，当时也就是顺手拍下了这个画面。"

41年后的一天，已是少将军衔的袁国祥接到兵团党委党史研究室的电话，大意是经考证，《辛勤耕耘》是当时驻疆部队最早的人拉土犁开荒图片，是真正意义上的《军垦第一犁》。

此后，这张不经意间拍摄的《军垦第一犁》，成为反映新疆生产建设兵团屯垦戍边的经典之作，迅速传遍全国、甚至世界各地。

手记

### 一个老兵团人的情怀

真正与袁国祥将军谋面是在2010年。2007年《兵团日报》开辟以"记录兵团历史、弘扬兵团精神"为主旨的"纪实"专栏，此专栏在兵团产生了较大影响。2010年，作为编辑的我又在"纪实"专栏中设置了"军垦英模今何在"子栏目，刊登屯垦戍边初期一些英模图片，通过刊发寻找英模下落的经过，以起到弘扬兵团精神的作用。有一天，办公室来了一位老人，自我介绍说他是袁国祥，拿出10多张20世纪50年代新疆军区开荒英模的图片，我大喜过望，真是得来全不费工夫。后来，这些图片刊发后，果然找到了一些英模，报道英模的文章刊发后，在社会上产生了不小的影响。就这样，我与袁国祥将军认识了，后来，我到过他家几次索要老照片，袁将军从没有拒绝过，从成千上万张照片中找出来交给我，令我十分感动。

2014年4月29日，袁国祥将军打电话给我，说新疆军区文化艺术中心在五一劳动节期间为他举办《袁国祥老照片展》，特邀请我去参观。看了袁老先生的图片展，我心中久久不能平静，我想，袁国祥不仅是兵团屯垦戍边的记录者、见证者、传播者，而且也是一个"老兵团人"。

# 王希荣：教导团官兵破天荒

王希荣　中国人民解放军第一野战军军政干校七大队学员、二军教导团二营战士，1950年3月28日，随教导团徒步抵达喀什。1950年4月教导团奉命赴草湖开荒，王希荣创造过"学生兵"一天开荒1.8亩的纪录，1955年，从部队转业后，主动要求回草湖农场（现三师四十一团）。

"1950年3月28日，我们二军教导团终于完成了行军任务，到达终点——疏勒。第二天，各连的挑战书、决心书就像雪片一般飞到团部。各班各排都在开会表决心，用'嗷嗷叫'来形容当时战士的情绪最为恰当。"当时为教导团三营战士的王希荣回忆道。

工欲善其事，必先利其器。会后，官兵纷纷开始准备生产工具。《四十一团志》中有两幅图片真实地再现了那时的情景：军人席地而坐，每人怀里有一个编到一半的柳筐；旷野上数百把才安了木把的锄头如钢枪般整整齐齐码在地上。

　　1950年4月1日一大早，教导团全体官兵列队向草湖挺进。从疏勒到小草湖要经过不少维吾尔族村子，村里的男女老幼都跑出来看稀罕。很快，"解放军自己种粮食"的消息像匹快马传遍了疏勒各村。

　　教导团1500余名官兵来到芦苇丛生的草湖，其中还有70多名从甘肃临洮参军的女兵，她们平均只有16岁。

　　王希荣说："当时二军生产工具严重不足，每100人只有50把锄头、23把坎土曼。工具不够，一些战士就用挖散兵坑的小圆锹来翻地。当时附近的农民也在春耕，所以，能借到的木质土犁很少。工具不够，住房也成了问题，教导团每个连队也就两三顶行军帐篷，一个连120人咋住，还要腾出帐篷让女兵住。这时，地窝子应时而生。我们一到草湖，先将帐篷支起来，再在帐篷顶上插上一杆红旗。帐篷住不下，我们就在高坡上挖地窝子，挖了几个长方形大坑，前面开个豁口，再在坑口上铺上红柳枝、芦苇，盖上一层土，房子就成了。因为挖好地窝子已到了晚上，我们只好三个人搭伙睡，两床被子铺在地上，一床被子三人合盖。等到了第二天，我们割来芦苇，铺了厚厚一层，又隔潮又软和。"

　　那时，二军的2350匹骡马还在进疆的途中，开荒全靠人用锄头、坎土曼挖；用人拉犁破土。教导团下达了死任务：每人一天开荒一亩。草湖除了芦苇外，还长着一种名叫"爬地龙"的刺草，这种草一棵就是一大片，而且还特别硬，一锄头下去，锄头被反弹回来，震得手生疼。挖不了一会儿手上就打起血泡，血将木把都浸红了。

　　王希荣说："在南泥湾开过荒的老战士没说的，每天都能超额完成任务，可从临洮、张掖、酒泉参军的学生兵大多完不成任务，他们的情绪又出现反复。有人甚至说起了怪话：'军政干校，原来就是干活的学校。''我们是学生，哪能干过老战士？'那些老战士可会做思想工作了，他们说行军锻炼了你们的双脚，现在开荒就是锻炼你们的双手。什么时候你们开荒手上不打血泡了，也就锻炼成为南泥湾式的开荒先锋、劳动模范了。"

部队作政治思想工作离不开歌，战士边开荒边唱到：

"新疆沙漠大无边，

誓叫它变作米粮川。

解放军个个是好汉，

人民胜利万万年。

乐极生歌，悲极生歌，越是艰苦越唱歌。歌能消除疲劳，歌能沟通思想，歌能使人振奋，歌能催人前进。在歌声中，锄头下的亘古荒原翻了身，在歌声中，军人将他们的理想种子撒在了处女地里。在歌声中，稚嫩的学生兵成为草湖的开荒先锋、劳动模范。

开荒头三个月最为艰苦，战士一天要开荒十四五个小时，在地里吃饭时常常就睡着了，高粱饼子掉在地上，睡觉的战士一惊，抓起地上的土疙瘩就往嘴里塞。

刚到草湖时，气温乍暖还寒，可过了一段日子，棉衣就穿不住了。再说，穿着这身冬装走了几千公里，人们棉衣的胸前、棉裤的大腿两侧都烂了。

王希光说："初春部队准备发的单衣、衬衣连同大家的津贴一道捐献出去办工厂了，无奈，大家只好将棉衣的棉花取出当夹衣穿，后来天热了，连夹衣都穿不住了，就全脱了，为了预防蚊子叮咬，就全身抹上泥巴，人地一色，远远看去，只见空中锄头的银光一起一落。送饭的女兵来了，就有人在地头挥舞着布条高声喊：'送饭的来了，送饭的来了。'我们赶紧将破夹衣裹在腰上。"

几个月后，教导团官兵吃上了自己种的蔬菜、西瓜和甜瓜。连里喂养了百十只肥羊，过些日子就可吃顿清炖羊肉。玉米、棉花和水稻都进入田管期，劳动强度也比开荒时轻快了很多。

1950年4月至10月，教导团1500余名官兵在草湖开荒6000亩，生产粮食10.6万公斤、皮棉2000公斤。同年，二军在疏勒举行生产展览会，教导团展示了农产品。在二军劳动模范表彰大会上，王震将军亲切接见了教导团的代表。

手记

军垦第一犁

军垦第一犁到底是哪支部队"开犁"的，还没有定论，但从照片的拍摄地来说，那就是二军教导团。因为南北疆气温的差异，南疆的春播要早于北疆。

我因要撰写《军垦第一犁史话》，采访过拍摄《军垦第一犁》的作者袁国祥，他为我提供了大量的图片，其中就有《军垦第一犁》，当时拍摄的一些细节我在《军垦第一犁史话》中都写到了。为了写这篇报告文学，我还采访了二军教导团二营战士王希荣，他也向我讲述了教导团开发草湖的不少故事。王希荣说，照片上的那7人是一营的老兵，当时我还是学生兵，几年后，我和10多个战士又转业到了草湖，这一干就是大半辈子。

王希荣所在的教导团是兵团屯垦戍边的先锋和缩影，1954年10月7日，王希荣和驻疆部队的17.5万名军人集体转业，成为生产建设兵团屯垦戍边的军垦战士。

军垦第一犁是兵团屯垦戍边事业的开端，作为屯垦戍边的继任者，我们要牢记这段历史。

# 司永来：十八天穿越死亡之海

司永来　十五团司号员。

1949年10月，一兵团六军、二军10万大军分别从空中、陆地向新疆挺进。二军五师十五团是二军挺进新疆的前卫部队。11月28日抵达阿克苏。部队还未休整，就接到军部命令：火速穿越塔克拉玛干大沙漠，奔袭和田，平息叛乱，解放和田。

为了及早控制和田局势，解放和田，军部决定兵分两路向和田进发。一路由政委黄诚、副团长贡子云同志率领1803人的大部队徒步穿越塔克拉玛干大沙漠直抵和田；一路由团长蒋玉和和政治处主任刘月率领一支80人的先遣队，乘三辆汽车沿公路前进，以小部队快速突击的行动，首先占领和田，稳住和田局势。

12月5日，天随人意。解放后的阿克苏小城晴空万里。十五团司号长司永来回忆说：那天上午，我的心情格外高兴，太阳金黄金黄的，像个金盘子挂在白杨树梢上。我吹响了出发号令，那号声激越而又透着金属般的声音，接着，车辚辚，马萧萧，我们出发了。阿克苏百姓倾城而动，成千上万的各族群众，载歌载舞，欢送部队出征。

历史将记载这一天，因为这是人类历史上第一次大军穿越塔克拉玛干大沙漠。

行军难，沙漠行军更难。一进入沙漠，首先遇到的问题就是沙砾灌进鞋。别小看小小的沙砾，一旦灌进鞋里，走不了多远，满脚都会打起"高射炮"（战士对血泡、水泡的戏称）。所以，行军的第一天，不少战士的脚上都打起了"高射炮"。少则一两个，多则七八个，严重的连脚趾缝里都是水泡。当天夜里，战士用热水泡过脚，用火针和马尾挑过泡后，不少班就召开了一个别开生面的会议，专题研究如何防止脚上打泡。这次会议总结出不少经验，归纳有以下几条：走路鞋要大，袜子底要填平，落脚要稳，切忌小跳小蹦，在袜子上再裹一层布，防止沙子进入。有效地防止了沙子灌鞋和战士体力过度消耗。大军是武装行军，每名战士都肩负1支步枪、1把刺刀、40发子弹、4颗手榴弹、1把圆锹，外加5公斤炒面和1个背包。正如战士所说，"兵不兵，身上背着七十斤"。

十五团还独创了"沙漠行军法"，沙漠里的沙层松软，不能承受压力。纵队行军，前面的战士走过留下一个小小的沙坑，后面的战士再踏上去，沙坑会越来越大，战士的脚越陷越深，每挪动一步都很吃力，有时甚至是走一步退半步。所以，十五团的战士改变了习惯的行军队形，不是纵队，而是五花八门的，有整连整排成方阵向前走的，有一字排开横着向前走的，这样走人人走的是新路，不会出现沙坑，省力省劲。战士行军中还可以相互说笑话讲故事。

穿越沙漠，指挥部共设了15个宿营站点，这些站点主要是遇水而设。和田河是条季节河，只有夏季洪水期时，河床里才有流动的水，春秋冬季整个河床是干涸的。而一些坑坑洼洼的地方会积一些水，这就是大军的水源。凡是有积水的地方，部队就在那里宿营，这些信息主要是常走"阿和小道"的维吾尔族商贩提供的（即从阿克苏到和田，过去维吾尔族商贩常走这条小道贩运桑皮纸，故称"阿和小道"）。

几乎每个被采访的老战士都说到这样一件事，虽然讲述的详略不同，内容也有出入，但都说到一个关键性的细节：有天宿营点没水，战士们忍着饥渴日行180里（90公里）才走到有水的宿营点。那一天的经历在他们的脑海里装了整整半个多世纪。

大概是行军的第七天。这一天大军在夜里3点钟就拔营了，一直走了12个小时还没找到水源。战士们在大太阳下艰难地往前走着，由于干渴，嘴唇干裂，眼珠发涩，一张嘴，嘴唇、嘴角就拉开一道血口子。这时，部队中一些战士身上出现了一种奇怪的症状：身上起小黑疙瘩，皮肤发青，眼窝深陷，有几名战士由于支持不住，昏倒在地。

如果不能及时找到水，大军的处境就十分危险。黄诚政委与副团长贡子云紧急商量后，决定由贡子云带队继续前进，而黄诚则带着老向导阿不都拉和警卫员骑马去寻找水源。在飞奔的马背上，黄诚让阿不都拉仔细回忆一下，哪里有水源（他曾走过"阿和小道"）。阿不都拉自信地用马鞭往前一指，说："前面！早些年我在那里住过，不过水不太好喝。"

假如能找到这个"不太好喝"的水源地，1803人的生命就有了保证。黄诚心中一阵喜悦，策马向前奔去。到了地方后，河床中间确有一个大坑，但坑中已干得龟裂，一滴水都没有了。阿不都拉一屁股坐在河床上，不住地说："这是怎么回事，这里原来是有水的。"警卫员跳下马，掏出随身携带的铁锹在大坑里挖起来，黄诚也跳下去挖，可越挖土越干，他们彻底失望了。

于是，三人又跳上马继续寻找，路上，只要碰到有草的地方或有坑的地方，他们都要跳下马挖一阵。天已黄昏，仍然没有找到水，黄诚的心情越来越沉重。为了大部队，唯一的希望就在前方，找，三人继续策马前行。终于，一个水潭出现在眼前，上面已结冰。阿不都拉最先跳下马，凿开冰，掏一捧水喝了一口，马上吐了出来。原来水已变质，有一股腥臭味。就在这时，前面燃起一堆篝火，这是前方侦察排向大部队发出找到水源的信号。

这一天，大军忍饥挨渴，身负重荷，竟然走了180里（90公里）。

四十七团老战士还给我们讲了遇到沙尘暴的事。当然，那时不叫沙尘暴，他们都说大风暴。在沙漠腹地遇到大风暴，那是最可怕的事。风暴一来，黄沙随风暴滚滚而来，遮天蔽日，沙砾打在人的脸上就像用一张砂纸在搓，生痛。这时，空气好像被沙子挤压走了，人们呼吸都困难。大风暴一来，驼队总要炸群，骆驼、骡子、马匹在风中狂奔乱跑，拽都拽不住，它们背上的炊具有时被风刮得无影无踪。行军的第十天，大军遇到了最大的一次风暴。部队通过电台向师部请示，师首长的回答是：情况紧急，不能停留。于是，1803名指战员手挽着手在风中继续前进。

一营二连有一位排长名叫李明，他患有严重的胃病。本来团里决定他随蒋玉和团长坐汽车到和田，但他坚决不同意。他说："我是一名共产党员，应该到最艰苦的地方去，我不能丢下我的战士。"

行军途中，他强忍着胃痛，不是帮战士背枪，就是给大家讲长征的故事。有些战士脚上起泡走不动时，一听到长征的故事，便忘了疼痛，拼命赶上去。其实他的胃病已经很严重了，他尽量忍着，不让战士看出来。晚上，他胃痛得睡不着觉，就悄悄起来往战士取暖的火堆里添柴，给战士的水壶灌满水，把战士穿破的袜子补好洗净烤干后，放在战士的被子下面……

刮大风那天，他在风中指挥着战士"一个拉着一个前进"，而他自己却是孤零零一人站在风沙中。这时，他的胃一阵刀割般地疼起来，他弓着腰，双手紧紧地捂着。他拄着一根红柳棍子继续往前一步步挪着，不一会儿，他就倒在沙漠里，再也没有起来。

李明是这次穿越大沙漠中唯一牺牲的人。黄诚政委带着几名战士将李明尸体就地掩埋。事后黄诚回忆说："当时没有办法在李明墓前立碑，但我们已经在心中为他立了一座永远不倒的英雄碑。"

手记

这次采访让我刻骨铭心，让我心灵震撼。

我采访的是一个群体，是半个世纪前肩负着军人的使命，奉命穿越塔克拉玛干大沙漠；解放和田后，又奉命建设和田的四十七团老战士。在15天的时间里，我共采访了50余人。在众多的故事中，我对一件事曾有疑问，在穿越塔克拉玛干大沙漠前和穿越中，战士们是否犹豫退缩过。疑问产生于"这毕竟是一次生死的关头"。因为那时他们也听到不少关于塔克拉玛干的传说，什么"进去出不来""死亡之海"等等，但回答是众口一词："没有犹豫退缩"。他们甚至还清楚地记得当时在请战书上写的原话：

"什么进去出不来，我们是人民解放军，既然进得去，就能出得来。"

"不能让和田人民多受一天苦，我们要抢时间，早日解放和田。"

"徒步进和田，红旗插上昆仑山。"

我折服了，只有被死亡吓不倒的军队才能穿越"死亡之海"。

我以前看过斯文·赫定的不少探险游记，给我印象最深的是他的探险队在穿行塔克拉玛干大沙漠时的那种气氛：死寂、恐惧、绝望……因为这是死亡之旅，是走着走着就倒毙的穿行。

而老战士讲述的穿越，是一次充满革命乐观主义和集体主义的大行军，也只有这样大无畏的军队才能做到。与死寂、恐惧、绝望形成强烈对比的是，整个穿行过程中，部队表现出一种积极、乐观、坚定而无畏的精神，如果不是事实，你很难想象到，在穿越塔克拉玛干大沙漠的队伍里，会出现讲故事、做游戏、看报纸、听快板，甚至创作诗歌的"文化现象"，这种"文化现象"既是一种凝聚力，更是一种战斗力的体现。

# 刘兴：相互帮扶走沙漠

刘兴　十五团炊事班班长。战士们亲切地称呼他"我们的火头军"。

在穿越塔克拉玛干大沙漠中，老战士张远发是机枪手，刘来宝、郭学成是炊事员，他们并没有给我们讲多少自己的故事，却给我们讲了不少战友们的故事，尽管这些故事是零零散散的。

背着35公斤的负荷穿越沙漠其困难可想而知，而在队伍中，经常会出现这样的事，稍不留神，你的枪、你的背包就会被别人"抢"了去。全团上下团结一致，到处是一片互助声。有个战士叫李惠敏，脚上打了四个血泡，他一直保密不告诉别人，坚持给体弱的同志扛枪、背背包。由于人们常见他的肩上扛着两支枪，所以落下一个"双枪将"的美名。

和张远发一样，李春贵也是一名机枪手。在行军的第六天，他两眼肿得像核桃，脚上打了11个水泡。

别人想帮他扛会儿机枪，他说啥也不让。所以，战友只好瞅机会"抢枪"。有一次，他的绑带松开了，战友认为机会来了：你总要腾出手来扎绑带吧，战友在一旁等着。李春贵精明得很，早从战友那眼神中看出了"玄机"，所以，他不紧不慢坐在沙滩上，然后从肩上抽下机枪，端在手里看了看，似乎在想应该放在哪里。他一会把枪放在左侧的沙滩上，一会又把枪放在右侧的沙滩上，反复折腾后，脸上露出一丝狡黠的笑容，最后把枪往裆里一塞，双腿紧紧地夹住。这才腾出手去扎绑带。战友们这才反应过来，说李春贵精得很。

刘兴是炊事班的班长，战士们都亲切地叫他"我们的火头军"。

刘兴当年40开外，精瘦，脸上已失去年轻人的血色光彩，看上去像是有病似的。别看他是这副身架，行起军来赛过小伙子。一些小伙子背地里说刘兴是"中吃不中看的胡椒面"。老刘寡言少语，可一旦行军，他就像变了一个人，话也多了，像个"活宝"。那根桑木扁担是刘兴的武器，挑着两大篓清油，足有四五十公斤。走起来像阵风。他走到哪里，哪里准是一片笑声。"嗨，小伙子，快走哇，咋还不如咱这老火头军呢！"

要是你不留意，你的步枪或机枪，准会被他抢走。不到休息时，休想从他手里夺回来。他每天行军，早上是一副油担；上午，担子上就增加了步枪、机枪；下午，就杂七杂八挑得更多了，有挎包、背包、干粮袋、水壶什么的。担子越重他越快活，常常一边走，一边喊："货郎来喽，便宜货喽，只图本钱喽，谁要谁开腔喽，得不到别后悔喽。"有谁真要去帮他一下忙，他会一闪，扁担一忽悠，飞也似的跑到前面去了。然后甩过一句"别把月亮当烧饼吃喽"。

有一回，战地报纸发表了一首快板："老刘老刘，处处带头，吃苦在先，享福在后。"老刘看后生气了，找到写快板的那个战士说："你水平太低了。全团有多少模范事迹、模范人物，你没写快板，可偏偏把我写进快板里，我那点小事值得写？"

那战士说，老刘，你不仅是我们的火头军，还是我们的火车头呀。

在行军部队中，炊事员是最辛苦的。老战士刘来宝向我们介绍说："炊事员都是早起晚睡，部队到了宿营地后，我们早把开水、洗脸水准备好了，战士们吃完饭就可以休息了，而我们一直要等到刷锅洗碗后才能去休息。每天还要早起，忙完了早饭就忙着拆锅扒灶。行军路上，我们的负荷都比别人重。比别人累，比别人背得负荷重，是一种光荣。人人都比这个，见不到偷奸耍滑的。"

和张远发一样，张二虎也是部队的大力士。从阿克苏出发时，排长说："这两颗炮弹挺沉的（10公斤），还是大家轮流背吧。"谁知张二虎眼明手快，一把就把炮弹抢过去，搂在怀里说："从今起，这炮弹姓张了，谁也别想背，我把这两宝贝背到和田。"张二虎力大如牛，谁敢从老虎嘴里拔牙呀。所以，别人只有看的份。每天晚上，张二虎都要把两颗炮弹放在枕头底下，他说这样才睡得踏实，省得别人惦记。早上行军，他又背起炮弹走了，弹不离身，别人也无从下手。

有一天机会来了。夜里，战士郭海站完了最后一班哨，回到帐篷，见张二虎正枕着两颗炮弹呼呼大睡，他悄悄地走到张二虎跟前，轻轻地从枕下取出那两颗炮弹。为了不使张二虎发觉，又给他的枕头底下塞了两根红柳棒子。郭海偷偷取来张二虎的炮弹后，高兴得不知放在哪里好。要是被张二虎发现了，三个郭海也不是对手。想来想去，还是把炮弹打在背包里保险。背包打好了，起床号也响了。张二虎发现"宝贝"没了，气得呼呼直喘粗气。郭海一边打着绑带，一边说："算了，算了，两颗炮弹丢了就丢了，别着急上火的，身体是革命本钱呀。"这时，开饭的哨子响了。只听排长在外面喊："张二虎，快点，你磨蹭什么？"张二虎急得像热锅上的蚂蚁，东看看、西瞅瞅，就是找不见，无奈，嘬着嘴只好去吃饭。这一天行军，郭海背着那格外大、格外沉的背包，走得特别有劲，因为他终于有机会背得比张二虎还沉的背包了。

**手记**

我采访的是一个群体，是半个世纪前肩负着军人的使命，奉命穿越塔克拉玛干大沙漠；解放和田后，又奉命建设和田的四十七团老战士。在 15 天的采访中，我认识了军人，听到了军歌，感受到了军魂。

我的父母都是军人出身，他们是兵团第一代创业者。我去过不少团场，采访过不少老兵，但唯独这次在四十七采访，我才真正意义上认识了军人。在四十七团游憩广场或街道上，你能经常看到拄着拐杖的白发苍苍的老人，虽然他们的背是弯的，步履是蹒跚的，但你准能一眼看出他们是军人。这并不仅仅因为他们穿着一身黄军装，主要是他们浑身上下透出一种军人的气质，军人的"骨质"，军人的"精气神"。

采访进行到一半，我被这些故事感动得不能自已，整理采访笔记时，我常常控制不住地流泪，有时右手抖得无法握笔。我经常夜不能寐，寻找这些爱唱军歌、爱穿军装的军人的军魂，突然有一天，我惊呼找到了，他们半个世纪的故事集中体现了两个字：忠诚。我们之所以被感动是因为忠诚呀。

祖国需要忠诚，时代呼唤忠诚。

# 刘海鹏：筹粮工作队下农村

*刘海鹏　乾德县筹粮工作队队员。*

1949年，中国人民解放军挺进新疆。

当时驻疆部队面临的首要问题是粮食匮乏，起义后的省政府根本无力解决十万大军的口粮和来年大生产所需粮种。

从关内调运，仅从酒泉到迪化（今乌鲁木齐），就需一个团的兵力护送，而且每月要用飞机从北京运一趟银元购粮。就是从粮食充盈的伊犁地区往迪化运粮，一趟运费也需6500多万元新币。

1950年1月，新疆军区与省人民政府联合成立筹粮委员会，从各部队抽调298名干部（也有少部分地方干部）组成筹粮队，到乾德（今米泉）、阜康、奇台、孚远（今吉木萨尔）景化（今呼图壁）、绥来（今玛纳斯）等12个县农村征粮。为了此次筹粮，第一野战军兼新疆军区司令员彭德怀特批：从关内运来棉布4万匹，砖茶2万块，银元10万元。1月13日，新疆军区政治部副主任曾涤为筹粮工作队送行，他对大家说："同志们，这次筹粮工作队到农村开展筹粮工作，意义重大，因为你们是代表中国人民解放军，扛着第一面红旗到新疆农村开展工作的。你们必须坚决贯彻执行党的方针政策，模范遵守组织纪律。完成好这次筹粮任务。"

当时，筹粮工作队采取三种方法筹粮：

一、按市价买。由粮户自己送往县城粮库，再付现金；

二、按规定借。当年借租1斗，来年秋后还两斗。工作队打借据，到时借户去县政府要粮；

三、用茶、布兑换粮食。即用1斗粮食换4块砖茶或3尺布（而当地商人用2尺布换3斗粮食）。

由于长期受到国民党的反动宣传和特务分子的挑拨煽动，广大群众对解放军不了解，存有偏见，他们不敢接触筹粮工作队队员，不相信解放军会拿银元买粮、会用布和砖茶换粮，更不相信借了粮还会还。工作队队员们是从各部队抽来的干部，都是做群众工作的好手。他们一进村，一边向大家宣传筹粮的意义和事项，一边分头去群众家劈柴、打水、扫院子。到哪一家吃饭，都是先付现钱。很快，群众了解了解放军，纷纷拿出存粮。并向工作队提供地主大户存粮的情况。当时在乾德县不少农村流传着这样一首歌谣：

工作队下乡来征粮，

阶级敌人心发慌，

穷苦人民齐拥护，

积极交售爱国粮，

支援人民子弟兵，

保卫祖国新新疆。

工作队每到一个村都严格遵守"三大纪律，八项注意"，为了减轻群众的负担，他们租一间房屋，自己做饭，一块木板既是案板又是锅盖，不是缺粮就是少菜，就是过春节也是打了几只野鸭子算是打打牙祭。群众看到后说，过去国民党衙门的差役来，都是"马不吃高粱，人不睡空房"。可解放军不仅不拿我们的一针一线，还为我们干这干那，真是人民的子弟兵。

有一天，乾德县工作队一名队员去一个村子征粮，不料被一群狗围住了，连裤子都被咬破了。在他无法脱身时，抽出枪将一只狗打死了。老百姓并没有说什么，一只狗嘛，打死就打死。可工作队立即召开会议，对这名队员的违纪行为作出严肃批评，队员也做了自我批评。会后，他来到狗的主人家，赔礼道歉后，又赔了钱。主人握着钱感动地说："这要在过去，我的狗咬了衙门差役，轻的被暴打一顿，重的要被关进篱笆子（监狱）。"一传十，十传百。这件事在当地影响很大，赞扬解放军是真正的老百姓队伍，要把粮食交给解放军。

解放军的筹粮使得人民群众了解了我党的政策，解除了他们的疑虑，群众的交粮积极性十分高涨。一些暗藏的敌特分子看在眼里，恨在心里，暗地里秘密筹划刺杀事件。1950年3月的一天，孚远县工作队的金学禹、杜银旺去购粮，在回来时，路过小龙口的热河子时，遇到两个农民模样的人。那两人非常热情地上前打招呼："解放军同志，你们是去征粮的吧，解放军真是老百姓的子弟兵，我们有粮一定卖给解放军。"当他们知道金学禹、杜银旺也是回县城时，笑着说："巧了，我们也是去县城，咱们搭伴。"金学禹、杜银旺两人也没在意，就与他们同行。在路上，还询问他们村的余粮情况。走着走着，两个农民模样的人突然抽出匕首，狠狠向金学禹、杜银旺刺去。金学禹当场牺牲，杜银旺倒在血泊中。农民模样的人劫去武器弹药后，逃之夭夭。

下午，杜银旺才从昏迷中苏醒过来，他简单地包扎了伤口，艰难地向前爬去。在爬到一座水磨房旁，遇见了一辆拉面粉的大车，这才回到县城。

工作队立即派人将金学禹的尸体拉回县城，隆重召开追悼会，县城的男女老幼纷纷前来悼念这位年轻的解放军。杜银旺也在当天被送到迪化医院抢救，痊愈后回到原部队。

后来，杀害金学禹的国民党特务谭桂和虎占林被活捉。

12支筹粮工作队圆满完成了筹粮任务，10万大军不仅有了口粮，而且也有了种地的粮种。

1950年，大生产运动在南北疆轰轰烈烈展开。

手记

1949年9月25日新疆和平解放后，进疆部队加上新疆起义部队和三区（伊犁、塔城、阿勒泰）革命民族军共有20万之众，再加上政府留用人员，一年所需粮食10万吨。如从关内调粮，运价是粮价的7倍。从苏联进口需要外汇3000万卢布，这对刚刚成立的共和国来说，无疑是个无法承受的天文数字。

为了此次筹粮，第一野战军兼新疆军区司令员彭德怀特批：从关内运来棉布4万匹，砖茶2万块，银元10万元。这是在特殊时期采取的特殊措施。从1950年开始，新疆军区20万大军开展了大生产运动，当年部队粮食就达到部分自给，大大减轻了新疆各族人民的负担。

# 郭朝富：昆仑山上修"天路"

　　郭朝富　二军五师十五团一营二连一排三班战士，徒步穿越塔克拉玛干大沙漠前，带头写好决心书。穿越途中，他除了自己的15公斤枪支弹药外，还将生病战友的一支步枪从阿克苏扛到和田。1949年12月22日抵达和田后的第二天，由班长黄国卿介绍加入中国共产党。1953年部队整编，分配到和田军分区，转业后又回到老部队——四十七团。

　　为了解放西藏，1950年二军军部向十五团下达了一道艰巨而光荣的命令：修筑一条通往西藏的公路。十五团将这一任务交给了驻扎在于田县的一营。

　　十五团抽调一营400余人上昆仑山修路。后来军区独立骑兵师也来到昆仑山上参加修路，整个工程历时一年。1951年5月竣工，公路全长269公里，自新疆于田普鲁一直通向西藏改则。

　　昆仑山上不长草。由于海拔高，天气像孩子的脸，说变就变，每天中午都要下阵小雪，一天里不是雨，就是雪，一会晴，一会阴。老战士郭朝富说："在山上做饭的柴火都是用驴从山下驮上来的，一天一个战士平均只有1.5公斤柴火。饭做不熟，蒸出的馒头直粘牙。"部队虽然就驻扎在克里雅河边上，但汲水十分危险，每天中午必发洪水。小如鸟蛋、大如磨盘、石碾子的石块被轰轰作响的河水冲得翻着跟头往下滚，河的两岸都是布满青苔滑如冰块的石壁。有一次，一名战士不慎掉入河中，一眨眼就不见了。"在这地方汲水，都是将汲水人绑牢后放下去，上面的人牢牢攥着绳子，所以，没有半天时间别想提上来一桶水。"郭朝富说。

修路，是逢土挖土，遇石炸石。所以，抡大锤、掌钢钎、打炮眼是天天干的工作。刚开始，空气稀薄，战士不适应，抡不了几下大锤就气喘吁吁、大汗淋漓，后来战士也适应了，十几磅的大锤一口气抡100来下。最初打的炮眼子，不过30~40厘米深，装药少，而且是用手点火引爆，一次炸开的洞不过几米。战士们边干边学，经验越积越多，炮眼越打越深，能够装进成箱的炸药，引爆也改用手摇发电机，使得成串的炮眼同时爆炸，整个工地地动山摇。

在昆仑山上修路，危险是避免不了的。因为有的地段风化层有十多米厚。郭朝富回忆道："有一次，一连六班担任的筑路地段正好紧靠石崖，如从表层挖，进度太慢，为了加快工程进度，战士们从底部挖沟，想截断中间风化层，让上层的风化石自动陷落。就在快挖到风化层时，突然塌方，全班战士躲闪不及，都压在了下面。经过全连紧急抢救，才把全班人刨出来。当时，这些战士双眼紧闭，口中吐血，急救之后，才慢慢苏醒过来。"

整个修路过程中，最难啃的骨头要算克兰木大坂玉盘山了。工程地段处在两座陡峭的高山之间，山中正好是条河。战士们要在山腰中硬凿出一条路，稍有不慎，就会落入河中，而独立骑兵师三团每天都要从这个山顶上通过。有一天，一个战士不慎踩空了一块石头，那石头直直地落下来，砸在十五团一营一战士的头上，他当场就咽了气。骑兵师三团团长洪亚栋抱着牺牲的战友，哭得直跺脚：

"我们战士再小心一点，就不会发生这样的事了，我们对不住十五团的战友呀。"

老战士郭朝富说："有一次工地塌方，一块大石头生生把3名战士砸死，那都是我朝夕相处的战友呀。修路中，受伤的战友就更多了。还有一次爆破，一块石头'嗖'地一下把机枪连指导员侯永贞的一个脚指头削掉了；一连三排的焦照发在绑雷管时，雷管突然爆炸，炸瞎了他一只眼，两根手指头被炸掉。像一些皮肉小伤就更多了，轻伤没人下火线。"

山上气候寒冷，部队一年发两套棉衣。由于天天与石头打交道，两套棉衣很快就磨破了。比如打大锤的要经常跪着打，最容易将棉裤的膝盖处磨穿，于是战士就在膝盖处缝上两块羊皮。掌钢钎的要坐在地上，就在屁股处缝两块羊皮。上下山都是走山路，一双布鞋没几天就破了，战士们就用牛羊皮堵在洞上继续穿。一根2米长的钢钎打到只有10多厘米，70厘米长的十字镐磨得只剩30厘米，仍在用。在一年的施工中，十五团一营共完成石方量13258立方米，完成土方量580371立方米。中央军委派来的电影摄制组将他们修路的情景拍成新闻纪录片。

1951年6月的一天，独立骑兵师和十五团一营的筑路战士，接受了骑兵师师长何家产、政委田星五的检阅。随后，师首长发布了向西藏进军的命令。进藏部队顺着这条路，跃马扬鞭向西藏进发。

"在这一年的筑路过程中，十五团一营共有100多人负伤，10多名战士牺牲。1952年西南军区给十五团一营参加修路的全体指战员，每人颁发了一枚"解放西藏纪念章"。1956年十五团一营修路英雄郭正同志，参加了全国修筑公路英模大会，在北京见到了毛主席。

手记

### 路遥方见革命友谊

采访郭朝富那天阳光灿烂，一缕柔柔的阳光照进屋里，老人沐浴在温暖中。

　　老人的记性很好,一些重要的日子都记着。比如十五团穿越大沙漠到达和田的日子、他入党的日子、修筑通往西藏阿里公路完工的日子以及他结婚的日子等等。

　　采访中的一个细节我一辈子都忘不掉:在穿越塔克拉玛干大沙漠中,他替一个生病的战友背枪,从阿克苏一直背到和田。一支步枪虽然不重,但郭朝富是在身负一个战士必须携带15公斤的武器弹药外,又额外增加了几斤重的一支步枪。这一背就是15天,就是792.5公里。这不是一般意义上的"相互帮忙",这是一种"路遥知马力,日久见人心"的同志间的战斗友谊。其实,郭朝富在为生病的战友背枪时没有丝毫的"崇高想法",就是一种本能,这种本能是在战争年代中的革命队伍中形成的,是发自内心的本能,是自然而然的不加装饰的"革命本色"。

　　老兵的这种本色正是当下稀缺资源。

# 韦恒茂：王震部长吃了
# 我们夫妻种的苹果

　　韦恒茂　二军军直参谋，1952年被调到八一农学院学习园艺。后随部队集体转业，在三师四十一团任园艺技术员。

　　贾焕秋是1952年从湖南当兵来迪化的（现乌鲁木齐），带队的队长让她住在六军十七师招待所待命。不几天，军区八一农学院招生，她是初中毕业，队长让她去考，结果考上了。

　　湘女贾焕秋真没想到，当兵还能上学。不过那时的八一农学院和部队没什么区别，学生都是军人，除了学习、生产外，也要军训。她在园艺系学习，这一学就是三年。

　　八一农学院园艺系学生贾焕秋与同班的韦恒茂产生了爱情。韦恒茂是二军军直的参谋，是调干来学习的，又是班里的学习尖子。在学习上贾焕秋常向这个帅气的小军官请教，韦恒茂也乐意帮助这个长得水灵灵的湘妹子，一来二去，就碰撞出了爱的火花。转眼三年的学业结束了，两人商量着到南疆，韦恒茂说，我们学的是园艺，在南疆才能大展宏图。贾焕秋一心跟着心爱的人走，到哪都行，哪怕是天涯海角。

南疆军区生产管理处将这对恋人分到了草湖，那里正需要园艺人才。两人一个在园艺场，一个在八连，都是园艺技术员。他们将学到的知识用在了这片土地上，在建起的果园里也收获了爱情。一条烟，二斤糖，大家来新房坐坐，就算结婚了。没有婚假，结婚的第二天一早，天还不亮，就得起床上班。"那时上下班两头不见天，两口子起床只能看到对方的鼻子。"贾焕秋笑着说。

用夫妻双双比翼飞来形容他们的事业再恰当不过了。他俩分别在管理的小果园里栽上了黄元帅、红元帅和青香蕉。有一次王震部长（农垦部部长）来草湖视察工作，很高兴，说草湖要建花园式农场，没有果园算不得花园式农场。贾焕秋对首长说，等苹果下来了，一定寄两箱到北京让王部长尝尝。

后来，草湖农场将收获的苹果寄到北京，王震来信说，感谢草湖种出了这么好的苹果。

爱情、事业双丰收，贾焕秋的第一个孩子在瓜果飘香的日子降生了。

手记

在我采访的女兵中，贾焕秋是为数不多的大学生，可以说自打参军起她就顺风顺水——一到新疆就上了大学，又在大学里找到了知音。到了南疆，又找到了施展才艺的舞台，并将亲手管理、收获的苹果寄到北京，王震部长都感谢他们种出这么好的苹果。我采访贾焕秋时，她的丈夫韦恒茂已经去世了，孩子也在其他省市发展，孤零零的她执意不肯去孩子那。她说丈夫埋在了新疆，她要看着和丈夫建设了半辈子的团场的发展变化。说到这里，她的眼眶里闪着泪花。

我们的父辈都有两个故乡，一是参军前的故乡，是他们的出身之地；二是参军后的故乡，是他们的归宿之地。

# 冯祖武：像开发南泥湾那样开发
# 肖尔布拉克

**冯祖武**　时任十三团团长。

1949 年 10 月 12 日，二军五师十三团 2452 名官兵，在团长冯祖武、政委贺劲南率领下，从酒泉出发，向南疆重镇库车进发，于 1950 年 1 月 26 日抵达库车，历时 3 个多月，行程 1974.5 公里。

1951 年 9 月 25 日，鉴于伊犁地区匪患猖獗，新疆军区电令十三团抽出一个营的兵力火速赶往伊犁执行剿匪任务。这在历史上被称为"北移"。1952 年 1 月，新疆军区下达命令，令十三团除三营、警备连及留守人员暂留库车外，其余部队一律由库车移防北疆伊犁，编入五军序列。很快，十三团 1866 名"北移"人员全部到达指定地区。

在"北移"后的剿匪战斗中，十三团共俘匪徒266 人，缴获马匹 201 匹，冲锋枪 2 支，土枪 30 支，同时，有 3 人牺牲。伊犁地区剿匪告捷，地区社会秩序恢复稳定，随之大部队掀起了轰轰烈烈的大生产热潮。

在十三团第二批部队开拔伊犁路经迪化（今乌鲁木齐）时，王震司令员特意来到部队驻地，这支部队跟随他南征北战多年，当他看到战士们排着整齐的队列，一副雄赳赳气昂昂的样子时，高兴地对大家说："你们过去在战争中英勇杀敌，为人民立下了功劳；在南泥湾大生产运动中又做出了成绩，我相信你们在今后屯垦戍边的新战场上，也会捷报频传。"

十三团屯垦戍边的新战场就是肖尔布拉克。过去的肖尔布拉克是个什么样子？可以说是与南泥湾一样，荒草遍地，野兽出没，由于这里有一股黄色的碱水泉横贯荒原，当地的哈萨克牧民就给这里起了个苦涩的名字：肖尔布拉克（碱水泉）。

肖尔布拉克，名副其实，这里的土壤表层20厘米内总含盐量高达1%～4%，而当时的苏联专家断言：可耕土地的1米土层内，最高含盐量不得超过1.5%。

一场新的战斗打响了。

在肖尔布拉克开荒的十三团，像在南泥湾一样，也遇到了没有生产工具的难题。他们发扬南泥湾精神，没有工具自己造，一切从头开始。割野麻、割芨芨草，搓草绳1592条，作为拉犁、拉磨之用。利用废旧钢铁锻造坎土曼、铁锹、镢头5766件。当时开荒挖出一堆堆山一般的红柳和树根，需要用车往地外运，可部队没有马车，于是，担任木工班班长的涂大旺，走遍了巩留、特克斯和昭苏，终于请到了一位维吾尔族木工师傅。马车最难做的部件是车轮，他们虚心向师傅请教，师傅家里有活，他们派人去干。在开发肖尔布拉克的头几年，涂大旺木工班共制作了大小马车60辆。

还是这支部队，在修筑卡普克河大渠时，正逢1952年冬天，茫茫雪原上，没有一间房。战士们就住在才挖出的渠道里或土沟沟里，两头用芦苇一挡就成了墙，上面用红柳一盖就成了顶。夜里气温常常下降到零下30多摄氏度，战士们戴着棉帽，穿着棉衣，"全副武装"睡觉，仍然冻得睡不着。后来，团里决定到尼勒克县拉煤。像在南泥湾背粮一样，从团长到战士，一人一个小爬犁，带上干粮和水，往返一趟要三四天。在雪地里拉爬犁还轻松些，可到了没雪的地方（被风刮走了），百十公斤的爬犁子（上面装着煤）就像冻在地上一样。办法总比困难多，战士们从沟壑中运来雪，撒在路上，转眼，运煤队伍又浩浩荡荡向前走去。

截至1953年，十三团在肖尔布拉克开荒27307亩，产粮179.4万公斤，收获菜籽2.38万公斤。1959年，十团（此时十三团番号改为十团）被兵团树为标兵团场。

1991年9月，七十二团迎来了进军新疆42周年、屯垦肖尔布拉克40周年的日子，肖克将军（曾任红六军团军团长）欣然为这支老部队题词：

揭竿而起自湘赣，

南征北战走天山，

巧绣荒原如翠锦，

中华儿女非等闲。

这是老将军对"红军团"丰功伟绩的高度概括，也是对七十二团人的最高褒奖。


手记

农四师七十二团是一支光荣的老部队。

诞生于湘赣苏区的中国工农红军第二方面军第六军团，是这支部队的前身；

参加过南泥湾大生产，南下北返，二次长征，被誉为"铁团"的八路军三五九旅七一七团，是这支部队的前身；

挺进关中，挥戈陕甘宁青，进军新疆的中国人民解放军第一野战军一兵团第二军步兵五师十三团，是这支部队的前身。

在农四师七十二团团部中心，赫然耸立着一座军垦纪念碑。在七十二团采访的那些天里（2009年6月22日至29日），我每天早晨都要来到纪念碑前久久凝视，特别是碑顶上那枚红色的雕塑火炬让我浮想联翩、感慨万千……

# 刘光汉：进驻伊犁　屯垦惠远

刘光汉　第一野战军六军十七师五十团团长，1949年12月率部进军伊犁，驻防惠远城，屯垦戍边，剿匪平叛，建党建政，土地改革，肃反镇反，减租反霸，维护稳定，发展生产。1950年5月担任第一任中共伊犁地委书记。1953年10月调任西北军区空军副参谋长。

1949年12月26日，一架银灰色的苏联伊尔型飞机徐徐降落在伊宁简易机场上。来机场欢迎的伊宁各界各族代表看到从机舱里走下10位解放军干部战士，他们一身戎装，精神焕发。中国人民解放军六军十七师五十团进驻伊犁先遣队队长刘光汉（该团团长），快步走上前去与欢迎的各族代表一一亲切握手。

这时机场上响起"欢迎解放军进驻伊犁"的口号声。

1950年1月8日，五十团2492名指战员分批乘坐汽车抵达指定驻地——伊犁惠远古城。

五十团刚到惠远古城时，城内的老百姓并不了解解放军，他们倚在破门上怯怯地观察着这支陌生部队。接着，他们看到，这些军人没有房屋住也不打扰他们，解放军看到烤馕老人阿不都拉没有棉衣穿；牧羊人卡斯木用破布裹着脚在雪地里放羊；十几个无家可归的老人挤在一间破屋里相依为命。解放军拿出自己的棉衣、棉鞋和棉被送给这些人；老百姓家没有取暖的煤炭，解放军就出动几百名干部战士到20公里外的南台子用爬犁拉回3000多公斤煤，挨家挨户送给老乡……

1950年3月1日，惠远城里锣鼓喧天，人声鼎沸。原来五十团在召开大生产动员大会。刘光汉在大会上挥着手说："我们来伊犁是执行毛主席屯垦戍边任务的，为了减轻伊犁人民的负担，我们要发扬南泥湾'自己动手、丰衣足食'的老传统，开展大生产运动。我们不与民争地，不与民争水，到远离百姓的荒地上去开荒生产。"

在离惠远城15公里处有一坡度平缓的荒地，刘光汉骑马来到这里，用马鞭杆往地里一戳，轻松地插进一大截。他抓了一把土一看，南泥湾大生产的经验告诉他这是一块好地，播种后只要下一场雨，这5万亩的地就能收获粮食，五十团就吃不完。

五十团兵分两路，一路人马到坡地开荒；一路人马去修渠。

听说解放军要开荒，惠远城里的百姓自愿送来了百十把坎土曼，友邻的民族军也送来了一些工具。但开荒的工具仍然不够，怎么办？战士们就轮换突击，一个连分出几个大组，哨音一响，比赛开始，一轮比赛结束，又一拨战士上去参加比赛，使得开荒工具发挥最大效益。17岁的小战士张尔科和劳动模范陶学武结成对子，战士张尔科毫不示弱，与陶学武的开荒进度不差上下。可不小心，他的脚被砍伤了，鲜血直流。陶学武在给他包扎后，劝他回营房休息。可张尔科说，你白天干，夜里还干，都晕过去几回了，你都不休息，我这点小伤不算啥。

时至今日，老战士希仲明还能一口说出日开荒4亩特等功臣的名字，他们分别是：张福成、牛学义、郝双骆、刘鼎高。

荒地开出后，为了保墒，要尽快播种。战士们骑在马上，马后拖着一捆树枝，一边跑，一边撒种，马后的树枝将麦种覆盖在土中。截至4月底，五十团共播种小麦5万亩。

为了造福各族人民，五十团决定修复皇渠。皇渠是伊犁人民在100多年前兴修的一项水利工程，但年久失修，渠床杂草丛生，渠堤倒塌，渠道淤塞，每当山洪暴发，农田被淹，农民望渠兴叹，无可奈何。

五十团几个连的人马参加了修渠。在修筑龙口引水设施时，副团长樊文生带头跳进冰冷的河水中，抢起锤头打木桩。看到副团长跳下去了，战士们一个接着一个跳下去了，在刺骨的河水中，打一会儿桩，人就被冻得手脚麻木，接着又一批战士跳下去替换。一根根木桩终于在湍急的河水中牢牢扎下了根，这时，战士们把早已准备好的红柳捆子投进去，再投进石头。转眼间，一条大坝拦住了滔滔河水，河水顺着开挖的皇渠流进千家万户农民的田地。

在大生产运动中，10多名干部战士由于忘我劳动，积劳成疾，为屯垦戍边、建设边疆过早地献出了年轻的生命。团长刘光汉在一篇回忆文章中记录下了他们的名字，分别是：邵仲林、赵忠国、陈坚、牛树泰、刘绪、何双牛、魏全徽、周明洁、刘雯、杜木土、李宜哲、曹占义等。

英魂长眠绿洲，屯垦大业永存。

## 手记

### 刻在绿洲大地上的英名

在兵团开发历史中，有这样一批人，他们参加了平叛剿匪，建党建政，土地改革，肃反镇反，减租反霸，维护稳定，发展生产，屯垦戍边。后因工作需要，调离新疆。最早调离新疆的是六军十六师、十七师的一批干部，他们奉命组建西北空军，本文主人公刘光汉就是其中一人。

可以说，他们这批人参加了10万大军进疆后最危险、最艰苦的战斗和开荒后，汗水没擦，征尘未洗，就又投入到新的战斗征程中。他们虽然离开了新疆，但他们一直牵挂着新疆的战友和兵团的屯垦戍边事业，六军军长罗元发在20世纪80年代，就又回到了兵团，看望他的老部队。本文主人公刘光汉1997年逝世后，家人根据刘老的遗愿将部分骨灰埋在了他曾战斗工作过的地方——惠远。刘光汉的老部队、现四师六十六团的干部职工一直都将团场的开拓者刘光汉记在心中，2010年，团党委在惠远烈士陵园为刘光汉将军立碑。

"为将军建墓立碑，既是珍视历史，慰藉先烈，更是继承传统，鼓舞斗志。六十六团人将秉承先烈遗志，发挥三大作用……"时任六十六团政委蒙立明的一番话说到了兵团后代的心坎上。

# 张耀奎：脚踏黄沙创伟业

　　*张耀奎*　三五九旅七一八团排长。南泥湾大练兵时，他是七一八团有名的"朱德神枪手""贺龙投弹手、劈刺手"。后任新疆军区八一胜利农场（农一团）团长。

　　荒芜的沙井子，位于阿克苏至喀什公路南侧。相传很早以前，曾有商贾路过这里。极度饥渴时，他们掘井找水，可只有流沙而没有一滴水。从此，这里得名"沙井子"。解放前，也曾有皇宫（距沙井子不远）的农户到此处种"闯田"，如遇阿克苏河河水泛滥，洪水袭来时，农户因势利导将洪水引到地里，能浇多少算多少，秋天能收多少算多少，就一锤子买卖，全靠天意。当地人称这些零星种植而后又荒废的土地为"二荒地"。

　　历史是传承、是接力、是薪火相传。

　　张耀奎，当时新疆军区 27 个马拉机械农场之一的八一胜利农场（农一团）团长，一生执行过无数次命令，既有作战命令，又有劳动生产命令。在他记忆里印象最深的是1939年他所在的七一八团接到王震旅长的命令："全体参加生产，不让一个人站在生产战线之外"，"上至旅长，下至马夫、伙夫一律参加生产"。那时，张耀奎还是个排长，他严格执行命令，带着一个排在一个山弯弯里开荒种地，他创造过南泥湾开荒最高纪录。南泥湾大练兵时，他是七一八团有名的"朱德神枪手""贺龙投弹手、劈刺手"。

1950年1月16日，新疆军区王震司令员向驻扎在南北疆的二十万解放军指战员发布命令："全体军人一律参加劳动生产，不得有任何军人站在生产劳动战线之外"。

一道命令，10年间发出两次。

已是营长的张耀奎最能理解这个命令的政治含义。如果说10年前在南泥湾，那道命令是为了打破敌人的经济封锁，减轻解放区人民负担，支持长期抗战，争取最后胜利。那么这次这道命令，就是落实毛主席向王震提出的"你们到新疆的主要任务是为新疆各族人民办好事，以减轻人民负担"指示。

1950年新疆军区的大生产运动，就是1939年至1945年南泥湾大生产运动的传承、接力和薪火相传。一样没有生产工具，一样都是荒地，一样都是穿着军装的垦荒人。不同的是南泥湾是个"烂泥湾"，沙井子是个"荒地川"，"湾"，地势弯曲；"川"，地势平坦。这也许就是两地最大的不同。1950年2月，五师在阿克苏召开大生产动员大会，提出的口号是"发扬南泥湾大生产的光荣传统""变战斗英雄为劳动英雄""由战场立功到生产立功"……当时，五师营以上干部均"兵出南泥湾"，大生产运动的命令很快就贯彻到基层连队每一个干部战士中。不少战士表示："我们用自己的双手打垮了反动统治阶级，我们还要用双手来建设起自己的新国家。"

摆在张耀奎眼前的第一个困难就是没有生产工具，他忘不了在南泥湾开荒时，他们连队只有六把半镢头。南泥湾的传统是没有工具自己造。于是，十四团将会木工、铁工的战士集中起来，打制坎土曼，编制筐、篓等生产工具。当年3月前，五师积肥790多万公斤，打制坎土曼5200多把，加上上级配发的工具，平均每人有了一把开荒的工具。为了不误农时，五师只能采取"见缝插针""遍地开花"的办法，即哪里有适合当年种植的土地就派人去种植，所以，师、团、营、连之间相距甚远，有的甚至是一个班或一个小组独处一隅耕种土地。为了及时将种子播到地里，战士们就宿营野外，播种时节青黄不接，没有菜吃，就由盐水代替，一口盐水一口干馍。一天劳动十几个小时，双手打满的血泡将工具把都染红了。战士们都是打着赤脚在碱水中劳动，时间一长腿脚被碱水腐蚀得裂开了口子，鲜血直流，钻心地疼。他们就地取材，将野麻和树皮绑住双腿，包扎后又跳到碱水里干活。

十四团三营所在的沙井子是当时五师开垦面积最大的一块，而当年只是在过去农户种"闯田"的"二荒地"上复垦的，由于多年弃耕，这里布满了沙包，长满了芦苇和红柳，看不出曾经种过庄稼。三营营长李照明也是"兵出南泥湾"的开荒好把式，为了不误农时，部队不是先安营扎寨，而是先开荒挖渠，干部战士就露宿荒野，或用红柳枝条搭起一个窝棚。五师师长任晨到沙井子检查生产时，看到一幅这样的画面：

中午，战士们就躺在田坎地边休息，周围连一叶绿荫也找不到，有的战士就立起坎土曼，撑起军衣，头在荫里，腿在荫外；有的战士用毛巾盖着脸，把脚伸进泥沙水内；还有的战士在水渠边不时用脚击水，使水花溅在身上，以降低体温。就在这样恶劣的条件下，战士们照样能酣睡片刻，可见劳累到什么程度。看到这般情景，使我这个参加过南泥湾大生产的老战士不禁想到，这比当年南泥湾开荒还要艰难困苦啊。

在沙井子种植首先遇到的是土地盐碱化，这在南泥湾不曾遇到过。不懂就拜师求教，这可是南泥湾的老传统。三营聘请阿克苏一位名叫木沙的老人来做治碱技术顾问，从这位顾问那里战士们学会了什么碱地能种庄稼，什么碱地不能种庄稼，碱地灌水要灌到什么程度等耕种技术。沙井子新挖水渠渠首松软，不时发生垮塌。如不及时堵上口子，渠道不但会被冲垮，而且会将打好埂子的农田冲毁。每到这时，战士们总是扑通扑通跳进渠水中，先用自己的身体去堵住缺口，其他战士再用草或红柳枝条堵住垮塌处。虽是盛夏，但渠水是山上的雪融水，冰凉刺骨。渠道堵上后，从水中上来的战士浑身打战。

新疆军区开展大生产运动的1950年，十四团就超额完成了军区下达的粮食自给半年的生产任务，粮食全连自给。

1951年，在爱国增产高潮中，三营特等劳模郭玉发排长向全团提出"增种抗美援朝地30亩"的倡议，这一行动得到全团响应，使得十四团播种面积较当年计划扩大了3800亩。为了实现增产计划，各连战士又提出"和志愿军比艰苦""多拔一株草，多收一粒粮，多增一份抗美援朝的力量"的口号。这一年，十四团粮食自给达到564天。

手记

1949年11月29日，中国人民解放军二军五师进驻南疆重镇阿克苏，五师十四团三营驻扎距阿克苏60公里的沙井子。十四团是一支战功卓著、彪炳史册的部队：二军五师，抗日战争时期的三五九旅；十四团，三五九旅的七一八团。那首《南泥湾》的歌曲让这支部队享誉全军，三五九旅是抗日战争时期我八路军、新四军践行毛主席提出的"自己动手，丰衣足食"的典范和旗帜。

南泥湾大生产运动的英雄壮举，在新疆军区大生产运动里再次上演——脚踏黄沙创伟业。兵团人一定要记住这些英雄们。

# 高锡彪：一手翻出莫索湾

高锡彪　开发莫索湾五场时任政委。1959年10月，高锡彪到北京参加"全国群英会"，受到了党和国家领导人刘少奇、朱德、周恩来、邓小平、贺龙、宋庆龄的接见。国务院授予莫五场锦旗一面。

20世纪50年代末，在国家急需粮食的当口儿，农八师从各团场抽调几千人开赴古尔班通古特大沙漠边缘的莫索湾荒原，沉寂的荒原从此有了生机，改变了命运。

当地种闯田的老百姓称莫索湾为"毛梢湾"，因遍地是红柳、梭梭而得名，这里也是野兽的乐园。

勘测者们在肥沃的荒原上钉了7个桩号，从此，在1150平方公里的莫索湾荒原上便有了7个农场的名字，从此，荒原上便有了7个农场，便有了7块绿洲……如今的农八师一四九团，当时的莫四场、莫五场，与其他5个农场一样，在20世纪50年代末创造了兵团屯垦史上的奇迹。

2008 年 12 月，记者来到一四九团，垦荒人高锡彪的后代高庆兰向我讲述了父辈开发莫索湾的故事。

1958 年 2 月的一天，高锡彪接到师任命的当天下午，就搭乘一辆拉运物资的嘎斯汽车前往莫索湾五场赴任（莫五场政委），当时气温有些转暖，雪水融化，汽车不时陷入泥沼。90 多公里的路程，走了两天。

多少年后，高锡彪用"七个一"来形容他下车后的情景：一顶帐篷、一张行军床、一口锅、一辆汽车、一名炊事员、一名技术员和一名战士，这就是莫五场的全部"家底"。一个领导三个兵，干，在大部队到达之前，他们要做好前期勘测等工作。

几天后，垦荒大军陆续到达，他们都是从各老场抽调出来的骨干，有转业军人，有起义官兵，还有各地来的支边青年。当时，通往莫索湾的南干渠还没有挖通，垦荒战士只得吃雪水。而当时，气温日渐升高，眼见余雪也不多了。这时，人们将雪积成堆，再用草遮盖严实。由于没有经验，在积雪时将红柳、梭梭的枝叶混入雪中，融化的雪水色如酱油，人们饮用后上吐下泻。原来，梭梭的枝叶含有毒素，连黄羊都不吃。而当时，拉水要到四五十公里的地方，来回一趟的费用就是 154 元，相当于一个职工在老场干一年上交的利润。所以，"节约用水"成了人们的自觉行动。一茶缸水，你抿一口转给下一人，可以转 10 来个人。有一天，十七队队长给高锡彪打电话："政委呀，连里没有一滴水了，地里干活的战士渴得都张不开嘴啦（一张嘴，嘴角就流血）。"高锡彪心里一阵酸楚：拉水车的轮胎被红柳根扎破，拖拉机驾驶员要到老场去补胎，来回就得三天呀。当时一职工编了一句顺口溜："四月中旬雪水光，拉水供应太紧张，吃了苦水光拉肚，下工路上追黄羊。"实在渴得不行了，有的职工就追杀黄羊取血解渴。

这时工地上传来消息，打井见水了。可人们一尝，水苦得像黄连，喝不成，洗脸总行吧，谁知，洗过脸后，脸上一层白碱沫子，蜇得脸生痛。也有的战士从低洼处找来了水，可水中有许多红色小虫子，烧开后喝起来一股马尿味。

1958年的夏天，南干渠通了，大海子水库的天山雪水一路欢歌流到了莫四场、莫五场，人们沸腾了，开荒人知道，有水地里就能长庄稼。当年秋天，莫五场在新开荒地上压种了1.8万亩冬小麦。

在莫索湾种粮食要过两关，一是地穴关，一是大风关。

所谓地穴关，就是浇水时，要预防地穴陷人。所以，人人腰里绑着根扁担。有一次，十三队在麦地浇水，浇了两天两夜，那块地还没有浇完，人们正在纳闷时，3公里外的十五队传来消息：一战士地窝子床铺下突然咕嘟咕嘟往外冒水，后来，水越来越大，不仅淹没了地窝子，还把附近的大食堂给淹了。十五队的人慌作一团，不知如何处置这"突然从地下冒出来的水灾"。消息传到十三队，人们恍然大悟，难怪两天两夜都没浇完一块地，原来水从地下暗道流到了十五队。人们赶紧将水扎死，果然，十五队的地窝子里也不再冒水了。

莫索湾荒原像是有意考验垦荒人似的，等1.8万亩小麦长到小孩般高时，一连刮了五场大风，每次大风过后，小麦一片一片倒伏。刮一次，人们扶一次，后来收割时，那小麦茎秆上有"五道弯"的痕迹，人们戏称是"五道弯"牌小麦。就是这"五道弯"小麦创了兵团的纪录，单产高达265公斤，总产达到477万公斤。为此，兵团党委为莫五场发来了贺信。

那年如果不是老鼠"偷食"，亩产过300公斤没问题。莫索湾的老鼠多，多得一脚下去没准能踩一只半斤重的硕鼠。你见过老鼠偷粮仓的粮食，你见过老鼠在麦地偷麦吗？莫五场的职工就见过这样的情景：一只老鼠哧溜一下钻到麦地里，它像个攀登高手，一眨眼就爬到麦秆与麦穗的结合部，咔哧咔哧几口，就将麦穗咬断，又哧溜一下顺着麦秆溜下来，用嘴将地上的麦穗脱粒，然后用颊囊运往洞里。在当年莫五场的麦地里，不时能看到这种"光杆司令麦"——只有麦秆而没有麦穗。

1959年10月，高锡彪到北京参加"全国群英会"，受到了党和国家领导人刘少奇、朱德、周恩来、邓小平、贺龙、宋庆龄的接见。国务院授予莫五场锦旗一面。

手记

### 兵团开发的缩影

莫索湾开发在兵团开发历史上有着重要意义，它几乎与塔里木开发同时进行，1958年7月5日兵团《生产战线报》在一版刊发消息《莫索湾要和塔里木赛跑》。本文主人公高锡彪就是在兵团农业大开发背景下涌现出的成百上千名基层干部中的一员，他们都有一个在亘古荒原上建农场的故事。用"苦难的历程"来再现那个时代开拓者最为精确，他们在"清水里泡三次，在血水里浴三次，在碱水里煮三次"，信仰更加坚定，理想更加明确，斗志更加坚强。

我常常被兵团开发时的故事和人物感染着，我想那是个物质极度匮乏而精神极为丰富的时代，人只要精神不倒，没有什么不能战胜的。莫索湾的开发、塔里木的开发都佐证了这一点。

传播历史的根本任务就是要传承这种精神。

# 张宗元：三进罗布泊

张宗元　时任农五师基建科干部，他的三次罗布泊探险在农五师颇具传奇色彩。直到1964年罗布泊上空升起那团蘑菇云，农五师决定放弃在孔雀河下游三角洲建农场的计划。

1958年至1959年，驻扎哈密的农五师为了寻找水源扩大种植规模，曾3次派人进入罗布泊。

如果不是1964年在罗布泊升起那团蘑菇云，孔雀河下游的那片三角洲也许会出现一片新绿洲。

1958年9月，毛熙屿(后任农五师参谋长)找到师基建科科长张宗元，说国家航测队在对兰新铁路哈密至乌鲁木齐段进行航测时，发现罗布泊地区有大片水域，这对严重缺水的农五师是个天大的喜讯。很快，赴罗布泊找水的方案确定下来，由毛熙屿任总指挥、张宗元任副总指挥的13人找水小分队从哈密出发了。

汽车在满目荒凉的戈壁、沙漠中行驶了4天，按测得的路程应该进入罗布泊地区，可仍不见湖的影子，汽车只好泊在沙海之中。毛熙屿走下车，举起望远镜。

"还有多少备用水？"

"大约还有50公斤"。张宗元回答。

"什么？"毛熙屿的身子摇晃了一下，冷汗一下从脑门子上沁出来。"从现在起，所有人的尿全尿在桶里，以备汽车用。"

紧急会议在罗布泊的一个沙包上召开了，这是一次用生命来作抵押的会议。进，也许根本找不到航测到的那片水域，因为罗布泊有3000平方公里，那片水域在这戈壁沙漠中只是一片绿叶，一滴水珠，找到的希望很小。退，那50公斤水根本无法支撑他们返回，进和退同样面临着死亡的威胁。最后大家一致选择了进。

汽车行驶了约莫四小时后，车上的队员们突然喊叫起来："水，水，我们找到水了！"

第二天，当队员正准备扩大勘察范围时，总指挥毛熙屿突然病倒了。于是，小分队只好按照来路返回哈密。时间是1958年9月底。

1958年10月18日，农五师又组织了一个精干的4人小分队再次对罗布泊进行勘察，主要任务是勘测水地资源。已经到过一次罗布泊的张宗元任组长兼电台台长，王俊乾任副组长兼技术负责人，杨哲任会计兼保管，胡伟一身三职：驾驶员、司务长、话务员。师里为小分队装备了当时比较先进的苏制"吉斯151"工程车一辆，报话机一部，外加粮食、水和武器弹药等。

第二天上路了，因有路标，所以大家都比较放心。10月25日，小分队顺利到达罗布泊湖畔。

饭后，他们向师部报告了到达的消息，确定了每天联络的时间。根据此地的地形地貌，小分队决定沿湖的右侧向上游展开勘察，每天前进20公里至30公里，然后以汽车为大本营向四面辐射勘测。

不幸的是，第三天汽车变速齿轮被打坏，又没有配件，无法修复。汽车瘫在罗布泊，这对他们是个致命的打击。

徒步踏勘工作进展得也很顺利。张宗元又提出远征勘察计划：胡伟一人留守大本营，每天与师部联系一下接应的事。其他3人携带测绘工具沿着湖的上游勘察，视情况能走多远就走多远，能走几天就算几天。

4天走了70公里，完成了沿湖纵向勘察的任务，他们返回大本营。老胡告诉他们，师里的救援工作正在紧张进行。

12月20日，师电台通知，罗布泊地区有匪情，让他们提高警惕，气氛立刻紧张起来。张宗元命令：不允许打猎，昼夜站岗。

12月22日，师电台突然通知张宗元听指示。张宗元一上机就喊道：BR86呼叫，BR86呼叫，我是张宗元，我是张宗元。耳机传来回话，一听是副师长王增普的声音："12月23日军区的飞机去罗布泊侦察匪情，你们务必在驻地点起三堆火，好让他们辨认。"

次日上午11点多，远处的天空传来一阵隆隆声，随后出现一个小黑点。当看清飞机时，张宗元一声令下，顿时3条烟柱直冲蓝天。飞机看到烟柱后，摆动了一下机翼后就飞走了。望着渐渐模糊的"八一"字样，4人心里有一股说不清的滋味：要是来一架直升机该多好呀。

第二天，远处来了一辆汽车，仔细一辨认，原来是师里的汽车。

"救援车来了。"张宗元一喊，4人像离弦的箭一般迎过去。他们和救援人员紧紧地搂在一起。

1958年12月30日，张宗元4人顺利返回哈密。他们在罗布泊前后待了74天。

1959年12月25日，由副师长张顺国、基建科长张宗元带领技术人员、农工、铁工、木工、医务人员一行18人第三次进入罗布泊，计划在那先建起一个生产试验站，为以后大规模开发做好准备。

试验站工作刚展开，师电台通知：所有人员全部返回。一到家，师长翟振华对张宗元说："张宗元，你辛苦了，为了找水找地，你三进罗布泊，那地方不能去了，兵团指示我们到博乐去组建新的国营农场。"

手记

### 五师开发史上的一段传奇

六军十六师一进疆就驻扎在哈密，守护新疆的东大门。后来，随着驻疆部队的主要任务由剿匪平叛转为大生产，一个师的人马在哈密这地方就有些施展不开了，特别是哈密缺水，五师官兵无法大规模开发。当时在五师流传着这么一句顺口溜：富八师，穷五师，不富不穷的农四师。发展农业得有水，可五师缺的就是水。

为了找水，五师派人四处找水，甚至到了甘肃明水一带，可都没找到大规模发展农业的水源。在这种背景下，才有了三进罗布泊的传奇故事。三进罗布泊找水之所以成为传奇是因为罗布泊后来成了我国的核试验基地。其实，在三进罗布泊那时，解放军部队也才开始对罗布泊核基地做一些勘查工作。就在张宗元一行第三次从罗布泊出来时，遇到了解放军的车队，解放军听说他们是农五师的人，去罗布泊找水，以后在那建农场。解放军的一位大校将所有资料收走后说："以后那里不能建农场。"

五师师长翟振华从张仲瀚那里领受到博乐建边境农场任务回来后，对张宗元说："你辛苦了，为了找水找地，你三进罗布泊，那地方不能去了，兵团指示我们到博乐去组建新的国营农场。"

三进罗布泊在五师流传很广，我还在五师战旗报社时，就采访了一些人，后来到了兵团日报社才动笔写《三进罗布泊》，此文刊发在《兵团日报》星期刊上。

《张宗元：三进罗布泊》是那篇纪实文章的缩写。

# 翟振华：东西大移防

翟振华　抗日战争时任八路军教导旅一团宣传干事，是我军第一支仪仗队的见证者和记录者，所写《第一支仪仗队》发表于1988年《历史大观园》杂志。后任农五师师长。

五师基建科科长张宗元刚从罗布泊找水回来，征尘未洗，师长翟振华的命令就到了："带上行李和换洗衣服，明天一早出发!"

1959年12月28日，太阳刚从新疆东部哈密的地平线上冉冉升起的时候，新疆生产建设兵团农五师的历史掀开了崭新的一页：15位同志组成的先遣队出发了。

农五师是一支老部队，前身系1949年进军新疆的中国人民解放军第十六师。在进军新疆驻守东疆重镇哈密地区之后，遵照毛主席关于军队要参加生产建设工作的指示，用人拉犁积极进行以农业为主的各项生产活动，并以其主力投入到剿匪战斗。

　　1952年1月，根据中央军委主席毛泽东宣布《关于部队整编转业的命令》，这支部队的全体官兵集体转业，组建了农业建设第五师，投入到屯垦戍边建设社会主义的热潮中。

　　然而，囿于哈密地区缺水，发展受到制约。从1952年修渠，1953年建场，大干到1956年止，付出了艰辛的劳动，花掉了不少资金，全师耕地面积才有5.32万亩。翅膀再硬的雄鹰，没有广阔的天空是飞不起来的。

　　水，成了人们议论的话题。师里派出一批批人员到鄯善，到吐鲁番，甚至到甘肃的明水一带找水。整个部队都在做水的梦，祈求这些人员能找到水，能找到够一个师来大干一场的水源。水，成了制约农五师发展的瓶颈。然而，找水的人员一批批回来了，那疲惫的面孔、干裂的嘴唇、失望的眼神，已经告诉了整个部队。偌大个新疆，难道就没有供农五师大干一场的地方！这时，国家航空测量队在对兰新铁路哈密—乌鲁木齐段进行航测时，发现罗布泊地区有大片水域。这简直是个振奋人心的消息。师参谋长毛熙屿立即组织张宗元等人到罗布泊寻找水源。

　　翟振华一行人于1959年12月31日这一天到达乌鲁木齐。这一天，对农五师指战员来说，他们永远不会忘记。这是一个新旧交替的时间。再过一天，1960年就要来到了。时间也许是偶然的，但这偶然中又有一种历史的必然。师长翟振华满脸喜气地对张宗元说："张宗元，你白辛苦了。为了找水，你三进三出罗布泊，现在我告诉你吧，那地方有水也不能种了，上级电报通知，罗布泊是国家保密地区。现在我们到博乐去。你们不是说，新疆这么大，为什么就没有五师的立足之地？那地方大着哩，不但可以站脚，还可以翻筋斗。"

　　1960年元旦到了，这是一年新的起点，也是农五师历史上转折的新起点。15人的先遣队，在乌鲁木齐过完元旦，就向新的战场——博尔塔拉蒙古自治州进发了。

兵团政治部主任王季龙，干部部副部长邸舟也驱车同行，他们代表兵团党委与博州党委接洽农五师进驻博乐的工作。

翟振华师长的心情很不平静，就像临战前夕的瞬间。他是个参加过抗日战争和解放战争的老兵，他知道，临战前的那一阵子最难熬，真要打起来倒酣畅，倒痛快。博乐对他来说是陌生的，先遣队里没有一人到过博乐，大多数人还是第一次听说新疆还有个博乐。他了解他的部队，只要有枪有子弹，就能打胜仗。哈密受挫，那是没有水呀，只要有水，就不信戈壁荒滩变不成塞外江南!可是，博乐，你到底是个什么样呢……

汽车在雪原上颠簸，师长的思绪也飞出了雪原。

那是个收获的秋天，吐鲁番的葡萄熟了，哈密的瓜也甜了，翟振华师长全神贯注地坐在张仲瀚政委的面前，聆听首长的指示。

张仲瀚政委深谋远虑地提出了五师到博乐开发新垦区的意见。当时中苏铁路尚在兴建，张仲瀚政委说到计划在博乐的阿拉山口边界和苏方铁路接轨时，心情沸腾，他用很形象的语言风趣地说："五师到博乐去建设新垦区，东至哈密，西至阿拉山口，你们把住了新疆铁路的两头，就好像：'二虎把门'一样。"说到这里，张政委和翟师长开怀而乐。

张政委雅兴正浓，侃侃而谈："通过博乐的铁路沿线，由于没有开垦，比较荒凉，中国人应该有志气，有能力，把这一地区建设好，变旧貌为新颜。通车后，让过往的中外人士，通过这个橱窗，了解我们经济繁荣的景象。这有很重要的政治经济意义。"

这一天，张仲瀚政委和翟振华师长谈了很久很久……

1960年1月3日，先遣队到达博尔塔拉蒙古自治州府——博乐。

州政府的会议室内更加热闹。先遣队受到州政府的热烈欢迎。翟振华师长向博州谢玉田书记递交了自治区农村工作部吴鉴群部长的亲笔信。谢玉田高兴地说："欢迎五师来博乐建立新垦区，让我们互助互勉，共同繁荣博州经济，保卫边防。"经双方初步商定，五师在博乐县、温泉县境内建6个农场。接洽工作十分顺利，圆满结束。

1960年2月6日，驻守哈密的部分部队开始向博乐搬迁，这真是一次兵团创业史上值得记载的大迁徙。从东疆哈密到北疆的博乐，行程达1200公里。3000名职工，377名干部，以及61台大型机械都要赶在春播之前到达博乐。新疆的2月，气温往往在零下20多摄氏度，到处是冰天雪地。干部和战士，就坐在篷布覆盖的大卡车上，刺骨的寒风从缝隙中嗖嗖地吹进车厢，不少孩子冻得哇哇直哭，母亲把孩子紧紧搂在怀里。后来一些男战士只好把妇女和孩子用被子紧紧裹起来。就是这样，没有一家提出不搬的。当时的路况不好，汽车往返一趟少说也得七八天，时值春节，不少职工就是在车上过的年，他们连块糖也没吃上。到了3月中旬，西迁部队陆续到达博乐、温泉建场的指定地点。

1962年8月，自治区党委作出了加强边防的决定，发出了《关于建设边境农场的几个问题的通知》，自治区党委命令农五师迁往博乐地区，建立边境农场。

1963年2月，农五师大批干部、职工及家属小孩陆续由哈密向博乐搬迁，至月底，基本搬迁完毕。

农五师以博乐为重点，在博乐、温泉、精河一线扩建和新建一批劳武结合的农场。截至1962年，开荒造田13万亩。

手记

五师是颗红星，昨日灿烂，今日灿烂，永远灿烂。在兵团屯垦戍边的历史上，一个成建制的师跨域1000多公里，从东疆移防北疆，农五师是唯一的一个。

农五师创业的历史，是一部悲壮的交响曲，永远震撼人心。

从1960年西迁，到1966年"文化大革命"前夕，短短7年间，农五师各项建设事业得到发展，11个农场初具规模，水泥厂、大修厂、面粉厂、医院在博乐城镇拔地而起。农五师成为博尔塔拉经济建设的一支重要力量，同时也是博尔塔拉安定团结的一支重要力量。

　　值得庆幸的是，当时采访这一事件时，大移防的历史见证者大多尚在，对事件也记忆犹新，还能讲出不少故事和细节。这也是我第一次采写兵团历史方面的纪实文章，采写过程让我悟出了只有扎实采访，才能写出有质量的纪实文章。

　　本文是《昨日红星灿烂》一文缩写，《昨日红星灿烂》收入《创世纪》一书。

# 聂德胜：司令员让我成了家

聂德胜　1938年参加革命，身体多处受伤。1952年王震司令员为他介绍了湖南女兵吴梅芳，1952年八一建军节，两人结婚。

1951年3月的一天，是改变吴梅芳命运的日子。这天，她偷偷跑到新疆军区招聘团的报名处，鼓着勇气对一位解放军说道："我去新疆，你们要吗？"那人问她多大了，她回答19了；那人问她家在哪？她回答没有家。那人问她会干啥？她回答洗衣、做饭、伺候人。那人好奇地问伺候谁呀？她回答伺候公婆，伺候自己的小男人。那人吃惊地"呀"了一声，说："你是童养媳呀。"思考了一会儿后坚定地说："这种封建婚姻不算数。好，你准备一下，过几天出发。"

湖南女兵到了迪化（现乌鲁木齐），要分配，一位领导在征求吴梅芳要干啥时，她说我会洗衣、做饭、打扫庭院。那位领导笑了，她被分到军区招待所。

在招待所，吴梅芳的勤快是出了名的，她人长得清秀，白白净净，犹如一朵芙蓉花。招待所的副所长聂德胜是一位老革命，1938年参加革命，伤疤和军功章一样多，吴梅芳很崇拜这位老革命，在她心目中，他是英雄。有一次王震司令员来招待所，看到了吴梅芳，就有意为老部下撮合撮合。吴梅芳只是崇拜，没有想到要和老革命一个锅里搅马勺，可她又不敢回绝。犹犹豫豫时，一位领导开导吴梅芳："旧社会，你是童养媳，那是被逼的。如今，婚姻自由，必须征得男女双方的同意。聂所长为了新中国，耽误了婚姻大事，他是革命功臣，他需要一个家，一个温馨的家。不逼你，你好好考虑考虑吧。"

听了这话，吴梅芳动心了，心想：自己能从一个童养媳成为一个革命军人，可以说，是解放军解救了她。她同情、爱怜聂所长，答应了。

1952年八一建军节，他们结婚了。那年，吴梅芳20岁，聂德胜47岁。

聂德胜是从枪林弹雨中钻出来的，没什么文化，不善于说话，不习惯开会，在招待所这个"伺候"人的地方，他待不惯。他向领导提出，到剿匪前线去，到开荒前线去。吴梅芳也同意，老聂走到哪，她就跟到哪。1953年，两人调到了肖尔布拉克。

丈夫到山里剿匪，吴梅芳在家里开荒，那些年，她没少流汗，挖大渠、挖煤、开荒、播种、浇水、收割……干起活来，身上的衣服除了衣角是干的，其他地方全是湿的，她的衣服上结成了一片片碱花花，汗水是咸的，但和小时候流的泪不是一个味，这是建设新新疆的劳动汗水，是幸福的汗水。

"用汗水浇灌大红花"，是那时女同志常挂在嘴边的一句话。吴梅芳心想：在旧社会，我流的泪多，现在，我流的汗多，咸咸的汗水换来的是甜甜的劳动成果。

丈夫聂德胜47岁才有了老婆有了家，但为了工作，他十天半月才回来一次。一进家门，妻子就问他吃什么？丈夫是山西人，好吃面食。为此，吴梅芳学会了刀削面、扯面、刀拨面、拉面、擀面皮、面鱼鱼、面疙瘩、猫耳朵等十几种面食。平时，有个鸡蛋她从舍不得吃，都攒下来给丈夫吃。她总是对过意不去的丈夫说："你岁数大了，身上又负了伤，我是你老婆，我关心你是应当应分的呀。"

左邻右舍的人说，女大三抱金砖，老聂娶了吴梅芳，享了大福呀。

聂德胜享了老婆吴梅芳的福，可吴梅芳跟着丈夫没享多少福。吃苦受累不说，她一辈子生了8个孩子，其中3个都是自己接生的。临盆时，先烧一锅开水，再把剪脐带的剪刀放在火上消毒。疼如刀割，但她不哭不喊，头发湿得像水里捞出来一般。

吴梅芳的孩子多，一个接一个。有人好心地说，你一人带这么多孩子咋行？干脆送人几个。吴梅芳的脸变了色，说，我的孩子我自个养，一个不能少。吴梅芳的奶好，她的乳汁不但喂自己的孩子，到农场托儿所担任保育员后，谁家的母亲没来喂孩子，孩子一哭，她就抱过来喂奶。吴梅芳的乳汁如甘泉，哺育着农场100多个孩子。

有几年，农场将粮食支援了国内其他省份，自己的粮食不够吃了。聂德胜是领导，他带头减少粮食定量，从一个月25公斤定量，减到15公斤。巧手巧为少米之炊，吴梅芳用"粮不够，瓜菜代"的办法能做出"高产饭"来。再后来，可替代的瓜菜都吃光了，她就带着孩子去挖毛拉根吃，去挖老鼠洞（洞里有粮食），还把玉米芯磨碎了吃。

吴梅芳没享丈夫多少福，也因为是干部家属，有几次评工资，人多粥少，怎么办？聂德胜摆不平，就动员妻子放弃。"老聂是领导，我不能拖他的后腿。"这是吴梅芳常说的一句话。

1980年，苦日子快熬到了头时，丈夫聂德胜却走了。掐指算来，她与丈夫只相处了29年。

手记

在兵团有一流传很广的说法，说王震将军是新疆10万大军的月老，是他为这些战争年代浴血奋战而耽误了婚姻大事的指战员成了家。这是事实，千真万确。但具体到"一个人的婚姻"证明是由王震将军介绍的，聂德胜与吴梅芳是典型的一例。2017年一位微博名为"黄青蕉"的影评人，在网上说"那些年轻的湘女（指1951年、1952年进疆的湖南女兵）被强行嫁给毫无感情基础、大她们几十岁的老男人，为他们传宗接代，自己的梦想和才华被当成垃圾一样丢弃。"而事实依据仅是前些年看的一部虚构的电视剧。笔者就是戈壁母亲的儿子，看到这样罔顾事实的评论，我有责任来维护戈壁母亲们的声誉——我想给"黄青蕉"讲讲湘女妈妈的爱情故事，"我不叙述，我不解释，我只展示，我让我的人物为我说话。"（列夫·托尔斯泰语），我从众多湖南女兵的爱情婚姻故事中挑选了四个故事，来证明他们的爱情是经过困难岁月考验的。《兵团日报》星期刊一版刊发我撰写的《给黄青蕉讲述湘女的爱情故事》，其中就有聂德胜与吴梅芳的故事。我在文中有感而发，看戈壁母亲的婚姻，不能只看一段，而要看他们的一生，这样才全面、客观、真实。

# 张顺国：足迹有音留人间

　　张顺国　四川省巴中县人，1933年7月参加中国工农红军，1938年加入中国共产党，参加红军二万五千里长征、延安保卫战。南泥湾大生产时，他是开荒模范。因身体多处受伤，组织安排他回四川省公安部门工作。1955年，在他多次向组织提出请求后，终于回到新疆老部队——农五师。

一

　　1988年12月6日，张顺国同志因战伤复发长期医治无效，于成都逝世，卒年70岁。噩耗传到艾比湖畔，五师干部职工的心情无比悲痛。这位个头不高，由于战伤而斜着肩膀走路的老师长永远离开了我们。人们怀着沉痛的心情在默默地追忆他的业绩，寻觅他的足迹……

　　张顺国同志是四川巴中县人，出身贫农，1933年

7月参加中国工农红军，1934年加入中国共产主义青年团，1938年3月加入中国共产党。历任红军第四方面军红九军战士；八路军一一五师三四三旅战士、班长、排长；鲁西黄河支队二团、苏鲁豫边区教四旅十一团、陕甘宁边区教一旅一团连长、营长；四川省崇庆县公安局长、四川省公安厅科长；新疆军区生产建设兵团乌河、玛河流域工程处副处长、副政委；农七师副师长；农五师副师长、师长等职。这张张顺国同志的履历表，是他一生革命历程的缩影。在这寥寥几行文字里，铺满了他二万五千里长征、抗日战争、解放战争、社会主义建设时期的串串足印，回响着铮铮有声的足音。

张顺国同志为中国人民解放事业立下了不朽的功勋。在战争年代，他南征北战，出生入死，英勇杀敌。1947年3月13日，蒋介石纠集西安的胡宗南、青海的马步芳、宁夏的马鸿逵、榆林的邓宝珊等23万人马，从南、西、北三面向我陕甘宁边区发起重点进攻，狂妄叫嚣要"三天占领延安"。当时在陕北的解放军只有25000人。中央决定："必须用坚决战斗的精神，保卫和发展陕甘宁边区和西北解放区。"张顺国所在的教导旅固守延安的正面。他当时是教导旅一团二营的营长。率领全营指战员坚守在陈子池东北阵地上。多于二营10倍的敌人仗着精良的装备，疯狂地向阵地发起攻击，与二营展开了山头争夺战。当时只有有效地杀伤敌人，才能阻击敌人的疯狂进攻。张顺国急中生智，命令小炮班用游移不定的战术杀伤敌人。这时，大约一个多连的敌人又疯狂地向二营阵地发起猛攻，小炮班打出去一发炮弹，在敌群中开了花，炸得敌人抱头鼠窜。小炮班打一炮换一个地方，迷惑敌人。狡猾的敌人几次试图侦察我二营的小炮方位，但由于张顺国指挥巧妙，敌人始终没摸清我二营的小炮阵地在哪里，到底有几门炮。在我陕甘宁边区军民的奋力抗击下，3天过去了，敌人未能向延安跃进一步。3月16日，敌人恼羞成怒，整编第一师集中了全部兵力和火力向二营阵地马坊北山猛攻，其中有一个营的兵力已突入我四连一排阵地。一团团长罗少伟在前沿阵地上振臂高呼："同志们，冲呀，把敌人打下去！"二营营长张顺国立即率领五连、六连从左右出击，抄敌人的后路。战士们端着步枪奋力冲杀，山坡上杀声震天，硝烟滚滚。敌人撂下不少尸体后又一次狼狈退却了。

保卫延安的阻击战整整打了七天七夜，毙伤敌军共5000余人，粉碎了胡宗南"三天占领延安"的美梦，为党中央毛主席和延安人民安全转移赢得了时间，为以后的首战青化砭、再战羊马河、攻克蟠龙镇的三战三捷创造了有利条件。七天七夜里，张顺国作为二营的指挥员，几乎没合过眼，昼夜战斗在前沿阵地上。

张顺国同志是个优秀的具有丰富经验的基层指挥员，他指挥战斗勇敢、冷静、果断、巧妙。在沙家店战役中，张顺国奉命率领二营包围常家高山。在进入指定包围圈地点时，敌人的炮火封锁得很厉害，一颗炮弹落在张营长附近，他腰部、胸部负了重伤。抬到山西兴县碧村中央和平医院抢救。

张顺国同志不仅是个优秀的指挥员，而且是个生产能手。1945年，一团二营在陕北清泉沟开展大生产运动。当时罗少伟是营长，张顺国是副营长，他们两人一起种了3亩棉花、3亩蓖麻，早出晚归，辛勤劳作，与全营战士开展劳动竞赛，把大生产运动搞得热火朝天。秋天，二营获得了好收成。

二

张顺国同志的战伤好转后，组织上安排他到四川省公安部门。1950年，他在四川崇庆县公安局任局长，后调到四川省公安厅工作。1955年，四川省公安厅要选派一批公安人员押送服刑人员入疆劳动改造。他听到这个消息，不顾自己伤残的身体，多次向组织表示开发建设边疆的决心。他不但要求自己来新疆，还动员说服其他同志到新疆，充分表现出一个共产党员哪里艰苦哪里去的革命胸怀。到了兵团后，他服从组织分配，先后转战乌鲁木齐、石河子、奎屯、哈密、博乐等5个垦区，为发展兵团事业作出了重要贡献。

张顺国同志在工作中保持着雷厉风行、说干就干的军人作风，工作起来认真负责，一丝不苟。不少基层领导感慨地说，我们在张顺国师长那里学了不少东西，他那种工作劲头真让你心服口服。

农五师还在哈密垦区时，由于可耕土地少，师里曾先后派出几批人到巴里坤、伊吾、罗布泊，甚至到新疆与甘肃交界的明水一带寻找可开垦荒地。1960年，他亲自带上一名技术人员到明水察看土质和水源。那时，边远地区还常有零星土匪的踪迹，他们就带上武器，乘车出发。小车开不动了，就找来两匹马继续前进。夜里，便住在哈萨克牧民的毡房里。张顺国在马背上颠簸了几天，伤口痛了就吃几片药，坚持勘察完毕。1965年7月，哈管处的一位同志到师部汇报工作，到博乐已是晚上11点了，一下车就碰上了张师长。张顺国问的第一句话就是："红星二场四队打了多少粮食？"那位同志汇报说："亩产不到200斤。"张师长一听吃了一惊，说："根据测产可以达到四五百斤呀，为什么实际产量这么低？"当他得知那块条田还没割完，当即向哈管处打电话，命令停止那块地的收割。第二天一大早，他就带着那位同志坐车向哈密驶去。到了哈密后，张师长一行人又马不停蹄地赶到那块条田，寻找问题的症结。张顺国工作中的一个很大的特点，就是经常到实地去察看、了解，掌握第一手资料，然后再解决问题。艾比湖芦苇荡在开荒前，要进行勘察规划，张顺国同志和技术人员就深入到苇湖深处察看。那时苇湖里到处都是水，有的地方甚至没到大腿处。但他置自己的伤残之躯于度外，与同志们一道淌水进去了。他这一举动感动了所有在场的人。

1966年，五师党委提出了"双八"奋斗目标，即：当年开荒8万亩，当年粮食产量达到8000万斤。当年集中了1000多人大战艾比湖畔的芦苇滩。师党委成立了开荒指挥部，张顺国同志是总指挥。那时，开荒工地上的生活、居住条件很差，张师长和职工一样，吃的是窝窝头，住的是芦苇棚，有几次他伤口复发了，工地后勤领导破例安排食堂给他做碗面片子。张师长坚决不吃，并严厉地批评那位领导："如果我是普通职工，病了，你是不是也安排病号饭？"那位领导点点头。"那好，你把这碗面条端给有病的职工吃。"事后，他和这位领导谈心说："我们是党的干部，不能有一点特殊，工地上有1000多名职工，他们天天挖渠排水，日子过得很苦，那碗面片子我怎能吃得下呢。现在我们的条件是差，但我们尽最大的努力，把生活搞好，职工回到家有热水洗脸，有热饭吃，他们也就满足了。"每次吃饭时，张顺国都让指挥部的人员和职工一起排队打饭。由于他身体不好，他爱人唐荷生经常给他捎些咸菜纸烟什么的，东西一捎来，大家就抢着吃他的咸菜，抢着抽他的"高级烟"。纸烟抽完了，他也不客气地伸手向别人要莫合烟抽，并诙谐地说："喂，你们的莫合烟给我贡献一点。"

张师长对基层领导和职工的缺点错误是从不迁就的，总是不客气地严厉批评，但批评过后，他又亲亲热热地和你一道研究工作，下班后和你一道下象棋、摆龙门阵。在艾比湖开荒时，张顺国和十几个人住在一个大棚子里，因为他好打呼噜，他都要"命令"大家先睡，并幽默地说："不然的话，棚顶上的土被我呼噜震得直往下落，你们怎么睡得着咧。"有一次夜里，屋里的煤油灯从墙上掉下来。可人们都说那灯是被师长的呼噜震下来的，是超水平的呼噜。张顺国无法辩解，也只好默认了。

张顺国不但与群众打成一片，而且十分关心群众的疾苦。直到现在，一些老职工一提起张师长，就沾沾自喜地说，嘿，某年某月，张师长到我们连队来，挨家挨户到职工家问寒问暖，和每个职工家属握手，和我们一道啃连队食堂的窝窝头，喝葫芦瓜汤。在开荒工地上，有好几次，张师长把小车让给送医院的职工病号坐，而自己坐工地的嘎斯车回师部。他一到连队，首先到田间地头，察看生产情况，并和职工促膝谈心。一次有一位四川籍的职工和张顺国拉家常。谈话中，那位职工流露出新疆的生活太艰苦，想回四川老家的情绪，张顺国耐心地和他交谈，说四川的天府之国不是从天上掉下来的，是劳动人民用双手创造出来的，只要我们艰苦奋斗，新疆也会成为天府之国的。那位职工心悦诚服地接受了师长的观点，并老乡长老乡短地拉起家常。

### 三

张顺国同志对千里迢迢来边疆的知识青年也是十分关心的。1965年冬天，他到八十九团六连检查工作。这个连队分配了一批天津女知青，由于当时连队刚组建不久，条件比较差。这些远离城市远离父母的女孩子7个人住在一间小房里。刺骨的寒风从门洞里长驱直入，房间和外面一样寒冷。挂在铁丝上的毛巾冻成冰板，洗脸盆的水稍稍晚泼一会，就冻成了冰疙瘩。每天晚上睡觉前，她们用毛毛柴把砖头烧热，放到被窝里，齐声背诵"下定决心，不怕牺牲，排除万难，去争取胜利。"然后鼓起勇气钻进被窝。张师长了解到这个情况后，把那位连领导严厉地批评了一顿。当时连队的确很困难，全连也找不出一块门板，就买了条稻草帘子给知青挂上。可是不几天，风吹人拉，稻草帘就散了。半个月后，张师长又来到这个连队，一看就火冒三丈，责令那位领导立即解决这一问题；那位领导又买了一条毡子挂在门上。这就是这个连的天津女知青第一次看到张师长的情景。20多年过去了，这件事她们都一直牢牢记在心里。

### 四

五师是1960年开始开发博乐垦区的，一到博乐，部队就投入开荒生产热潮之中，住的是地窝子、羊圈，吃的是发霉的玉米面。1964年、1965年两年，从河南公安总队、北京警卫师等部队分配来一大批复员军人。汽车一到各团团部，这些城市兵首先看到的是一片荒凉。部分复员军人和家属思想开始波动，一些家属在车上抽抽搭搭哭泣起来。情况比较严重的是八十六团，有9对军人、家属在车上待了一个星期，吃饭都不下车。他们在车上吃车上睡，谁说也没用。团领导无奈，只好向师党委汇报了这件事。张师长听取汇报后，立即赶到八十六团。他一下车，就被军人家属围成一圈，七嘴八舌的声音比师长的还大，提了一大堆难题。

张顺国召开复员军人、党员大会，不下车的9人坐在最前面，那天他的确发火了，讲了足足有6小时。"你们是北京警卫师的，是保卫党中央毛主席的，真没想到你们的思想觉悟这么低（指那九人），你们当了几年兵就有资本了，就可以不艰苦奋斗啦。你们打了几次仗？你们身上受了多少伤？"说着，张顺国激动地一下撩起上衣，露出条条伤痕："你们看看。"他控制了一下自己的情绪，接着说："这里是艰苦、是荒凉，但再苦也没有扛枪打仗的时候苦呀。再说，军人要服从命令，党员更要听从指挥。广大的五师干部职工已经在这里奋斗几年了。他们也是从内地来的，不少是一路扛枪打仗来的老兵，他们不知道苦吗？可他们对未来充满了信心。有了这一点，再大的苦再大的难他们都克服了。"那天他情绪激昂，滔滔不绝，从战争年代讲到现在，又把五师的发展前景描绘了一番。讲的那些军人坐不住了，那9个人更是羞愧满面，当场向师长表示服从组织安排，动员家属立即下车。

以后，师党委树立"友谊农场好八班"为全师复转军人的先进典型。这个班全是转业军人，他们不但安心边疆建设，而且创造了生产、学习、军事训练的好成绩。张顺国对这个班倍加关心，每次到那个农场都要去看看好八班的战士，勉励他们搞好生产，加强文化学习，提高军事素质，为全师的转业军人做出表率。并规定班长张书馨每月向师党委写一份书面汇报，以便及时掌握班里的情况。张书馨到师里开会，张顺国同志总是让他到家坐坐。树立了一个班，安定了一大片，那批转业军人绝大多数在五师干了20多年，为五师的经济建设作出了贡献。

### 手记

#### 是师长，也是性情之人

笔者没见过张顺国师长，但有关他的传说倒是听过不少，比如，他身上有七八处战伤，斜着膀子走路；比如，他脾气特别大，有一年一批转业军人嫌农场条件艰苦，闹思想情绪，不下车。张顺国一把撕开上衣，露出伤痕累累的胸脯。他大声问道："你们谁是师长？谁身上的战伤有我多？"转业军人全傻了。这时，张顺国大吼一声："听我命令，全体干部战士下车。"转业军人都被镇住了，乖乖下了车。张顺国的这段轶事在五师流传很广。

1988年，张顺国因战伤复发去世，五师党委安排我为他写一篇报告文学，为此，我采访了不少干部群众。今天想起来最让我难以忘怀的是采访这个师长并不难，很多职工群众都能给你讲述一两段师长的故事，他们说到高兴时，都称呼师长为"老张"，就像在说一个老伙计。我也采访了几个那年闹情绪不下车的转业军人，他们不少人后来成了"老张"的朋友。

不喊师长喊"老张"，这是今天特别让我怀旧的。

# 任晨：胜利渠水常年流

任晨　时任新疆农业建设第一师师长。

1953年5月，新疆军区转中央军委命令：撤销原二军步兵五师番号，正式改称中国人民解放军新疆军区农业建设第一师。部队整编后，五师由进疆时的1.4万人减少到6450人。由于人员的减少，农一师作出决定：集中力量开发沙井子垦区。

大规模开发沙井子的前提是修筑一条大渠引阿克苏河河水。此工程就是八一胜利大渠。

八一胜利大渠与南疆十八团渠、北疆和平渠、东疆红星渠齐名，参加修筑大渠的战士们称这条大渠是"大地上的一条新动脉"。大渠竣工的当日，随着大渠中的哗啦啦的流水声，工地上响起了由肖仁、王洛宾作词作曲的《歌唱胜利渠放水》：

胜利渠水常年流，

胜利花儿常年开；

胜利渠水流不尽,

胜利花儿开不败,

胜利花儿永远开不败。

时任国家水利部部长傅作义在致辞中有感而发:"荆江分洪工程是要什么有什么,在这里是要什么没什么。但是,困难没有难倒你们。就是凭着人民战士的双手,自伐木材,自制筐担,自拧绳索,自开块石,自打铁器,自制炸药。缺乏技术,就自己摸索学习,结果是要什么,有什么。因此,今天所获得的成绩,就显得更伟大、更光荣!它标志着毛泽东时代没有不能完成的任务,没有不能克服的困难。"

"大地上的一条新动脉"最能体现修筑八一胜利渠人的气魄。八一胜利大渠渠长66公里,宽29米,流量40立方米/秒,可灌溉面积40万亩的农田。历经3年5个月,填挖土方10361732立方米,建成总干渠和干渠12条,总长187.5公里。若将填挖土石方堆成一米高,一米宽的土方,可从阿克苏堆到乌鲁木齐,长达1000多公里。

1951年3月下旬开工命令下达时,部队战士是在用战争中挖战壕的小十字镐、小圆锹来挖渠。正如当时开荒工地上流行歌曲《戈壁滩上盖花园》唱的那样,"……困难把咱们吓不倒,没有工具自己造……",修筑工地上又一次出现了南泥湾轰轰烈烈的场面。这厢打铁器,那厢编筐、拧绳,战士们就地取材,用报废的国民党杰姆西大卡车打制十字镐和钢钎,用当地生长的芨芨草、马莲草和树根编筐拧绳子。

参加过这一工程的战士至今还忘不了自制炸药的故事。工程一开始部队就遇到了"拦路虎",战士们碰到了一种坚硬如混凝土的土质,十字镐落下去,叮当响,只留下个白点点,战士的虎口震裂了。技术人员看后说:"这种土质叫'坚戈壁',是土质中最坚硬的一种。"也有的战士不服气,与"坚戈壁"较上了劲,一天下来，也只挖了零点一立方米多点。工地指挥看到战士被震得红肿的胳膊，说："看来只有用炸药炸了。"可炸药从哪里来？还是歌词里唱的那样，"……困难把咱们吓不倒，没有工具自己造……"，制造炸药首先要熬硝，可硝从何来？战士们先用部队营房屋角陈土熬硝，可营房陈土太少，于是，战士们就带着翻译到阿克苏老乡家要陈土。当老乡听说解放军将屋里陈土起走后，还填上一层新土时，都很乐意。很快，几乎全城的民房陈土都被战士刮起来了，战士们就用这些陈土熬出硝，制成炸药。有了炸药，"坚戈壁"不再是"拦路虎"了，在5公里的"坚戈壁"上炸出一条渠来。

战士们充分发挥聪明才智，施工中小发明不断涌现，并迅速在整个工地上推广。比如，挖土推行"黑土掏心"，挑运土推行"凤凰单展翅"，倒土推行"老鹰扑食"，在戈壁石段，用"运输搬大块"，在水中作业，用齿耙代替坎土曼。农一团六连战士林世杰撬石小组在开采片石中，运用"老乡赶毛驴""艄公划船""单人选目标""扫地平"等多种方法撬石滚石，工效成倍提高。连长张银娃创造了使用大锤破石方法，既省炸药、钢钎和人工，日破石80立方米。在零下20摄氏度的严寒中采石，战士又发明了"盐水冲浆法"，克服了滴水成冰的难题，提高工效20倍。女劳动模范李瑞兰在8个月中节省擦石眼的棉花400公斤。技术人员推行浆砌节约水泥法，节省物资消耗。全年节约各项物资总值达68万元。

1954年，在迎接全国人民慰问解放军代表团的活动中，工地开展迎"八一"放水劳动竞赛，数千官兵奋战6个月，在岔河堵口工程中，创造了"绞绳捆梢法"，23人日捆3～4个大梢捆，提高工效3倍；挖土工地创造了人均挖土52立方米的纪录。

1954年8月1日，八一胜利大渠胜利竣工。新华社发布了消息，中央新闻纪录片厂拍摄了纪录片。从空中俯瞰沙井子绿洲，广袤的农田犹如一只巨大的风筝，八一胜利大渠犹如风筝飘带。

　　**手记**

　　没有工具自己造，这是三五九旅的老传统。发明创造也是先进生产力，一条大地上的新动脉在"要什么没什么"的情况下，在不到三年的时间里就胜利竣工。取得这一奇迹的原因除了三五九旅指战员顽强的战斗作风外，发明创造也是一个重要的因素。文中的那些小发明就是佐证。兵团人有敢于创新、善于创新的传统，从这一视角来看，此文具有较强的现实意义。

# 郑云彪：梧桐窝子建农场

郑云彪　1928 年参加赣北游击队，1932 年转入工农红军，1948 年任六军后勤部部长，1950 年任新疆军区财务部副部长，1951 年主动请命筹建新疆第一个机械化农场。1952 年任八一农场场长兼党委书记。八一农场是当时部队屯垦戍边的典范。

农六师一〇二团（1969 年前为八一农场）是兵团开发史上建立较早的四个机械化军垦农场中规模最大的；1952 年苏联《真理报》以《一百零八个日日夜夜》为题报道了八一农场的创建过程；1954 年 8 月，八一农场官兵开着披红戴花的汽车将 15 万公斤小麦上交国家，此事轰动乌鲁木齐市，中央新闻记录制片厂还拍摄了记录片。

自 1951 年秋，新疆军区后勤部 500 名官兵打着"向荒原进军，向戈壁要粮"的大旗，进驻梧桐窝子后，寂静寥廓的原野上便有了路、有了房，这些用芦苇扎起的房子一排排、一行行，就集中在一块"三角地"上，于是，人们就将这片营房叫"三角地"，也有人叫"梧桐新村""创业棚"。

那时，全农场也就两位领导成了家，一是郑云彪；一是秦连贵。两家住两个草棚，其余人都是以班为单位住在草棚里。有一天下工后，妇女队队长马秀明（秦连贵的爱人）回到家，一看草棚里没有了儿子，吓得高声哭喊起来："儿子被狼叼走了！"喊声即刻惊动了营地，人们打着火把在野地里寻找，可没有一点踪迹。秦连贵也绝望了：让狼叼走，哪还能活？当他回到草棚时，听到床下有动静，掀起床单一看，原来是儿子，正呼呼睡呢。

部队中有10余名女青年，她们都是从国内其他省份参军来的。有一天下雨，气温很低。一女青年掀开褥子时，发现一条蛇盘在下面，吓得"哇"地大叫起来。七八个女青年哭喊着跑出草棚，说什么也不敢进去了。无奈，郑云彪只得把办公室腾出来让女青年住。

仅仅一年，梧桐窝子的草棚就变成了土平房，那刷得雪白的营房，一排排、一栋栋，成为社会主义新农场的一道风景。

进驻梧桐窝子后，垦荒队员们着手进行了三项工作：修筑八一水库；当年开荒，当年播种；建设家园。而后两项则是1952年进行的。如今的八一水库不仅拦洪灌溉，而且成为一〇二团的一个风景区，是"飘在绿洲上的一块蓝头巾"。

八一水库是在没有任何机械设备、生活十分艰苦的条件下修筑的，战士们吃的是高粱饼子和咸菜疙瘩。有一次，王震司令员到水库工地视察，看到伙房里除了像石头一样硬的高粱饼子，就是咸菜疙瘩，没有一点蔬菜。他说，农场建起后，你们要发展副业和畜牧业，让战士有菜吃、有肉吃。第二天，王震司令员指示军区后勤部副部长甘祖昌想方设法搞来几十斤黄豆芽。郑云彪在工地高声喊道："同志们，告诉大家一个好消息，王震司令员十分关心大家的生活，特意指派甘部长给大家送来了黄豆芽。"听到这一消息，大家干劲更足了，整个工地沸腾了。

1962年，电影《生命的火花》摄制组来到八一农场拍片。当时农场生活很困难，场党委决定，再困难也要保证主要演员的副食供给。场长特批：每天给饰演刘海英的演员供应一磅牛奶、一个鸡蛋。

郑云彪是八一农场的奠基者，1951年新疆军区决定开发梧桐窝子办机械化八一农场时，上级已下了调令：调他赴北京学习，然后调西北空军任后勤部部长。当他得知要建机械化农场，王震有意让他带队打头阵时，他毅然决然将调令退给六军军长罗元发。同样，秦连贵将被选送西北空军作战指挥部，奉调北京空军训练大队学习。而郑云彪想让秦连贵与他一道开发梧桐窝子，他一天与秦连贵谈了三次话。在回忆录中，秦连贵写道："经过反复思考，最后，我放弃了去北京学习的机会。"这两位南泥湾、金盆湾大生产运动时的模范，又"重操旧业"，到梧桐窝子去建现代化农场。

手记

### 兵团现代农业的发端

兵团机械化农场诞生在一个从南泥湾走出来的老红军之手，其中寓意令人回味：1951年8月10日，王震召见参谋长张希钦、后勤部副部长甘祖昌、郑云彪部署筹建机械化农场，他说："现在，全国大陆全部解放了，我们坐上了江山，不能再像南泥湾那样搞生产了，要办机械化大农场。你们看是否可以在乌鲁木齐郊区选择一个点，组织一些人，办一个像样的农场，搞点经验，为今后的大发展闯条路子。"

任务落在了在南泥湾开过荒的郑云彪肩上。从郑云彪带着500人进驻梧桐窝子到农场建成，这108个日日夜夜，苏联《真理报》有过详尽的报道，当时新疆部队只有4个机耕农场，而八一农场的规模较大、机械设备较多，是新疆农业现代化的典范。

从南泥湾的大生产运动，到八一农场的机械化作业，变的是生产规模和机械化水平，而不变的是南泥湾的"自己动手，丰衣足食"的精神，郑云彪这个老红军很好地传承并光大了南泥湾精神。

# 车风岗：战士个个气死牛

车风岗　一兵团二军五师十五团参谋。1949年12月随全团1803名指战员横穿死亡之海塔克拉玛干大沙漠。1953年，部队整编，这位十五团唯一学过农业技术的生产参谋，毅然留在了生产部队。

"开荒实在是太累了，累得我们一辈子都忘不了。"四十七团老战士车风岗回忆说，"那时我们一天要在地里干10多个小时，两头不见太阳，也不回营房睡觉，干得实在困了，倒头就在地里睡着了。刚开始，我们都是用坎土曼挖地，地里红柳根、草根盘根错节，一坎土曼下去，震得手都疼。战士手上打满了血泡，连坎土曼把子都染红了。第二天，我们都要到河边去洗血把子，河水都是红的。不洗把子，直粘手。第二天挖地时，连长问大家手疼不疼？战士都喊不疼。咋不疼呀，战士在挖前都要活动一下双手，慢慢适应后，才去挖，不然，连皮带肉扯下一大块，那更疼。"

由于地太难挖，每个战士身边都放着一块石头，坎土曼秃了，就用石头打磨打磨，卷刃了，就用石头砸平。等把地开完了，战士们手中的坎土曼磨得只剩下巴掌大一块了。

车风岗说："我们到和田后，战士们穿越大沙漠时嘴上裂的口子还没好，疲乏的身子还没缓过劲来，部队就投入到大生产运动中，农时不等人呀。当时和田大街小巷的粪都被战士拾得干干净净，羊圈、厕所掏得干干净净。没肥积了，战士就拣骨头，烧成灰，施到地里。因为我有点文化，部队派我到迪化（今乌鲁木齐）学习农业技术，这是军区办的第一个农业技术培训班。结业时，我们都不想回来，想到苏联留学。王震将军来到学校给我们作报告：'你们是进疆部队里第一批生产技术人员，是宝贝呀，部队的大生产运动正等着你们去指导，你们的任务就是教会战士种地。'大家纷纷表示，一切行动听指挥。回到团里后，我担任了十五团生产参谋，到洛浦县二营所在地指导生产。刚开始，连木犁都没有，战士都是用镢头、坎土曼挖，不少战士一天挖一亩，有人一天挖两亩，被人称为'气死牛'。后来我们在地里种上了水稻，水稻地里蚊子真多，每个战士的头顶上都有黑黑的一团蚊群，嗡嗡的，一巴掌拍在脸上或脖子上，手掌都是红的。收水稻，连里开展'百斤运动'，即担一百斤，跑一百里路，把收割的水稻挑到打谷场，有人累得走在半道上就睡着了。白天劳动，晚上还要学文化，哪有时间整理内务，所以战士身上的虱子成了蛋，反正虱子多了不痒。1951年开春，全团开展卫生大检查，我记得很清楚，有一天团卫生队的医生来检查卫生，我一看有几位女医生，不知咋的，心里一阵慌乱，脸上火烧火燎地发烫。我偷偷地跑到厕所，脱下棉衣，用指甲盖顺着针线缝捱虱子，只听噼噼啪啪地响，指甲盖都染红了。那时我年轻，又有点文化，也许心理活动比别人丰富些吧，我不想让年轻的女医生看到我那副窘态。那次检查，五连的脸（我指导生产的那个连）可丢大了，连长、指导员身上也都是虱子。当天，连里在院里支起几口大锅，锅上再支上木架子，战士的衣服都挂在木架上，木架下烧着一锅滚烫的水，只见那虱子粉末般地落在沸水里，漂了一层。"

在野猪窝挖引水渠的事车风岗记忆犹新：十五团共有700余人参加了和田第一个水利工程建设，那时，十五团已经几个月没有发菜金了，团里用部队的菜金作为投资，在地方各县办起了供销合作社，为老百姓供应生产资料、日用百货，收购土特产品。合作社为稳定当时和田地区物价，支援和田地区经济建设起到了重要作用。这可是从战士口中省出的钱呀。没有菜吃，王震司令员一声令下："盐水当菜。"挖渠的700余人50多天没吃一口菜，全是盐水就窝头。日夜奋战，苦战两个月，挖成了长27公里的引水大渠。

车风岗为笔者提供了这样一个细节：有一天，挖渠工地上突然传来一个好消息，说团里搞来一批红糖，平均每个战士100克，晚上伙房做糖包子。战士们听到这个甜甜的消息，干劲倍增。由于没菜吃，没油水，战士的饭量极大，一顿吃七八个窝窝头算是中等水平。有时，伙房搞来一些苜蓿嫩苗，就做一大锅汤，滴上几滴清油，战士们就叫它"苜蓿营养汤"。

1950年，十五团共开垦荒地2.3万亩，播种2.2万亩，当年粮食自给7个月16天。同时，全团年末有猪157头、羊602只、牛87头。


手记

### 特殊材料制成的人

多少年过去了，我还记得2007年10月的一天下午到和田地区医院采访车风岗老人，老人离休后就住在女儿家。那天采访的经过从头到尾我都没忘，特别是他在给我们绘声绘色地讲述激情燃烧的故事时，十四师老干部局一干事打来电话，问车老说话的声音怎么这么高。接电话的老人女儿调侃道："我爸一说起过去的事就这么兴奋。"那干事问是不是给兵团日报记者在说呢。女儿回答："正是。"干事说，我就是为这事打电话的，我担心记者还没找到你们家呢。

车风岗老人有文化，在十五团老兵中算是个"知识分子"，所以采访他我们收获最大，他讲述的故事都有细节，我至今都没忘。在写这篇手记时，我翻出当时的采访笔记，有两件事让我感动和深思，一是本文中讲述的开荒战士的手上都打了血泡，血将坎土曼把子染红了。第二天连长问战士疼不疼，大家异口同声说不疼。

战士们的意志战胜了本身的疼痛。

第二件事是部队整编时，车风岗也想到国防军去，他知道国防军比生产部队好得多，不再开荒种地了，是一个穿军装的真正军人，当时他完全符合去国防军的条件。可他找到政委黄诚提出要求时，黄诚一口回绝，说他是全团唯一学过生产技术的人，不能走。车风岗老人对我们说："我当时也有情绪，第二天黄诚在全团大会上作动员讲话，他慷慨激昂地说：'我们是共产党员、共青团员、革命战士，现在有两大任务摆在大家面前，一是保卫边疆，二是建设边疆。毛主席的战士最听党的话，党指到哪，我们就打到哪，不管是国防军，还是生产部队，都是为了新中国的事业，我们绝不能辜负了毛主席、中央军委的期望。'话音一落，台下一片喊声：'一切行动听指挥，党指向哪，就打到哪。''走，跟着毛泽东走。'那一刻，我完全变了，和所有的战士一样，高声喊道'党指向哪，就打到哪'。"

笔者不止一次思索这两件事到底体现了什么？后来我彻悟了：体现了革命意志能战胜任何艰难困苦，包括自己的身体和内心。

是的，车风岗和他的十五团的战友是用特殊材料制成的人。

# 董建勋：割不断的军垦情

　　董建勋　新疆军区后勤部八一机械化农场拖拉机驾驶员，多次立功受奖。1959年与妻子一道调国家农业机械部，因朝思暮想、魂牵梦绕梧桐窝子那块碱土地，毅然又回到一〇二团。

　　2009年12月，我采访了原八一机械化农场女拖拉机手刘丽卿，在谈到她丈夫董建勋时，她给我讲了这样一件事。

　　1959年，为大力发展农业机械化，国家成立了农业机械部。由于当时专业人才匮乏，农业机械部委托各省、自治区选拔专业人才。选拔条件很苛刻：一、家庭出身好（查三代），政治条件好（党员或团员）；二、能熟练驾驶、维修各种进口或国产农业机械设备的专业技术人员和技术干部；三、年龄不超过30岁，具有中专以上专业学历。

　　当时兵团有关部门根据以上条件在各农业师进行

选拔，选来选去，最后确定的人选是农六师八一农场董建勋和他爱人刘丽卿。两人均符合上述条件。

董建勋是一位技术全面的农机技术员，多年被评为师、场劳动模范；爱人刘丽卿是"斯大林80号"的驾驶员，已有6年的驾龄，由于在农场开发中成绩突出，被授予三等功。

1959年9月，两人被调到北京国家农业机械部。董建勋被暂时安排在秘书处；刘丽卿被安排到教育司学校处。当时的办公地点就在人民大会堂附近。

考虑到这些人都是从基层单位来的，报到后，部里有关部门安排他们参观人民大会堂等十大建筑。刘丽卿回忆说："当时我们真有做梦的感觉，你想嘛，几天前还在戈壁滩上驾驶着拖拉机开荒，可现在就进了人民大会堂。不是做梦是什么？"

刘丽卿到部里上班后，听说不少领导都是老红军，很多工作人员都是工程师，她也觉得自己肩上的担子沉重，她暗暗下决心，要多向他们学习。刘丽卿工作很勤奋，也慢慢适应了机关工作。可她丈夫董建勋却老是一副心事重重的样子，他不止一次地说："他又梦到梧桐窝子（八一农场地名）的战友了。"其实，刘丽卿也常想农场的战友，她想，慢慢就会好的。说着到了年三十，刘丽卿和董建勋被派去参加国家机关新春晚会，他们在中南海怀仁堂观看精彩的文艺演出，并出席盛大的宴会。刘丽卿和董建勋激动的心情几天后都不能平静。

可过完春节后，董建勋的思乡情绪更加强烈了，他终于对妻子说："我要回新疆。"这句话让刘丽卿大吃一惊。接着董建勋向妻子这样解释："我的理想和事业在梧桐窝子，那里有我的部队，有我的战友，有我亲手驾驶着拖拉机开垦的农田。北京好，但我不习惯坐办公室，我感到英雄无用武之地，我要回去！"面对丈夫这一突兀的想法，刘丽卿愤怒地吐出四个字："我不同意！"董建勋性格固执，认准的事八头牛也拉不回。他向部里打了报告。

部领导考虑到董建勋和刘丽卿是具有丰富的农机驾驶和修理经验的人才，是部里需要的人才，为了挽留他俩，部领导将他俩调往无锡农业机械制造学校，那是农业机械部所属的一所学校。虽然这所学校才建，但条件还是比新疆好得多，有住房，孩子由保姆带，尽管当时正处三年自然灾害，但吃的仍然是大米白面。每逢节假日，学校都要组织教职员工到苏州、杭州旅游。可董建勋依然朝思暮想着梧桐窝子，两口子三天两头就为"回新疆"的事吵嘴，董建勋去意已决，不可阻拦，甚至刘丽卿用离婚来威胁，他也要回新疆。在他多次向学校打报告后，学校同意了他的请求。

1962年5月1日，董建勋和刘丽卿又被调回兵团。

农六师组织部门调董建勋到一〇四团任机务副团长，可他不干，要求回一〇二团（八一农场），要求到连队继续搞机务。董建勋是只鹰，广阔的天空任鹰飞翔；董建勋是匹马，辽阔的草原任马驰骋；董建勋是棵新疆白杨树，他离不开新疆的碱土地。一回到梧桐窝子，他像变了一个人，见到拖拉机就像见到亲儿子，走路都哼着小曲。很快，董建勋发明的"开渠机"诞生了，《机务战线报》将这一发明传播到全国各地，这一技术推广到西北五省区。

多少年后，当长大的儿女问父亲"从国内其他省份回到农场后悔不？"董建勋斩钉截铁地回答："不后悔！"后来，儿女偷偷地叫他"马克思先生"。

转眼，董建勋和刘丽卿都离退休了，儿女为父母在乌鲁木齐市买了一套楼房，可董建勋说啥也不愿离开梧桐窝子。还是女儿有办法，她对父亲说："你要不愿搬也行，那你一人住在这，我们和妈搬到城里去。"董建勋想了会儿后对家人说："搬也行，但有一个条件，答应了，我就去。"当家人问他是什么条件时，他说："我死后，就埋在一〇二团的'八一墓地'，我活着离不开梧桐窝子，死后也离不开。"

一句话说得大家潸然泪下。

2003年11月，董建勋病逝。按照遗愿，逝者又回到了梧桐窝子。

手记

### 乡愁，让人落泪

这个故事我说给不少"80后""90后"（包括我儿子），他们都不信，反问我是真的吗？我说千真万确。"80后""90后"摇摇头，他们还是不信。

写这篇手记时，中央电视台（一套）黄金时段正在播放电视连续剧《原乡》，讲述的是台湾老兵思念家乡的故事，建议"80后""90后"看看。看后也许会相信这个故事的。

乡愁，是兵团人，特别是兵团父辈们表现出的一种共同文化现象，他们一说起过去"苦难的历程"就滔滔不绝，就慷慨激昂，就不能自已，而且对那段"走过来的苦难历程"没有一点懊悔，看得出来，父辈们把"苦难的历程"当作了精神上的财富，他们为这笔财富自豪，所以常常回味这笔财富。这就像一个经过跋山涉水后终于到达目的地的行者，回眸再看看这些艰难困苦，信念更加坚定，意志更加坚强，体味到的是自信和自豪。所以说，经常回味苦难的历史是对自己的一种砥砺。

撰写兵团戈壁父亲和戈壁母亲这些年来，我采访了近百人，很少遇见后悔当初选择的人，他们不少人不愿到城里儿女家住，不愿回原籍住，不少人去了也因"不习惯"又折返回到那个"累得一辈子都忘不了的地方"，这种乡愁，超越了书本中常常描写过的那种乡愁，是兵团人特有的。兵团人的乡愁蕴含着对这片水土、对屯垦戍边事业、对活着的、逝去的战友的怀念……

兵团父辈们都像本文中的董建勋，为绿洲而来，为绿洲而去。

# 冯瓜子：守着粮堆饿肚子

冯瓜子 1949年随王震大军进疆，开发莫索湾时，他爱马如命，与马一道套上绳索干活。后来，领导安排他看守场院，他守着粮食吃野菜。人们笑他傻，说守着粮堆，捧两捧麦子就是一顿饭，没人知道。他回答："天知，地知，我知。"

这位老兵叫冯瓜子，1949年参加中国人民解放军，后随大军进疆。1950年在新疆军区二十二兵团石河子机耕农场参加开荒工作，被评为劳动模范。1959年在农八师党委"老场支援新场"的宣传动员下，冯瓜子来到莫索湾五场三队。那时机力很少，大多农活靠畜力。他爱马如命，他常说，马是有灵性的，是有情有义的，你对它好，它就对你好。他每天给马洗澡、梳毛，割来最好的青草喂马，他和马成了形影不离的"战友"。在地里干活时，冯瓜子总是肩上套着绳子与马并行，与马同时用力，他是怕马累着。有一次他和马在地里拉磨子保墒，不知咋的，马突然惊了，将他拖了几十米，满身是血。马平静下来后，像是做错了事的孩子，用头拱着主人。主人拍拍马头，两个"伙计"又拉起了磨子。

后来，场领导见他责任心强，就将他安排在场院看场。每年麦收后，拉粮的汽车总是排着队来拉粮。有一天中午，装粮人和司机都去吃饭去了，冯瓜子就一人扛粮袋装车，等人们来时，他已装好了一车。

"文化大革命"时，场里粮食供应紧张，他在场院边开出块地，种了点麦子和南瓜。收成后，他将400公斤小麦和几车南瓜全交给连里，他说："地是国家的，种的粮食也是国家的，我不能贪了。"

一天夜里，连长到场园巡夜，见冯瓜子浑身浮肿，正在煮野菜吃，连长的眼泪一下流下来，说："你守着粮堆还受这般苦。"冯瓜子说："不碍事，我从小过惯了苦日子。再说，粮食是公家的，我不能动一粒。"

连队一些人笑他傻，说："守着粮堆捧两捧麦子就是一顿饭，没人知道。"

冯瓜子听后，一脸认真地说："天知，地知，我知。"

手记

### 天地良心 日月可鉴

守着粮堆吃野菜，饿得浑身浮肿，老兵冯瓜子的这个细节刀刻般的让我一辈子都忘不掉。有时我也扪心自问：你能做到吗？天地良心，我做不到。可老兵冯瓜子为什么能做到呢，思来想去，只有一个答案让我信服，那就是信仰。冯瓜子没有文化，但有信仰。他从参加解放军的那天起，就受到了"解放军是人民的子弟兵""不拿群众一针一线""公家的就是国家的"等教育，这种教育已经深入到他的骨髓，成为指导他言行的价值观，他的一举一动都表现出他的行为准则，也就是价值观。

老兵有信仰，所以老兵的故事才这么感天动地。人是要有信仰的，有信仰，人才活得有价值，有尊严，有色彩。冯瓜子就是我们的表率。

# 郭焕等老兵：“三八线”里是方阵

郭焕　1948年参军，1949年入党。一兵团二军五师十五团一营一连一排一班班长。1949年12月随全团1803名指战员横穿死亡之海塔克拉玛干大沙漠，1954年随团就地集体转业。

郭焕没住在四十七团老干所，他住在二连。子女在外地给他买了房子，他不去住，原因很简单，他说舍不得离开这块“累得半死的土地”。看得出来，他已将生命交给了这块土地。

四十七团老战士将生命交给土地的地方叫“三八线”。“三八线”其实就是四十七团的坟地，在二连与一连之间。在距“三八线”几百米的地方，长着一棵一人搂不过来的参天大白杨，像是哨兵守卫着。郭焕告诉笔者：1955年，战士周元爬到一棵大桑树上割桑条（编筐子用），爬树前他将自己的坎土曼把子朝天立在树下，谁知，悲剧就在一瞬间发生了——周元不慎从树上掉下来，恰巧就落在坎土曼的把子上。坎土曼把子穿进他的身体……
这是十五团集体转业后因公牺牲的第一名战士。于是团里将战士们开出的一块条
田作了墓地。至于墓地为什么叫"三八线"，郭焕的解释是，那时战士们都知道
抗美援朝时有个"三八线"，于是就起了这么个名字。巧的是这块条田是个方阵
形，宽300米，长800米，正好与"三八"吻合。"三八线"墓地的四周是战士们
亲手栽种的防风白杨，"三八线"里的一个个坟头排列有序，横竖成排，就像战
士列队的方阵。在这个由坟头组成的方阵里，有营长、连长、指导员、排长、班
长、战士、炊事员、饲养员……"就差司号员了。"郭焕说，"十五团100多名战
友埋在了这里。"

这里的每一个人都有一段不平凡的传奇故事。

孙春茂的名声很响，他是十五团有名的神枪手。在开荒造田时，孙春茂在草
丛中解手时被黑蜂蜇了，人没送到医院就死了。他是团里的劳模，当时人们将他
的事迹还编成了快板：

孙春茂，四十三，

高高的个子圆圆的脸，

骆驼刺，棉花尖，

绿肥积了四千三，

……

老战士宋常生是连队的饲养员，负责喂养种公牛。1964年元旦那天上午，
他老婆刚包好饺子，宋常生说给牛饮了水再回来吃。他和往常一样，将牛缰绳拴
在腰间，背着手拽着牛往河边走去。不知怎的，公牛突然发怒，用两支锐利的犄
角生生向主人顶去……

悲剧发生后，宋常生的老婆呼天抢地，说老宋走时连个饺子也没吃。

吴永兴是二连副连长，由于参军前做过木匠，战士都爱称他吴木匠。1959
年11月底的一个黑夜，二连要冬灌，由于是刚开出的荒地，所以水一灌到地里，

从地里钻出黑压压一片老鼠，吱吱乱叫乱窜。吴永兴在渠边巡查时，发现水都顺着老鼠洞流进地底下了。他赶快从麦场抱来一大捆麦草，投到洞口，用脚往下踩。不料，他一下掉进老鼠洞里，再也没能上来。后来人们发现渠岸上只有吴永兴的坎土曼而不见人影，就报告了团长王二春，王二春下令停水营救。人们挖开老鼠洞，发现吴永兴的脖子被树根紧紧卡住了……"是老鼠洞要了吴木匠的命呀。"营救的人们无不落泪叹息。

还有一个老兵叫季雨亭，是一连的司务长，1990年他患了重病在团卫生队住院。眼看不行了，他爱人问他，还有什么事要交代。季雨亭说：快把卫生队的账结了，不要欠公家一分钱。他爱人说，放心吧，我会去结的。季雨亭坚持让爱人马上去结账，等爱人结了账，他才瞑目。

一位姓吴的老战士只有一个儿子，他离休后，在和田管理局（十四师前身）工作的儿子把父亲接了过去。老人临终前对儿子提出的唯一要求就是他死后一定埋到四十七团"三八线"。活着和战友在一起，死后也要和战友在一起。下葬那天，四十七团老战士都来了，一人带着把坎土曼……

王毛孩原名叫王茂海，1943年参加八路军，在部队干的都是炊事员、饲养员等后勤的活，所以才保住了一条命。1968年，团里安排他到学校挑水，学校有七八百名学生，学校伙房距水坝有三四百米，他就这么天天挑，一直挑到离休。后来，他脑子糊涂了，今天问他多大，他说75岁；明天再问，他又说是79岁。但有一件事他不糊涂，他家里有一台留声机，天天听《东方红》，一天没落过。

手记

### 故事就是墓志铭

听了老兵郭焕的讲述，我坚持要到"三八线"看看。站在一高处看墓地里排列有序的方阵，我想彻底地嚎啕大哭一回，我默默地向老兵鞠了三个躬。我就是老兵的儿子，我自认为以前还是熟悉老兵的，但在"三八线"墓地，我才认识了真正的老兵，他们活着是兵，死后还是兵。

我问郭老为什么不搬到四十七老干所，他说在二连干了一辈子了，习惯了，在这里还可以种些蔬菜瓜果什么的，方便。听了郭焕讲述那些老兵的故事后，我想他不愿搬到老干所最根本的原因是他要和逝去的战友做伴，就像墓地边的那棵高高的白杨树。采访老兵多了，我也摸索出老兵的一些特点，不说大道理，不唱高调，一般把记者最想挖到的闪光点都深深地藏在心中，这要靠你去揣摩，用心去体味。

本文中几个老兵的故事都是零碎的，几句话就交代完了，但就是这些一生中没能留下更多故事的老兵更让我感动，他们的故事就是墓志铭，简约背后更精彩。

# 郭学成：部队番号就是命

郭学成　一兵团二军五师十五团二营三连炊事员，1949年12月，他随十五团1803名指战员横穿死亡之海塔克拉玛干大沙漠，一口大锅从阿克苏背到和田。解放战争中，立乙等功二次，在生产建设时期多次受嘉奖。

农十四师四十七团的老战士大多住在团老干所，他们说："自参军入伍的那天起，就没有离开过部队，一班岗站了一生，一身军装穿了一生。四十七团就是他们的部队，他们是四十七团的战士。"

老战士郭学成和女儿没有住在老干所，而是住在连队一片农田边（女儿包地养羊）。2007年10月，我采访了这位老战士。

郭学成的耳朵在战争年代被炮火震坏了，采访他时我几乎用喊在提问题。女儿介绍说，爸爸在部队是炊事员，一口大锅从阿克苏背到和田。女儿接着说："爸爸糊涂了，糊涂得连家都找不着，有一次他在野地里乱转，我公公发现后，把他送回家来，过去的事都记不得了。"我喊着问他是哪支部队的。不曾想，老人的两眼一下闪出亮光，用报到的口气高声喊道："二军五师十五团二营三连战士。"我被他这报到式的回答给镇住了，接着是一阵喜悦：老人的记忆闸门终于打开了。谁知，老人又犯糊涂了，凭你怎么问，他都茫然地望着你。

"除了部队番号，我一无所得。"我当时心里就这么想。

临走时，我提出为老人照张相。老人不知我在说什么？没有丝毫反应。他女儿凑到爸爸的耳廓前，喊道："记者同志要给你照相。"

不料，老人走了，女儿也跟着出去了。不一会儿，老人进来了，是穿着一身黄军装进来的。我再也忍不住了，泪水一下涌出眼眶。

在回团招待所的路上，我的心情仍然平静不下来。一个连家都记不得的老人，一个糊涂得几乎没有记忆的老人，却能将自己的部队番号记得那样牢。部队番号就是他的命，就是他的根，就是他为之而生、为之而死的命根子呀。什么是军人，郭学成是真正的军人。

在当年的采访笔记中，有这样一段话：郭学成，山西平遥县人，1922年出生，1946年参军，1947年入党，1955年随十五团集体就地转业，1983年光荣离休。解放战争中，立乙等功二次。在生产建设时期多次受嘉奖。

郭学成的女儿对记者说："爸爸在四十七团一直干杂活，做过豆腐，看过场，喂过猪。妈妈在生了我的第三天，就离开了爸爸，是爸爸把我拉扯大的。爸爸一直没再找，好多叔叔阿姨都劝他再找个伴，好带我，可爸爸就是不听劝。后来，有好心的叔叔阿姨说，一个大男人不会带孩子，索性把女儿交给我们，我们大家给你带。爸爸还是不答应。就这样，爸爸一直把我带大，我成家了，他还不放心，我们就住在一起。其实，爸爸老了，是我们在照顾他，可他一直把我当小孩。在我的记忆里，我老吃死面馍馍，爸爸在部队里是炊事员，可他就是不会蒸馍馍。他这辈子只回过一趟山西老家，再也没出过远门。爸爸现在一时糊涂，一时清醒，等清醒时，老问我给他交党费了没有？我说交了，可过几天，他又问。好像这辈子就这么一件事了，不是好像，爸爸这辈子就剩这么一件事了。"

听到这里，我又一次忍不住流下了眼泪。

现在的郭学成老人只记得两件事：一件是部队番号；一件是提醒女儿别忘了交党费。

手记

## 时代呼唤忠诚

65年前，这个群体有1800余人，现在在四十七团的只剩3人（截至2013年7月），用他们的话说，自参军入伍的那天起，就没有离开过部队，一班岗站了一生，一身军装穿了一生。四十七团就是他们的部队，他们是四十七团的战士。

这些老人，如今都已七八十岁了，有些糊涂得"出了家门就找不回了"，但只要问他是哪个部队的，他立即会以一个军人标准的语气回答出一长串部队的番号。部队的番号如同生命，在他们的心里扎了根。这些老人一生节俭，都是一分钱掰成两半花的人，但买军装一点都不吝啬，有人甚至专程到和田军分区军人服务社买军装穿，在他们眼里，军装是一个战士的标志。每年春节、八一建军节，不少领导都来慰问他们，哪年哪位领导给他们带来了军大衣，他们都记得，在他们眼里，这是最珍贵的礼物。

# 李炳清：三大任务显忠诚

李炳清　一兵团二军五师十五团班长，1949年12月随全团1803名指战员横穿死亡之海塔克拉玛干大沙漠。解放战争立二等功一次，生产建设时期立三等功三次。1954年随团就地集体转业。

老战士李炳清这些年成了新闻人物，这次兵团老战士进京，李炳清就是成员之一。2006感动兵团年度人物评选揭晓时，他和战友刘来宝在电视屏幕上频频亮相，展现了四十七团老战士的风采。采访李炳清给我留下最深印象的是他的"三大任务"。从这"三大任务"中，我们可以看到一个老战士的忠诚。

部队集体转业后，李炳清在连里一直从事着保管工作，这个工作最需要的是责任心，这一点李炳清具备。在穿越大沙漠时，他是班长，从那时起，他就养成了尽职尽责的习惯。宿营时，他放下背包就去忙着挖厕所，战士入睡了，他要为每人灌满水壶。天一亮，他又忙着填厕所。本来保管在团场可以编入干部序列，算是个排级干部，他一直干着，也没任命。1970年领导找他谈话，说交给他一个任务——携家带口去看水库大坝。当时他心里有那么一瞬间犹豫：因为保管是干部（尽管没任命），去看大坝就是职工了。仅仅是一瞬间，他又想，这是领导交给的任务，军人以服从命令为天职，去，坚决完成任务。这一去，一直干到离休。他离休后的工资是1500元，而干部的离休工资则是2700元。有人说他当初不该去看坝，就是去也要组织部门给个排级干部的身份后再去，这一"傻"，每月就少了1200元。而李炳清则从另一个角度来解释这个问题，想想牺牲的战友，我一个月拿1500元就知足了。我这条命是捡来的，如果1949年那场战役我不是因困得不行在战壕里睡着了，早和战友一道"光荣"了（他睡着了，误了吃饭，一颗炮弹落在吃饭的战友堆中……）。

1999年，兵团组织部门组织四十七团老战士去乌鲁木齐、石河子等地参观，在石河子广场王震将军铜像前，老战士排列成一个方阵，向司令员行了一个标准的军礼。李炳清代表老战士向司令员报告：

"报告司令员，我们是二军五师十五团的战士，我们胜利完成了你交给我们的屯垦戍边任务，你要求我们扎根边疆，子子孙孙建设新新疆。我们做到了，现在我们的儿女都留在了新疆，都留在了和田。我们没有离开四十七团。

"司令员，我们四十七团的老兵为您唱首歌吧。红旗飘飘……预备唱。"

老战士们用洪亮的嗓音一起唱到：

红旗飘飘，

人人都高兴，

全中国的老百姓欢迎解放军，

敲锣打鼓唱歌又跳舞，

咳，

庆祝全国人民大翻身。

哎……

我们永远是战斗队，

提高警惕保卫祖国，

抗美援朝保家卫国，

争取世界永久和平。

哎……

我们是人民的军队，

扩大生产为人民，

遵守纪律团结各民族，

建设我们的新新疆，

咳，

建设我们的新新疆。

2007年，农十四师政委何玮来到李炳清的家，首先问李老的身体怎么样？能不能坐车？李炳清回答，"身体可以，坐车没问题。"领导思量再三后说："现在有一个重要任务交给你。"没等领导细说，李炳清用一个战士的语气回答："保证完成任务。"领导说："这次你是代表全兵团的老军垦战士去见一位中央首长。"李炳清坚决而又果断地回答："保证完成任务。"

在石河子，李炳清受到了温家宝总理的接见。

三大任务是李炳清一生的精彩浓缩，展现了一个战士的应有品质。

手记

### 好故事可遇而不可求

采访老战士李炳清已经过去7年了，但我依然记得当时采访他时的情景，恐怕一辈子都不会忘记。

说实话，去李炳清家采访我没采访到什么有价值的故事，他的老伴倪梅芬

"抢了戏"，说了不少她儿子的事。我几次有意岔开话题，但都没成功，看得出，这是个"近乎固执的母亲"。晚上，我正想如何再补充采访时，得来全不费工夫，李炳清和老伴来到了团招待所，一落座，李炳清就问："你们这次采访要写个什么'东西'？"我回答："全景式再现当年十五团和改编后的四十七团的历史，是抢救性采访。"听了我的解释，李炳清说："那好，我给你讲讲。"

那天晚上，我的收获极大，我一点都没打断他，他也似乎穿越时空又回到了那个年代，当时已是深秋，屋内有些冷，我的手冻得有些不听使唤，记不下来时，我就做记号，其实，李炳清讲的故事不用记录也可记住，好故事一听就不会忘记。两个小时过去了，李炳清也讲完了，从穿越沙漠到和田开荒挖渠，讲自己，讲战友；特别是已故的战友，他一脸的沉重，但没流一滴眼泪，我想这就是战士的缘故吧。他的老伴在一旁轻声地抽泣，我也被感动的泪流满面。

采访归来后，我撰写了报告文学《战士的名字叫忠诚》，后来我常对人说："《战士的名字叫忠诚》与其说是我撰写的，不如说是老战士们讲述的，我只是记录者而已。"

# 刘可桑：开荒模范

刘可桑　1935年参加中国工农红军，参加过二万五千里长征。在南泥湾大生产时是开荒模范。1949年跟随王震大军挺进新疆，先后参加了可克达拉农场、五〇农场、谊群农场、共青团农场的开发。

前些年笔者到四师七十二团（红军团）采访，后来撰写了纪实散文《把南泥湾种子撒遍伊犁河畔》，并在《兵团日报》上刊发，文中写到了老红军刘可桑带头开荒，只是因为当时有关他的事迹了解得太少，写了几句话算是作了交代："在肖尔布拉克农场开发中，参加过南泥湾大生产的人已经不多了，刘可桑是其中之一。他当时是十三团（现七十二团）的副团长，他带着7个小伙子用草绳拉木犁，肩膀头磨破了，用烂布条将绳头缠缠继续拉。"虽然只是短短的一个细节，但这个细节我一直铭刻在心。这个细节说明了从南泥湾大生产到兵团屯垦戍边的历史传承。后来，我开始注意搜集有关刘可桑的事迹，遗憾的是资料很少。

刘可桑是一位老红军，参加过长征，在过草地时，他的一个战友（老乡）就被沼泽夺取了生命。后来，部队连草根都没得吃了，他所在的那个班的战士几天都没进食了，他也饿得昏昏沉沉。冥冥中，他的手触摸到了他的裤腰带，突然想起腰带是用牛皮做的，就解下腰带用牙咬，果然有牛皮味。于是，他唤醒全班战士将这条皮带煮了，一条牛皮腰带救了全班战士的命。

刘可桑所在的十三团1951年从南疆库车移防到伊犁，先是剿匪，后是开荒。对于开荒，这位老红军再熟悉不过了，他在南泥湾就是开荒模范。在南泥湾他们住窑洞，在开发肖尔布拉克荒原时，他想到了南泥湾的窑洞，于是，他指挥大家挖地窝子，刘可桑诙谐地说，窑洞是在山上挖个洞，地窝子是在地上挖个坑。当时在南泥湾，战士们为窑洞编了顺口溜：

窑洞草房好军营，

茅草床铺软腾腾，

三尺雪地绫罗被，

茂密梢林好屯军。

在肖尔布拉克，刘可桑鼓励战士也编了个顺口溜：

地窝子是楼下，芦苇棚是楼上。

化雪水能解渴，苞谷面甜又香。

几根红柳搭成顶，烈日照在我身上。

烈日今天你照我，明日叫你树后藏。

开荒没有生产工具，刘可桑又想到了南泥湾，没有工具自己造。他将在老家做过木匠、铁匠、赶过大车的人组织起来，成立了木工组、铁匠组、大车班……

当时，部队利用肖尔布拉克荒原上的野麻、芨芨草搓绳子1592条，木工组制作大车39辆，铁工组锻造锄、耙、坎土曼、铁锹5766件。

开荒缺少牲畜，部队的战马还有剿匪任务，刘可桑舍不得全天用，战马拉半天犁，就将战马换下来，干部战士上去拉犁。刘可桑是个老红军，当时的岁数也40多了，但他带着7个小伙子一拉就是半天。当时的绳子都是用野麻和芨芨草搓的，十分粗糙，不一会儿拉犁人的肩头就被磨破了，鲜血染红了绳索。在南泥湾开荒时，他们这个团涌现出不少开荒模范，刘可桑边拉犁边讲南泥湾开荒模范的故事，战士们听到这些故事也不知道累了。

播种时节到了，农时不等人。由于师里下拨到十三团的种子不够，怎么办？刘可桑就下命令从战士的口中省出原粮做种子，就是这样也还不够，他又下令从军马的饲料中省出做种子。就这样，十三团当年开荒55676亩，当年收获粮食2627351公斤，按供给标准，可供全团千把号人吃913天。

刘可桑一生打过无数次仗，身上多处受伤。他习惯了战斗，每次战斗结束了，就意味着下次战斗开始了，就这么一直打到中华人民共和国成立。屯垦戍边也是战斗，肖尔布拉克的开荒任务告一段落，刘可桑又有了新的开荒任务，他先后参加了可克达拉农场、五〇农场、谊群农场、共青团农场的开发。每次接到开发新农场的任务后，他都像接到战斗命令一般。面对他流过血、淌过汗、倾注了情感、已经打出粮食的农场，他也舍不得离开。谁不知开发新农场最累人，可他总是说："军人，就是以服从命令为天职。"也有一些下属建议，开发新农场什么都没有，甚至连个办公桌、椅子都没有，你就从老农场带些必需品去吧。刘可桑批评道："没有办公桌，我们就在地窝子里挖个土台子做办公桌，一切从零开始，一张白纸描绘最美的图画。"就这样，他一到新农场，面对没有一棵树，没有一间房的荒原，他又充满激情地指挥战士挖地窝子、制作生产工具、给战士讲述南泥湾开荒的故事、和战士们一道套上犁绳开荒……

手记

### 为了心中的理想

在兵团开发史上，刘可桑可谓是典型环境里的典型人物。虽然有关他的故事流传下来的并不多，但这已足够了：一个40多岁的老红军，带着7个小伙子躬身拉犁，绳索磨破了肩头，不是包扎伤口，而是用破布将绳索缠裹一下继续埋头拉犁。犁头下，戈壁惊开新世界。

老红军刘可桑在南泥湾就是开荒模范，也是肩头套绳索，躬身去拉犁。从南泥湾到肖尔布拉克，从南泥湾精神到兵团精神，刘可桑是这两种精神的践行者。历史是接力，历史是传承，历史是轮回。从这篇短文中，给读者留下深刻印象的是老红军刘可桑躬身拉犁的画面，这是兵团精神的源头。

兵团精神源远流长，兵团精神薪火相传。

# 高天成：我与张迪源的爱情故事

高天成　14岁参加革命，当过侦察员，为王震司令员牵过马（驭手），1952年任八一机耕农场机耕队队长。1954年3月8日与张迪源喜结伉俪。

1950年，新疆招聘团到湖南招兵，同其他热血青年一样，张迪源也报了名。到了迪化（今乌鲁木齐）后，张迪源被分配到当时的新疆军区文工二团。张迪源是怀着保卫新疆，建设新疆的一腔热血参军的，不甘于"说说唱唱，蹦蹦跳跳"。那会儿，报纸上经常刊发全国第一位女火车司机田桂英、第一位女拖拉机手梁军以及苏联妇女如何建设社会主义的事迹。恰巧，张迪源听说新疆军区在头屯河举办拖拉机驾驶培训班，她坐不住了，向新疆军区政治部打了一份报告。报告的主要内容就是坚决要求到艰苦的地方去，到生产一线去，用自己的双手驾驶拖拉机开垦万古荒原，创造社会主义财富。

很快，报告批了。

1950年11月10日，张迪源来到头屯河，参加新疆军区拖拉机驾驶培训班的学习。1951年10月25日，新疆军区八一机耕农场在头屯河成立，张迪源如愿以偿，留在了农场。这年9月播春麦时，解放军画报社记者陆文骏听说新疆军区八一机耕农场有一个女拖拉机手，就去采访。到了地里，张迪源正开着"维特兹"拖拉机播春麦，记者就拍了，接着又让张迪源和另一女农具手刘传汉站在24行播种机上拍了播种作业照片。当年11月第九期《解放军画报》刊发了一组"新疆军区八一机耕农场机械化作业的照片"，其中，张迪源开"维特兹"拖拉机的文字说明是："中国人民解放军的第一名女拖拉机手张迪源同志，她在新疆军区直属农场上愉快地驾驶着拖拉机进行耕种"。当年国庆节，国家邮电部又将张迪源和刘传汉站在24行播种机上作业的照片选为"特5，《伟大的祖国》"组邮票之一，在全国发行。从此，张迪源就成为中国人民解放军第一位女拖拉机手，一时间，军内外媒体争相报道，张迪源的名字传播到全国各地。1952年1月23日，新疆军区王震司令员与迪化（今乌鲁木齐）市市长、第二十二兵团副政委饶正锡到八一机耕农场视察时，亲切接见了张迪源，并在张迪源的笔记本上题词。王震司令员的题词是："努力学习，精通拖拉机技术，争取模范拖拉机手光荣称号。"饶正锡副政委的题词是："祝你在掌握拖拉机技术上，不断获得新的成就，为新疆机械化农业显示光荣的示范作用。"

王震司令员的题词一直鼓舞着张迪源，她刻苦学习拖拉机驾驶、修理技术，成为场里的技术尖子。她1951年被评为劳动模范，1952年光荣加入中国共产党。

自张迪源成为我军第一位女拖拉机手后，就有不少人把求爱的目光落在了张迪源的身上，当然，敢把求爱目光投向张迪源的，不是一般的小人物，那些求爱目光来自新疆军区，具体说是来自军区各部门的头头脑脑。这就是"名人效应"。

张迪源一心学习拖拉机技术，她的压力太大了，全国报刊雪片似的报道她，就连苏联的一位女英雄都给她寄来了信。特别是王震司令员为她题词后，她不敢有丝毫分心。"军区不少干部想找张迪源"的事让王震知道了，他略施小计：命令张迪源一心学习拖拉机技术，5年内不准结婚。张迪源也向司令员保证：5年不结婚。命令明着看是下给张迪源的，其实军区各部门的头头脑脑心里明白，求爱的这条路彻底堵死了。

至于八一机耕农场的小伙子，更不敢有非分之想，张迪源是英雄，是榜样，怎么可能与她谈情说爱呢？可以说，从到了八一机耕农场的那些年，张迪源在个人情感上很孤独。她是1926年生人，在湖南女兵中，她的岁数算是大的，她不可能不考虑个人问题。但她不能考虑，她只能把情感倾注到"斯大林80号"上。到了1953年，张迪源累病了，送到陆军医院一检查，是肾炎，很严重。当时新疆军区政治部有意让她参加赴朝慰问团，但医生坚决不同意。这样，张迪源就没去成。可军区领导一个星期来几趟，下令要治好张迪源的病。3个月后，张迪源出院了，仍在八一机耕农场开"斯大林80号"，但她的身体大不如以前，经常蹲在地里，疼得脸色发白。这时，场领导才意识到，张迪源是模范，但也是女人，她需要有个伴，需要有个家。

这时的"军区各部门的头头脑脑"已经结过婚了，而场里没结婚的干部对她更是"敢敬不敢爱"，甚至想都不敢想。还是新疆军区副参谋长、军区生产办公室主任、八一农学院常务副院长杨捷解决了这个难题。因八一机耕农场1953年归属八一农学院，所以，他隔三岔五就去农场，对农场的人员很熟悉。他觉得机耕队队长高天成很合适，于是就找高天成谈话，单刀直入，开门见山。说实话，高天成是一点思想准备都没有，此前压根就没想过这事，他和张迪源也只是领导与被领导的工作关系，相互学习、相互支持的战友关系。而高天成也明白，张迪源确确实实需要有个家，需要有个知冷知热的伴。他接受了张迪源。

早在1951年军区举办的第一期拖拉机学习班上，高天成就和张迪源同在学习班学习。有一次，高天成要填一张干部履历表，可他认不了几个字，就找班里学习最好的张迪源代填，所以，高天成的成长历程张迪源最清楚。高天成14岁参加革命，当过侦察员，为王震司令员牵过马（驭手），真正的苗红根正。

当笔者打电话到湖北岑河农场问他："你和张迪源谈过几次恋爱，还记得说了哪些话吗？"他哈哈笑了："我们没谈过，谈啥？我的情况她最清楚，她的情况报上都登了，我也清楚。杨院长找我谈后的不几天，我俩就在'三八'节结婚了。"

"是1953年的'三八'节吗？"

"不，是1954年'三八'节。"他在电话里说。

婚礼十分简单，高天成从伙房提了两大桶开水，买了五斤花糖。场长张芝明主持婚礼，首先是两人向毛主席画像敬礼，接着又向农场的战友敬礼。婚礼还没热闹完，场里就要开党支部会议，支委高天成就去开会去了。等夜里回来走到窗下时，看到张迪源在灯下等他，高天成的心一热，慌慌地走进洞房。

张迪源的同事蒋平复对笔者说："那时我们捣蛋得很，高队长开会去了，我们闹不成洞房了，我们就从康拜因（联合收割机）的机体上搞来一小把麦芒末子，偷偷地撒在一对新人的'太平洋'床单上。那东西沾到人身上，奇痒无比。那晚上够他们受的。"

那年高天成24岁，张迪源28岁。

第二年，他们的第一个儿子出生了，起名叫高潮。

## 后记

1956年，张迪源两口奉命调往黑龙江八五〇九农场。张迪源起先还是开拖拉机，两年后作农机技术员。而高天成还当过机耕队长。第二年，第二个儿子出生了，起名叫高峰。

1964年，两人被调到湖北省荆州市岑河农场，高天成在机耕队当书记，张迪源先后在医院当院长，在学校当校长，后任农场工会主席。

1989年，张迪源因肝硬化病逝。

手记

关于张迪源的报道媒体上发表了不少，但重点都是报道她如何成为我军第一个女拖拉机手的，鲜见她的感情生活。英雄也是人，她也有普通人的情感生活。我想写一个完整的张迪源。功夫不负有心人，经打听，我找到了与张迪源一道参军、一道参加拖拉机培训，又一道分配到八一机耕农场的蒋平复，他与张迪源和高天成共事10多年，张迪源和丈夫高天成调到北大荒后，他们还有通信往来。是蒋平复给我讲述了一个真实而又完整的张迪源。之后，我又打电话给高天成（张迪源已去世），他又给我讲述了不少有关他们爱情的故事。《张迪源的传奇人生》在《兵团日报》刊发后，引起不小反响，不少读者打电话到《兵团日报》编辑部，说他们还是第一次看到写张迪源爱情故事的文章。

需要告诉读者的是，此文是《张迪源的传奇人生》的缩写。

# 马鹤亭：新婚之夜守空房

马鹤亭 一兵团二军五师十五团战士，1949年12月6日，十五团团长蒋玉和率80人组成的先遣队，分乘两辆美国大道奇，沿公路向和田进发，以防和田发生叛乱。在四十七团老战士中共有7人参加了先遣队，现在只剩马鹤亭一人。生产建设时期立三等功两次。

马鹤亭和李春萍是一家子。

李春萍是1952年来的山东女兵。来时才16岁。不久，她就当了班长，那班长可是干出来的，干到什么程度？来了例假也不休息，怕休息影响班里的出勤和工效，年底评功时工效和出勤是两个铁打的指标。1954年11月冬灌，李春萍恰巧来例假了，渠口子垮了，她"咚"地一下就跳进渠中，用自己的身子去堵口子。其他女兵看到渠水一下红了，才知道她来例假了，排长命令人们把她"拖"上来。李春萍那天发起了高烧，送到医院治了3个月。医生告诉她，她终生不能生育了，李春萍号啕大哭，因为那时，她与马鹤亭在谈恋爱，不是领导安排的，是自由恋爱。有人将这一消息告诉了马鹤亭，劝他就此了结这段感情。马鹤亭说，不生就不生呗，我喜欢她，我不能抛弃她。第二年8月1日，马鹤亭和李春萍举行了婚礼，那天夜里新娘子跑了，人们说姑娘害羞，是羞跑了。马鹤亭知道春萍跑的原因。直到4个月后的一天夜里，李春萍偎在马鹤亭的怀里，嘤嘤地哭了，说对不住丈夫，她终生不能生育，她实在是没有勇气告诉他。马鹤亭一边擦拭着爱妻的眼泪，一边小声说，这我都知道，你住院时我就知道了，不生育又怎样，只要你愿跟我，我就知足了。李春萍哭得浑身颤抖，她是感激自己的丈夫……

后来，马鹤亭回甘肃老家，从哥哥家抱养了一个4岁的男孩，接着又去山东，从李春萍弟弟家抱了一个3岁的女孩，回来后，又在本地收养了一个孩子。

因为有了女人，铁打的营盘里不再是流水的兵；因为有了女人，屯垦戍边的事业才能代代相传。记者在四十七团听到这样一组数字，现在仍住在团里的有30余位老战士的遗孀，她们不回原籍故土，也没去城里的儿女家，只是固守在他和丈夫一道开垦的这块土地上。她们和丈夫的岁数小则相差五六岁，大则相差十来岁。她们和丈夫相守的日子并不长。一位老战士遗孀说，再过几年，我们也要去"三八线"了，去和老头子开荒、种地、过日子、守边关。

她们就这样守望着家园……

手记

### 老兵爱情更醇厚

过去有些文学作品老爱在老兵婚姻上做文章，展现在读者眼前的总是一幅没有感情的甚至是凄惨的婚姻，其实，这大多是作家凭空杜撰的，是吸引读者眼球的噱头。我这些年采访过近百位老兵和老兵的遗孀，在采访中我总要问问他们的爱情故事。据我掌握的事实，文学作品中那种"扭曲的婚姻"有，但极为少见。

大部分老兵都是"先结婚，后恋爱"，而且是"日子越过越有味道"，年轻时是双双携手渡难关，年老时是双双携手度晚年，人近黄昏时，双方的感情以至于到了"谁也离不开谁"的程度。老兵们的家庭还有一个普遍现象：年轻时，大丈夫对待媳妇像哄"小孩"，百依百顺；年老时，老伴对待"老头子"当"小孩"哄，冷暖体贴，无微不至。老兵中的婚姻很少有破碎的，尽管也有风雨，但风雨过后总是彩虹。

"感情是处出来的""日子是过出来的"，这种老旧而又实际的爱情观是最有味道和色彩的，也是最长久的。

# 侯正元：从坎土曼大王到铁牛主人

　　侯正元　1949年9月25日参加中国人民解放军。1957年荣获兵团二级劳动模范称号；1958年被评为兵团一级劳动模范、兵团模范共产党员、兵团十二面红旗之一；1959年被评为全国机务标兵、全国劳动模范，参加了1959年国庆十周年观礼和全国群英会，受到了毛泽东主席、周恩来总理等党和国家领导人接见。

　　侯正元在部队大生产运动中，是"气死牛"的坎土曼大王，他荣立一等功一次、二等功二次、三等功二次。可以说，侯正元是解放军解放生产力的典型代表——一个用坎土曼开荒的英雄后来成了驾驶铁牛的主人。

　　1952年春，侯正元所在连队指导员通知他去石河子兵团实习农场（现石河子总场）学习修理拖拉机技术。指导员嘱咐"这是党交给的任务，一定要完成好。"学习修理拖拉机对刚刚摘掉文盲帽子的侯正元来说，是一件比开荒难得多的事。一台拖拉机有

6000多个零件，这些零件的名称要记住并能对得上。侯正元十分珍惜这次"党交给的任务"，他刻苦学习，终于完成了学业。在这期间，由于表现突出，侯正元光荣地加入了中国共产党。

1956年，领导安排侯正元驾驶一台莫特兹轮式拖拉机。虽然侯正元会开拖拉机，但修理与驾驶不同，所以，他在作业时常常出现陷车、打滑的问题。每次陷车，他和机组的同志就去挖轮胎，将泥巴挖出来，填上麦草或干土。有一次在刚下过雨的地里作业，拖拉机的轮子打滑，后面的中耕器铲倒了一片庄稼苗。

机组的同志说："陷车和打滑没办法解决。"可侯正元不这么看，他爱琢磨，后来琢磨出办法了。作业前，侯正元先侦察地况，在容易陷车和打滑的地方做上记号，车到那里，他将后面的农具卸下来，车头过去后，再用钢丝绳牵引农具。车到容易打滑的地方，他减轻牵引负荷。他这个笨办法还真管用，他总结说："我们不能当拖拉机的奴隶，而要做拖拉机的主人。"

1957年，侯正元作为先进机车组的组长参加兵团机务工作会议。会上，兵团有关领导勉励侯正元争取1万小时无大修，为兵团树个榜样。因为他的机车当时已经6000个小时无大修了，超出兵团3000个小时的大修期。侯正元接受了这个艰巨的任务。

侯正元回来后，机车组有人说："我们已经达到6000小时无大修了，见好就收吧，不然，机车出了故障，前功尽弃。"侯正元不这么想，他认为，只要发扬一丝不苟的精神，对机车勤检查、细保养、精心操作，就像爱护自己眼睛一样爱护机车，就能达到这个目标。他对机车组的同志说："兵团运输战线的模范苏长福不就做到了吗，为什么我们做不到。"他不但学习其他人的好经验，而且还善于总结。他总结出"三净""四查""十不许"的"九字经"。

侯正元对自己对机组人员严格要求，有一次他开车上坡，没有换挡。回来后，他在机车组做了检讨。爱人知道后埋怨地说："你现在是模范了，要维护自己的威信，你不说谁知道，不该这么认真。"侯正元纠正爱人这种观点："正因为我是模范了才更要严格要求自己。"

有一次机车组在作业时，漏耕了一块地。侯正元知道后，当即带着机车组的人去用坎土曼将这块地翻了一遍。他严肃地说，我们不能一味地追求工效，作业要又快又好才行。

由于机车的原因，侯正元的机车中耕与师机务科的"宽中耕"的要求老是差两厘米，可侯正元偏偏较真，他带着机组人员在地里反复调试100多次，可还是不理想。在骄阳下，大家又调整了100多次，才达到师里的要求。为了这"两厘米"，他们不知流了多少汗。

"一颗螺丝"和"一滴油"的故事在当时被传为美谈。1963年，侯正元在检修机车时，为了一颗螺丝与机车组的同志争论起来，有人说，这颗螺丝也就几元钱，换个新的。可侯正元在对螺丝观察后，认为还可以用。他说："我们国家这么大，我们要勤俭建国呀。"在机车作业时，侯正元发现回油管每间隔五六分钟就要滴一滴油，于是他在回油管后面又安了一根管子，让每一滴油又流到油泵里去。别小看这一滴油，一年他这个机车节约80公斤油。场里推广了这一经验，一年收集回油3.2万公斤。

侯正元1958年被评为兵团一级劳动模范，1959年1月出席全国群英会，是兵团十二面红旗之一，1960年后一直为兵团红旗标兵机车组长。他领导的机车组1956年3月至1960年7月共出勤作业2.15万小时，完成19.3万标准亩，节约油料7.3万公斤，节约费用6.56万元，5年完成27.5年工作量，至1965年6月已连续工作4.3万小时无大修、延长大修间距8次。苏联塔斯社报道中国的侯正元"创造了拖拉机史上的奇迹"，苏联官方特此向侯正元授予金质劳动英雄奖章及刻有侯正元名字的照相机作为永久留念。

1965年7月5日，侯正元在石河子受到周恩来总理、陈毅副总理的接见。

手记

## 奇迹是这样创造的

　　将本职工作干好，不易；干得出类拔萃，难；如果要在本职工作上创造出奇迹那比登山还难。侯正元这个刚刚脱掉文盲帽子的老兵正是创造奇迹的人——被苏联塔斯社报道"创造了拖拉机史上的奇迹"。

　　纵观侯正元的个人轨迹，奇迹虽然是他个人创造的，但更是那个时代给他提供了"创造奇迹"的舞台和精神支柱。起义前，他是一个被抓的壮丁，一个国民党的"大头兵"，和平起义后，他脱胎换骨变了一个人，从当兵就是"混口饭"变为解放军要全心全意为人民服务，世界观发生了根本变化，这是侯正元"创造奇迹"的最根本原因。正如第一任兵团司令员陶峙岳说的那样："长期的艰苦劳动，不仅把荒原戈壁改变成田园绿洲，而且也把这支旧部队改造成为真正的人民的军队。"

# 李鸿仁、杨吉祥、涂大旺：
# 我们永远是战士

李鸿仁　一兵团二军五师十三团战士。1952年，十三团移防伊犁时，他参加了骡马大队，护送骡马翻越冰达坂。

杨吉祥　一兵团二军五师十三团铁工班战士。立二等功一次；三等功三次。

涂大旺　一兵团二军五师十三团木工组组长。1960年获兵团劳动模范称号，1961年被团评为特等功臣。

在农四师七十二团采访已过去多年了，但李鸿仁、杨吉祥、涂大旺三个老兵的模样一直在我脑海中闪现，我又一次翻出采访笔记，那些平凡的故事历历在目。

老人李鸿仁说话口齿已经不清了，但他仍然向我讲述着十三团进疆后的故事。

1950年1月13日，二军五师十三团到达目的库车后，正赶上过年，团里三个营分别组织了3个秧歌队上街表演，吸引了县城的老百姓都来观看。一过完年，部队就开始大生产，他们上街拾粪，割柳条编筐割野麻搓绳。在往地里挑肥时，19岁的李鸿仁掉队了，迷路了。到处都是戈壁滩，他不知往哪走了。这时，他见到几个维吾尔族老乡，就问十三团一营营地在哪儿，老乡听不明白，只摇头。后来，还是那几个老乡指着不远处的一个大土包比画了好一阵，他才明白了，是让他到山包上看一看。他爬到山包顶上一看，才看到了军营。这件事发生后，他一直憋着一口气，别人一天挑三四趟，他一路小跑，一天挑六七趟。连里文书在黑板报上写稿表扬他，还画了一幅漫画：为了表现他挑肥健步如飞的样子，就给他画了两条飞起来的小辫儿。后来，战友戏称他"洋冈子"（维吾尔语：女人）。

李鸿仁说自己笨，压碱时，别人都会编草鞋，他编不来，就打赤脚。刚开始，骆驼刺把脚都扎烂了，后来，脚就像两块铁板，连骆驼刺也扎不透了。后来，有一战友抽空给他做了一双布鞋，可他只在开会时才舍得穿。

1952年，上级命令十三团移防北疆伊犁，大部队坐车绕道迪化（今乌鲁木齐）到伊犁，他们骡马大队要直接翻越冰大坂到伊犁。别人都是骑一匹牵一匹，他小，只骑着一匹。在翻冰大坂时，他们前拽后推，用了4个小时，所有的骡马才过去。有一天，他们夜宿一家蒙古族牧民家，早晨来了寒流，气温极低，抓啥都沾手。骡马大队出发时，他双手都冻得不听使唤了，自己的行李卷怎么都捆不到马背上，他急哭了。战友笑他笨，赶紧来帮忙。

老战士杨吉祥有着一双灵巧的铁手。

1949年10月1日，十三团在酒泉开会庆祝中华人民共和国成立，部队都沸腾了，也就是这天，他听说部队要到新疆去，当时他心里"咯噔"一下：他听老人说过，去了西口外，挣下银子难回来。新疆远在天边，走路要"穷八栈房（没吃没住），富八栈房（有吃有住），不穷不富的十八栈房"。可他有想法也不敢说，怕挨批评。到了新疆后，团里让他学打铁，那些年，包括后来到了肖尔布拉克，所有的开荒工具都是他们铁工班打的。仅在肖尔布拉克，他们铁工班就打了5766件生产工具。他爱钻研，手又灵巧，铁工活做得特别好。后来团里有了收割机了，有一次收割机上的弹簧断了，临时又没处买，领导就让铁工班来打。杨吉祥拿着那个断弹簧翻来覆去看，他琢磨出，关键是蘸火。他在一天一夜里，终于把弹簧打出来了，瘫痪的收割机又轰鸣起来。

在十三团，杨吉祥立二等功一次；三等功三次。

涂大旺也有一双灵巧的手。他从小就跟着父亲学木匠。后来十三团到了库车（后又移防伊犁），开始大生产运动，这下他的木匠手艺派上了用场。什么做饭用的笼、桶，生产用的木犁、马车，木工班都做，特别是马车，他们一直做到团里有了汽车、拖拉机为止。

后来，他又做起木制电动、马拉两用扬场机。他没有文化，更不懂电的知识，但他肯钻研，爱琢磨。在经过102次的实验后，扬场机试制成功了，从而结束了团场靠天扬场的历史。

他还先后试制成功了抽水机、水稻加工机、拖拉机平地器、剥料机、木制车床等机械。先后培养出12名三级以上木工，被大家誉为"军垦土专家"。1960年，他荣获兵团劳动模范称号，1961年被评为特等功臣。

手记

### 平凡也是一种伟大

在采访老战士中，我发现一个特别现象，很多老兵枪林弹雨、开荒造田几十年，真要采访他时，他几乎说不出什么来，难道就没有一两个印象最深的故事？不管我如何启发，他就是说不出来。

其实，人的一生能留下深刻印记的事并不多，大多是日常性的工作，而且是日复一日地重复着。本文中的三个老战士就是这样的，说不出什么，李鸿仁老说自己干活笨，这与我以前采访的勇敢、机智似乎不合拍，但仔细想想，他所说的笨，其实就是一种战士的本色，实实在在，绝不偷奸耍滑。想到这，我就打破砂锅问到底，终于有了李鸿仁"笨的故事"。

还有的战士一辈子只干了一件事，记得不少团场都有这样的人，看场院的，赶马车的，打铁的，还有饲养员等等。他们的职业单纯，自然"没有什么故事可讲"。但他们专一，一辈子干好这件事，就是一种"故事"，故事虽然少了情节和色彩，但简单中有深刻，平凡中有伟大，容易中有艰难。我们大多兵团人就是这样的人。

# 李甲三：与职工的生死约定

　　李甲三　"9·25"起义前是国民党少将军衔，起义后任新疆军区后勤部副部长。八一农场组建后，他主动请缨来到八一农场，任副场长。1975年8月15日逝世，按照遗嘱，安葬在一○二团八一墓园，与兵团一级劳动模范李富的坟茔为伴。

　　八一农场（今六师一○二团）有4位劳动模范见过毛主席，分别是李富、张栓柱、张金山、郑敏才。他们的一个共同特点就是"豁出命来干"，这也是那个时代的特点。

　　八一农场副场长李甲三"9·25"起义前是少将军衔，起义后任新疆军区后勤部副部长。八一农场组建后，他主动请缨来到八一农场。按当时的规定，场领导可以吃中灶，但他却与战士一道在大伙房拿着饭盒排队打饭。他分管农场牧业工作，下连队一不坐车，二不骑马，一根拐棍两条腿步行下连队；他与牧工同吃同住，没有一点官架子。在一〇二团的老年人中，至今还流传着"李甲三与李富"的故事。

李富是兵团一级劳动模范，见过毛主席。由于李富常年放羊，患上了布鲁氏菌病，但他为了羊群拒绝住院治疗。李甲三听说后，拖着病弱的身体在冰天雪地的大冬天走了两天来到百十公里之外的五分场。干部职工看到拄着拐棍的李甲三副场长一身冰霜，赶忙打来热水，打来热饭。李甲三问怎么没见李富。大家伙儿说李富正在羊群忙着接羔。李甲三拿了个馒头和一头大蒜边走边吃就去了李富牧业点。李富正在接羔，李甲三挽起袖子就去帮忙，两人忙活到半夜才接完羔。回到李富的小屋里，在昏暗的灯光里，两人坐在土炕上面对面交谈起来。

"李场长，这冰天雪地的，你还来看我们。"

"先不说我，你咋就不去住院呢。你的那病不能再拖了，你的脸色也不好，明天去住院。羊群接羔的事我来安排。"

"场长，我不放心呀，我熟悉我放的羊，哪只母羊要产羔，哪只母羊奶水不够，我一清二楚。再说，去住院一耽误就是整个产羔期呀。"

李富的话让李甲三很是感动，但他说的那番话同样感动了李富："小李呀，身体是革命的本钱，我知道你是舍不得羊群，可你想过没有？如果不去治病，病情会加重，那你以后还怎么继续放羊？现在你去医院把病治好了，以后还可以继续放羊呀。如果你信得过我，我来替你放羊。"

李富哭了，他之所以拒绝治疗，是因为他感觉到自己病入膏肓，已没有多少时间了。他拉着李甲三的手说："李副场长，我有个请求，我死后，你能送我吗？"

话说到这份上，李甲三也动了感情，他说："生前咱俩是战友，死后咱俩还是战友，我和你做伴。"

第二天，李富去农场医院治疗。没多久，他就去世了，时年38岁。

11年后，李甲三也离开了人世。临终前，他对家人说："做人要说话算数，我死后，把我葬在八一墓园李富的坟旁，一是给他做伴，二是可以永远看到梧桐窝子（八一农场地名）的发展变化。"

手记

一〇二团至今还流传着李甲三的故事

陶峙岳司令员三次到八一农场，都没有见到这位老部下，遗憾之余又为这位老部下的工作作风感到高兴。李甲三去基层分场检查工作，不是走走看看，而是动手与职工一道干活。在一次劳动中，他累得口吐鲜血。李甲三严以律己、清廉做官，按当时部队实行的供给制，无论家属小孩都按标准发给供给费。可李甲三不领，理由是他的家属和小孩没在农场。农场财务人员解释说，组织上有规定，即使家属小孩不在农场也可领取供给费。李甲三又以"无功不受禄"为由，拒绝领取这笔钱。农场财务人员只好为他保管这笔钱。后来，部队实行薪津贴后，财务人员将李甲三未领的1000多元供给费送到他家里，可李甲三的爱人将这笔钱退回到场里。

李甲三是个旧军人，但他在"脱胎换骨"的改造过程中，逐渐成为一名"为人民服务"的领导干部。他的故事之所以能流传至今，口口相传，说明了一个道理：你心中装着职工群众，职工群众的心里就装着你。

# 刘伟武：在军区宣传部的日子里

刘伟武　湖南衡阳人，1950年11月到新疆招聘团报名参军，分配到骑七师参加部队整编工作。后从骑七师调到阿勒泰军分区搞宣传，不久，又调至新疆军区宣传部，主要负责理论教育。

## 为陶峙岳当了一次随行秘书

1952年，我从阿勒泰军分区宣传科调到新疆军区青年部。记得五四青年节快到了，部里安排我写些标语。正在我专心书写标语时，宣传部部长高法鉴来了，他见我书法不错，就夸奖了几句。后来他把我调到宣传部，我具体的工作是负责理论教育。

有一天，二十二兵团司令员陶峙岳来到宣传部，说他写了一篇文章，让宣传部的秀才们改改，改后交给王震司令员审阅。高法鉴部长将文章交给我，说让我改。我记得文章大意是揭露国民党旧军队的贪污腐化行径，可文中的很多用语还是旧军队的习惯用语，我就将这些全改过来了。当时我看了很多书籍，如《列宁全集》《斯大林全集》《毛主席著作》等，于是我引用了不少领袖的警句，使得文章增色不少。改好后，我将文章交给高部长，他看过后，经请示陶司令员，又呈给王震司令员。后来听高法鉴部长说，王震看后，很满意，说刘伟武是秀才。不久，这篇文章发表在《解放军报》上。

"后来有一天，高部长通知我跟随陶峙岳将军到北京参加人民代表大会。当时我听说王震司令员有批示，几十年后我才有机会将这份批示复印了一份"。（说着，刘伟武拿出了批示的复印件，上面写着：曾涤同志：请宣传部派刘伟武随同陶峙岳同志去北京参加开人大会。王震 2.4。在批示的左下角，曾涤写道：请高法鉴同志通知刘伟武去报到。2.28。）

那时大家都听说陶峙岳选秘书有三个条件：一是书法好；二是文章好；三是岁数稍大些为好。当时王震司令员之所以选我，现在想来大概还是因为我为陶司令修改的那篇文章吧。除了第三个条件我不符合外，其他两个条件我都符合。那时我的心思都扑在工作上，根本不注重仪表，冬天懒得洗衣服，看下雪了，就将穿脏的衬衣挂在树上，还美其名曰"雪洗"。我的军棉衣胸口上黑乎乎的一大片，油光发亮的。到了北京，陶峙岳司令员专门为我买了一套呢子衣服和一双皮鞋，另外还给我买了一个公文包。这个包至今还保存着。陶峙岳一到北京的那天夜里，就叫我到他的房间，详细向我讲述了他在人代会上发言的主要内容，现在记得主要是加强自我改造。那天我写了一个通宵，天亮时我将发言稿交给陶司令，他看后点点头，看来是满意的。

## 我用了一次王震司令员的专车

"那时军区宣传部经常在迪化办理论学习班，学员是来自各部队的师、团领导。而讲课的人都是军区领导，王恩茂、曾涤、熊晃等都为学员讲过课。记得有一次办班，有好几百人，可教材要到新华书店去拉，当时我们宣传部没有车，我就找高法鉴部长要车，他说自己想办法。我到哪想办法？第二天一早就要开课了，可学员的教材还躺在新华书店里。怎么办？怎么办？我急得像热锅上的蚂蚁，急得在政治部大院里团团转。后来，我索性一屁股坐到门前抹起了眼泪。可也巧了，就在这时，王震司令员坐着小车到了政治部，他一下车看我在哭，就问：'小刘，咋在这里哭鼻子？'我壮着胆子将教材的事说给了司令员。王震听后，哈哈笑着说：'办法总是有的，这样吧，你就用我的车去拉教材。'坐到王司令员的专车上，驾驶员对我说：'你好大的面子呀，知道吗？司令员的车有三个不能用，一是办私事不能用；二是家人不能用；三是下属不能用。'我的心里喜滋滋的：看来我这个下属让王震司令员破了一次例。"

## 王震司令员给我买了一块手表

"和现在一样，那时宣传部也经常写材料，一写就是一个通宵，半夜里，我们部长的爱人常给我们几个干事送刀削面。我们一般都是在西大楼（王震司令员的住所）写，记得有一次，6月里我还穿着棉衣在办公室写材料（办公室特阴），也不知写到几点了，反正是拼命地抽烟。这时，王震司令员走了进来，问我是刚来？还是没回去？我回答没回去。王震说天快亮了，说完，扔给我一盒烟就走了。我这才抬头往窗外看了看，果然，晨曦中，一群早起的麻雀在枝头上叽叽喳喳地正闹着。后来，我听说王震司令员对身边的人说：'小刘经常赶材料，没日没夜的，应该给他买块手表。'很快，一块当时很流行的苏联产手表送到我的手中。那时，我们军人都入股办合作社，年底要分红，那年每人分红400元，我的400元一半寄回了老家，一半还了手表钱。可我一直不敢戴那块表，怕有人说我是小资产阶级情调。这块手表我一直保存到现在。"

手记

采访刘伟武老人缘于他的一篇来稿，那是一篇回忆老战友的文章，文中写到1952年他在新疆军区宣传部当干事（后转业分配到农一师）。当时我想这位老人也许知道不少那个年代的故事吧，于是就采访了他。

刘伟武老人那年86岁了，气色还不错，声音洪亮，记忆力出奇地好。老人写了一辈子文章，是个性情之人，当我表达采访动机后，他略一沉思，就慷慨激昂、滔滔不绝地一气给我讲述了3个小故事，讲得满脸泛红……

后来我又去他家几次，有一次他病了住进兵团医院，我买了一束鲜花去看望刘老。在病房里，他还伏在病床上写回忆文章。他说要把这些故事写下来，留给后人。

当我前年听说刘老走的噩耗时，内心一阵悲痛，我不知道他把那些珍藏在心里的故事写出来了没有。在整理《老兵列传》稿件时，我特意将这篇由他口述、我记录的文章收进书中，以表达一个晚辈的敬意之情。

# 孟兆显：难忘的一天

孟兆显  1982年任农五师党委常委、副书记，1987年7月离休。

1961年秋的一天，3辆小汽车开到拜西布拉克的开荒驻地。人们看到，兵团司令员陶峙岳将军从车上走下来。陪同的有师长翟振华和博管处的领导。十五场（现九〇团）的领导慌了，工地上没有食堂，没有会议室，连首长休息的地方都没有，这可怎么办呢！司令员来到排水工地，听完师长的汇报后，兴致勃勃地赞扬说："开发芦苇湖的部队很了不起，你们吃了很多苦，在零下二三十摄氏度的严冬风餐露宿，吃糠咽菜，而且还吃不饱肚子。但是你们在这样的条件下，干得很顽强，表现了军垦战士一往无前的英雄气概，发扬了南泥湾的艰苦创业、白手起家的精神。我代表兵团领导，兵团机关向你们致敬。"这时，这位老将军胸膛一挺，双目炯炯，向在场的干部战士致了一个标准的军人礼。掌声在将军的四周响起。接着，司令员说道："你们这个场处在中苏交界处，将来中苏铁路通车，阿拉山口要建友谊城，外国人进来第一眼看到的就是你们，友谊城的生活供应也要靠你们。你们地位重要，任务光荣，前途光明，一定要把农场办好。"他转过身去对翟师长说："这个农场的场部规划图我要亲自审查，要盖楼房，请你们一定记住。"

司令员吃饭问题可难住了场领导，派人跑了几个连队都没有找到白面。后来从托儿所找来了几斤，请人擀成面条。由于麸皮多，面条又黑又短，硬撅撅的。人们又从托儿所里借来几个小朋友用的绿色小塑料碗，折了几根芦苇当筷子。场领导很难为情地将面条端到司令员面前。司令员很高兴，就着唯一的一个炒苦苦菜，一连吃了三碗。

当天，陶峙岳司令员又风尘仆仆赶到十二场（现八十八团）。那时，去温泉方向只是一条搓板路，车子喝醉了酒似地摇晃着、跳跃着向前驶着。到了温泉城郊的十二场场部，天已黑下来了。场领导安排司令员先休息。

司令员中午在十五场吃了三碗稀面条，这时已是饥肠辘辘了，等了好大一会，老将军有些坐不住了，他出门问场领导。

"快了，司令员请到屋里坐。"场领导对司令员说。又等了一会，司令员把头探出来。

场领导上前说："不急，就好了。"

又等了一会，司令员推门出来了。没等场领导开口，司令员说："你们的食堂在哪？我去看看。"

"首长，不用看，饭马上就好。"这时场领导的额上已经沁出了汗珠。

"不！我要去看看。"场领导领着司令员来到"食堂"。司令员看到的是这样一幅图画：

暮色中，露天地里，临时支了个铁皮炉子。炊事员正在用土块支起的案板上切菜。案板上放了盏没有灯罩的灯，橙黄色的灯苗在微风中扭来扭去。灯光里，那位炊事员的额头、鼻尖发亮，上面布满了汗珠。另一个帮手正跪在炉门口，一口接一口吹火。

可能是柴火潮湿，浓烟又从炉门里倒出来，呛得那人直咳嗽。

"不慌，不慌，你们慢慢做吧。"司令员轻声地说着，悄悄地走回房间。

夜里，司令员大口吃着饭。在他面前放着四盘菜，里面有肉。这是十二场干部职工对首长的一份情意。


手记

1990年兵团文联计划编辑出版一本反映各师屯垦戍边的报告文学集子，采写五师的任务就交给了我。

现在回忆起来，有一个故事给我留下很深的印象，那就是当时的师副政委孟兆显讲述的陶峙岳司令员到五师检查工作的一段轶事。因为那次采访重点多放在了部队指战员如何战天斗地开垦荒原方面，而我去采访孟兆显副政委时，先是汇报了采访的情况，因为这次采写任务就是孟副政委安排给战旗报社的，战旗报社又安排给了我。当我汇报采访进展后，孟副政委点点头，肯定了我的采访，然后笑着说："我给你讲个司令员的故事吧。"

司令员的故事让我喜出望外，因为我还是第一次听到一个有关司令员吃饭的故事，既反映了当时部队条件的艰苦，也反映了兵团领导的工作作风，于是，我将这个故事写进报告文学《昨日红星灿烂》中，此文收入兵团文联出版的报告文学集《创世纪》里。

# 涂治：军人创办农学院

涂治　第一任八一农学院院长。

在新疆农业大学校园中心草坪上，有一座造型别致的纪念碑，它看似笔尖，但更像犁头，它的底座如一本敞开的书，但寓意广阔无垠的绿洲。上面镌刻着这样一段文字：

"1952年王震同志根据毛主席屯垦戍边指示精神，创办八一农学院，……为了缅怀王震等老一辈无产阶级革命家，为了继承、发扬中国人民解放军的光荣传统和生产建设兵团的优良作风，为了弘扬涂治院长严谨治学的教育思想，新疆农业大学各民族师生员工将永远铭记新疆八一农学院的光辉历史"。

从空中鸟瞰新疆农业大学（1995年4月21日更名），由时任兵团副政委兼八一农学院党委书记张仲瀚负责设计的几栋教学楼，依然镶嵌在校园楼群中，这几栋兵团建筑的教学楼构成的"八一"造型，印证了这座农林院校是由军人创办、是为军人屯垦戍边服务的历史。

　　老满城——新疆农业大学所在地，自清朝乾隆三十八年（1773年）起，似乎就与战争和军营有了关联，这里曾是清朝政府镇守迪化（现乌鲁木齐）的大营，鼎盛时城内有驻军及家属1.6万余人；到国民党统治时期，这里是盛世才及马呈祥的军营；1949年中国人民解放军挺进新疆后，六军军部驻扎在这里，1951年奉命组建空军，军部调入其他省市；随后，新疆军区军政干校改为第二步兵学校搬进老满城。

　　从1773年算起，到1952年8月1日八一农学院成立前，老满城一直都是军营，是王震将军将这座断断续续延续了179年的军营，彻底改变为了农林院校。

　　1949年大军集结酒泉时，王震就动员部队指战员在当地购买种子和农具，他成竹在胸：从战争中走出来的军人将面对的是另外一个战场，他和他的部队对这个战场并不陌生，在南泥湾时，三五九旅就是大生产的模范部队。当时的新疆经济基础极其薄弱，工农业总产值仅有4.17亿元，人均收入96元，农牧业生产落后，人民生活贫困。由于耕作粗放，单产水平低，粮食平均亩产65公斤，人均占有粮食195.5公斤，棉花1.15公斤。

　　进疆部队刚一落脚，还没洗去身上的征尘，1950年1月23日，新疆军区就发布了大生产命令：当年开荒种地60万亩，生产粮食5000万公斤，棉花180万公斤，达到人均1只羊、1只鸡，10人1头猪、1头牛，并强调全体军人一律参加生产劳动。一场轰轰烈烈的大生产运动在万古荒原上开展起来。

　　运筹帷幄，决战千里。王震将军在指挥20万大军大生产的同时，他一直在思考一个问题：如果没有一批骁勇善战的指挥员，是打不了胜仗的；同样，如果没有一大批懂得农业科学技术的各级领导和技术人员，新疆的戈壁荒滩就变不成美丽的花园，就无法彻底改变新疆人民"半年桑杏半年粮"的状况。有一次他对当时的新疆军区参谋长张希钦和后勤部部长甘祖昌说："现在不能再像南泥湾那样搞生产了，要办机械化大农场，而办机械化大农场就需要大批农牧业科学技术人才，解决科技人才的唯一途径是办教育。要自力更生，在新疆办一所农林院校，培养新疆农牧业生产所需要的大量人才。"

1951年，根据新疆生产部队屯垦戍边的需要，新疆军区党委决定在迪化（今乌鲁木齐）办一所农林院校，军队办农林学院当时在全军也没有先例，困难可想而知，首先得有一个有名望和建树的专家。

王震看中了一个人，这就是时任新疆农业厅厅长的涂治。涂治曾获美国明尼苏达大学研究院博士学位，回国后，曾在岭南大学、中山大学、河南大学、武汉大学、西北农学院任助理教授、副教授、系主任、教务长、院长等职。1939年到新疆，曾任新疆学院农科主任、教务处主任、副院长等职。王震和涂治来到北京，就创建农林院校的有关问题请示毛主席和中央军委。当毛主席听完汇报后，表示完全同意新疆军区的办学计划，并对学院以"八一"命名表示赞赏。在一旁的周恩来总理也十分支持此事，表示动员北京农林牧科研机构的科研人员和农林院校的教师去新疆八一农学院任教。几天后，周总理亲自在北京饭店召集会议，安排高级农业科技人员赴新疆支援边疆建设。不久，从北京农业大学、西北农学院、东北农学院、山东农学院、南京农学院以及华东革命大学陆续调来教授、副教授、讲师40多人。其中有我国著名棉花专家王桂五、著名玉米专家张景华、南京农学院王彬生、昆虫专家黄大文、昆虫及生态专家张学祖、耕作与牧草学专家朱懋顺、果树栽培专家张钊、土壤肥料专家王志培、作物育种专家冯祖寿、农业经济专家吴华宝……

笔者在新疆农业大学采访时了解了这样两个小插曲：

时任华北农科所（中国农科院前身）副所长兼棉作室主任的王桂五，在接到通知的第三天就要动身。王震听说后，派专车到王桂五的家将他一家送到火车站。

左宗棠的曾孙女左景瑗得知在华东革命大学任教的丈夫吴华宝也在赴新疆执教的名单中，毫不犹豫地决定带着三个孩子一同前往，除了支持丈夫的工作外，这位曾留学美国威斯康辛大学的社会学、英语教授，还有另一个原因：那就是对曾祖父左宗棠当年抗击侵略者收复新疆的一种缅怀和崇敬。

1952年4月10日，王震来到了老满城第二步兵学校宣布中央军委的命令：停办第二步兵学校，筹建新疆八一农学院。他说："我们的任务由打仗转为经济建设，新疆应该有一所专门培养农牧业技术人员的学校，过去步兵学校是培养连排级的军事人才，以后要培养农业管理干部和农业技术人员。"几天后，新疆军区奉中央军委命令，任命新疆农业厅厅长涂治兼任八一农学院院长。

时任第二步兵学校保卫干事的冯宗仁对记者说："王震那天特别高兴，他说：'毛主席都说了，八一农学院这个名字好'。接到命令后，我们就开始了筹建工作，步校的学员都返回部队，军事教员调到其他省市军事院校或回部队，政治部和后勤保卫部门的干部都留了下来。"

4月中旬，王震将军向驻疆部队下达了一道命令：各部队选拔优秀指战员到新疆军区八一农学院上学。当时各部队选拔的标准一是有文化，二是大生产运动中立功人员。有的部队是直接挑选学员，有的部队在挑选出的学员中再经过考试。冯宗仁当时代表八一农学院的工作人员到九军二十六师招生，他们给部队初选的学员出了一道作文题，考生只要文字大致通顺，文章有一定意义的都选上了。二十六师是起义部队，所选学员基本也是起义兵。

八一农学院的学员都是军人，由三部分组成。一是才进疆的湖南女兵；一是从各部队选拔的官兵；一是从头屯河军区农业干部训练班转过来一个队的学员，共902人，其中有师团级干部56人，营连排级干部278人，战士568人。他们中在第二次国内革命战争时期参加革命的有11人，在抗日战争时期参加革命的有36人，在解放战争时期参加革命的有302人，中华人民共和国成立后参加革命的有553人。他们的年龄有大有小，最大的50岁，最小的13岁。17岁以下的有114人，18岁到25岁的有580人，25岁到35岁的有173人，36岁到44岁有29人，45岁以上的有6人。文化程度有高有低，大学毕业的有45人，占学生总数的

4.99%，高中毕业的275人，占学生总数的30.48%，初中毕业或相当于初中程度的有399人，占学生总数的44.23%，小学程度的有181人，占学生总数的20.06%，还有2人刚摘掉文盲帽子。

解甲归田对二十二兵团司令员陶峙岳来说是一种境界，一种向往，一种归属。他原打算起义后就解甲归田，但彭德怀和王震都极力挽留他，希望他不但为新疆和平解放作出贡献，也为新新疆的建设作出贡献。最终，他没有荣归故里那个"小田"，而是留在了屯垦戍边这个"大田"，成了二十二兵团这个"大田"的司令员。现在他又把儿子陶天锡送到八一农学院，表明老将军对从解甲归田到屯垦戍边的一种理解和升华，对从战争到永久和平的一种追求，他在儿子身上寄托着希望。当时陶天锡是连级干部，爱人在司令部合作社工作，有3个孩子。他的岁数在园艺大专班算是大的（30多岁），同学都亲切地喊他"陶老汉"。

为了屯垦戍边，教师和学生从不同的地方来到了八一农学院，他们既是军人，又是学生，面临的首要任务就是将一座旧军营彻底改变成一所大学，保证在8月1日举行开学典礼。建校的亲历者向笔者回忆道："这座军营早已破败不堪，房屋倒塌，乱石成堆，遍地野草，野兔在草丛中穿行。有一天夜里，女生宿舍一湖南女兵突然大喊'狼来了。'引起一阵慌乱。原来是一条野狗，女兵当成了狼。其实学院里夜里还真有狼，学院养的猪就被狼咬死过。"

困难吓不倒革命军人，从当年5月到8月，全校师生掀起了轰轰烈烈的建校高潮，从院长、书记到学生，人人参加劳动，他们打土坯，割芦苇，伐木头，砌墙，抹墙，翻修屋顶，上房泥。贾焕秋说："我们女兵别的活干不动，就两人抬着抬笆往屋顶上运泥巴。13岁的女生汤凯林、胡继玉一次只能抱一块土坯。"在保存至今的学院《劳动快报》上，笔者抄下了几条小文章的标题：

《政治部女同志向全院男同志发起挑战》《孟梅生部长亲自上劳动第一线》《农学系劳动成绩大，一天泥好200间房顶》。

马呈祥骑一师的马厩特别大，师生就将马厩改成食堂，把厚厚的马粪清理干净，再填进厚厚的黄土，食堂就成了；将一排排军营隔成小间，就成了教师办公室和实验室；在房屋内砌上大土炕，用木板搭成大通铺，宿舍就成了；没有课桌、课椅，就用土块砌土墩子，上面搭上木板，教室就成了；没有标本，学生就到野外捡来牲畜的骨头制作……当时学院提出的口号是"一边教学，一边建设，一手放下书本，一手拿起工具"。等8月1日开学时，所有的房屋都粉刷一新，校园内道路笔直，行道林成行，渠道流水潺潺，荒凉的老满城变了样儿。

八一建军节这天，全体师生1000多人排着队唱着歌走进礼堂（即马呈祥、罗恕人宣誓处，这一礼堂见证了从战争走向和平的历史），王震在开学典礼上发表了激情洋溢的讲话，提出八一农学院的教学方针是"理论联系实际，教学结合生产"。

军营、战争；办学、屯垦；中国共产党实现了人类梦境般的追求——铸剑为犁，身经百战的王震将这一愿景变成现实。

将学生造就成军人，将军人造就成有专业技能的屯垦军人。这是八一农学院建校初期的任务。在这个过程中还有一些故事哩。

181名湖南女学生第一个不适应就是没有大米饭吃，窝窝头和高粱饼子让她们难以下咽。党委书记张捷（1952年底调中央军委）看到不少姑娘都瘦了，就安排后勤科用白面换大米，两公斤白面换一公斤大米。炊事员舍不得做干饭，就给她们熬稀饭。后来，哪个女孩子病了才有资格吃顿大米稀饭。

而男兵，特别是从战争中走过来的官兵，刚一进校门的最大困难是学习，他们拿出打仗攻山头的劲头用在学习上，攻下来一个又一个知识的"山头"。有一位营长的一篇回忆文章很有代表性："那天，我为做一道习题一直在灯下钻到深夜，当习题快要做完的时候，突然觉得脑袋好像要爆炸一般，两耳轰轰隆隆直响，紧接着两眼发黑，左臂的伤口也隐隐作痛，后来我就昏迷过去了。当我醒过来时，发现自己躺在床上，前额上敷着湿毛巾，窗前有几团散发着酒精味的棉花球，时间已是第二天第二节课了。我一骨碌从床上爬起来想往教室里跑，谁知刚走了几步，我两腿一软又倒了下去。这时我突然想起在一次战斗中，我一口气刺死五六个敌人，当刺刀从最后一个敌人胸膛里拔出来时，我也昏倒过去，就在这一刹那间我马上站起来和敌人进行肉搏。当我想到这里时，浑身一使劲就站起来，一口气跑到了教室……"

八一农学院培养的学生就是有农业科学技术的屯垦军人，不分男女学生，毕业时绝对听从组织分配，命令一宣布，打起背包就奔赴农业第一线，没有一个提出想留城里的。

手记

由军人创办大学，而且是一所农业大学，新疆军区创了全国第一。在179年的军营里创办大学，这又是化剑为犁的一个典型。在和平与发展为主题的今天，八一农学院创办的故事更显其深远的现实意义。

兵团人有着"八一"情结。二十世纪五六十年代，驻疆部队和后来的兵团曾出现过特有的"八一"现象：每到八一建军节，连队或团部总有几对新人举行结婚典礼；军人孩子的名字不少就冠以"八一"：张八一、蔡八一、李八一……除了名字，不少地方的名称也冠以"八一头衔"：八一农场、八一牧场、八一水库、八一大渠、八一中学、八一农学院、八一钢铁厂、八一面粉厂、八一棉纺厂、八一毛纺厂、八一造纸厂……

1951年，根据新疆生产部队屯垦戍边的需要，新疆军区党委决定在迪化（现乌鲁木齐）创办一所农林院校。王震将军来到北京，就创建农林院校的有关问题请示毛主席和中央军委，当毛主席听完汇报后，表示完全同意新疆军区的办学计划，并对学院以"八一"命名表示赞赏。

八一农学院是为数不多的保留至今的"八一品牌"，虽然如今的新疆农业大学代替了八一农学院的名称，但这所大学还在，校园里那座石碑记录着建校过程，俯瞰校园，几座由军人建筑的教学楼，仍呈"八一"形状。

# 马轩麟：军政干校改变我们的人生

马轩麟　八一农学院教授，曾被公派到人民大学学习三年，在八一农学院马列主义教研室任主任，教了大半辈子马列，中共党员。

一切都是那么熟悉，一切又是那么陌生。

1950年1月16日，天寒地冻，滴水成冰。

原国民党起义尉官袁正祥、童鹤涛、王毓富走进新疆军区军政干校的大门时，感到既熟悉又陌生：起义前他们都曾在这里——原国民党中央黄埔军校新疆第九分校接受过训练。依旧是那个院子，院子里的教室依旧那么破败；变了的是院子换了主人，走在院里的是解放军的官兵。

跨进这个大门将决定他们的人生，这一点3人心里都明白。

1949年12月20日，遵照中国人民革命军事委员会的命令，原国民党新疆警备总司令部改编为中国人民解放军第二十二兵团。28日，中共中央新疆分局决定为加速对起义军官的思想改造，由新疆军区军政干校负责对他们分批集训。

与袁正祥他们3人一同走进军政干校大门的共有1723人，其中少将14人，上校8人，中校105人，少校195人，上尉359人，中尉370人，少尉276人，准尉315人，其他81人。

这1723人，将在这里进行为期3个月的思想改造。

时间过去62年了，现在已经很难找到军政干校集训的学员了。新疆农业大学的前身是新疆军区步兵学校，而步兵学校的前身就是军政干校，所以，在这里，我采访到了几位当时参加集训的学员。

袁正祥、童鹤涛、王毓富几乎有着共同的经历，因为年轻，有文化，在国民党的部队里时被送到第九分校学习。起义后，在解放军的军政干校，同样因为他们年轻，有文化，所以留在了军政干校，后来转为步兵学校，再后来转为新疆八一农学院，即今天的新疆农业大学。

与他们3人不同的是，也在农业大学任职的马轩麟、岳仲儒没有进过国民党的第九分校，也是因为年轻有文化留在军政干校。他们5人为我讲述了当时他们思想改造的故事。

当时王震、曾涤、张希钦、邓力群等都为他们讲过大课。组织他们学习《新民主主义论》《人民公敌蒋介石》《蒋党真相》《蒋宋孔陈四大家族》《社会发展史》《中国社会各阶级的分析》。在学习的基础上，开展讨论。

他们印象最深的写自传。当时之所以用"自传"，而不是用"交代材料"这个词，显然是怕刺激学员。

"其实就是交代材料。从小写到大，特别是当了国民党兵后，干了什么要写清楚。"时隔62年了，他们对当时写"自传"的事看得更客观了。

他们对劳动的印象是那样的深刻和美好，回忆起当时的劳动情景，他们的脸上依然是一副兴奋和激动的表情。

"和平渠，你知道吧，我们也参加了修建，拉石头，一人一个爬犁子，说心里话，当时的劳动对我们教育最大，我们过去在国民党部队里，哪里劳动过。看到王震司令员和战士一起拉石头，感受特别深，再结合课堂上讲的，我们第一次感觉到劳动就是建设社会主义，劳动光荣。"马轩麟颇为激动地回忆道。

在军政干校，官兵都是学员，大家不分官衔，没有了高低之分。这让他们这些尉官颇感轻松。学员中的不少家眷就在迪化（今乌鲁木齐），每到星期六，干校放假一天，让学员与家人团聚。对此，干校不少领导有顾虑，怕不愿改造的学员跑了。政委闫化一对大家说，要相信我们的改造政策，王震司令员不是说了，一要改造，二要大胆使用。现在我们连他们回家看老婆孩子都不敢放人，那以后还怎么大胆使用。

王毓富回忆道："当时我的家就在迪化，我向大队领导请假，他问我：'你这么小就有了老婆？'我说：'不是的，是回家看父母亲。'大队长说：'那应该回去。'以后每个星期六，大队长都要催我回家看父母。这事让我好感动，在国民党部队里没人管这事。

1950年4月，军政干校大院内的雪已经完全融化，潮乎乎的大地开始泛青了，小草抬起头来，沐浴着春天的阳光。

3个月的集训结束了。

马轩麟想到军区文工团，因为军区文工团也在军政干校大院内，听着演员们唱歌、拉琴他就心痒痒，在大学时他就是文艺活跃分子。他也向领导要求过，可领导看重的是他大学生这块牌子，让他留校。

阴差阳错，没有丁点文艺细胞的王毓富分到了文工团，文工团演出任务重，演员又少，他一来就给了个角色，在话剧《黎明前的黑暗》中扮演一个群众，没有台词，只有几个动作。后来，文工团领导看他实在不是这块料，将他退回军政干校。王毓富暗自高兴了好一阵。

军政干校学员中300人分到新疆军区挖金大队，赴阿勒泰挖金，还有一个中队分到当时驻扎在库车的十三团，大部分学员"哪来哪去"，回到原部队。

马轩麟，国民党起义尉官，留校后，公派到人民大学学习3年，后在八一农学院马列主义教研室任主任，教了大半辈子马列，中共党员；

袁正祥，国民党骑兵一师报务员，留校后，派送北京大学学习2年，后在八一农学院图书馆任副馆长，中共党员；

童鹤涛，离休前，在八一农学院教务处任副处长，中共党员；

王毓富，离休前，八一农学院处级干部，中共党员；

岳仲儒，离休前，八一农学院处级干部，中共党员。


手记

洗心革面、浴火重生，这两个词我以前没有更深的理解，只知表面其意，不知深刻内涵。自从采访了一些"9·25"起义的官兵后，我才真正理解了这两个词的深刻内涵。

说来也巧，在我采访新疆军区军政干校改造新疆和平起义的1723名国民党起义官兵事件时，采访地点就在国民党起义前，马呈祥、罗恕人、叶成等人在骑一师密谋叛乱计划的礼堂（1949年9月21日），陶峙岳不顾个人安危只身来到老满城这个礼堂。而采访对象有的就是这段历史的见证人。

昔日的国民党礼堂，今日的农业大学老干部活动中心，昔日国民党的尉官，今日大学的教职员工、中共党员，他们面对采访说得最多是解放军给了他们新生，让他们重新做人。

# 牛效忠：浪漫而又凄婉的爱情

牛效忠　15 岁参加革命，新疆军区后勤部在梧桐窝子试办八一农场时，他任拖拉机培训班教员，与女学员任孝莲产生爱情。后任孝莲因公右眼失明，失去右眼的姑娘拒绝了恋人，而恋人依然打了结婚报告。

女拖拉机手任孝莲是我采访的众多女兵中，唯独说自己不漂亮的人。她说，我个矮，长得不好看，只有眼睛还算大，可惜又瞎了一只。她拿出了她参军时的照片，她说的不假，那双大眼睛水汪汪的，单纯而透明。只有花季少女才会有这般清澈的眼睛。可我无法相信她右眼失明的事实。

这是一个浪漫而又凄婉的爱情故事。

用任劳任怨、勤勤恳恳来形容年轻时的任孝莲最合适。开着拖拉机在野外作业时，她遇到过狼，两眼像电灯泡似的。好在她在驾驶室里，铁牛的吼叫声足以让狼不敢靠近。可又一次半夜里，她回队里拿机油，半道上又遇到了狼，人、狼就站在原地对峙着，一动不动。她听老师傅说过，狼是挺狡猾的，你一动，它会认为你胆怯了，它会抢先发起进攻。后来，狼退却了，而她尿了一裤子。还有一次，也是半夜，她去河坝提水，当她提上水时，脚下一滑，掉进湍急的河里。幸亏她手快，抓住岸边的一把苇子。从河里上来后，她连站起的力气都没有了，坐在原地哭了好一会儿。

任孝莲说她这辈子还算顺，想当拖拉机手，果然开上了拖拉机；恋爱吧，不少人是组织介绍，而他俩可是正经八百地自由恋爱，而且还挺浪漫哩。

牛效忠，是拖拉机队的教员，给她们讲解拖拉机的构造与原理。那么多的女学员，但这位教员偏偏看上了最不起眼的任孝莲。任孝莲看出这位教员看她时的目光很异样，她的心里暖洋洋的。当时并没有想太多。直到有一天，教员约她散步，她才知道了教员那令人暖洋洋的目光背后的含义。她拒绝了，不是因为她不同意，而是她怕，她不知如何处置这突如其来的爱情。但她的心里比蜜甜。

在任孝莲的眼里，牛效忠人长得威武，15岁就参军，家里又是苦出身。他有文化，懂技术，谈吐文雅，篮球打得也好，在一个女孩子眼里，他无疑是百里挑一的佼佼者。

牛效忠也许从姑娘拒绝的目光里看透了她的心，他依然约她去散步。浪漫呀，在八一农场他们流过汗的田野边上散步更富有情调，很快，姑娘就陶醉在爱的田野里了。

就在这年8月，任孝莲的机车检修，这是常规检修。一位男驾驶员在砸链轨销子，可就在任孝莲走过来时，那颗销子飞到她的右眼上。只听任孝莲"哎呀"一声，双手赶紧捂住了右眼。她只感到疼痛无比，但一看，并没流血，也就没当回事，可受伤的右眼什么也看不到了。过了几天，眼睛仍然看不到，并且长了一层白斑。这时，任孝莲才有些紧张了。他到场卫生队去看，医生说无大碍，休息一段时间就可恢复视力。可过了一段时间，右眼还是看不到。这时的任孝莲有一种预感：她要失去右眼了。一个失去一只眼睛的姑娘该怎么面对恋人呢？她告诉他，她的眼睛要失明了，还是结束他们的关系吧。

牛效忠不相信小任的右眼会失明，又没流血，只是长了一层白斑，去医院做掉不就得了。在去师医院的那天夜里，任孝莲在小镜子上长时间端详着她的右眼，她哭了，她觉得对不起牛效忠。那天早上，牛效忠来送她去医院，帮她将背包提到车上，又说了不少鼓励她的话。正如任孝莲预感的那样，师医院检查后，建议她到军区医院。在军区医院，医生说要将右眼摘除。任孝莲死活不同意，她说，就是瞎了，她也要那只右眼。两次手术后，任孝莲的右眼还是瞎了。她给牛效忠写了封"了断信"，如实地将她的情况告诉了他。可两个月后，任孝莲出院回到八一农场时，在路边等她的人正是牛效忠，当时他的手里拿着一份结婚报告。还说什么呢？任孝莲眼泪哗哗往下流。嘴里不住地说："我对不住你，我对不住你。"

第二天（1953年10月8日），一对相爱的人携手走进新房。


手记

在一〇二团（前身八一农场）采访女拖拉机手时，就听到了牛效忠与任孝莲的爱情故事，这个故事一直在我心里装着，我很想见见任爱莲。经多方打听，我在昌吉农机局家属院见到了任孝莲，于是，就有了本文开头的那段有关眼睛的话。任孝莲与王梦筠同在一个农场，甚至住院期间还住在一个病房里，她说，王梦筠是她的老乡（都是湖南女兵），也是她的榜样，在谈到丈夫牛效忠时，我看到她那一只眼里闪闪发光，她说唯一的遗憾就是没有陪老牛走到底，让她再多照顾几年丈夫就好了。任孝莲还给我讲了不少女兵修水库的故事，可以说采访收获颇丰，但最大的收获还是父辈们对爱情的忠贞。

# 王补厚："爱兵模范"赢得爱情

王补厚　1939年参加革命，参加大小战斗150余次，7次负伤（二等乙级伤残军人），曾多次被部队评为"模范连长""爱兵模范""人民功臣"，1949年，二军军长郭鹏为"爱兵模范"王补厚几个英雄敬酒。

2009年12月13日《兵团日报》纪实版"军垦英模今何在"栏目刊发二军四师特等工作模范王补厚的照片后，有读者打来电话，说王补厚原住在兵团第三干休所，已去世多年。按照这一线索，笔者来到了兵团第三干休所，找到了王补厚的遗孀徐祥源。

徐祥源特意找出了《军垦忠魂》一书，上面有王补厚的生平简介：

王补厚1939年参加革命，参加大小战斗150余次，7次负伤（二等乙级伤残军人），曾多次被部队评为"模范连长""爱兵模范""人民功臣"，1949年，二军军长郭鹏为"爱兵模范"王补厚几个英雄敬酒，被记者拍下，成为珍贵的历史记录。王补厚离休前任新疆农垦总局计划基建局局长，1998年3月14日逝世。

看完生平简介后，徐祥源给我讲述了59年前认识王补厚的经过。

徐祥源是1951年从湖南参军到新疆的，当时她和另外两个湖南女兵分配到二军四师十团三营，全营总共5个女兵。到的第二天，营里给她们一人发了一把坎土曼，说是要开荒种地。女兵开始闹情绪了：来时不是说建设新疆，保卫新疆吗？怎么是种地呢？要种地在湖南就种了，干嘛跑到新疆？越想越气，有的女兵哭了。当时徐祥源18岁，什么也不懂，她对做思想工作的教导员说，不是可以贴邮票寄信嘛，你们为什么不能给我们贴张邮票把我们寄回湖南？说得教导员哈哈大笑。在教导员的反复做工作后，女兵的情绪才稳定下来。挖渠时，女兵不会用坎土曼，甩土把坎土曼都甩出去了。营长王补厚看太危险，就给女兵换成了铁锹。

当时，5个女兵真成了宝贝疙瘩，特别是徐祥源人长得漂亮，所以营长、教导员、副营长都对她有意思。可她啥也不懂，干活时，营长和教导员都来帮她（副营长在团里学习），一边一个，惹得其他女兵直说风凉话。徐祥源完全不懂，只是想，他们愿帮就帮，有人帮总比没人帮好。教导员有文化，能说会道，营长只是干，一句不吭。有一天，她接到教导员的一封信，当然，信的内容很含蓄，都是激励她进步之类的话，但隐约中还是可以看出教导员躲躲闪闪的焦灼之情。徐祥源看完后，就将信丢在桌子上，其他女兵就抢来看，看完后有说风凉话的，有捂着嘴笑的。

直到有一天，营里陈参谋将徐祥源叫到办公室谈话，绕来绕去，最后说是给徐祥源找个伴。徐祥源说："找个伴就找个伴，有人帮我干活，还不好吗？"其实她完全没有理会陈参谋的意思。

陈参谋没想到这么顺利，就介绍起营长王补厚的情况。徐祥源才听明白了，原来是给她找对象的。她火冒三丈："我来是建设边疆、保卫边疆的，不是找对象的，要找对象我在湖南就找了，再说，找对象也不能找个爹（营长比她大14岁）！"

直到这时，徐祥源才大彻大悟了，但她是横下心不找。陈参谋再找她谈，任你磨破嘴皮，她都以"我还年轻"为由拒绝了。其间，营长和教导员还是帮她，还是一边一个，教导员还是夸夸其谈，营长还是一声不吭。"什么帮忙，还不是为了找个伴？"徐祥源想明白了。但接触时间长了，她对爱说话的教导员反而有些反感，总觉得不实在；再说，他有胃病，成天吃药。而对一句不吭的营长渐渐有了好感，虽然他不说，但徐祥源能感到他是个实在人，他的心热着呢。但也仅仅是好感。

陈参谋又找徐祥源谈话，这一次，与其说是谈话，不如说是讲故事：营长在一次战斗中，一颗子弹从嘴里打进去，从脖子后面穿出来；有一次子弹从右脸打进去，从左耳下方穿出来……他谈得很动情，他说："营长为什么身上有7处伤？那是为了中国革命；营长为什么到了33岁还找不到老婆？那是为了革命耽误了，军长都给他敬酒的英雄呀，他又是一个至今没有伴的人呀。"说着，陈参谋情不自禁地流了泪；听着，徐祥源也情不自禁地流了泪。她的内心深处第一次对营长有了一种异样的感觉，有感动，有崇敬，也有爱慕。

水到渠成，营长王补厚和徐祥源两人正式"谈话"了，可营长说的全是工作，其实徐祥源也没谈过恋爱，她就向营长汇报女兵班的工作。尽管这样，但毕竟是两人在一起谈，渐渐有了感情。

水到渠成，陈参谋代营长打了结婚报告。

1952年的一天收工后，两人把铺盖搬到了一起，就算结了婚。

手记

### 无言沟通更出彩

寡言少语，但心是热的，无声胜有声。王补厚之所以被评为全军"爱兵模范"，肯定不是用嘴说出来的，而是率先示范，干出来的。"少说多干"甚至"不说多干"是老兵的又一个特点，事情就是这么奇怪，你说出来的效果远远不如他人体味出来的好，王补厚会带兵，他带兵的一个特点就是默默地关心战士、体贴战士，让战士感到领导的关心和爱护。

其实老兵们的爱情大多都是"默默地处出来的"，他们那会儿"谈话"（所谓的谈恋爱），没有感情色彩，两人谈工作，谈理想，谈自己的缺点，恳请对方多帮助。保存在兵团博物馆里金茂芳当年写给对象的一封恋爱信就是向对方提意见的信，老兵们就是在这种"谈工作、谈进步"的过程中建立起革命感情。这种感情充满着革命激情，富有时代特色，是兵团创业初期的红色爱情。

# 王均余：我是军垦战士

王均余　兵头将尾，当了38年班长，获得各级荣誉37次。

王均余家的四周都是树木和菜地，满目翠绿。在团部我就听说了，人们都爱买退休"铁班长"王均余的菜，一是他的菜绝对绿色（不上化肥），二是他的菜价便宜，斤两也足。王均余在六十六团是个家喻户晓的名人，他当了38年的大田班长，获得过自治区、兵团、农四师各种荣誉37次，是个"奖状等身"的人。

在王均余有些简陋的家里，他给我聊了不少"吃饭的事儿"，"吃饭的事儿"似乎多少有些影响一个老模范的形象，我思量再三，还是决定写他"吃饭的事儿"，因为这样才真实。

王均余来兵团想的不是建设边疆，那时他也不懂这些道理。他没上过学，只知道"人是铁，饭是钢，一顿不吃饿得慌"，他来新疆就是为了吃饱肚子。

王均余是山东人，说话不拐弯。

1959年，王均余在甘肃一家建筑单位干活。有一天，工地上来了两个人，说是从新疆兵团来的，两人介绍说兵团现在需要很多人，一去就能当职工，按月领工资。王均余关心的是"肚子"，就问到兵团能不能吃饱饭？那两人笑了："当然能吃饱，一天三顿不重样。"王均余爽快地答应："我去，我不怕干活，就怕吃不饱肚子。"

就为了能吃饱肚子，王均余和一同招的100多人来到了六十六团，下车一看，30多人住一间大地窝子，当晚就有20多人开小差。王均余没走，因为第一顿饭吃得还"凑合"。在他讲述"吃饭的事儿"，多次讲到"凑合"，我问吃得还"凑合"，这"凑合"是个什么意思？他说："就是半饱。"

因为有饭吃，因为可以吃得"凑合"，王均余没有按连里规定休息五天再上班，他第二天就上班了。

人说山东大汉，可王均余是小个子，人说个大力不亏，可王均余这小个子却力大如牛。连队发的坎土曼他嫌小，自己打了把3.5公斤的；镰刀也是特制的"大号"。连里4个人装一车肥料，他一人装一车；清渠，他一人清一个班的工作量——50米。

有一次，连长派两个班用两天时间去烧一块准备开发的7000亩苇子地，他在一旁"扑哧"笑了，他自告奋勇，说用不着派两个班，他一人就行。连长说他吹牛皮，他说我一天烧完了你奖励什么？连长想了想，一口答应吃"光荣饭"。

第二天，王均余来到了苇子地，割了几捆芦苇，扎了一根七八米长的苇把子，一头点着火，将另一头扛在肩上，顺着兔子路飞跑起来，那天正好有风。王均余跑到哪，那里便是一片火海。点燃的芦苇把子就像一条火龙，在芦苇丛中流星一般，从东头一眨眼闪到西头。一根苇把子烧完了，他再扎一根，就这样，只大半天，7000亩的苇子烧了个干干净净。王均余走出苇子地后，场长胡良瞪着大眼睛吃惊地问："这真是你一人烧的？"王均余说："要有第二人，我不吃'光荣饭'。"胡良场长大声喊道："快，让食堂给王均余做'光荣饭'。"

那次"光荣饭"王均余也只是吃了个"凑合"，只是有两块平时见不到的肥肉片子。

还有一次，王均余在地里锄草，正好，场长胡良来检查工作，老远就看到一人在地里顺着庄稼垄沟飞一般跑着，他生气了，这是谁？是赛跑？还是锄草？他在地头大喊，王均余停了下来。场长顺着垄沟走过去，一看，地里的草锄得干干净净，简直不相信自己的眼睛，又问："王均余，这草是你刚才锄的？我明明看你在跑，可这草咋锄得这么干净？"王均余说："我7岁就在老家锄草，你看，这样锄叫'猴子爬杆'，这样锄叫'老虎跳墙'。"他一边说，一边比画着，锄头在他手中呼呼生风，他健步如飞，锄到草除。场长大声喝彩，他看出了王均余是练过武功的，只夸他是个庄稼好把式。

十连的口粮老是超定量，团里老是批评连队事务长，事务长很委屈，就说我们十连有个王均余，能不超吗？此事反映到团领导那，有一天，政委陈芝谱来到地里，对王均余说："小伙子，收工后，跟我到团部，我请客。"王均余只当政委随便说说，人家是领导，能请我？也没当回事。可收工后，政委又喊他，他这才跟着政委到了团部小食堂。政委问炊事员还有多少馒头？炊事员回答说还有20个。政委吩咐道："再炒一公斤肉，做个鸡蛋汤，今天我们好好犒劳一下吃饭老是'凑合'的王均余。"

一点不做假，政委就在旁边定定地看着，王均余吃了15个馒头，一公斤炒肉，喝了一小盆鸡蛋汤。政委问咋样？王均余笑了，说吃饱了。政委摸摸王均余的肚子，说不行就不要回连队了，就住下来。王均余摇头，说下午还要到地里干活呢。

打那后，团里总要给十连多批百十公斤粮食，因为十连有个王均余。

能吃就能干，秋天连队粮食入仓，一根木板从地上一直伸到仓口，别人背着一麻袋粮食上去，双腿都打战，可王均余将一麻袋粮食像枕头一样夹在胳膊里，腾腾几步就上去了。有时外面的汽车来拉粮，他一人一天装24辆车，当然要由12人给他往背上放粮袋子。一天下来，12人的手都抓烂了，他的背也磨烂了。有一天夜里，又来了10辆汽车，连长通知王均余，让他带着班里人去上夜班装粮食。小伙子都干了一天活了，没装两车就困得不行了，就趁黑找了个地方睡觉去了。驾驶员火了，说就剩一个人了，这车还怎么装，扬言要告连长。王均余说，你别告，我来给你们装。驾驶员都不信，认为这个班长是在拖延时间，还嚷着要告连长。王均余说，这样，到天亮前，我如果装不完剩下的车，你们再告也不迟。说着，他一人装起来，一袋麦子，他右胳膊一夹，几步就到了车前，像摔枕头一样扔到车上。天亮前，剩下的几辆车果然装好了，驾驶员感慨地说，六十六团十连的王均余真让我们开了眼。

一个人一夜装了8辆车，这消息在连队也传开了，他班里的那几个小伙子羞得直向班长道歉，说不该偷偷去睡觉，苦了班长。王均余对几个小伙子说，知道错了也不行，我要罚你们早饭的发糕作为给我的补偿，怎样？小伙子们乐了，到伙房把全班的发糕打来，王均余伸出右胳膊，小伙子就将发糕摆上去。不多会儿，王均余就将右胳膊上的发糕吃完了，他又伸出左胳膊，一排发糕也吃完了。小伙子手中也没了发糕，问班长吃饱了没有？班长说："凑合。"

冬天，六十六团掀起平整土地高潮，工地上有上千人，要在茫茫人海中找王均余最容易，因为只有他穿着背心和裤头。人们都说王均余是铁做的，是铁人。他用担子挑土，要12人装筐子，两筐土的担子在他肩上，让他能舞出花样，什么"单挂钩"，什么"老鹰展翅"，就如武术高手在打套路一般。

王均余不管是浇水还是干其他农活，都是穿着背心和裤头。有一次割麦，他6个小时割了3亩，师报纸登了这一事迹。第二天，一位师领导坐车来看他，到地里点名要见王均余。连领导将王均余叫来了，师领导看到一个穿着背心裤头、打着赤脚的汉子，就问，你咋不穿鞋？王均余回答道："我这双'鞋'是爹娘做的，坏了还能长。我习惯了，打小就赤脚。"几天后，那位领导特意让人捎来一双球鞋和皮鞋。王均余从来没有穿过皮鞋，正好有一名职工回老家相对象，他就将皮鞋送给了那人。

对王均余的一身好力气也有不服气的人。有一年，团里分来了一批抗美援朝的转业军人，其中有几个是侦察兵出身。他们找到王均余想比试比试。但那些人出言不逊，一副蔑视的傲慢。其中有一大个子用手摩挲着王均余的头不屑地说："原来你就是王均余，还是个小个子。"王均余不客气地对那足有1.8米高的人说："电线杆高，竖在那没用。"那人见王均余这般架势，提出两人比试一下。王均余说："看样子我比你大，不欺负你，我倒背双手，照样把你撂倒在地。"一听这话，那人一个老虎捕食就扑了过来。王均余借着他的力，用头朝着他胸口撞过去。那人倒退几步，一屁股坐在地上。另一个也是侦察兵出身的人，容不得见到这阵势，就一掌向王均余劈来。王均余眼疾手快，一把攥住那人的手腕，用力一捏，那人大叫一声，就蹲在地上了。王均余对地上的两个人说："我5岁开始练武，成天用木板往头上、身上砸，别说你是肉身子，就是一块木头，我也能用头去撞。"

"文化大革命"时，有人给王均余贴了一张漫画，上面画着牛头人身的王均余埋头拉着一辆破车，已经到了悬崖边了，他还不抬头看路。王均余一把将那漫画撕下来，大声说："别的我不懂，我就知道不种地，要饿肚子，我不怕干活，我就怕饿肚子。"说完，就去地里浇水去了。

在他来兵团的前10多年里，在他印象中，只吃过3次饱饭，平时吃饭都是"凑合"。一次是政委请他在小食堂吃饭；一次是他到师里开劳模会，那几天，他天天吃饱饭，一顿吃15碗米饭；还有一次到伊宁办事，住在六十六团驻伊办事处，是包伙，一天8毛钱。吃饭时，他右手一抓3个馒头，三下两下吃完了，左手又是一抓3个馒头。炊事员看到笼里的馒头少了那么多，急了，直喊只能吃，不能往口袋里装。王均余说，我全装到了肚子这个大口袋里了。最后，王均余把那小半笼的馒头都吃完了才罢休，临走时说了一句"我这才吃饱了。"

手记

谁说吃饭干活乏味，写不进文章里。这一篇就是写吃饭干活的文章，而且很好看。当然，这不是一个普通人的吃饭干活，是一个劳动模范吃饭干活的故事，于是就有了新闻性。

采访王均余完全出乎我的预料，这个不按常规接受采访的劳动模范，在我几次引导下都我行我素、依然故我地讲他吃饭干活的事，渐渐，我也被这个离奇的故事吸引了，忘记了我是党报记者，是来采访一个老劳动模范事迹的。采访完，我就在想，这确实是一个具有传奇色彩的人物，与我采访的其他劳动模范不同，肯定是读者欲知而未知的故事。从为读者着想的新闻专业角度来看，应该来写一个与众不同的劳模吃饭干活的通讯来。

文章在《兵团日报》刊发后，得到读者好评，说我们的劳动模范既是钢铁之人，也是肉体之身，让我们看到了一个真实的班长。但在整理《老兵列传》稿件时，我一直没将这篇纪实文章收进来，认为王均余没当过兵，排除在老兵行列之外。但转念一想，王均余是当了38年的班长，是兵头将尾，是军垦战士，他就是一个兵，一个有着传奇色彩的兵。于是，我又将这篇文章收入集子里。

弘扬兵团精神，传播兵团故事，一个重要的要素就是好看，好看才能让人传播，才能让人记住。

# 苏长福：运输战线一面旗

苏长福　起义战士，兵团机运处独汽二营三连驾驶班长，兵团十二面红旗之一、特级劳动模范、优秀共产党员。1958年4月，中国人民解放军海陆空三军开展学习、追赶苏长福运动，当年，苏联《真理报》刊发苏长福安全行驶38万公里无大修的消息，苏联莫斯科里哈乔夫（吉斯150）汽车制造厂为苏长福颁发荣誉证书并奖励一只纪念手表。

苏长福是兵团运输战线上的一面红旗，在20世纪五六十年代，他是家喻户晓的模范，陶峙岳在他的自传里对兵团"十二面红旗"都有简约的介绍：

"苏长福，河南荥阳人，起义战士，优秀共产党员，新疆维吾尔自治区甲等劳动模范，新疆生产建设兵团特等劳动模范。

"1950年至1958年，苏长福驾驶汽车跑遍了天山南北，行程50万公里无大修，积累了丰富的保养经验，成为新疆运输战线的先进人物。有一次他赴霍城运油，当时一般往返一趟要7天，那次任务紧，上级要求4天完成，他只好坚持昼夜兼程不停车。他交给助手一根木棍说：你看我打瞌睡时，就照我的头上敲……"

以下是笔者根据苏长福的相关资料整理出的几个小故事。

## 过桥

1957年1月，苏长福所在车队接受了支援修筑乌（乌鲁木齐）库（库尔勒）公路的任务，车队行驶在深山峡谷中，汽车爬坡时，驾驶员几乎要仰面朝天，汽车下坡时，驾驶员又得身子紧贴在方向盘上。有一次，车队要过一座年久失修的木桥，这座桥高高架在两山之间，桥下是深谷，而桥已经很久没有过车了。车队在木桥前停了下来，驾驶员都在问怎么办？不过桥，修筑公路的上千工人等着面粉，过桥，万一木桥塌了汽车掉进深谷那就是重大事故。苏长福一声不吭，从桥面这头走到那头，仔细查看，他又下到桥下，仔细查看桥墩。经观察，他得出结论：汽车可以慢行通过此桥，为了保险起见，他又招呼大家将他车上的面粉卸下一半。在同事们的注视下，苏长福小心翼翼开着他那心爱的"吉斯150"缓缓通过了桥面。桥对面的同事也学着苏长福的做法卸去一半面粉通过了。过来一辆车，苏长福就将自己车上的面粉又装到那辆车上，而自己又开车过桥去拉那另一半面粉。

## 排险

1952年的冬天，苏长福带着几辆车到南疆送物资，车在天山冰大坂下坡时，同事马正怀的车冲出道路，等刹住车后，一只前车轮已经悬空了，轮下就是不见底的深谷。马正怀吓得从驾驶室里跳下来，蹲在一旁直哆嗦。苏长福的车从后面赶过来，一看这种状况，赶紧停下来，他围着车看了几遍后，说："小马，我来开。"马正怀劝阻道："苏班长，算了吧，我们还是等救援吧。这太危险了。"苏长福说："我看了，只要操作得当，就可以把车倒回到公路上。"说着，苏长福轻轻地进了驾驶室，他屏住呼吸，握紧方向盘，果断地启动马达。随着娴熟的操作，汽车奇迹般的倒回到公路上。很快，这件事就传到单位，人们夸奖苏长福是虎胆英雄。

## 爱车

苏长福爱车如命，他在跑空车时，都要用绳子将车厢和大梁绑在一起，这样可以避免由于道路颠簸车厢板来回晃荡。重车停下来后，一定要用顶车木顶在车轮下，以防滑车。跑长途时，苏长福从不开快车，一些同事老嫌他开车慢，嘲笑他开的是拖拉机。快慢不看一时，要看长久。苏长福的车由于保养得好，在路上很少抛锚，上坡时像匹稳健的战马呼呼就上去了。汽车跑个三四十公里，苏长福都要停下车，检查一下轮胎和其他部件。奇怪的是，等到天黑前，苏长福几乎和其他"跑快车"的驾驶员同时到达宿营地，一问，"跑快车"的驾驶员不好意思说，路上修车占了不少时间。苏长福不仅爱他的车，而且不管拉什么物资，只要是怕雨淋的，他都要用自己的棉大衣和毯子盖在上面。"不能让国家财产受损失。"他常这么说。

## 好学

苏长福不但自己钻研汽车驾驶和修理技术，而且还虚心向其他同志学习。1953年，运输部队的"嘎斯51型"汽车驾驶员张会中创造了安全行驶20万公里的纪录，他就跟着张会中学；后来陈汉忠创造了"吉斯150型"汽车安全行驶30

万公里新纪录，他又向陈汉忠学。爱胎模范安国栋、节油标兵王泽生都是他求教的老师。通过虚心学习，他总结了一套驾驶和保养车辆的科学方法，在节油、节胎指标上很快达到先进水平，每百公里仅耗油17.4公斤，改写节油标兵王泽生的纪录。苏长福创造了38万公里无大修的纪录，苏联"吉斯150型"汽车制造厂派专家专程验证苏长福的汽车，专家检测后满意地说："很好，很好，这辆车可以跑到50万公里，中国的苏长福创造了奇迹。"

1959年9月，苏长福驾驶着他的"吉斯150型"汽车完成了"50万公里无大修"的目标。苏长福接到兵团命令：将这辆创造奇迹的"吉斯150型"汽车开到北京去，参加中国军事博物馆庆祝中华人民共和国成立10周年的展出。苏长福也将作为新疆维吾尔自治区的代表参加国庆观礼活动。

9月的一天，苏长福又一次上路了，不过，这一次不是去天山南北运送物资给养，而是到太阳升起的地方——北京。

手记

### 行行出状元

苏长福在平凡的岗位上做出不平凡的业绩，这种专一敬业的精神正是今天我们不少年轻人缺少的。苏长福的这种精神也是当下社会稀缺资源，应大力倡导。

不好高骛远，脚踏实地，是苏长福和那代人共有的工作作风，他们干一行爱一行钻一行，所以，苏长福才创造了"中国奇迹"。从苏长福的事迹中，我们可得到不少启发，用今天的眼光来看，苏长福是"蓝领"，司机是个技术含量不高的职业，是今天很多年轻人特别是大学生不愿干的职业，他们一出校门就去干"白领"，可失败的多，交学费的多，为什么？就是没有脚踏实地。在这些老兵身上，你会看到他们的一个共同特点，就是实在、实际，能干好一项简单的工作并得到不简单的评价是一件不简单的事，也许你得付出一辈子的心血。

父辈之所以成功，其中一个因素就是脚踏实地，而我们不少后人往往是"脚不点地"。

# 孙光先：为了"粮食冠军连"

孙光先  "9·25"起义人员，在民主诉苦运动和阶级教育活动中深受感动，起义后的五个月（1950年2月25日），光荣地加入中国共产党，后又被组织送到石河子速成中学学习。孙光先说："是共产党引导我一个台阶一个台阶上呀。"1959年，他的连队荣膺自治区"粮食冠军连"称号，他本人被评为兵团标兵连长。

《一四八团场志》（1969年，莫二场改番号为一四八团）有这样的统计：从1957年到1995年，莫一场、莫二场、莫三场已故职工1621人，已故干部251人，在已故干部中，"9·25"起义人员占了三分之一。

开荒初期，一四八团基层领导绝大部分是"9·25"起义人员。而在职工中，起义人员也占了相当大的比例，如莫二场一队，130人中，起义人员就占了102人。

　　从旧军队经过改造走出来的拓荒者，都有一段不平凡的心路历程，这段历程让他们有过新生的喜悦，也有过"历史污点"的痛楚，经过一波三折的磨难，他们的心灵更纯净了，心胸更广阔了，这是因为他们将亲手创造的绿洲装到了心中。

　　1949年9月25日，对国民党士兵孙光先来说是他第二个生日，这一天，新疆警备总司令陶峙岳宣布新疆和平起义，他获得了新生。

　　要使这支部队成为人民的军队，必须经过改造，成为名副其实的解放军。

　　由一兵团二军、六军抽调的1000多名干部和600多名学生来到起义部队，对旧军人进行思想改造。当时孙光先在二十六师二十二团二营六连七班，是个大头兵。让他耳目一新的是解放军的干部与国民党的军官截然不同，他们视士兵为兄弟，士兵病了，指导员送来病号饭；有一个士兵身上长了疮，解放军就用嘴去吸疮脓，看到这一幕，孙光先掉泪了，军队里怎么还有这样的官，比亲人还亲呀。民主诉苦运动和阶级教育活动让孙光先眼前一片光明，他是在河南被抓壮丁到新疆的，家里受尽了地主老财的剥削，日子苦得像黄连。所以，指导员一动员，他忍不住了，第一个跳上台去倒苦水。在他的带动下，士兵一个个上台诉苦。台下士兵们哭声一片，有的士兵在控诉时昏厥过去，有的士兵抱着指导员痛哭，不少士兵扑通跪在毛主席像前发誓：永远跟着共产党走，坚决革命到底。那些日子，孙光先最爱唱的歌是《解放区的天是晴朗的天》，因为他的心里有个晴朗的天空。

　　1950年2月25日（又是25日），在营教导员鲁德友的介绍下，他光荣地加入了中国共产党。当时，他们团在小拐开荒，他是拼了命地干，天晴了，浑身有使不完的劲，那年，他被评为二十二兵团劳动模范。后来，组织上又送他到石河子速成中学学习。"是共产党引导我一个台阶一个台阶上呀。从士兵到班长，到排长，再到连长、营长，哪一次进步，都是领导推着我的后腰往上送呀。"

　　从石河子速成中学毕业的孙光先，1958年被调到莫二场七队任连长。一年后，他就带领全连创造了粮食单产225公斤、总产182.7万公斤的纪录，荣膺自治区"粮食冠军连"称号，他本人被评为兵团标兵连长。

若干年后，看到焕然一新的部队，兵团司令员陶峙岳说过这样一句话："长期的艰苦劳动，不仅把荒原戈壁改变成田园绿洲，而且也把这支旧部队改造成为真正的人民的军队。"司令员的这句话，概括了起义人员的一生。

### 手记

#### 在党的培养下进步成长

采访孙光先是在一个秋阳普照的下午，老人家是坐在床上吸着氧气接受采访的，所以我印象深刻。

正像本文中讲述的那样，起义人员孙光先先是被解放军指导员照顾生病的起义兵的举动感动了，这让他对共产党、解放军有了新的认识。后来，他从副班长、升任班长、副排长、排长……"每一次进步都是领导培养的"，这是他的由衷之言。采访中，他始终以一种感恩、报答的心情向笔者讲述，他印象最深的是在二十二兵团劳模大会上王震将军讲的那番话："今后将通过你们的带头作用、骨干作用去团结群众，共同一致去完成1951年的生产任务……"这句话影响了孙光先一生，他都是这么做的，用自己的实际行动去影响带动群众。孙光先在建石河子城时，见过王震，几年后，王震到莫管处检查工作（莫索湾管理处）接见连以上干部时，指着孙光先问："面熟，在哪见过。"孙光先说是在石河子建设工地上见过。王震接着问成家了吗？孙光先回答还没有。王震关心地说，赶快成家。后来，指导员给他介绍了一个山东支边的姑娘。

那天，孙光先异常兴奋，滔滔不绝，但主题很集中，毕竟是当过营长的人。

"是共产党引导我一个台阶一个台阶上呀。从士兵到班长，到排长，再到连长、营长，哪一次进步，都是领导扶着我的后腰往上送呀。"

其实，与孙光先一样，所有的起义官兵也都是在党的培养下进步成长的。

# 李高鹏：碱水浇灌爱情花

李高鹏　一兵团二军五师十三团（红军团）战士。立二等功一次，三等功二次。别人问他是哪里人，他回答是南泥湾人；别人问他是那个单位的，他回答是三五九旅七一七团。

七十二团（红军团）老战士李高鹏今年84岁了，他的岁数是他老伴告诉我的，他本人已经糊涂了，糊涂得连自己的女儿都不认识了，只知道老伴姓谢，说是做饭的。他一辈子都戴着一顶黄军帽，其他帽子一概不戴，只认黄军帽。去年，女儿一次给父亲买了五顶黄军帽。采访李高鹏是我在七十二团最震撼的一次，因为人已糊涂，不可能问出什么故事和细节，在他家的半个多小时里，他反复念叨着"南泥湾，三五九旅七一七团"。他老伴谢慧芳说，在外边，只要有人问他是哪里人？他都回答"南泥湾"，问他在哪个单位？他都回答"三五九旅七一七团"。出门后，随同采访的通讯员罗雪莲对我说，她留心数过了，李叔叔说了二十一遍"南泥湾，三五九旅七一七团"。这时，我再也控制不住自己的感情……

人改造环境，环境也改造人。只有在特殊的环境中，才能发生与环境相适应的特殊故事。在肖尔布拉克开发史中，垦荒者的婚姻就是开在碱土地上耐碱的芨芨草花，永不凋谢。

1960 年 5 月 4 日，谢慧芳和父亲从江苏启东支边到十团五营（七十二团前身，当时有 132 人分到十团）。来的那天夜里，她们三十几个女孩子就哭了：她们支援边疆建设的热情与看到的现实差别太大了。第一顿饭吃的是麸面馍（带麸皮的面做的馍），吃大米的江南人很不习惯；夜里睡在能看到星星的大房子里。这与她们想象的蓝天白云，骑着马儿跑的景象实在是南辕北辙。

5 月来，6 月里营领导就找谢慧芳谈，要调她到十八连。她听说了，十八连在山里，全连没一个女人，只调她一人去，不是秃子头上的虱子明摆着去嫁人嘛？而连长已结过婚，指导员李高鹏 34 岁了还是光棍一条，他只比父亲小两岁呀。谢慧芳哭哭啼啼拖了一天，可第二天一大早，营里副教导员和通信员就把她的铺盖卷捆到小毛驴的背上，通信员牵着毛驴，她抹着眼泪跟在后面，走了一天才到了山里的十八连。指导员李高鹏早接到营领导的电话了，完全是用迎接媳妇的热情来迎接谢慧芳。

人的感情是处出来的。在十八连，吃粮全靠人下山背，每次都是指导员领着人去背，中途还要过一条湍急的河流，十分危险。大家过河时，指导员总是站在河中央，大声地指挥着，也不知怎么地，看到指导员，谢慧芳就不怕了，也敢大胆地往前蹚了。有时，山里下起连绵雨，河水暴涨，断粮了。这时，又是指导员带着大家挖野菜，剥树皮（吃皮内松软的部分）。日子很苦，但苦中有一些让 19 岁的谢慧芳心热的事情。特别是对指导员李高鹏，她也在暗暗地观察，人的确不错，对她也是十二分地热情，像当地的大山一样实实在在、踏踏实实。但一想到和比父亲只小两岁的男人一起过日子，心里总是七上八下的不是个味。

算不上强迫，也算不上自愿，就是在这种糊里糊涂，犹犹豫豫的状态中，10月1日，19岁的谢慧芳与34岁的李高鹏举行了婚礼，山里没地儿买糖烟瓜子，山里只有蜂蜜，于是，连长就拌了一桶蜂蜜凉开水。婚礼上，大家高兴，新郎官高兴，只是新娘子没有一点笑模样，也没有眼泪，美丽而又冰冷。

婚姻是男女双方共同营造的，李高鹏和谢慧芳的婚姻就是碱土地上耐碱的芨芨草花，风雪严寒过后，仍是一片绿茵茵。如今的李高鹏已经84岁了，人也糊涂了，出了家就迷了。可老伴像呵护一个老小孩一样照顾着他，每次丈夫出门，她都是寸步不离。她回忆说，刚结婚时，我小，他总是拿我像小妹妹待，先是我动不动就发火，后来是动不动就撒娇。现在反过来了，一句话我要说几遍他都听不明白，比带小孩还操心。

这就是碱土地上的婚姻，风雨过后是彩虹。

手记

### 老兵都有一个温馨的家

用不温不火来形容老兵当年的婚姻还是比较客观，新婚时的两人没有如胶似漆的缠绵，但也绝不是横眉冷对、拳脚相加。感情是处出来的，日子是过出来的，老兵婚姻的前半段是丈夫将娇妻当"孩子"哄，后半段是妻子将老头子当"小孩"带，兵团老兵的家庭大多都是这么过来的，其实这也是兵团特有的文化现象。

在李高鹏家采访时，老人身穿一身黄军装，在一旁不停地说着"南泥湾"和"三五九旅七一七团"，也许老人混沌中知道我在采访过去的事，但他又不能清晰地表达出来，在他一生中南泥湾的地名和三五九旅七一七团的番号他记忆最深，所以就一遍遍重复。老阿姨谢慧芳对丈夫的照顾是无微不至的，两人形影不离。看到这一温馨的画面，我仿佛又看到了他们年轻时家里另一幅温馨的画面：大她15岁的丈夫也是这么无微不至地呵护着爱妻，日复一日，年复一年，岁月轮回，不变的是家的温馨。

# 蒙世祥：拖拉机给我们做大媒

蒙世祥　十团拖拉机手。

　　1955年11月8日，河南支边学生郭桂香被分配到了十团（现七十二团）。当时她很羡慕团场的第一代女拖拉机手刘世兰，她经常听老职工说，刘世兰从八一农学院学习回来后，为团里做了一次汇报表演。那天，一大早，团里的人都跑到地里看刘世兰怎样把"铁牛"开走，怎样让"铁牛"拉犁。在刘世兰驾驶着拖拉机轻松地将万古荒原翻出"花卷儿"时，一些年轻人高兴地躺在才翻的地里打滚儿。

　　这幅画面让郭桂香好羡慕呀。

　　好事成真。1956年，团领导看她有文化，就派她到师拖训队学开拖拉机。一年后，她和一起去学习的蒙世祥回到了肖尔布拉克。蒙世祥开链轨拖拉机，她开轮式拖拉机。她经常开着拖拉机到山上拉石头，有时回不来了，就在工地上男人的工棚里凑合一夜；有时半路下大雨，道路泥泞打滑，她就停下车钻到车厢底下躲雨；庄稼苗出来了，她的轮式拖拉机就到地里耙地，夜里，偌大的地里就她一个女同志，说不怕那是假话，怕也得干。

那时拖拉机手都住在机耕队，她和蒙世祥是隔壁邻居。有一次她打摆子，蒙世祥给她拿了药，嘘寒问暖的，让郭桂香好一阵感动。以后，有事没事，蒙世祥都要抽空来隔壁坐坐，他毕竟有文化，与郭桂香很谈得来。有一天，蒙世祥壮着胆子问郭桂香喜不喜欢他，郭桂香不吱声，只是抿着嘴儿笑。此时无声胜有声呀，蒙世祥的心都快跳出来了。

1957年11月，他们和连队其他两对新人举行了集体婚礼。那天，郭桂香特意穿着条新做的蓝布裤子。

"是拖拉机给我们做的媒。"新婚之夜，新郎蒙世祥对新娘郭桂香说。

很快，郭桂香怀孕了，可拖拉机照开，那时没有人因为怀孕而要求调换工作，那多丢人现眼呀。后来，实在是不方便了，领导才让她到修理组去修车。

在郭桂香的讲述中，给笔者印象最深的是这么一个细节：郭桂香生孩子满月后，仍在修理组干活，每到要给孩子喂奶时，她都是跑着去托儿所，也不顾身上油不油的，抱起孩子就喂奶。每次喂完奶，阿姨就笑着说，要是有人来找拖拉机手的孩子，不用问，那个浑身上下都是柴油的孩子准是。

虽是些平淡的小事，但郭桂香讲得很投入，她深深地陷入过去的岁月中。


手记

2009年我去四师七十二团采访。七十二团是一支老部队，前身就是三五九旅七一七团。《南泥湾的种子撒遍伊犁河谷》就是这次采访的收获。在采访中我听到了郭桂香的故事，但因与采写主题不符，没能写进文章里，但心有不甘，总觉得丢了实在可惜。于是，就写了《蒙世祥：拖拉机给我们做大媒》。

可以说，我们父辈的爱情婚姻都是以绿洲为媒，以屯垦戍边事业为媒，从事共同的事业让他们走进作为洞房的地窝子或草棚子。

父母爱情崇高，父母爱情伟大。

# 张远发：说起爱情就流泪

　　张远发　一兵团二军五师十五团机枪手，1949年12月随全团指战员横穿死亡之海塔克拉玛干大沙漠。一挺机枪从阿克苏扛到和田。曾立一等功三次，大功一次，小功一次，甲等功一次。大生产运动时，他被誉为"坎土曼大王"。

　　"变战斗英雄为生产模范"是当时十五团的口号，但在张远发眼里，这就是两场战斗要争取的两个目标。穿越塔克拉玛干大沙漠的战斗结束了，接着就是大生产的战斗，是一场接一场，英雄就是模范，模范也是英雄。

　　"一挺机枪从阿克苏扛到和田"几乎成了张远发的代名词。张远发还有一个更响亮的绰号："坎土曼大王"。对这个绰号，张远发觉得很荣光。转入大生产后，部队用废铁打制坎土曼，张远发觉得太小，抡在手里不过瘾，就自己掏钱（一个银圆券）到铁匠铺打了一把3公斤重的大坎土曼（这把坎土曼他用了15年），他一人干三个人的活，一天挖花生4亩至5亩，一坎土曼一窝。拾棉花也是第一名，一天能拾100多公斤。拾棉花、大会战、开荒地、修大渠，工地上没了张远发，连土广播也哑巴了。张远发自嘲地说，那时我就是为了立功，广播上越表扬我，我越有劲。我每个星期都能吃上"英雄宴"，我吃得多，一顿吃7个大白面馒头。能吃就能干，挖大渠我一天挖8立方米。我真正的休息就是到和田参加劳模大会，胸口的军功章像扇子一样一大片，一走当当响，好自豪呀。张远发的军功章多，奖励的瓷缸、毛巾、背心更多，有一次团里有4对新人结婚，他一下送去4件背心。

爱情故事本是甜蜜的回忆，可张远发谈起自己的爱情却泪流满面。

在张远发的家里，记者一提起这事，张远发的泪花就像断了线的珠子一样滴滴答答落在地上，我还是第一次看见一个老人这样流泪，慌得不知如何是好。他哽咽地说不出话来，最后还是他老伴将这个故事讲给了我。

张远发是四川梓潼县人，1930年出生，原名叫魏平德，出生两个月后，父亲就死了。由于家境贫寒，母亲无法养活自己的儿子。张远秀家与魏平德家沾点亲，而张远秀的母亲不生，有人就给张家出点子，将魏平德抱来当儿子，当"引子"。张家就把两个月大的魏平德抱来了，重新起名叫张远发。老天有眼，这"引子"还真灵，张远秀的母亲后来生了11个孩子，女儿张远秀是老七，但前面的6个全死了。张远秀就叫张远发哥哥。

张远秀说："哥哥从小就放牛，给地主扛长工，1949年参军，后来的几年再也没了音讯。直到1954年，有一天乡里的民政部门敲锣打鼓来到我家，说是给我家报喜，儿子张远发在部队立了大功，并把大红花挂在我家门口，全家人脸上好光彩呀。那时女孩子早早就找婆家，不少人也到我家提亲。可提的几家亲成分都不好，我们是革命军人的家属，怎么能找成分不好的，再说，乡里民政部门也不会同意的，我哥哥可是解放军的英雄呀。后来，我姑姑突然一拍脑门，说，远秀谁也别找了，家里不是有个现成的，就找他哥远发得了，你们家把远发养大，远秀又是他的妹子，能对远秀不好吗？家里人一商量觉得成。

"1956年我18岁了，妈妈领着我到新疆找远发哥成亲。谁知，走到兰州兵团办事处，妈妈就病死了。"临死前，妈妈拉着我的手说，我可能去不了新疆了，你一人到新疆去找远发吧，行就成亲，不行你再回老家。当时兰州的民政部门用一口水泥棺材将妈妈葬了。妈妈走了，我也没了主意，成天在办事处哭。办事处伙房一炊事员是四川人，妈妈死前给他说过我的事，他劝我说，姑娘，兵团条件好，能吃得饱，你对象又是一个军人，你还是到兵团去找他吧。到了乌鲁木齐，正好是1957年元旦，那天下了好大的雪，我的脚都冻烂了。我身上带着证明，好心人把我送到了兵团招待所。巧得很，四十七团团长王二春就在乌鲁木齐开会，就住在这个招待所。他问我，姑娘，你到哪，我不吱声，就掏出证明。王团长一看，呀了一声后说，原来这丫头是找坎土曼大王张远发的。接着不管王团长咋问我，我就是不吭声。第二天，我和王团长坐车回四十七团，在车上，王团长将自己的棉鞋脱下来给我穿上。到了四十七团，王团长将我安排到一四川籍的职工家里，他对那家人说，这丫头是张远发的媳妇，人长得挺俊，可惜是个哑巴。打电话，让张远发来接媳妇。第二天，哥哥张远发挑着担子来接我，我一见他泪水一下涌出来，叫了一声哥，就扑到他的怀里。那家人的老婆笑着说，王团长也会胡咧咧，丫头明明会说话，偏偏说人家是哑巴，张远发那二杆子知道了还不跟团长拼命呀。

"自妈妈死后，这是我说的第一句话。远发哥上午把我接回连队，下午我们就成了亲。在连队的把子房（芦苇把子扎的草房）里结的婚，连长、指导员买了些瓜子、糖撒给大家，就算成亲了。"

张远秀讲述这个故事时，张远发中途又抽泣过几次，我想，这泪是从心中流出的，有着外人不能理解的含义。

手记

## 英雄流泪让人心碎

2007年10月，我奉命赴十四师四十七团抢救性挖掘、采访穿越塔克拉玛干大沙漠的老兵，在师部老干部局接洽时，我听说了战斗英雄张远发的故事，一位曾在四十七团工作的老同志写了一篇根据张远发故事改编的短篇小说《坎土曼大王》。在去四十七团的路上，师电视台的记者告诉我，他们听说张远发有一段不被人知的爱情故事，一直没有机会采访，所以媒体不曾报道过。

张远发的爱情故事颇有戏剧性，甚至可以拍部电影。这位老兵在介绍他参加战斗、徒步穿越大沙漠、开荒时如何争当模范的故事时，他都没有流泪，给人的印象是：越危险、越艰苦，他越坚强。说着说着，他还情不自禁地给我们唱起了军歌。

可当我刨根问底他的爱情故事时，这位刚强老人的泪珠子雨点似的"啪啪"往下掉，看到一个战斗英雄、劳动模范这般流泪，我的心碎了，眼前雾蒙蒙的。

我一直庆幸我得到了一个可遇而不可求的好故事，通过张远发的爱情故事，我得出了一条采访心得：机会是留给有准备人的。

# 张坤金：和平鸽衔来爱情枝

张坤金　赴朝参战志愿军战士，在"201高地"，接到新疆军区二军五师被服厂马玉兰的一封信和一双绣着和平鸽的鞋垫，信里还有一张马玉兰的小照。千里姻缘一线牵。负伤的张坤金回国治疗，痊愈后，心里一直想着那只让他爱情萌动的和平鸽，于是就有了这个爱情故事。

在兵团戈壁母亲婚姻的记载中，"和平鸽"马玉兰与"最可爱的人"张坤金的婚姻绝对独一无二——千里姻缘一线牵。

1952年，山东女兵马玉兰一来到驻扎在阿克苏的二军五师，就被分配到师部被服厂。那时抗美援朝战争呈胶着状态，全国各地都掀起了支援抗美援朝的热潮，新疆也不例外。军区命令五师被服厂加班加点赶做军衣、军被，支援朝鲜前线。女兵们在厂里工作十几个小时，回到宿舍还要为"最可爱的人"绣鞋垫，马玉兰提议："在鞋垫上绣上我们对'最可爱的人'的祝福和心愿。好不好？"被服厂的女兵大多是一道来的山东女兵，大家齐声喊道："好，志愿军穿上我们绣的鞋垫一定能打胜仗。"

马玉兰心想：要绣就绣一幅有政治意义的图案。志愿军入朝作战为了什么？为的是保家卫国，保家卫国又是为了什么？是为了和平。"和平"两字一下让她心里敞亮起来：就绣象征和平的"和平鸽"。马玉兰将这个想法告诉了政治处宣传干事，宣传干事称赞想法有创意，并建议让和平鸽衔上橄榄枝就更好了。马玉兰问橄榄枝是什么？宣传干事说，与和平鸽一样都象征和平，并翻开日记本让马玉兰看扉页上橄榄枝。马玉兰聪慧过人，一眼就将橄榄枝的样子记在了心里。

马玉兰心想，还应该给志愿军写一封信，表达对"最可爱人"的敬佩之情。

与酝酿鞋垫图案一样，这封信怎么写，马玉兰又是思考了几天，一个深夜，她终于写完了这封信。

最可爱的志愿军同志们，你们好：

我是新疆军区二军五师被服厂的一名女兵，我在1951年4月11日的人民日报上看到《谁是最可爱的人》这篇文章，我是流着泪看完这篇文章的，你们——英雄们的故事深深打动了我。1952年，新疆军区到我们山东招女兵，我毅然报了名，我发誓也要做一个最可爱的人。我们厂现在正在赶制军衣、军被支援抗美援朝，但我想还应该表达对英雄的崇敬，于是，我们每个女兵又绣了一副鞋垫，希望英雄们穿上我们绣的鞋垫能多杀几个侵略者。我想：抗美援朝是为了保家卫国，就是为了和平，所以我就绣了"和平鸽嗉衔橄榄枝"的鞋垫。

志愿军同志，虽然我们远隔万水千山，但我们的目标都是一样的，那就是保家卫国。你们在前方打仗，我们在国内建设社会主义中国，没有你们的浴血奋战，就没有建设社会主义中国的和平环境。我们一定要努力工作，以优异的成绩支援你们。

　　志愿军同志，你们远离祖国和家乡的亲人，我们虽然不相识，但你们就是我最亲的人，我随信寄去一张照片，希望你们看到我的照片就像看到自己的姐姐、妹妹那样，能缓解对家乡的思念之情。

　　有全国人民支持，抗美援朝一定能胜利。盼望英雄们早日凯旋。

　　此致

　　　敬礼

新疆军区二军五师被服厂马玉兰
1952 年 12 月 8 日

　　话分两头说，在朝鲜战场"201 高地"，敌我双方展开了拉锯战，谁控制了"201 高地"，谁就可控制高地四周方圆几十平方公里的区域。我志愿军某团已在高地上阻击敌人近百次大小规模的进攻，战斗十分激烈，有一次敌人甚至进攻到我坑道前沿，在坑道指挥战斗的团长高喊一声，带着几十个参谋和一个警卫员就冲出坑道，密集的子弹和手榴弹硬是将敌人打退了。就在那天，增援部队及时赶到，并运来了给养和物资，当战士们打开一个个背包时，在军衣、军被上看到"新疆军区二军五师被服厂制"的字样，战士们感动得热泪盈眶，新疆，在他们心中那是一个遥远的地方。团长说："同志们，有祖国各地军民的大力支援，我们一定要坚守住'201 高地'，大家有没有信心？"战士们高声喊道："守住'201 高地'，向祖国人民报喜！"

　　战士们打开军衣、军被时，发现里面还有各种图案的鞋垫，他们将鞋垫捂在心口，这可是从祖国的新疆寄来的呀。团长将一套军衣、军被递给警卫员张坤金，说他的衣服都烂得不成样子了，换套新的。张坤金也像其他战士一样小心翼翼地打开那套军衣、军被，叠得方方正正的军衣里夹着一双鞋垫，鞋垫上的那两只喙衔橄榄枝的鸽子如同真的一样。张坤金将鞋垫捧在手中久久凝视着。团长看见警卫员捧着一双鞋垫如此专注，就问道："鞋垫上绣着什么让你如此着迷。"这对"喙衔橄榄枝"的白鸽也吸引了团长的目光，他也捧着鞋垫欣赏起来。这时，坑道里的战士兴奋地喊道："我的鞋垫上绣的是一对鸳鸯。"接着那边又有战士喊道："我的鞋垫上绣的是一朵梅花。"团长说："大家都来看张坤金的鞋垫，绣的最有意义。你们看，鞋垫图案表达的是和平主题，我们志愿军抗美援朝是为了什么？就是为了世界和平，打仗是手段，和平是目的。我看这个绣鞋垫的姑娘有觉悟，有思想。"张坤金心想，我一定不辜负这个姑娘的愿望，为和平而战。当他在试穿那件军衣时，发现上衣口袋里有东西，一看，是一封信，而信中还夹着一张照片。一切都明白了，绣鞋垫的人叫马玉兰，"怎么这么巧呀，她也是山东人。"张坤金浮想联翩：如果马玉兰是只和平鸽的话，他愿做那枝橄榄。他将信看了一遍又一遍，才和照片一起塞进贴身的内衣口袋里。

第二天，敌人出动了比平时多几倍的兵力，在飞机的掩护下，向高地发起进攻，我志愿军战士打退了敌人一次次进攻。在这次战斗中，张坤金身负重伤，一颗子弹穿透了他的肩胛骨。

在回国治疗的半年中，张坤金无时无刻不在思念着那个绣"和平鸽喙衔橄榄枝"的姑娘，他在心中一遍遍呼喊着"和平鸽"。做梦都想让"和平鸽"喙衔"橄榄枝"。

……

1953年的一天，作为五师被服厂指导员的马玉兰（两个月前被任命）正主持召开大会，一位军人来到门口。马玉兰问道："同志，你有事吗？"

那个军人目不转睛地看着马玉兰。

"同志，你有事吗？"马玉兰又问道。

军人还是目不转睛地看着马玉兰，女兵们都在咪咪地笑。

马玉兰臊得脸通红，一个陌生人这样看她，还是第一次。"同志，你有事吗？"

那个军人像是从梦中醒来，脱口而出："我是来找你的。"

这句莫名其妙的话让大家糊涂了，马玉兰似乎隐隐地感觉到这人是从朝鲜战场回来的，但她不敢确定。

这时，军人从口袋里掏出一封信，展开来给马玉兰看。"你看，我真是来找你的。"

一切都明白了，马玉兰急中生智，忙对大家说："同志们，这位同志是从朝鲜回来的'最可爱的人'。"一听是从朝鲜回来的"最可爱的人"，女兵们争先恐后地围拢过来，你一句，我一句，有问这的，有问那的。军人什么话也不说，又从挎包里拿出了那副"和平鸽喙衔橄榄枝"的鞋垫来。大家一看，一下明白了，回过头看指导员马玉兰，这时的马玉兰脸上透着羞赧而又灿烂的笑容。

"'最可爱的人'来找'和平鸽'了，咱们散会吧。"不知哪个姑娘喊了一声，姑娘们叽叽嘎嘎笑着散去。

马玉兰接过她写给"最可爱的人"的信时，看到一片血迹染红了信纸，泪水控制不住地流下来。

"你的伤好些了吗？"

"痊愈了。"

"哎呀，看我高兴糊涂了，请问你的尊姓大名？"

"姓张，名叫坤金。咱们是老乡。我们有缘分呀。"

这时，门外传来师长高亢的声音："喜从天降呀，'最可爱的人'千里迢迢来找咱们的'和平鸽'了。"

……

一年后，张坤金转业来到兵团一师共青团农场，师长林海清主持了"和平鸽"马玉兰与"最可爱的人"张坤金的婚礼。

新房里，"和平鸽喙衔橄榄枝"的刺绣壁画醒目地挂在墙中央。

手记

2006年《兵团日报》根据报社领导的要求，开设了"纪实"专栏，旨在传播兵团历史，弘扬兵团精神。在报纸上开设这样的专栏可以说《兵团日报》开创兵团媒体的先河，当时反映兵团历史故事的来稿像雪片一样飞到编辑部。其中，由张鹏采写的《塔河姻缘传佳话》给我留下深刻印象，稿件刊发一年后，并收入《兵团日报》为"纪实"专栏汇集成册的《难忘兵团》一书。多少年过去了，马玉兰与张坤金的爱情故事一直铭记在心，这个故事很独特，在兵团戈壁母亲与戈壁父亲的爱情故事中独树一帜，可作为当年这篇通讯的编辑，我总觉得故事的细节还没有写尽。于是，2014年我根据通讯《塔河姻缘传佳话》改写出《和平鸽》，并刊发在《当代兵团》杂志上。这次在整理《老兵列传》一书时，我又一次想起这个浪漫而又美丽的爱情故事，于是，将《和平鸽》缩写成这篇小传。

# 赵明周、刘喃、张映南：
# 兵团人怎样过春节

赵明周　老红军，进疆后任二军工程团政委、兵团卫生处副政委，农一师工会主席，1959年任前进总场政委。

刘喃　时任农六师十六团（今一〇三团）宣教股政工员。

张映南　时任莫索湾开发尖刀连连长。

二十世纪五六十年代，兵团人是怎样过春节，三位老兵给我们讲述了下面三个小故事。

## 让首府人民吃顿大米饭

宁肯自己饿肚子，也要让乌鲁木齐市的各族人民在春节吃顿大米饭。乌鲁木齐市不少老人至今还记得1960年春节吃的那顿大米饭。

1959—1961年，为了支援其他省市和新疆地方，兵团粮食定量由原来每人每年250公斤，降为210公斤，节约下来的粮食支援外地。1960年春节前夕，农一师前进总场接到上级命令：从该场调拨25万公斤大米到乌鲁木齐，让首府各族人民在春节时每人吃顿大米饭。政委赵明周接到命令后，在党委扩大会议上说，25万公斤大米的上调任务我们一定要完成，就是从嘴里抠也要抠出来。前进总场不但省出了25万公斤大米，而且还组织车辆在春节前将大米运到乌鲁木齐。粮食运走后，总场职工的粮食只得减至每人月供9.25公斤。那年春节，不少职工家里没有吃到大米饭。但职工心里比吃了大米饭还高兴，因为乌鲁木齐市的各族人民吃到了兵团人生产的大米。春节一过，总场就闹起了饥荒。人们将玉米苞叶和稻壳加上石灰煮，煮烂后与面粉掺到一起蒸成馒头吃。

## 推迟10天过春节

农六师一〇三团将1960年的春节推迟了10天。

1959年11月17日，一〇三团2000余名军垦战士来到沙山子水库工地，他们要在这个冬天完成一期工程。当时没有机械设备，他们用铁锹、坎土曼、十字镐挖土，用挑筐、抬把、爬犁运土。为了提高工效，干部战士自愿捐献了240辆自行车，卸下车轮做成480辆独轮小推车。时过1960年元旦，只完成全部工程的85%。为了保证当年春天新水库蓄水、灌溉新开垦的农田，团党委决定：发扬南泥湾精神，战天斗地完成筑库总任务，推迟10天过春节。这一号召立即得到全体指战员的响应，请战书、决心书如雪片飞传，水库大坝日日上升，筑库记录天天刷新。春节那天，瑞雪纷飞，沙山子水库工地红旗招展，锣鼓喧天，劳动号子此起彼伏。激情的热汗融化了满头冰霜。夜晚，一片篝火将沙山子工地照得如同白昼，职工们推着车多装快跑一路欢。那天，筑库工效比平时提高了两倍。当全体筑库指战员扛着红旗、高唱战歌回家时，已是春节后的第十天。这一天全团沸腾了，人们穿上了过年的新衣服，家家户户贴上了迎春的红对联。孩子们跑东家，串西家，嘴里不停地喊着："过年了，过年了。"

一〇三团这年的春节虽然推迟了10天，但这一年的春节比哪一年春节过得都热闹。

## 春节三天积鼠粪

1958年春节，农八师莫索湾二场掀起了积运肥料的高潮，场党委提出了"春节积肥三天"的口号。

新建农场，哪来的肥料？充满智慧的战士在雪层下找到了肥源——鼠粪。莫索湾荒原遍地是老鼠，一个老鼠洞就是一个世代家族。老鼠的生活极有规律，它们的洞连洞，窝串窝，洞内有贮存粮食的仓库，有睡觉的卧室，还有厕所。厕所内的鼠粪定期打扫后，又运到洞外。一年又一年，一代又一代，洞外的鼠粪堆得像小丘一样高。在茫茫雪原上，如何找到雪层下的鼠粪堆呢？战士们先根据老鼠在雪原上留下的足迹，寻找到鼠洞，而鼠洞不远处隆起的小丘准是粪堆，一堆就是几百公斤。

开春后，苏联专家库尔巴托夫来到莫二场，抓起一把鼠粪，在鼻子上闻闻后，幽默地一耸肩说："这是世界上最好的有机肥。"

### 手记

这三个故事可以说是兵团开发史上的奇闻，也只有在那个激情燃烧的岁月里才会发生。中华民族传统节日春节，哪能推迟10天再过，10天后那还是春节吗？但十六团的干部战士一致决定等完成了水库任务的10天后再过春节。就这样，硬是将春节"人为"地往后挪了10天。10天后，凯旋的干部职工，回到家里，吃饺子，拜大年，春节照样过得红红火火。

推迟10天过春节，是兵团乃至全国都难以再找到的一段让人热血沸腾的故事。

记得小时候，只有在大年三十才能吃顿米饭，人们都说吃大米饭，特意加进一个"大"字，说明这顿年夜饭与平时的饭不同。可兵团人，为了首府人民能在春节吃顿大米饭，就将自己不多的大米无私地送到了首府。首府人民能在春节吃顿大米饭，这也了却了兵团人的心愿。为了支援国内其他省份和地方，兵团人从口里省出粮食，吃糠咽菜，忍饥挨饿。这是一种什么境界，用任何词汇来赞扬兵团人都不过。

过个有意义的春节，过个革命化的春节，那个年代这是必须的。而兵团人过革命化春节一般都是积肥，到马厩、羊圈、牛棚去积肥，然后再运送到条田里。记得小时每年的冬天学校都要组织学生与大人一道参加连队的积肥劳动，用"热火朝天"来形容当时的场面最为贴切：皑皑雪原上，大人和孩子每人拉着一个木爬犁，爬犁上固定着一个柳条筐子，筐子里装着从猪场、马厩、羊圈和厕所里挖出来的肥料。运送肥料的队伍如雁阵一般向一号条田、二号条田……"飞去"，男孩子头戴皮帽子，帽耳忽闪忽闪如鸟翅；女孩子围着五颜六色的三角巾，就像一朵朵盛开的花朵，远远看去俨然一幅水墨画。肥料运到白雪覆盖的条田，人们将筐中的肥料依次倒入地里，横看竖看都成行，就像摆满棋子的围棋盘。开春融雪时，人们将地里的肥料撒开来，融雪融进了肥料中，春耕时又将肥料翻入地中，与土壤成为一体，种子在土壤、水分、肥料的滋养下发芽、出苗、拔节……玉米长成了"林"，麦子长成了"海"，金黄金黄的。第二年，这些粮食又一次在积肥劳动中"过腹还田"，这是一条良性的、富有诗意的生产链、生态链。但将老鼠粪作为肥料来积，笔者在采访中还是第一次听说，你还不要不信，1959年的《生产战线报》就报道了莫二场积老鼠粪的新闻。

# 庄鸿桂：人拉木犁垦大荒

庄鸿桂　曾任一兵团六军十七师五〇团参谋长。1953年5月任十七师五十一团副团长兼参谋长，随先头部队进驻蔡家湖开垦荒原创建农场。

1952年的秋天，五十一团指战员陆续开赴蔡家湖，开始了大规模的开荒造田。

与以往垦荒不同的是，以前不管是在沙湾李家庄，还是在绥德留子庙等地开荒，都多多少少能见到人烟，荒而不偏僻。老百姓为部队腾出了一些房屋，战士们再挖些地窝子、搭些"马架子棚"也就够住了。但蔡家湖不同，这里人迹罕至。虽然"先锋班"打了井，挖了一些地窝子，但远远满足不了大部队的需求。于是，战士们放下背包的第一件事就是挖地窝子。只一天工夫，营地千余人"消失"了，全部"转入地下"。不久，营地出现了"地下商店""地下卫生所""地下俱乐部""地下伙房"。

有一天夜里，副团长庄鸿桂刚刚入睡，突然"轰隆"一声，碎土细沙落了他一床。他赶紧点上马灯一照，只见"屋顶"穿了一个大窟窿，一条马腿伸进他的地窝子里。他披上衣服跑出去一看，果然是一匹吃夜草的军马陷入房顶。他叫来几个战士，拖的拖，拽的拽，但马动弹不得。后来，有人找来木棒插在马腹下，这才将马抬出来。可白天刚修补好房顶，夜里又出现了一个笑话。团里有一个参谋叫谢锡生，在吹熄灯号前，他到一战士那布置第二天的任务。可他一出战士的地窝子，就迷了方向，怎么也找不到自己的地窝子（他和庄鸿桂住一间地窝子）。庄鸿桂左等不来，右等不来，瞌睡得实在等不下去了，就睡了。第二天天刚亮，只见谢参谋一脸倦容、浑身泥土走进地窝子。原来他在营地转了一夜，就是找不到自己的地窝子，还是哨兵发现了，将他领了回来。

有些脑壳灵光的战士编了一些顺口溜，真实地反映了当时的生活。如："窝窝头用镐刨，棉鞋棉裤用棍敲，虱子臭虫用火烧"。"天当帐，地当床，人拉木犁垦大荒；天当被，地当床，地窝子里是天堂"。

为了第二年开春播下麦子，1952年的冬天，全团掀起了开荒的热潮。庄鸿桂在《开发蔡家湖》一文中回忆到："从团部领导到战士，都发扬南泥湾精神，在这一望无际的苇湖碱滩上摆开了垦荒战场。天山北麓的隆冬季节，一派令人生畏的景象：空中，玉龙飞舞；地上，银被覆盖。滴水成冰，绝非虚话。战士们迎着刺骨的寒风，挥舞着坎土曼向荒滩开战。（在采访时，记者听说这样一个细节：那时都是将饭送到工地上，由于气温低，战士们要快速吃，不然饭就冻成了疙瘩。就是这样，也是碗越来越小，筷子越来越粗）很多战士的手脚都冻裂了一道道小口子，殷红的血直往外渗，但却没人叫苦，更无人畏缩，甚至连重病号都不愿离开那火热的垦荒战场。"

他在这篇回忆文章还写到这样一个故事。有一个战士患了重感冒，烧得都站不稳了，可他还要去开荒。连长怎么劝都不行，战士固执得像头牛。无奈，庄鸿桂亲自做战士的工作，这战士始终只说一句话："我参军不是为了来休息的。"最后，庄鸿桂强行将战士拉到宿舍，又叫炊事班做了病号饭。看他吃下后，才回到工地。可不一会儿，那战士硬是走到了工地。他又对副团长说："我参军不是为了来休息的。"无奈，庄鸿桂只好给战士安排了一个轻活。

那时，说是7点上班，可5点宿舍里就没人了；下班的锣声都敲了好几遍了，可地里还都是人，开会批评也不管用。一位姓黄的战士，一天开了三亩地，战士们说他是"老黄气"死老黄牛。

开春了，一群大雁在湛蓝、潮湿的天空飞过，它们扇着优雅的翅膀，像拉小提琴似的"咕嘎、咕嘎"地唱着春天的歌。大地复苏了，1.82万亩开荒地里撒上了麦种。

秋收了，一群大雁在透明、灿烂的天空飞过，它们一会儿排成"一"字，一会儿排成"人"字，从蔡家湖金色的麦地上空飞过，为收割的战士唱着丰收的歌。

一位肚里有点墨水的战士抑制不住激动的心情，就在麦地写了一首小诗：

烈火似火烧，

汗珠向下抛。

团长割麦走在前，

后边镰刀沙沙响。

二海低声问班长：

"团长真是好领导，

快叫团长歇歇吧，

这几夜他都没睡觉。"

"我再三劝他都不行呀，

他手上磨泡我早知道。"

团长割到头，

望着金山微微笑。

战士割到头，

望着团长笑。

1953年，五十一团生产粮食128万公斤，向国家上交小麦30万公斤。当交粮的车队在一片锣鼓声中来到乌鲁木齐时，王震将军早早地站在那里迎候，他一边为送粮战士戴大红花，一边夸奖地说："五十一团打仗是英雄，生产是模范，人民要给你们记功。"

手记

### 为"小人物"树碑立传

在兵团屯垦戍边历史记载中，基层人物的记载很少，大多是靠口头传播，如不及时收集整理，很可能失传。所以，自2006年起，《兵团日报》开辟了"以传播兵团历史、弘扬兵团文化为己任"的"纪实"专栏，陆续刊登了100余万字兵团屯垦戍边中"小人物"的故事，而这些"小人物"的故事正是发生在大的历史背景下，可以说是历史长河中的一朵朵小浪花；历史事件中的一个个富有色彩的小插曲。

难能可贵的是，本文主人公庄鸿桂在他的《开发蔡家湖》的回忆文章中，记载了一些普通战士的故事，从那个没有姓名的但给人留下深刻印象的战士身上，我们能感受到当年开发蔡家湖时干部战士烈火一般的革命激情。这个战士病了，但他带病坚持，不下火线，谁也劝不动，任你磨破嘴皮，他就用一句"我参军不是为了休息"等着你。这个"理"他认准了，谁说也没用。

在那个激情燃烧的年代里，芸芸众生的"小人物"有很多的"理"，譬如，"只要完成向国家上交的粮棉任务，就是少活几年，也值！""要对得起共产党，要对得起毛主席。""战士，战士，就得战呀。"……

这些"理"中蕴含着理想、信念和忠诚。我们不能忘记这些"小人物"。

# 张连生：转业就去兵团

张连生　1926年9月1日出生，1949年1月22日北京起义后参加解放军，曾任新疆军区骑兵二团"钢铁二连"连长。1956转业时，地方一单位有意要他去担任领导，但他执意回到了老部队——农五师红星一牧场。

## 一条白毛巾

引起山东女兵谭秀廷对张连生的好奇缘于一条白毛巾。

1952年，张连生所在的解放军六军十六师四十六团驻扎在镇西（今巴里坤），当时他是三营八连的副连长。部队边剿匪、边放牧。1953年，新疆军区骑兵二团成立，张连生调任该团钢铁二连连长；这不是一个普通的连队，这是一个在伊吾保卫战中坚守40天、被彭德怀命名为"钢铁二连"的连队。

　　张连生参加解放军前，被抓壮丁在国民党傅作义部队当兵，起义后，他也成为一名解放军战士。在部队的忆苦思甜教育中，他才真正懂得了当兵不是为了混口饭吃，而是为了解放全中国的受苦人。张连生原本就是受苦人，他讨过饭，对剥削者的仇恨犹如枪膛里喷射出来的子弹！张连生跟随部队打西安，攻兰州，又挺进新疆。他也从战士一步步走向副班长、班长、副排长、排长、副连长、连长的位置。

　　张连生来骑兵二团组织股报到，在门外响亮地喊道："报告。"这一声着实让组织股的女干事谭秀廷心一惊：是哪个当兵的喊声这般响，如雷似炮的。接着，女兵差点笑出声来：这人高个，脸黑，可他脖子上却扎着一条雪白的毛巾。女兵想笑的是这个黑脸汉子怎么脖子上扎着一条白毛巾？组织股长热情地招呼张连长，并让干事小谭为张连长填表。

　　谭秀廷这才知道眼前让她发笑的黑脸汉子就是新上任的钢铁二连连长。

　　张连生走后，女兵问股长："张连长的脖子上怎么扎着一条白毛巾？"

　　王股长说："你从山东来当兵不久，你不懂，巴里坤的冬天特别冷，风像刀子，脖子上扎条毛巾，护嗓子，不然以后会得气管炎的。"

　　后来，张连生打听到女干事姓谭。

## 一条红绶带

　　引起女干事谭秀廷对张连生的爱慕是一条值星的红绶带。

　　张连生是钢铁二连的连长，经常做值星官。他身挎战刀，骑着一匹雪白的战马，为骑兵（其实也是为战马）喊口令，口令的声调拉得很长，"立——正"，那声音就像军号声，绵延着金属的余音。一声令下，全团千余匹战马和马背上的战士就排成了方阵。每到张连生做值星官时，谭秀廷总要从组织股跑来看，她对张连长产生了爱慕之情。

其实，这一切值星官都看在了眼里，张连长给小谭姑娘送了一个硬皮笔记本，小谭也给他回送了一个硬皮笔记本，扉页上都写着"做毛主席的好战士"之类的励志话语。1954年，两人结婚了。

张连生做梦都没想到，前途如日中天的钢铁二连连长会转业。团长说："奇台县一单位点名要你去，你同意的话，我们给你联系。"张连生一口回绝："我回我的老部队，回四十六团(现红星一牧场)。"

## 一根马鞭子

放下钢枪，拿起马鞭，张连生到了农五师红星一牧场担任副参谋长。虽说是牧场的领导，但他一年总是在牧区转，他的办公室就在马背上，就在哈萨克牧工的毡房里。不管是在巴里坤，还是后来随农五师西迁到了八十四团，他都是这样。为了让牧场实现"万羊万羔"的生产计划，张连生春节都不回家。他一回到家，谭秀廷干得第一件事就是烧一锅开水——烫虱子。而张连生临到牧区前的第一件事就是到合作社买砖茶、买方块糖，把那个马褡子都塞得满满的。他吃在哈萨克牧工家，睡在哈萨克牧工家，就连开会都是在哈萨克牧工家。他熟悉哈萨克人的风俗习惯，能听懂他们的语言，但就是舌头打不过弯——学不会哈萨克族语言。于是，哈萨克牧工都叫张连生是"哑巴哈萨克"。有一次，张连生在会上要求牧工提高警惕，不要麻痹大意（牧场地处边境），翻译翻成哈萨克语时说，要提高警惕，不要穿马皮大衣。张连生当即纠正说："是不要麻痹大意，不是不要穿马皮大衣。"牧民都笑了，说这个"巴西拉克（领导）什么都能听懂，就是不会说，是个哑巴。"

牧场各民族群众关系很融洽，张连生家有台"梅朵"牌收音机，不少牧工骑着马带着老婆孩子到他家听"盒子说话"。来时不是带着酸奶疙瘩，就是带些干肉。走时，张连生总是让爱人"回礼"，说不能让牧民空着手回去。

一根马鞭伴随着张连生直到离休。

手记

### 割舍不去的军人情结

兵团老兵都有一种军人情结。

在老兵的一生中,当兵的时间在他一生的历程中只是"一小段",但军人情结却伴随他整整一生,这样的老兵在兵团比比皆是。本文主人公就是一个。

张连生自长大成人后,就没有哭过,男儿有泪不轻弹嘛,但当独立骑兵二团团长在大会上宣布完转业官兵的名单后,他和其他要转业的战友们瞬间嚎啕大哭起来,哭声惊天动地。这种情形在我采访的老兵中并不多见,因为兵团老兵大多都是1954年整编制集体转业,人还在有序号的老部队。而主人公是1956年转业的,属于离开部队"流水的兵",所以他们承受不了这种割舍。

转业也是军人,主人公毫不犹豫地选择了他的老部队——十六师四十六团,而且在这个老部队一干就是一辈子。后来,主人公不止一次有机会调往师机关和师部直属单位,但他一次次回绝了,他舍不得离开他的老部队。在兵团团场,这种老兵太多了,他们不傻,也知道到了师部机关或事业单位工资要高些,工作要舒适些,就是人死后还可多拿20个月工资(抚恤金)。团场就是企业,没有这些"待遇"。但老兵们就像白杨树一样坚守在团场,坚守在连队,哪里都不去,真真是一身黄军装穿一辈子,一班岗哨站一辈子。

致敬,老兵;致敬,父辈。

# 张万斌：到地方建政

张万斌　二军五师十五团骑兵连战士，在穿越塔克拉玛干大沙漠前，为"先遣侦察加强排"侦察兵。出发前，先写决心书，后写遗书，为解放和田做出了牺牲准备。立二等功一次。1982年离休，回四川、山东居住10年，终因割舍不下四十七团这块土地和一道穿越大沙漠的战友，又回到四十七团。

直到今天，和田地区不少老人还都说，十四师四十七团是和田的延安大学。意思是四十七团为和田输送了大批干部。如今和田干休所居住的不少离休老干部都是从十五团走出来到地方工作的。和田史志上也有这样的记载：……十五团执行党中央、毛主席"屯垦戍边"的战略方针和肩负"为新疆各族人民多办好事"的历史使命，在进驻和田地区后，肃清匪特，保卫边防，积极领导和发动各族人民推翻国民党保甲制度，建立人民民主政权；开展减租反霸、土地改革斗争，摧毁封建制度；积极发展生产，改善人民生活。

十五团政治处主任刘月在一篇文章中回忆到：新政权建立之后的第一件大事，就是如何在这个新解放区深入发动群众，组织生产，有领导有步骤地进行减租减息和清理债务的运动，使广大劳苦农民在运动中翻身。

四十七团老战士张万斌讲述了这段经历。

1950年张万斌随十五团三营七连指导员来到墨玉县的一个乡帮助生产、建政。当时他们工作组就住在一个巴依（地主）的院里。那个巴依（地主）养了很多牛羊。指导员胡发安对这个巴依（地主）说，我们来到你家已经好几天了，听说新疆的抓饭很好吃，你怎么不给我们做顿抓饭吃呀。

巴依（地主）赶忙杀了一只羊，做了一大锅抓饭。指导员将巴依（地主）的长工喊来，说，你们一年能吃几顿这样的抓饭？长工们回答：我们已经好几年没吃过抓饭了。指导员指着那锅抓饭说，那就吃吧，这些粮食本该就属于你们。第二天，指导员又对巴依说，解放军的亲戚很多，你再做锅抓饭。消息传开后，村里的百姓都来吃解放军的抓饭。接着，工作组在村里召开忆苦大会。控诉巴依（地主）剥削罪行。群众斗争的热情高涨，一个14岁的小女孩跳上台子，一把将老巴依（地主）的白胡子掠下一把，小女孩欲哭无泪，浑身颤抖，当场晕厥过去。原来这个巴依（地主）强行霸占小女孩已经两年多了。这时，愤怒的群众纷纷跳上台，控诉地主恶霸的罪行。当时，由十五团和三十九团（民族军）排演的话剧《残暴的胡加》正在各县乡巡回演出，这是一出揭露巴依胡加残暴欺压百姓的话剧，每到一地演出时，台下的农民观众就群情激愤，高呼"打倒残暴的胡加"的口号，有时，他们忘记了是在看戏，涌上台，要打扮演巴依胡加的演员，常常使演出中断。这时，解放军就向群众解释，这是演出，是解放军的演员扮演的胡加，不是胡加本人，群众这才笑了起来，跳下台继续看演出。不少青年农民都学会了话剧中的那首歌：

觉醒吧，农民们，受苦难的人们，休想再压迫我们，封建地主恶霸们，／土地是我们的，真理是我们的，时代是我们的，政府是我们的，解放我们的大救星，万岁！领袖毛泽东。

反动势力并不甘心就这样销声匿迹，他们明着欢迎解放军进驻各县，帮助建政，背地里却造谣惑众，说共产党是先甜后苦，他们的日子长不了。甚至搞投毒等破坏活动。1951年冬天，和田地委从各县抽调200多名农村积极分子，学习土改政策，隐藏的敌人在集体食堂饭锅里投放指甲（当地有一传说，误食放有指甲的饭食，会损坏消化系统，出现恶心、呕吐、食欲不振、发烧等症状）。对于这些罪恶活动，当地驻军给予严厉打击。为了稳定民心，威慑敌人，各县驻军都举行了武装示威游行和实弹射击表演，群众看后都说解放军是纪律严明的正规军。

在发动群众中，工作组到各乡、村宣传党的政策，访贫问苦，组织物资救济贫苦群众，帮助他们进行生产，选拔培养了一批有革命觉悟的农民代表。通过民主选举产生了人民群众拥护的区长、乡长、村长和人民代表，建立了各级人民民主政权。

手记

听不见枪声的战斗

四十七团是和田的"延安大学"，这句在当地流传很广的话就是和田老百姓对四十七团老兵的评价，金杯银杯不如老百姓的口碑。

以往各类媒体在报道兵团历史时多是开荒造田、大办工业、维稳成边……其实，兵团60年的发展历程中，为地方建政也是精彩的一页。在为地方建政时，多数地方的第一任书记、县长、公安局局长等要职都由部队派去建政的军人来担任。在建政过程中，工作队与暗藏的敌特分子、顽固势力的斗争很激烈，有的干部战士甚至付出了年轻的生命。

从老兵张万斌的讲述中，我们看到了那个年代他们是如何与少数民族群众打成一片的，如何争取民心的。解放军部队是个大熔炉，所以，到地方建政对今天的兵团仍有重要的现实意义，因为今天的兵团正要发挥的是"大熔炉"的作用。

# 尚治军：母亲接我来兵团

尚治军　时任农十四师四十七团社政科科长。

改变人的命运，往往是不经意间的几句闲聊。前
不久，农十四师四十七团社政科科长尚治军就给我讲
述了这样一个真实故事：

1962年，我母亲带着哥哥从甘肃张掖老家来到四
十七团，哥哥在团里参加开荒造田，母亲在家操持家
务。1964年，团里在我家不远处开挖一条引水渠，那
里红旗招展，人声鼎沸。有一天，有一个身上汗淋淋
的中年人提着水桶来到我家，一进门，就喊大嫂，说
是给工地战士弄点水喝。说着，那人就要从水缸里舀
水。母亲不依，说工地上的人身上都是汗，喝凉水要
生病，就给他烧开水。其间，中年人与母亲的一段对
话就决定了我的命运。

中年人说他叫李福元，是1949年随大军穿越塔
克拉玛干大沙漠来到和田的，后来在农三团（现四十

七团）集体转业，接着就问我们家的一些情况。

母亲告诉他，张掖老家还有一个儿子，12岁，就住在大队长家，她一直放心不下，天天想念儿子，夜夜梦见儿子。一边说一边抹着眼泪。

开水烧好后，李福元将水舀到桶里。临走时，他又问了老家的详细地址。母亲告诉了他。

1964年4月，我寄居的大队长家收到一封新疆来信，信是以哥哥的口吻写的，说过些日子，有一位叫刘文英的解放军女战士来接我到新疆。信确确实实是从新疆寄来的，但笔迹不是哥哥的。以往哥哥寄来的信都是由大队长看后再转述给我，大队长说这封信是哥找人代笔的。

有一天我正在村外野地里玩，一人气喘吁吁跑来喊我快回家，说有一女兵来接我到新疆。我赶到大队长家，见那位解放军阿姨领着一个六七岁的小女孩。她正给大队长说着什么。

原来，李福元从我家走后，就给大队长写了一封信，同时也给正在湖南探亲的爱人刘文英写了一封信，将我母亲思念小儿子的事告诉了她，让她回疆途中，将我接回四十七团，随信告诉了我老家的详细地址。

刘文英阿姨身上带的钱并不多，我们走到吐鲁番时她就没钱了。她找了一辆拉粮汽车，将我安顿给司机，并且千叮咛，万嘱咐一定将我送到四十七团。7天后，我终于见到了母亲和哥哥。母亲先是一惊，然后一把将我揽到怀里，泪珠雨点一样落在我的头上、脸上。

儿子，这么远你是咋找来的？

是一个解放军阿姨接我来的。

解放军阿姨呢？

她没有钱了，让我坐汽车先来了。

解放军阿姨咋知道我们老家？

大队长说是哥哥让人写信让她接我的。

母亲和哥哥都糊涂了，说没有找人写信让解放军阿姨接我呀。

远在吐鲁番的刘文英阿姨将我送走后，就给丈夫李福元拍了汇款电报。我到的5天后，刘文英阿姨和女儿也到了四十七团。

刘文英一到团里，没进家门，就领着女儿赶到我家，一见到我，长长舒了一口气，连说了三遍"这下放心了"。当她把前后过程说明后，母亲扑通一声跪在她面前。

说到这里，尚治军已是泪流满面："这40年，我们两家就像亲戚一样走动。刘文英退休回湖南后，我经常打电话问候一下。最近她身体不好，准备住院，我寄去了1000元钱。"

"在我心中，刘文英就是我母亲。"尚治军说。

手记

2007年11月，笔者到四十七团采访穿越塔克拉玛干大沙漠的老战士，其间，团社政科科长尚治军来到招待所，向我讲述了这个故事。

当时我想，一个人专门跑来讲一个在心中藏了40多年的故事，这一定是个好故事。这么多年了，很多故事在他记忆的河流中已经流逝了，但唯独这个故事毫不走样地在他心中珍藏，犹如讲昨天的故事，依然那么新鲜、那么动情。

故事的好坏有时与藏酒一个道理，酒越陈越醇香，故事也一样，积淀得时间越长，如果你还能清晰地讲述，那么一定是个好故事。只有感动你的故事，你才能记忆一生，只有感动你的故事，才能感动读者。

这个故事我没写进报告文学《战士的名字叫忠诚》里，而是单独去写。我认为这个故事之所以让我感动，是因为在如今这样的故事已经不太可能发生了，一个陌生人，几句闲聊，当得知母亲思念儿子心切时，就让回老家探亲的妻子回来时将陌生人的儿子带回来。这个近乎"犯傻"的事在今天有点不可思议。这也是故事感人之处。

物以稀为贵，故事也一样，你以为不太可能发生的故事居然发生了，一定是好故事。

# 王天才：白手起家建营寨

王天才　时任十五场三连连长。

1959年2月，农五师3000余名干部职工，在博尔塔拉这块亘古荒原上，几天功夫就建立了6个农场。农场都是以红星命名：红星十一场、红星十二场，红星十三场、红星十四场、红星十五场、红星十六场。虽然这些农场没有房屋，没有耕地，但有的是人，不管遇到什么困难他们都能克服。

真是白手起家。建场的第一件事就是解决部队的安营扎寨问题。6个农场，1个管理处，除了住在城镇的管理处和红星十二场外，5个农场都没有房屋住。职工们住在喇嘛庙里，住在帐篷里，甚至住在羊圈、马厩里。拜西布拉克的十五场，条件最艰苦，没有一间房屋，连个破羊圈也没有。零下20多摄氏度，怎么能让部队天天露宿荒原呢？副政委孙萍急得团团转。

三连连长王天才满头大汗地跑来，一边喘着粗气，一边向副政委孙萍报告："住房问题有办法解决了。"

"快说，啥办法？"孙萍副政委迫不及待地问。"我昨天转到拜西布拉克的北边，那里有个哈萨克牧民的购物点，不是毡房，看样子是个固定的点，那房子盖得又简单，又保暖，就地取材不花钱，上午动工下午住，金碧辉煌赛宫殿……"

"老王，你别'天才'了行不行，人家都快急死了，你还有心说顺口溜。"旁边的人都想知道这房子的奥秘，催他快讲正文。

老王也笑了："我王天才比不上哈萨克牧民的天才，人家那房子的设计，简直是专为我们垦荒战士想出来的。你们看，这苇湖里有两样东西是不缺的，一是芦苇，二是柳树枝。回来时我到苇湖看过，笔直的小柳树有两三米高，湖里的水都结成冰了，用手一扳从冰上整整齐齐地折断了，一点不费事。把柳树干截成两米长，一头削尖，每五十厘米距离插入地面一枝，两行对称着插：这就是墙柱。两行之间留五十厘米距离做墙心，然后割些芦苇贴着墙柱铺上五十厘米高当墙壁，再将碱土填入墙心，用芦苇拧成腰子将里外墙柱扎紧，就这样一层层扎上去，一堵结结实实的墙就成了。你想住大间就把墙柱插长些，你想住单间就少插些，大小自便，不收房费。"他笑着继续说道："至于房顶嘛，工艺就更简单了，墙上架上柳树，柳树上铺上苇子，苇子上盖上碱土，不用半天保证可以竣工剪彩了。"

孙副政委听王连长讲完后，高兴地哈哈大笑，连说："好！好！就这么干！"并立即召开连、排、班长会议。真是人多好干活，上午割芦苇，扳柳树，放线，午饭后动工，晚饭后乔迁新居。一转眼，一幢幢方方正正新颖别致的新房拔地而起。夕阳西下，霞光把雪原上芦苇房映得金光闪闪。

手记

地窝子是兵团人在屯垦戍边初期的一个发明，地窝子是一种特有的军垦文化。但在冰天雪地的冬季，在水位较高的下潮地，就挖不成地窝子了。此文主人公因地制宜、就地取材、快捷搭建的芦苇草棚就是军垦战士向当地哈萨克族牧民学来的。这也说明我们的父辈是有创新、开拓精神的。

# 王世荣：建场第一天

王世荣　1949年参军，时任十五场后勤助理员。

1960年2月，原哈密青年农场的十几辆汽车到达博乐后，几百人下了车连个躲避风雪的地方都没有。农五师驻博乐管理处就设在北京桥一侧的一溜土民房里，几百人别说坐，连站都站不下。再说后面陆续有其他场的汽车开来，一车人接一车人。

博乐管理处的领导急了，高声喊道："这里没有地方吃住，你们青年农场建场的地方叫拜西布拉克，你们新建农场的番号是红星十五场。快去吧，不然博乐街都要挤破了。"青年农场的百十号人，日夜兼程七八天，风餐露宿，早已疲惫不堪，本想到博乐后，吃顿热乎乎的饭，睡个囫囵觉，谁知还没到驻地。干部职工没有一句怨言爬上汽车又进发了。

眼前是一片一望无际的雪原，寒风吹着尖利的口哨，抽打着一丛丛芨芨草和一簇簇红柳。雪原上没有路，汽车只得沿着两条牛车辙向前爬行，雪层被车轮推进不冻的碱土里，掀开两道泥沟。车轮不时地打滑、下陷，终于不能前进了。这时夜幕降临，风越刮越紧，雪越下越大。人们纷纷从车厢里跳下来，在雪原上跺着脚。人们突然发现在车灯的光柱里，一群群灰色的野兔像炸了营似地东奔西窜，相互挤着、踩着，在灯光中不知往哪跑。不知谁喊了一声："兔子沟! 兔子沟!"打那以后，这条干沟就一直被人叫作兔子沟。

车既不能前进，又无法掉头。经大家合计，决定每辆车前挂上大绳用20人拉，另有20人用大绳揽着车帮，在车侧的上坡拉，以免车翻入沟内。再抽几个人填草、挖车轮。司机开足马力，大家喊着号子，就这样走走停停，一步一步地走，直到深夜十二点钟才走完了这条30多公里的兔子沟。队伍在一个高高的三角坐标架下停住，向导说到家了。人们向周围打量，妈呀，这就是家? 这就是我们的红星十五场? 这是荒原嘛!没有房屋，没有帐篷，听不到狗吠，也听不到鸡鸣，这里除了风嘶雪舞外，听不到一点代表生命的声响，一切都像死去了那样空旷、岑寂，令人发怵。就在这深沉的黑夜中，就在这百十号人与荒原对峙的静谧中，不知谁家的孩子哇哇地哭起来。这哭声把发愣的人们吓了一跳，那声响这么尖锐、嘹亮，精神得像是一块金属发出的声音。相比之下，荒原上的风声显得软弱无力。这是生命之声!这声音让人清醒，让人振奋。

"下车吧，这就是我们的家，盖天睡地，多自在。"场长张好学兴奋地吼起来。

"到家了。"党团员把行李从车上甩下来。黑暗中，只听见荒原上是一片行李落地的咚咚声。

"到家了。"男同志扑通扑通跳下来。雪没过膝盖，屁股在雪上坐下一个坑。

人们以车为单位，大家动手清雪，铲来芦苇铺在地上，行李卷一铺就是床。这时雪原上燃起了一片篝火，人们在篝火旁，每30个人盖一顶汽车篷布，不脱衣，不脱鞋，你挤着我，我挤着你，越挤越暖和。就这样，人们拥抱着我们农场的处女地进入了梦乡。这就是红星十五场建场的第一天。


手记

铺天盖地，风餐露宿，这在兵团屯垦戍边的历史上几乎每个农场，每个连队在建场的第一天都有这样的情景。在父辈的记忆里，开辟绿洲的地标——地面上的显著标志（本文的三角座架），没有固定的形状，只要便于识别就行，所以，地标随处可见，俯拾即是：一根木桩，一杆红旗，一盏马灯，一棵胡杨树；抑或一座残墙断壁的破羊圈子……屯垦戍边初期，新建团场所在地得有地标，新建连队所在地得有地标，开发的新条田得有地标，开挖的新干渠得有地标……地标无处不在。

兵团人从脚下的标桩一路走来，一路辉煌。

# 魏然：坚守沙井子

魏然　时任一团团长，根据王震将军的指示，农一师安排魏然等人去其他省市考察种水稻技术，在北京期间，王震将军接见他们。回来后，他们总结出"碱地种稻""挖沟排碱""深、密、通"等经验，沙井子治碱取得胜利。

创业难，守业更难。这句话用在沙井子垦区最为合适。

沙井子是王震将军发现并确定大规模开发的，从修筑八一胜利渠到垦区建成后的艰难治碱，将军都倾注了心血。新疆老百姓有一句农谚："有水就有地。"可在沙井子这块土地上，此话并不灵验。1953年，中国人民志愿军在朝鲜上甘岭打了一个大胜仗，一师军垦战士以志愿军为榜样，在沙井子也打了一个大胜仗。从1954年到1956年，连续三年取得粮棉大丰收，新开垦的土地上，粮如金，棉如银，金银两色布满川。苏联专家洛森和吉达伯林切斯基看到这幅场景后赞叹道："沙井子以后能成为一个粮棉基地。"可好景不长，1957年，盐碱这个恶魔向沙井子袭来，农田被一层如雪的盐碱霜覆盖，无风地上白，有风天上白，军垦战士用血汗开垦出来的土地眼看着又要变成"二荒地"。苏联专家洛森又一次来到沙井子，这位曾经赞叹沙井子能成为粮棉基地的专家被眼前的景象惊呆了。当人们急切地问他有什么办法改良盐碱土地时，这位专家无可奈何地两肩一耸，两手一摊："放弃。"犹如晴天霹雳，人们无法接受这一残酷的现实。有人蹲在地头痛哭流涕，有人垂头丧气，还有的人建议离开沙井子到别处开发。理由是连苏联专家都没办法，我们还有什么指望？

农一师党委决心坚如磐石：见困难就跑，就放弃阵地，不是我们三五九旅的作风。志愿军与上甘岭共存亡，我们也要与沙井子共存亡，一定要找到根治盐碱的办法。

一场"像坚守上甘岭一样坚守沙井子"的根治盐碱战斗打响了。已是国家农垦部部长的王震来沙井子视察工作时，在一总场万人大会上严肃批评"迁场"的错误观点，他说："生产如同打仗，一要有拼劲；二要有钻劲；三要不怕困难。"

经过6年的摸索实践，沙井子人终于找到了根治土地盐碱化的科学办法：挖排渠，种水稻。他们共挖土方1500万立方米，干、支、斗农排初步形成。水稻产量提高一倍多。1964年，兵团在沙井子召开经验交流会，推广沙井子"挖排渠，种水稻"的改良盐碱地，创稳产高产的基本经验。

沙井子没有重复"二荒地"的悲剧，根治盐碱后，重现"粮如金，棉如银，金银两色布满川"的景象。1984年，沙井子改名为金银川。

2013年1月23日，金银川正式设镇。

手记

在兵团屯垦戍边的历史中，有不少被盐碱困扰、继而战胜盐碱的故事，本文

"像坚守上甘岭一样坚守沙井子"的故事就是兵团治碱的一个生动例子。严格来说，沙井子在过去就有人种过"闯田"，但就是因为盐碱而使得沙井子成为"二荒地"，就连当时的苏联专家看了沙井子白花花的农田，都摇头说放弃，但兵团人就是不信这个邪，他们身上有着三五九旅人开发南泥湾的不屈的精神，最终不是"碱老虎"赶走了兵团人，是兵团人赶走了"碱老虎"，从而结束了这种失而复得、得而复失的悲剧。从对"碱老虎"一筹莫展到压碱技术领先全国，兵团人功不可没。

# 杨保孝：人民英雄

杨保孝  一兵团六军十七师五十一团战士，在解放战争中立功7次，其中特等功3次，是全国特级战斗英雄。在生产建设中，多次被评为生产标兵。毛主席奖给他步枪一支。

农六师一〇三团一连的西南方有一座连绵起伏的沙丘，形如小山，于是，一连的人们就将此地叫沙山子。一连是个小连队，大人孩子加起来也就"将将"700人。可就是这个小连队，曾经出过全师闻名的模范，杨保孝是"人民功臣"，受到过毛主席的接见。

杨保孝已经去世20年了。

记者在一〇三团采访，听到最多的就是杨保孝的故事，人们如数家珍，津津乐道。从他们讲述的口吻和表情可以看出，杨保孝是一〇三团屯垦戍边历史的光荣，是一〇三团屯垦戍边历史的典型代表。

杨保孝1949年5月入伍。

1949年6月，六军十七师攻占咸阳，胡宗南调集数倍于我军的兵力，在咸阳附近的西店头村三面合围，疯狂冲向五十一团阵地。在这危急关头，才入伍一个月的杨保孝怀抱一挺机枪，大吼一声，跃出战壕，对准敌人的骑兵一阵扫射，顷刻间，敌人的骑兵倒下了一大片。我军乘胜追击，取得了胜利。

1949年8月攻打兰州，由于敌人的防御工事坚固，除了钢筋水泥碉堡外，还凭借峭壁屏障，妄图阻击我军于城外。由于敌人的火力太猛，担任助攻任务的五十一团牺牲了不少战士，连续5次冲锋都没成功。杨保孝心中燃烧着为战友复仇的怒火，他跃出战壕，避开敌人碉堡的火力，选择有利地形，架好机枪，愤怒的子弹雨点般地射向敌人暗堡。杨保孝的机枪火力完全压住了敌人，战士们呼喊着从战壕冲出去。就在这时，另一个暗堡又吐出一条条火舌，战士们的冲锋又被压制住了。杨保孝两眼发红，他又将机枪对准敌人的暗堡扣动了扳机，他一边扫射，一边大声吼着。战士们冲了上去。

在他参加的不到6个月的解放战争中，杨保孝就立功7次，其中立特等功3次。

部队进疆后，他在执行垦荒、戍卫、剿匪等任务中，也多次立功。1954年，他作为新疆的代表去北京参加5周年国庆观礼，受到了毛泽东主席、周恩来总理、朱德总司令等党和国家领导人的接见，并合影留念。1960年，在北京召开的"全国民兵代表大会上"，毛泽东主席奖给一〇三团生产排长杨保孝一支半自动步枪，枪托上刻着"奖给人民英雄"六个金光闪闪的大字。

正好这年秋天，曾在十七师（农六师前身）战斗工作过的全国著名作家魏钢焰到一〇三团访旧，他心里一直惦记着"打仗不要命、开荒'气死牛'"的杨保孝。一直想为杨保孝做点什么？杨保孝付出了一生，功劳荣誉等身，对他的要求应该给予满足。在杨保孝的家里，两人从打咸阳、打兰州谈到迪化（今乌鲁木齐）戍卫、蔡家湖开荒，两人深深沉醉在激情燃烧的岁月里。临别时，魏钢焰与杨保孝有一段对话：

"老杨，你有什么要求，我可以代你转达。"

"没，俺没啥，俺为党做的事太少了，你看这腿又不灵便了，往后怕给团场添麻烦了。"

魏钢焰再也控制不住了，他是流着泪走出杨保孝家的。

杨保孝是英雄，但他并不以英雄自居。人们给记者提供了这样一个细节：由于开荒劳动强度太大，他一个月要穿两双鞋。割麦时，他要备四把镰刀。"他打仗不顾命，干活不要命。"这是人们对他的评价。

手记

### 人民英雄，有口皆碑

在一〇三团采访时，杨保孝已去世20多年，他的故事都是从一〇三团职工群众口中获得的，当时我心想，杨保孝不愧为人民英雄，他的事迹都装在职工群众的心中。

说起杨保孝，有口皆碑，限于篇幅，有些我没写进报告文学《人民要为你们记功》中。人们对他的评价是"打仗不顾命，干活不要命"。观察英雄的足迹，你可以看出时代造就的影子，他们对党忠诚，为了中国革命和社会主义建设，他们可以将生命置之度外，而他们在"功成名就"时，不改英雄本色，以战士自居，以老黄牛自居，任劳任怨，不计名利，利益绝对让给他人，吃苦总是抢在先头。当作家魏钢焰要为英雄做点什么时，杨保孝却为"为党做的事太少了，你看这腿又不灵便了，往后怕要给团场添麻烦了"而内疚时，人们怎能不为英雄掉泪呢。这是一种多么高尚的境界呀，杨保孝没有一丁点私利，对自己的要求近乎苛刻。他不是不懂得享受，他是英雄，就要以一个英雄尺度来度量自己。

人民英雄，有口皆碑。

# 王元：只要开花终不悔

王元　一兵团二军五师十三团二营通信员。1952年，部队招考飞行员，十三团只考上6人，他是其中之一。可阴差阳错，他误了上车的时间。他说："我不后悔，我本属于肖尔布拉克这块碱土地，只要花开终不悔。"

1951年9月25日，鉴于伊犁地区匪患猖獗，新疆军区电令十三团（红军团）抽出一个营的兵力火速赶往伊犁执行剿匪任务，这在历史上被称为"北移"。1952年1月，新疆军区下达命令，令十三团除三营、警备连及留守人员暂留库车外，其余部队一律由库车移防北疆伊犁，编入五军序列。很快，十三团1866名北移人员全部到达指定地区。

在"北移"后的剿匪战斗中，十三团共俘匪徒266人，缴获马匹201匹，冲锋枪2支，土枪30支，十三团有3人牺牲。伊犁地区剿匪告捷，地区社会秩序恢复稳定，随之大部队掀起了轰轰烈烈的大生产热潮。

在肖尔布拉克开发中，参加过南泥湾大生产的人已经不多了，老红军刘可桑是其中之一。他当时是十三团的副团长，他带着7个小伙子用草绳拉木犁，肩膀头磨破了，用烂布将绳头缠缠继续拉；一连排长马忠义领导的挖地组，运用"早晚两突击"战术，从每人平均日挖地0.8亩提高到1.68亩，在他们的带动下，全连每人平均挖地1.42亩；一连三班班长张永祥，在开荒中脚后跟裂了口子，他夜里悄悄用针线缝上，第二天继续干。同志们的开荒热情高涨，炊事员送饭来了，连长指着前面的一个目标说，同志们，再加把劲，挖到那里我们就吃饭。于是，只听到一片"啪啪"的挖地声。如果前面的人稍慢些，后面就喊开了："快点呀，要挖到屁股喽。"这边，在南泥湾开过荒的老战士带头唱起来："铁打的胳膊铜打的肩，一镢头下去尺二三，草根儿咯巴连声响，土块儿浪涛似的向上翻。"那边在南泥湾开过荒的老战士接着又唱道："你一镢头啊，我一镢头啊，比比谁的力气壮，你一镢头啊，我一镢头啊，开荒好比上战场。"

截至1953年，十三团在肖尔布拉克开荒2.73万亩，产粮179.4万公斤，收获菜籽2.38万公斤。1959年，十团（此时十三团番号改为十团）被兵团树为标兵团场。

听了老战士王元的讲述，我的心里很不平静：我对我有时候对功利得失的计较而感到惭愧。

芨芨草的种子随风飘荡到盐碱滩上，他们不怨风没将它们吹到风和日丽、土壤丰腴的地方，只是默默地落下来，默默地生根发芽、开花结籽，一年又一年，一束芨芨草变成一片芨芨草，一朵芨芨草花变成一片芨芨草花。

王元随大部队来到新疆后，听过王震司令员的讲话，他至今都记得王司令员鼓励他们扎根新疆，为新疆人民办一辈子好事。

1952年，上级要从十三团招一批飞行员，全团不少年轻、身体好的战士都报了名，他也报了。政审、体检十分严格，几百人只有6人合格，其中就有王元。高兴呀，当一名战斗机飞行员是他做梦都不敢想的。一切都十分顺利，团里已经开始布置欢送他们的现场。这时，他突然想去另一个连队看望一下老乡，他俩一个村的，又一起当兵，这一别也不知哪一年才能与老乡再见面。他带着自己做的一双布鞋就匆匆上路了。也不知怎么了，平时他经常到那个连队送信，就是闭着眼睛都能摸去，可这次居然鬼使神差般地迷路了……等他从那个连队回到团部，时间已经过了，那5人已经上车走了。团参谋长见他就大声训斥道："王元，你一个挺聪明的人怎么就办了这么一件傻事，车走了！黄花菜凉了！"

他站在那半天都回不过神来。

王元没有怨天怨地，就像芨芨草种子那样，既然来到了碱土地，那就在这扎根吧，他说："我本来就属于这块土地。"

## 手记

### 在精神故园寻找寄托

像本文王元那样已被西北空军选上了，后因故没走成的还有不少，我知道的就有几个，徐根发、徐和海、郑云彪、秦连贵等，兵团副司令员程悦长就放弃了这一机会而留在了兵团。其实，采访王元时，他倒很真实，说当时很是后悔，后悔当初不该去看老乡而耽误了大事，但他又说，后悔有啥用，命该如此，我本该就属于这块碱土地吧。

豁达也是一种境界。我不知多少次在新闻写作讲习班上讲述老兵的这些故事，没有重复的乏味，讲一次，新鲜一次，感动一次，升华一次，净化一次，看得出，学员也是和我一样感动。

哦，这就是我们真实的兵团人，当时他们也想离开条件艰苦的生产部队，到国防军去，其中不少人因不能去国防军还闹过情绪，有的人甚至想脱去军装回老家，反正都是种地，在老家种地还有老婆孩子热炕头，在兵团戈壁滩上种地有啥？但他们在部队的教育下，思想通了，他们就像一颗芨芨草的种子，随风飘到了一块碱土地上，种子没有怨风没有把它们吹到风和日丽、土地丰腴的地方，而是默默地落下来，默默地扎根抽芽、开花结籽。

　　这就是我采访过的老兵王元。

# 许学云：两口儿的感情是处出来的

**许学云　十三团三连班长。**

　　山东女兵李先珍1952年被分配到十三团（现七十二团），干活虽然累，但心不累，女兵成天嘻嘻哈哈的，有时还说一些男女之间的笑话。有一天，一个岁数大点的女兵说，有一支友邻部队的战士大多是从枪林弹雨里钻出来的老兵，突然有一天拉来一车女兵到连里，男兵像被水淹的地老鼠一般"轰"地从地窝子里跑出来，将汽车围得水泄不通。他们向连长嗷嗷地喊着："给我分一个，给我分一个。"在姑娘们嘎嘎的笑声中，李先珍一本正经地问讲故事的人："分一个啥？"周围的姑娘们笑得前仰后合，双手紧紧地捂着肚子直喊笑破肚子了。讲故事的人嗔怪地说："分个大西瓜！你这个傻瓜蛋呀。"后来李先珍才知道，那个故事是瞎编的，那时部队纪律严明，战士哪敢喊分一个。

　　十三团也有不少年轻的男兵，他们总爱往女兵那边凑，说实在的，女兵也挺乐意的，都是年轻人嘛。可连长将女兵看得很死，用女兵私底下的话说，就是一看到谁和年轻男兵说话，就要叫到连部"照相""刮胡子"。

李先珍并没有和男兵"说话"，但有一天却被连长叫到连部去了。连长问："你对四班长许学云有什么意见？"李先珍一头雾水，摇摇头说："没意见。"她心想，我和四班长连话都没说过，能有什么意见？不久，连长打了李先珍与许学云的结婚报告。李先珍这才如梦初醒，她哭喊着找到连长，说是强迫婚姻。连长说："你对四班长不是没意见吗？"

"结婚三天，我俩打了三天。他大我16岁，我能同意吗？三天后，我回宿舍了。可到了星期六，连长又找我谈话，同时，通信员悄悄地把我的被褥抱到'星期六房'。我俩还是打，不过，都是我打他，用手抓他，挠他（说到这里，李先珍扑哧笑了）。他只是抱着头叹气。有时被我打急了，他就拿着条绳子往脖子上套，看他一个大老爷们，被逼成这样，我也心软了。就这样，一直到怀了孩子，我俩才不一见面就打了。"李先珍述说这一段苦涩的婚姻时，脸上没有一丝悲伤的表情，始终笑着，就像在讲别人的故事似的。

她说："不过，老许说的一句话我认同，他说两口子的感情是处出来的。"

做新娘时，多少有些委屈，和比自己大16岁的没感情的男人一个锅里搅马勺，能不委屈吗？所以，三天两头打架是家常便饭。说是打架，其实顶多也是在"老头子"的胳膊上拧一把，朝着"老头子"的脸上挠两下，绝没有抡起擀面杖打的。日子是过出来的，常说女大三抱金砖，可男大十会疼人，许学云自知理亏（岁数大），所以打不还手，骂不还口，像哄孩子般的呵护着李先珍。人怕劝，更怕哄，渐渐，李先珍身上少了小妮子的任性和蛮横，多了些小媳妇的贤惠和缠绵。开荒人迟来的爱情一开始虽说哀哀怨怨、哭哭啼啼，但过日子的灶火一旦烧起来，也是红红火火、实实在在的。

"这辈子为老许家生了7个孩子。"李先珍是大嗓门，说起过日子有说不完的话，"现在的年轻人两人带一个孩子还喊累，我7个孩子也拉扯大了，没在老头子面前喊一声累。我那老头子在家里是个碰倒油瓶都不扶的主，是进门就吃饭的甩手掌柜，用山东老话说，他能在外干一条线，不在家滴流转。一大家子的饭我要做，大大小小吃完饭都一抹嘴撂下碗就走了，可孩子们的衣服我要洗，晚上，大大小小都睡了，我还在灯下为一家人做衣服做鞋子。"

许学云在战斗中受过伤，紧接着，又到新疆开荒造田。"他们的身子亏下了。"李先珍这么说，"等孩子拉扯大了，我又不得不去伺候卧床的丈夫。"老许晚年得了肝硬化，李先珍白天黑夜在医院护理，有时看丈夫疼得只咬嘴唇，她就拉着他的手说，别这么忍着，你骂我吧，这样会好受些。丈夫一边骂她，一边流泪，她擦去丈夫和自己脸上的泪水，又赶紧去洗丈夫的屎尿裤子。"年轻时我老打他，他老受我的气，老了也该骂骂我了。"爱说爱笑的李先珍哭了。

手记

我是一个山东女兵的儿子（母亲1952年参军进疆），这些年陆续采访了近百位湖南、山东、甘肃女兵，撰写了60多篇戈壁母亲的纪实文章，其中绝大部分是她们的爱情故事。在我直接采访或间接采访的这些戈壁母亲中，没有一人对他们的婚姻表示后悔，也没有一人离婚。说起他们的爱情故事，戈壁母亲的脸上总是有一种甜蜜而又幸福的笑容，在笑声里，我，一个"小兵团"、戈壁母亲的儿子，能真切地感受到母亲内心那暖暖的情愫。

我不否认，大多戈壁母亲都是通过"组织介绍，双方交流，自觉自愿，合法手续"而组建了家庭。我不止一次听她们说过这样一句话："日子是过出来的"。说戈壁母亲的婚姻"毫无感情基础"，那是瞎话，她们的爱情崇高而伟大，是经受过"文化大革命"那个特殊年代考验的。我们的不少戈壁母亲，对自己受到迫害的丈夫不离不弃，有的甚至带着孩子去撕批判丈夫的大字报。

此文两口儿就是明证。

# 何筱俊：爱情从一个小纸条开始

何筱俊　二军十七师司令部水利科干事。

　　有一天，他塞给女兵李明一个小纸条。从这一天开始，花儿一般爱情便开始了。

　　李明和何筱俊是自由恋爱的。

　　李明是1952年从湖南参军的；何筱俊是1951年从四川参军的。后来两人都分在十七师司令部，何筱俊在水利科，李明在收发室。两人一个在机关；一个在食堂；同一个团支部。时间长了，就有了下面的故事。

　　一天，何筱俊将一个小纸条塞到李明的手里，小声说谈谈，在球场。李明还以为是谈团支部的工作呢，就按时去了球场。一坐下来，何筱俊开门见山，说他喜欢她。李明吓了一跳，心怦怦直跳，慌慌地跑了。后来几天，李明见何筱俊走过来，就赶紧绕开，怕与他打照面。但心里可老想着他。何筱俊长得俊，很精神，常穿着一件皮大衣、戴着一顶皮帽子下基层。每到星期六，整个机关都能听到他拉手风琴，星期天，还能看到他在冰面上像燕子一般矫健的身影（滑冰）。李明喜欢他了，只是不敢像何筱俊那样说出来，女孩子嘛。

有一天晚上何筱俊约李明去看电影，李明心里跟抹了蜜一般甜，可她害羞，就让他在头里走，自己离他好远在后面跟着。到了电影院，李明才敢坐到他身边，她不敢回头，总怕碰上熟人。电影开始了，李明的心还平静不下来。谁知这时，何筱俊一下紧紧抓住了李明的手，直到电影快放完了，他才松开。回来的路上，李明还是让他在前走，两人装着谁也不认识。

那时，部队的女兵都被女拖拉机手张迪源的事迹感动了，李明也坚决要求到农场开拖拉机。机关批准了。临别时，李明对何筱俊说："我俩好可以，但得有个条件。我是来建设新疆的，等我干出点成绩再结婚，你同意咱俩就继续谈，不同意就分手。"何筱俊没有一丝的犹豫，说同意。分别时，两人照了一张合影照。

何筱俊没有食言，这一等就是5年，直到李明26岁那年，她给何筱俊写了一封信，告诉他她被评为师劳动模范的喜讯。何筱俊再也等不及了，第二天就去李明所在的农场，向李明求婚。

婚后的第四天李明就回到农场。后来，在一次检修拖拉机时，李明的四根手指被机器卷了进去，粉碎性骨折。李明提出与丈夫离婚，她不能拖累这么好的一个人。李明没想到的是，何筱俊两眼深情地看着爱人，一字一顿地说："你是我等了5年才得到的宝贝，我决不会离开你。"

他们相爱了一辈子。

手记

前些年，我采访了近百位戈壁母亲，爱情是我每次采访必须要问的内容。说实话，在我采访的那些戈壁母亲中，此文两个主人公的恋爱过程是最有故事的：一张小纸条；看电影时的手拉手；等到作出成绩来才结婚；以致结婚不久失去四根手指，妻子怕拖累丈夫提出离婚，而丈夫的一句话看似幽默，其实就是一种承诺，是对爱的承诺。对爱情的忠贞，我们父辈为我们做出了榜样。

# 赵孟仕：长长边关长长情

　　赵孟仕　山东莱芜辛庄镇坡庄村人，一条小河将他与段登香连在了一起。1958年赵孟仕参军，1964年赵孟仕所在部队奉命集体转业到新疆生产建设兵团，赵孟仕与100多名战友分配到农十师一八六团，任值班三连副连长。

　　婚姻是神圣的，兵团人的婚姻更加神圣。

　　这个爱情故事就发生在离边境线不足20米的地方。

　　在赵孟仕幼年的记忆里，山东老家有一条河。有一天他赶着牛去河边洗澡，正光着屁股在河里扑腾时，他发现了河对岸有一洗野菜的小姑娘，羞得他顾头不顾腚地爬到牛背上。小姑娘见他这般狼狈，咯咯咯发出铜铃般的笑声。阳光下，那张灿烂的笑脸牢牢地刻在了他心里。天遂人愿，等他们长成小伙子大姑娘时，在一次公社兴修水利的会战中，两人又走到了一起，他也知道了姑娘名叫段登香。后来，赵孟仕参军时，段登香赶到公社送他，两人都有意，但这层窗户纸始终没捅破，都上车了，姑娘也没吐出"我爱你"这三个发烫的字。

1962年夏天，赵孟仕回家探亲，他再也控制不住自己的感情，当天晚上便央求姑姑上门提亲。第二天，在亲人的撮合下两人订了婚。可两人还没见几次面，乡邮递员便送来了部队"速归队，有任务"的加急电报。

两人再次相见时已是3年后的新疆吉木乃边境线上。

1964年春，赵孟仕从其他省市部队转业到一八六团值班三连任副连长，由于爬冰卧雪，长时间担任边境潜伏、侦察、巡逻任务的赵孟仕得了严重的肺结核和风湿性关节炎。

得到消息的段登香心急如焚，坐了几天火车、汽车、马爬犁，终于赶到北屯师部医院，此时的赵孟仕已是奄奄一息。由于属高危传染病人，医生拒绝探望，并婉转地表示让她准备后事。段登香流着泪央求医生让她进病房照顾未婚夫，医生坚决不同意。于是，段登香在走廊上坐了一天一夜，不吃不喝以示抗议。她的举动打动了医生，在采取了严格的消毒和防护措施后，医生破例让她进了病房，昼夜监护。两天后，爱情的力量把赵孟仕从死亡线上拉了回来，他睁开了双眼。两个月后，痊愈出院的赵孟仕与段登香在连队举行婚礼，双双走进距边境线不到20米的那间小屋。

一年后，长长边境上的那间小屋里传出了婴儿的啼哭声。

1996年，段登香得了严重的糖尿病，到后来引发心梗、心力衰竭。近10年间，赵孟仕不离不弃不烦不躁，精心呵护照顾着老伴。老两口月退休金不到1000元，难以支付段登香长期昂贵的医疗费。赵孟仕是一名军垦战士，他深知边境团场的经济状况，他没向组织开过一次口。老伴因病卧床不起，他没钱买三轮车，便将家里的拉拉车改装后，拉着老伴在团部、连队四处走走，和老战友聊聊，看看团场的变化，分散老伴过重的思想压力。他们像孩童一样用小手指拉钩约定：今生今世在一起，生生死死一辈子。

段登香弥留之际深情地丢下一句话："老赵，我实在陪不了你了。"

手记

### 战士爱情更感人

2006年，兵团日报社王社长要求专刊部开设"传承兵团历史"的专栏，就是现在的"纪实"专栏，由我负责编辑。看到十师一八六团薛万金的来稿后，我被这个边境线上的爱情故事感动了，用心调动一切新闻手段来编辑这个故事。我为文章加了三个"引题"，绞尽脑汁做主标题——《长长的边关长长的情》。我是动了感情来改这篇文章的，我的感觉告诉我，这篇文章一定会得到好评。果然，在之后召开的兵团宣传思想工作会议上，主管宣传的兵团领导在会上将这个故事讲述了一遍。为此，报社奖励我"社长总编奖"。

这个故事我一直割舍不下，在撰写报告文学《战士一生都忠诚》时，我将主人公的故事写了进去；2013年，我写了散文《小河之恋》，将主人公山东老家的那条河与一八六团的界河联系起来，山东那条小河见证了他俩两小无猜的童真，一八六团这条界河见证了"长长的边关上的长长的情"，作为散文，我将故事做了不少虚构。

爱情是永恒的主题，而兵团人的爱情更精彩。

# 张世海：庄稼医生

张世海　二十二兵团二十二团战士，1952年组织安排他从事植保工作，他刻苦自学，写读书笔记30余万字，从一个文盲成为出色的植保专家，曾十七次荣获团、师、兵团先进生产者、劳动模范，1959年被兵团授予"十二面红旗"之一。

1952年，驻疆部队开展大规模生产运动，指战员不但种粮食、还要种树、种棉花、种甜菜等。当时各个生产部队的庄稼地里都出现了病虫害，植保迫在眉睫。部队领导安排战士张世海从事植保工作，张世海是个文盲，不懂植保是干什么的，一问才知道是"灭虫"的。由于没有文化，张世海闹过笑话，也给连队造成过损失。但他刻苦学习，几年后就成了部队有名的"庄稼医生"。张世海曾17次荣获团、师、兵团先进生产者、劳动模范称号，1959年他被兵团树为十二面红旗之一。

# 爬树找虫

　　为了植保，张世海夏季几乎天天泡在庄稼地里观察、打药，由于农药对皮肤的腐蚀，他得了严重的皮肤病，一只眼也快失明了。有一次连队指导员通知张世海到团部卫生队住院治疗眼睛，当时正是农作物植保的关键时刻，张世海请求过些日子再去住院。指导员说，你再不住院，眼睛就保不住了，到那时，眼睛瞎了怎么搞植保工作。张世海这才去了。

　　在团卫生队，他见护士将一些小药瓶当作垃圾扔了，就捡回来洗洗放在窗台上。有一天，他约请病友一道去地里捉虫子。由于他的眼病还没治好，看不见虫子，就让病友帮忙捉。不同的虫子放在不同的瓶子里，拿回来观察。医生批评道："你的眼睛需要好好休息，你这么看虫子对治疗不利。"医生不让他观察虫子了，但张世海的脑子还是闲不住，他想，为什么每年将地头地尾、沟渠里的虫卵都消灭了，第二年还有那么多的虫子呢，它们都藏在什么地方，得找到虫子的"大本营"才行呀。一天，他躺在病床上，无意间看到一对粉色的蝴蝶飞过来，在窗外翩翩起舞，像是向消灭害虫的专家张世海表演似的，窗外不远处有一棵大榆树。张世海突发奇想：榆树会不会是害虫的"大本营"呢？想到这，他翻身下床，跑到那棵榆树下，动作敏捷地爬到树上，伸手拉过一根树枝仔细一看，乖乖，树叶背面是密密麻麻的蚜虫。他恍然大悟，连队的棉花地四周都有防护林，那里应该是蚜虫的"老巢"。

　　张世海再也躺不住了，坚决要求出院，理由是他的眼睛治得好多了，开些药带回去即可。现在连队正是棉花植保的关键时刻，他得回去消灭蚜虫的"老巢"。医生也为他的发现而高兴，同意他出院。

　　知己知彼，百战不殆。回到连队的张世海打了一场漂亮的歼灭战。

## 让鸡吃虫

1958年，张世海所在的连队种了600多亩甜菜，可甜菜都被象鼻虫吃光了，连续播种3次。张世海开始研究防治象鼻虫的办法。消灭"敌人"首先得侦查"敌情"，他开始观察象鼻虫，成天蹲在甜菜地里目不转睛地看。有一次他盯上了一只快要产卵的象鼻虫，整整观察了4个小时，象鼻虫产卵后，他在那儿做了记号。就这样，他观察了半个月，终于掌握了72种象鼻虫的不同活动规律。要调查象鼻虫每平方米的数目可不是一件容易的事，哪能数得过来。他想到了一个好办法，让鸡吃，吃完后立刻把鸡宰了，数鸡肚子里象鼻虫的头。他找来两只鸡，一个小时吃了116头象鼻虫。接着，张世海制定了消灭象鼻虫的措施，及时控制了虫害，保证了连队甜菜丰收。

## "三把火"烧虫

1965年7月，八师一四三团虫害严重，师里决定调已有些名气的张世海去治虫，任命他为生产科副科长。

新官上任三把火。张世海经过实地调查，发现这个团的57万株树，有11万株树"剃了光头"——被杨柳毒蛾吃光了叶子。治虫如救火，他先以点带面，在一连试点，并亲自做示范，采取"摇、打、刷、扫、捡、烧、喷、灌"的办法消灭杨柳毒蛾。那次，一连消灭杨柳毒蛾305公斤。接着，他迅速推广战法，在全团开展灭虫战斗。

后面的两把火分别是消灭了棉铃虫和红蜘蛛。八师政委来一四三团检查工作，夸奖张世海"三把火烧得好"。

由于张世海刻苦学习植保知识，直到50岁才成家。他治虫的名声越来越大，科研院校请他去讲课，聘请他为特约研究员，国外有些专家来信希望与他交流成果。他还当选为石河子农学会理事，自治区植保学会理事，自治区政协委员。1959年，张世海去北京见到了毛主席，还同周恩来总理和陈毅副总理合过影。贺龙来新疆视察时，张仲瀚政委指着张世海介绍说："他也姓张，我这个张不如他这个张。他是兵团大名鼎鼎植保专家。"

手记

### 敬畏工作

一个目不识丁的文盲，后来成了一个远近闻名的植保专家，这不是神话，而是二十世纪五六十年代几乎家喻户晓的故事，故事的主人公就是张世海。

张世海事迹最让人感动的是"从文盲成为植保专家"，可以说，对党的忠诚、对职业的敬畏、要对得起组织的信任，对得起领导的关心是老兵们的一个共同特点。张世海对知识的钻研和对工作的痴迷在今天仍有现实意义，这也正是当下不少人所缺乏的专业精神。干一行、爱一行、钻一行，只有这样才能将你从事的职业干出点名堂来，才能让人敬佩。

# 刘学佛：植棉状元

　　刘学佛　二十二兵团农十九团二连排长。1951年在剿匪战斗中立过战功。1951年至1954年先后被新疆军区二十二兵团授予甲等、特等劳动模范，荣立一等功、特等功；1953年被授予"全国植棉能手"称号；1955年被兵团授予"特级劳动模范"称号；1960年被兵团树立为"十二面红旗"之一。曾任八一农学院农学系主任。

　　在兵团植棉史上，刘学佛是个标志性人物。

　　1953年他领导的植棉小组在玛纳斯河流域创造了大面积棉田丰产纪录，53.6亩棉花亩产籽棉386.5公斤，其中1.61亩棉花亩产籽棉高达674.5公斤，创当时全国棉花丰产最高纪录，事迹被介绍到全国，成为兵团生产战线上的一面红旗。二十二兵团先后授予他乙等劳动模范、特等劳动模范和甲等劳动模范称号。1953年他被评为全国植棉能手。

植棉状元刘学佛一路走得并不平坦。

种地对刘学佛来说不难，他在老家就种过地，只要肯掏力气，就能种好地，这是他根深蒂固的观念。可1950年部队开始种棉花，他带着全排人拼死拼活干了一年，棉花亩产却只有20公斤，1951年亩产35公斤。在一次劳模大会上，他第一次听说苏联植棉能手依曼诺娃生产组在90亩土地上创亩产籽棉1507斤（753.5公斤）的高产，这件事对刘学佛震动很大，他在心里发誓，要做一个合格的革命战士就得干出像依曼诺娃那样的成绩来。后来，在种植棉花的过程中，他遇上了苏联农学专家提托夫。可以说苏联植棉能手依曼诺娃是他的榜样，苏联农学专家提托夫是他的老师。

部队的干部战士大多来自农村，知道一些种地的常识和谚语，如棉花地里"此枝不碰彼枝""不稀不稠，棉花地里卧条牛""不稠不稀，两千六七"等，可提托夫要求每亩一般应密植6000株。干部战士有不同看法，可刘学佛带头在自己的小组地里密植，战士有抵触情绪，他就做思想工作，说这是科学，不然依曼诺娃哪有那么高的亩产，听专家的话没错。

在灌溉问题上，部队干部战士也存在着保守的经验主义，喜欢大水漫灌，而提托夫提倡沟灌。又是刘学佛首先在自己的地里做实验，结果表明，沟灌速度并不比漫灌速度慢，实行沟灌反而比大水漫灌还省劳力。提托夫见刘学佛聪明肯学，就常来他小组的棉田指导。刘学佛体会到，种棉花光有力气不行，还得有技术。他在提托夫指导下学了不少植棉知识，加之他平时又爱观察、琢磨，也摸索出一些种棉花的"道道"来。

虽然1953年他带领植棉小组实现棉花亩产最高全国纪录，可1954年，他遇到了更大的困难。

这一年，棉花播种后，由于土地板结，大部分苗没出来，大家急得用手抠。刘学佛心想，这样抠不是个办法，等把80亩的棉苗抠出来，棉苗早闷死了。经过思考后，他提出了用"之字耙"耙。想法一说出口，大家伙儿就齐声反对，意见是地里已经出了一些苗，这一把把长出来的棉苗也耙断了，反对意见似乎在理。刘学佛耐心地解释，他说："现在耙地，会损伤一些苗，我算过，估计最多不超过百分之五。耙的好处是可以解放更多的棉苗，而且速度还快。如果继续用手抠，等抠完了，也就'正月十五卖门神'——晚了。"大家伙一听，是这么个理，于是就用"之字耙"耙起来。

团里组织现场观摩，当各营、连领导来到1953年创全国纪录的刘学佛棉花地里时，都傻眼了——棉苗又瘦又黄，他们摇着头什么话也没说。其实大家心里明白，1954年的全国棉花高产纪录算是黄了。看到这个场面，小组的战士都急了，吵吵着问刘学佛咋办？刘学佛也在琢磨着怎么办呢。刘学佛心想，这个关键时刻不能泄气，种棉花跟打仗一样也要考验人。晚饭后，他召集全排战士开会，他说："我们种了4年棉花，大家都知道棉花有三变，只要加强田间管理，还怕赶不上去？俗话说得好：'人要泄了气，马都奔拉头'。如果想要保住去年的高产纪录，首先要自己坚定信心。"说到这，他大声问大家有没有信心，全排战士高声喊道："有信心。"其实，刘学佛和团部技术员已经琢磨出办法了，棉苗长得不好的原因是缺水、缺氮肥、土壤板结、地温较低。解决的办法是追施含有大量氮肥和热量的腐熟马粪，追肥后紧跟着浇一次水，再进行一次中耕。

战士们按照这个技术步骤实施后，棉苗果然开始变绿了，大家的信心更足了。那些看过刘学佛棉田后大摇其头的人再次来到这块地里时，简直不相信自己的眼睛，都说刘学佛会变戏法。在刘学佛的带动下，全排战士掀起了学习植棉技术的高潮，中午谁也不休息，三三两两蹲在地里讨论有关种植技术。有一天，提托夫又来到刘学佛的棉田，高兴地说："刘排长，你出师了，你能种出这么好的棉田，我感到很欣慰。"

1954年，刘学佛种植的棉花亩产籽棉1392.8斤（696.4公斤），打破了由他1953年创造的全国纪录。

手记

### 棉花高产第一人

在新疆1500余年的植棉历史画卷中，有历史记载的第一个创造棉花高产奇迹的人是刘学佛。

创造棉花高产的刘学佛，是从低谷中走出来的，从刚种棉花亩产只有20公斤、35公斤，到1954年亩产籽棉696.4公斤，而这一奇迹是在"植棉禁区"创造的。

但凡成功的人必然走过一条曲折的路，刘学佛也不例外，他遇到的难题除了生产技术本身外，挡在面前最大的难题是自己，由于人们保守的经验主义，总是步前人后尘。"农家活不用学，人家咋干你咋干""没吃过猪肉，还没见过猪跑"？刘学佛的成功经验一是冲破固有的传统观念，二是与时俱进走科学之路，这两条经验在今天仍有现实意义。

# 王凤元：沙海植绿第一人

王凤元：莫索湾共青团农场第一任场长，从1958年到1960年，全场除了开辟出大片农田外，还栽树1万亩。兵团司令员陶峙岳看到城墙般耸立的林带，当即赋诗一首：莫索湾边共青城，防风沙障数千行，稳保丰收先抗逆，操之唯我破天荒。

这里原先的名字叫莫索湾，是与沙漠交界，遍地沙丘、红柳、梭梭的荒原。1958年，向荒原要绿洲的战役在莫索湾打响。农八师党委决定，由各场挑选500名团员、青年组成红色青年突击队开赴莫索湾最前沿（古尔班通古特大沙漠东南边缘），建立共青团农场。一辆辆汽车在没有路的荒原上摇摇晃晃向前行驶，青年男女坐在自己的行李上唱着歌，这是一群风华正茂、激情澎湃、胸怀建设绿洲伟大理想的年轻人。车被浮沙涌往了轮子，他们跳下来，喊着号子将车推出来。就这样，车子走走停停，直到头顶上出现了闪烁的星星。

"到了。"一个穿着黄军装的人手提马灯站在车前喊道。

青年人扑扑腾腾从车上跳下来。领队的指导员指着那人说："这是共青团农场场长王凤元。"

大家围着场长，七嘴八舌问共青团农场在哪里？王凤元用脚跺着荒原，大声说："就在脚下，你们看。"

人们围过去，蹲下来，看到沙土中钉着一根桩号。

这不是一根普通的桩号，以此桩号为轴心，经过半个世纪三代人的努力，沙海半岛已扩展到451平方公里。

要想在荒原上扎下根，光有水还不行，还得有树，树是绿洲的屏障，是遮蔽风沙的绿色长城。20世纪50年代初，苏联专家曾对莫索湾下过结论：莫索湾垦荒最多生产20年，土地不被沙化也会被次生盐渍化。

在共青团农场成立大会上，场长王凤元就提出了在居民点、主干道、条田、渠道旁植树造林。他们边开荒、边植树，双管齐下。

1958年10月30日，王凤元坐拖拉机从石河子开会回来，场部的人都盼着场长能给他们带来些好吃的打打牙祭，不料，场长拉回一车树苗。一下车，王凤元就脱去棉衣招呼大家挖坑栽树，并把一些树苗分到连队。王凤元规定，以后的洗脸、洗脚水都要浇树。第二天他来到机修连检查植树情况，当他看到昨天分的树苗仍冷冰冰地躺在地窝子门口时，火了，大喊："把保管员叫来。"

保管员来了。

"把棉衣脱下来！"

保管员不知发生了什么事，只好执行命令将棉衣脱了。

11月的莫索湾虽然不是滴水成冰，但也寒气逼人。没一支烟功夫，保管员已筛糠似的发抖："场长，我冷。"

"你知道冷，那树苗躺了一夜就不冷吗？好了，把棉衣穿上，敲钟种树。"王凤元说。

那年，一些单位栽完树后，渠道便结了冰。人们就在大锅里化冰，然后再一盆一桶去浇树。冬天下雪了，人们将雪堆到林床里，开春等于浇了定根水。

从1958年到1960年，共青团农场共栽树1万亩。1960年8月，共青团中央书记胡耀邦对当时的农垦部部长王震说："《人民日报》报道的莫索湾共青团农场，在什么位置？报道说那里的共青团员边开荒、边生产、边植树造林，搞得不错，有机会去看看。"

当年，农垦部长王震来到共青团农场，最感兴趣的就是这里的树，因为这是大沙漠边上的树，没有树木，绿洲焉存？

兵团第一位司令员陶峙岳看到城墙般耸立的林带，当即赋诗一首：

莫索湾边共青城，

防风沙障数千行，

稳保丰收先抗逆，

操之唯我破天荒。

王凤元的爱人柳庆双是1952年参军的湖南女兵，她后来回忆说："建共青团农场时，我们住地窝子，喝黄泥水，环境艰苦得没法形容，但领导给我们鼓劲说，'以后的农场是耕地不用牛，点灯不用油，收割机械化，住的是高楼，电话通四方，生活乐悠悠。'没人不信，心中有了奔头，再苦再累也能挺住。这不，这些都实现了。"

手记

### 沙海植树功不可没

当年共青团农场，今天的八师一五〇团，是兵团唯一被称为"沙海半岛"的地方。说起这个名称还有一个故事呢。

20世纪70年代末，美国的一颗卫星飞到中国西部古尔班通古特大沙漠上空时，发现在苍苍茫茫黄色沙海的东南边缘，有一绿色的"半岛"，"半岛"如锋利的犁铧插进沙漠70公里。在极度干旱荒凉的古尔班通古特大沙漠边缘，这个相当于欧洲小国安道尔面积的绿色"半岛"（451平方公里）引起美国人的好奇：是什么魔力使得黄色的沙海变幻出一个绿色的"半岛"。1978年9月，联合国为此组织了7个国家的17名治沙专家来到沙海"半岛"的所在地。当他们参观完这块人工绿洲后，发出惊叹：这是世界治沙史上一个不可思议的奇迹。

从此，这片离海洋最远的绿洲便有了一个"沙海半岛"的美称。有人计算过，截止到1988年，一五〇团累计造林4.61万亩，植树1525万株，如果株距一米一棵树，按四行计，则可直排到北京。

如今的一五〇团植树已成传统，再忙也要植树，农业再缺水，也不能旱着树。从王凤元第一任团长起，一直坚持到现在。

王凤元，沙海植树第一人。

# 符文通、隋新明：立志破“猜想”

符文通、隋新明均为老兵，均为数学爱好者。

证明世界著名数学难题“哥德巴赫猜想”，其难度犹如“双手移动群山”，而新疆的两位年过花甲的“愚公”要立志“移山”！

说出来你也许不信，两位老人不是数学大师，只是数学爱好者，一位是阿克苏地区72岁的符文通；一位是农二师二十四团65岁的隋新明。两位老人的“猜想”论文前不久分别在国内其他省份学术刊物上发表。

“哥德巴赫猜想”是1742年一名叫哥德巴赫的德国中学教师出的一道难题，被誉为数学皇冠上的明珠。258年来，世界成千上万数学家都想给这个“猜想”做出证明，摘取这颗明珠，但没有一人成功。

我国著名数学家陈景润证明哥德巴赫猜想中的“1+2”理论后，国际数学界惊叹他“移动了群山”。

符文通和隋新明就是在这种背景下，自发加入到全世界数学家"移山"行列中的。

符文通与数学为伴度过了大半生。1949年就读于西北农学院附属高级职业学校，未毕业就随西北野战军来到新疆。

50多年里，他研读了《解析几何》《高等代数》《高等几何》《非欧几何》等大量数学著作。后来，他把目光盯在了闪耀明珠光彩的"哥德巴赫猜想"这道难题上。

与符文通不同，隋新明有一个爱好数学的家族，至今，他家还珍藏着祖传的《孙子算经》《周髀》《数书九章》《四元玉鉴》等中国古典数学名著。

隋新明1958年毕业于海军第二航空学校爆炸学科，1960年又考入青岛航空工业学校，学习飞机设计制造。1962年航校下马，他去了"北大荒"，1966年来到新疆兵团。

两位老人对证明"猜想"达到了痴迷的程度，隋新明说他"爱好解数学难题以求乐趣"。符文通腿被自行车撞断，又患脑血栓病，这并没有阻止他的"猜想"。

当然，摘取"猜想"的明珠是世界上最难得到的荣誉。符文通拿着他多年论证的（1+1）来到中科院数学研究所（陈景润生前单位），专家看后，劝他"不要浪费时间去寻找没有任何结果的东西"，形象地比喻这是"拿着弓箭参加海湾战争"。

隋新明虽然在他论文前言中十分肯定他的《哥德巴赫猜想（1+1）定理》证明了"相差为2的孪生素数有无限多个"，但他又注明"敬请专家学者参与论证、修改、合作签名发表"。

愚公移山并非易事，两位老人在近似"神话"的"猜想"证明过程中，所表现出的执着和韧性，也许就是他们一生付出所得到的结果，这也是参与证明"哥德巴赫猜想"成千上万数学家的结果。

值得欣慰的是，洛阳教育学院学报发表了符文通那篇还没有成形的（1+1）的推导公式和论文。《中国当代论文选粹》收入隋新明的论文《模糊数学论（1+1）定理》及《孪生素数定理》。

手记

这一篇老兵故事有些另类，它不是讲述老兵如何战斗，如何生产，甚至是如何恋爱，而是讲述两个爱好数学的粉丝。他们想要接替陈景润将"哥德巴赫猜想"继续证明下去，这无疑是在"用双手移动群山"。可能吗，答案是不可能，但这两个老兵就像冲锋的战士毅然往前冲，倒在冲锋的道路上是必然结果，但两个老兵还是往前冲，这恐怕是故事打动人的价值所在。

在写作上也有些另类，因为此文是用消息的形式写作的。尽量将枯燥的事写得好看些。

# 刘效：要对得起共产党毛主席

刘效 1949年9月25日参加解放军，起义前是国民党整编四十二师野战仓库中尉管理员，在二军联络部学习改造后留在草湖农场。他当了大半辈子班长，是种植水稻的土专家，1958年被评为兵团二级劳模。

刘效是我在四十一团唯一查到个人档案的人，也是唯一在团史志中有过较长文字记载的人。他起义前是国民党整编四十二师野战仓库中尉管理员，中华人民共和国成立前被人拉进红帮。来二军联络部集训队时没什么想法，就知道吃饭干活。他在入党时的汇报材料中这样写道："经过三年的劳动学习、忆苦思甜，回想起在家受过的苦（他是河南上蔡县人，一家五口窝住在老坟地的破草屋里。1937年被抓壮丁），再看看共产党是为着人民的，把我的小孩和老婆都照顾得很好，我得对得住共产党呀。"

这时的刘效从一个只知道吃饭干活的人，转变为一个有了思想的人，有了是非标准的人，有了崇高理想的人。他话虽少，但铁嘴钢牙，一字一钉。他常说"就是钢铁也要把它吃掉""一个虱子顶不起床单，建设社会主义靠大家"，此话虽俗但理深。

他的事迹很多，我只说几个细节：

有一年他在水稻田里七天七夜破冰春灌，小孩得病发烧，老婆塔基布（维吾尔族）三次托人带话，他都顾不上回家。等完成了春灌任务，小孩也离开了人间。

在200多天的水稻保苗期间，他没回过一趟家，没有一天穿过干净裤子。一张席、一件旧军大衣；怀揣馍馍，身背水壶，肩挑担子，手拿坎土曼。他就是这样在水稻地里度过一天又一天。"有空多巡一遍苗，无事多割一捆草"（积绿肥），刘效全年积肥1.68万公斤。由于常年踏冰水，卧冻土，他落下一身病，一开春腰就疼得直不起来。同志们劝他休息，他说："越躺越疼，能多干点就多干点，这才对得起毛主席。"自1955年到1963年，他一人生产水稻222547公斤，可供1060人吃一年。

草湖至今还流传着一首顺口溜：

要想水稻产量高，

就到四队学刘效。

大鹏展翅飞得高，

论种水稻数刘效。

军垦农场土专家，

年年丰收传捷报。

1956年，刘效加入中国共产党，1958年，刘效被评为兵团二级劳动模范。

刘效当了大半辈子班长，他说的最多的一句话是"要对得起共产党，要对得起毛主席"。他是个话语不多的人，但他留给后人的"话"很多，人们说不完。

手记

### 一辈子的大田班长

在兵团，有很多"兵头将尾"，他们是大田班长、马车班班长、种菜班班长等等，在我的记忆里，人们都不太叫他们的大号，就叫"张班长""李班长""王班长"，叫得亲切，听得自在。兵团的班长一个共有的特点就是以身作则，带头实干，他们绝不夸夸其谈，任务一下来，往掌心里呸呸吐两口唾沫抡起工具就干起来了，身后的职工不用喊不用催，跟上去就干将起来。带头实干是班长领导全班的技巧和艺术。

这是兵团的一种特有的现象，我认为是一种特有的文化。

在四十一团采访联络部老兵时，因刘效到外地女儿家了，没能见着他，倒是别人说了不少他的故事。刘效寡言少语，一口唾沫一颗钉，他的"名言"是"就是钢铁也要把它吃掉""一个虱子顶不起床单，建设社会主义靠大家"，此话虽俗但理深。

我在四十一团查到了刘效的档案，看到他入党时的汇报材料，他这样写道："经过三年的劳动学习、忆苦思甜，回想起在家受过的苦（他是河南上蔡县人，一家五口窝住在老坟地的破草屋里。1937年被抓壮丁），再看看共产党是为着人民的，把我的小孩和老婆都照顾得很好，我得对得住共产党呀。"我感动的是，刘效说"得对得住共产党呀"，是这个少言寡语人的一辈子承诺，他一辈子都在报答共产党、毛主席，为了给水稻田浇水，他的女儿病重死了。

刘效的故事一直让我放不下，特别是他三天三夜在水稻田里浇水，他女儿死了的情节更让我揪心，所以，我怀着感情写了散文《塔基布》（见《当代兵团》2014年3月上半月期），以了却我的心愿。

# 孔宪林：幽默指导员

　　孔宪林　一位老八路，他一生参加过两次大开荒。一次是在南泥湾；一次是在莫索湾。1958年他在莫三场机耕队担任指导员。

　　莫三场机耕队没几个人知道孔指导员的尊姓大名，大家伙儿都习惯叫他老孔。

　　那时，机耕队的农机手除了开车打荒外，还要参加运荒，大冬天，他们一捆一捆往地边背梭梭。一件新棉衣，一个冬天下来便里外开花。有一位"9·25"起义的老兵叫马成义，他那件棉衣已经穿了三年了，破得实在穿不成了，就找到老孔说能不能领件新棉衣。可队里哪有新棉衣呀。无奈，老孔就将自己的棉衣脱下来给马成义穿。他穿着马成义的破棉衣回家了。那一夜，老孔找出自己的一件旧上装，套在那件棉衣上做面子，和老婆又是絮棉花，又是缝缀，忙活了大半夜。第二天，老孔将新棉衣递给了马成义。马成义接过棉衣，感动得说不出话来。

那时机耕队不少岁数大的人都找到了媳妇，地窝子里不再闹"妻荒"了。机耕队的机车手都是白天黑夜两班倒，一干就是一个对时。一些新婚不久的机车手，下班后本该住在地头搭的帐篷里，可他们恋着家里的新媳妇，就摸黑往家赶，路上还不忘拾捆柴火背回去。和媳妇亲热一夜后，天不亮又要往地里赶，这般白天黑夜地"工作"，就是铁打的人也会累垮的。果然，一名机车手作业时睡着了，拖拉机竟然翻过了四五米深的干渠。老孔也从年轻时过来的，他理解，新婚燕尔的，谁不恋新媳妇的热被窝？要是前几年，他一定会鼻子不是鼻子，脸不是脸地臭骂一顿，可他现在是指导员呀，批评也要讲究个方法不是？

几天后，机耕队的黑板报上出现了一首打油诗：

没有老婆想老婆，

有了老婆背柴火。

有了小家忘"大家"，

有家更要顾工作。

丈夫有志妻光荣，

夫妻共唱光荣歌。

快板没有署名，但大家都知道是老孔的"大作"。那些夜里偷着往家里跑的机车手，看到打油诗，脸红到耳根子。后来，有家的机车手作业时精气神十足，一看就知道他们夜里没往家里跑。

有一次机耕队开大会，老孔正在讲话，突然从机车保养间里传来刺耳的发动机运转声。原来一台 d-35 链轨车修理完毕，准备试车后投入春耕。老孔有些不悦，对副队长说："去，叫他们把车开远些再发动。"话音刚落，台下一片笑声。副队长小声对老孔说："车不发动起来，是没法开走的。"老孔这才转过弯来，脸唰地红了。

此后，保养间里常见老孔拿着小本问这问那，夜里老孔家里的灯总要亮到大半夜，他在学习《拖拉机讲义》。他常对人说："过去我是搞农业的，对机务一窍不通，看来，在哪山就要唱哪山歌呀。"在他的带动下，队里的年轻人也学起了技术。

手记

老八路领导大都没多少文化，被人统称"大老粗"。但老孔却不同，他在用一种体贴入微而又幽默的方法去做思想政治工作，而且很灵验。老孔的工作方法在今天也有借鉴作用。

# 王交角：默默无闻作贡献

王交角　1944年参加八路军，历任新兵十团二营五连饲养员、三五九旅七一八团二营四连饲养员、三五九旅七一九团机炮连饲养员、二军五师十五团二营机炮连饲养员、农一师三团（四十七团前身）八连饲养员、三团供给处运输员（赶大车）……

2001年，老战士王交角去世了。

王交角在抗日战争、解放战争、中华人民共和国成立后的社会主义建设时期一直都是饲养员，是响当当硬邦邦的老革命。1952年十五团整编时，留在生产部队的500名指战员中，像王交角这样的老资格不超过10人。

王交角在参加八路军前，也是给地主放牛、赶脚；转业后，他在四十七团干的最多的还是驾驭骡马犁地、喂牲口、赶大车。环境决定人物的性格，他这一辈子话少，可能与他所从事的职业有关系。

　　王交角参加八路军时，就会养牲口，就会赶脚。他用给地主干长活练就出来的技能，为中国革命作出了贡献。他参加过20余次大小战斗，没有打过一枪，都是赶着骡子运输弹药，赶着骡子驮伤员。有一次战斗打得惨烈，前线的战士快打光了，他们饲养员也上了。可班长没让王交角上，说他最会养牲口，部队更需要他。那次上去的5个饲养员没一个活着回来。王交角嚎啕大哭，话更少了。

　　部队进疆时，连里的骡马都由他喂养，有几匹骡马还是他从陕西牵到和田的。在穿越塔克拉玛干大沙漠时，王交角的角色更单一，白天牵骡子、牵马，天黑喂骡子、喂马。他自从给地主放牲口那会儿起，就养成了一个习惯——从不在牲口后面拿鞭子驱赶，而是在牲口前面牵缰绳，有什么危险，他挡在牲口的前面。这个习惯保持了一辈子。在穿越大沙漠的15天里，他没有一件让战友能记住的事，他就像骡马，骡马就像他，他牵着骡马，骡马跟着他，默默地走。骡马背上有时驮着辎重，有时驮着病号，他没骑过一次，哪怕是他的背包都没让骡马驮，他宁可自己背。一到宿营地，他顾不上吃饭，首先是喂牲口，牲口吃饱了，他才去吃饭。夜里还要看几次牲口。

　　他爱惜牲口成了习惯！

　　十五团到达和田后，开展了大生产运动。拾粪，他用手抓，在他眼里，牲口的粪是宝，庄稼丰收全靠它。拾满两筐后就往地里挑，一天能拾三四挑子。他成为连队积肥最多的战士。他是三五九旅的老兵，开荒种地是好把式。机炮连大多人是解放大西北时参的军，而王交角参加过南泥湾大生产。部队的骡马没干过犁地的农活，刚开始开荒时，发生了不少骡马踏伤战士的事故。机炮连没有发生一起。没犁过地的骡马到了王交角的手中，暴躁的不再暴躁，也没有偷奸耍滑的，像他一样踏踏实实地干。犁地时他根本不拿鞭子或树枝吆喝，而是在骡马的一旁套上绳子一道拉犁，他和骡马同样一身汗。他说他顶半个骡子。他和骡马一天能犁30亩，是全团犁地最多的。团里给他奖励大红花，他戴在骡马的胸前。

　　连领导看他精于驾驭牲口和犁地，就任命王交角为犁地班的班长，这是他这一生当的最大的官。他当了班长还是那样，和骒马一起拉犁，骒马无语，他也一句不吭，都是气喘吁吁。班长是兵头将尾，他不说话，用自己的实际行动来说话，所以，班里的战士没人不服气的。

后来，连长找他谈话，说准备任命他当排长。王交角听后脸上没有一丝的喜悦，他吭哧了半天才说："我不会说话，当个班长还凑合，排长干不了。"

王交角因为不会说话，没有答应当排长，所以他一直都是战士（排长以上才算干部）。一直干着喂牲口、赶马车的活，一直干到离休。

采访手记

王交角的故事缺乏吸引读者的细节，不管从新闻采访还是从艺术创作的角度来审视，都太一般了，不具有新闻价值和艺术典型性。所以，我在反映四十七团老战士的纪实作品《战士的名字叫忠诚》中，只用了一百来字对王交角做了粗线条交代。

四五年后，当我再看这篇作品时，看到王交角那一百来字时，恍然悟出那一百来字背后蕴藏的深刻内涵，王交角身上的那种战士的本色是当下社会稀缺。我感到心慌、惭愧和不安。我觉得对不住这个老八路。

这个不曾谋面的间接采访对象，却让我魂牵梦萦、割舍不下。

王交角的故事不精彩，是因为主人公寡言少语，是个"沉默的人"，是因为主人公没有什么特别的事，以至于最熟悉他的儿子在接受采访时，也说不出什么故事来，其他战友也只是向记者表达对王交角的崇敬，但也说不出细节和故事。

王交角从小到老一直干着同样一种活计，专业、敬业，喂牲口、赶大车在他眼里最适合他，他仿佛就是为这个活计而生的。"少说多干，不说只干"是那个时代不少人的共同性格，兵团人就是靠这种实干精神才在两大沙漠边缘和千里边防线上建起了世界上最大的人工绿洲。

# 李大兴：坎土曼大王

李大兴　1949年9月25日参加中国人民解放军，在二十二兵团九军二十五师七十四团任班长。在大生产运动中，他所在的部队战士们为他编了顺口溜，新疆军区出版的《屯垦军魂》对此有记录。李大兴是最早被称为"坎土曼大王"的人。

20世纪50年代，李大兴是个远近闻名的英雄。

1950年2月，他所在的二十二兵团九军二十五师七十四团从迪化（今乌鲁木齐）老满城来到小拐开荒。二营领导从团部领来了100多把坎土曼，当时李大兴和战士从没用过坎土曼，很是稀罕。李大兴20多岁，膀大腰圆，力大如牛，所以他领了把特大号的坎土曼，在手中掂了掂说："正合适。"并将坎土曼擦得干干净净，与自己的枪架在一起。

小拐开荒会战开始了，一个班、一个排的战士一字排开，抡起手中的坎土曼往前挖，地里尘土飞扬，场面壮观。刚开始大家挖地速度差不多，可一会儿，就有人落在了后面，再后来，就分成了几个"梯队"。李大兴并不是挖在最前面的，是第二名，第一名的战士叫郭景美，也是一个膀大腰圆的小伙子，第一天郭景美挖了一亩，而李大兴比他少一点。几天下来，战士的手都打了血泡，鲜血把坎土曼把子都染红了，可没有一人退缩。当然也有人在私底下发牢骚，编了打油诗："小拐小拐真正好，开荒挖地不得了，如此日子真难熬，脚底抹油赶快跑。"发牢骚归发牢骚，部队没有一个人开小差。

郭景美开荒一亩大关不几天就被李大兴打破了，他挖地潜力很大，从一亩挖到二亩，后来挖到二亩六分。这个纪录一直保持了好几天。战士们给李大兴编了一首打油诗："一亩六，二亩六，坎土曼开荒气死牛。芨芨草搓绳不发愁，坎土曼砍掉'老蒋头'。"从此，"坎土曼大王"和"气死牛"就成了李大兴的绰号。

1950年，七十四团生产粮食可供全团人马吃一年一个月二十三天，圆满完成了王震司令员交给的"当年开荒，当年生产，自给自足"的任务。万亩小麦亩产220公斤，成为"万亩万石团"，《人民日报》报道了这一消息。

李大兴这一年出席了第一野战军、西北军区召开的首届英模代表大会，七十四团开展了"李大兴运动"，号召全团指战员学习李大兴，赶超李大兴。

这是一个英雄辈出的年代，1951年，一名叫黎鸣棋的战士打破了李大兴的开荒纪录，他一天开荒两到三亩，最高时达到4.4亩。战士又为他编了一首打油诗："拖拉机，拖拉机，赶不上我们的黎鸣棋。"

1952年，"坎土曼大王"李大兴在全国水稻丰产竞赛中创造了奇迹，他带领战士种的100亩水稻，总产达到44362.5公斤，平均亩产达到443.62公斤，其中6.8亩水稻亩产达到563公斤。

手记

### 绿洲的奠基者

据史料记载，李大兴是部队垦荒中最早叫响"坎土曼大王"的，以后，天山南北的各个垦区都有了"坎土曼大王"，但李大兴是当之无愧的第一个"坎土曼大王"。

用一把坎土曼一天开荒一亩、二亩，甚至三亩，这不仅仅是体力的极大付出，而且是要有坚强意志的人才能做到，而这个坚强意志来自哪里，来自他们是革命军人，来自他们对心中理想的向往和高度自信。作为一个起义兵，李大兴与其他起义兵一样，经过忆苦思甜教育，他们都变了一个人，都有一种感恩、报答党和解放军的心情。如何感恩？怎样报答？那就是"党叫干啥就干啥""争当生产模范"。

李大兴和十多万集体转业的老兵，是兵团绿洲的奠基者，他们把一生都献给了绿洲。

# 王兴才：心里有一条路

王兴才　1949年新疆和平解放成为一名解放军战士。1950年，他所在的新疆军区独立骑兵师一团一营一连组成挺进西藏的先遣连。他是先遣连137名指战员中的一员。两年后王兴才胜利完成守卫西藏的任务，回到新疆。由于身体原因，他复员了，但他要求回到老部队——三师四十一团。

十年前采访三师四十一团老战士王兴才时，他已经90岁了。老人话不多，半个多世纪的革命生涯他只用了一句话来概述："走，跟着毛泽东走。"这是一句歌词，人民解放军10万大军就是唱着这首歌挺进新疆的。

王兴才以前是个国民党兵，在整编到解放军的队伍后，他才学会了这首歌，他才第一次听说当兵是为人民，是为祖国的，解放军是人民的子弟兵。这与他在国民党部队中对"兵"的理解大相径庭。王兴才第一次有了信念，有了理想，知道今后的路该怎么走了：走，跟着毛泽东走。

王兴才所在的新疆军区独立骑兵师一团一营一连有幸成为挺进西藏阿里的先遣连，王兴才也有幸成为先遣连137名指战员中的一员。

1950年8月1日，是王兴才过的第一个建军节，这一天，也是他实现"走，跟着毛泽东走"诺言的第一步。这一步，他迈的坚定，迈的艰难，让他一辈子都刻骨铭心。

挺进藏北是他走向革命道路的第一步。

前些年播放的电影和电视剧《先遣连》对先遣连在藏北改则困守8个月的故事有过真实的再现，王兴才就是这个故事的主人公之一，也是68名幸存者之一。采访他时，那些惊心动魄的场面和催人泪下的故事他讲的很少。难道是他年事已高，记忆模糊了。不，从他简约的表述中，我意识到，是这个经历太多苦难的老战士对走过的道路的一次理性概述，他是从纷繁的故事中提炼出最宝贵的人生价值。王兴才深思良久后说："挺进藏北是我革命走过的第一条路，难啊。"可以看出这条"难如上青天"的"天路"深深地刻入老人的心中，是老人心中的一条路。

8月1日的这一天，他和136名战友出发了，起点是新疆于田县普鲁小村庄，终点是西藏改则，距离1000多公里。高度在昆仑山上，在云中，在天上。他们走过的最高处海拔6000多米，这个海拔高度连野兽都待不住。

挺进藏北的革命道路没有路，路就在脚下，就在悬崖峭壁上，就在大山深谷中，就在甚至没有平原一半氧气的地方。走在这条"路"上，连新疆的骆驼、马匹的鼻孔都要出血，这支骑兵先遣连，"上山不骑马，下山马不骑"，人拽着缰绳拉马，人推着马臀推马。马和骆驼累得不吃料，战士累得不吃粮。总指挥李狄三命令："吃干粮就是战斗。"战士闭着眼强吃，每人一顿也就吃了不到一百克。李狄三又命令："一天吃四顿。"就这样，全连137人也就吃了几十斤干粮。

翻冰大坂，马蹄只打滑，战士就把皮大衣脱下来垫出一套"大衣路"，巨大的冰块挡住了路，战士就抡起十字镐开路。夜晚战士睡在冰盖上，一轮满月像冰盘悬在头顶，冻得战士浑身打哆嗦；白天战士走在没有路的路上，一轮太阳的强光投射在冰山雪地上，折射的光像锥子一样刺着战士的眼睛。大多战士得了雪盲症。战士不畏远征难，他们就地取材，用马尾编成眼罩，比风镜都管用。空气稀薄，战士高山反应，头疼欲裂，就用布条像紧箍咒一样扎住头，还真管用。

通往藏北的革命道路没有路，茫茫昆仑山，满眼冰雪世界，这里东西南北都一样，路在何方？路在天上，在天空上翱翔的苍鹰翅膀下。苍鹰能看到远方的家畜，死马、死骆驼就是它们的"午餐"，"远看老鹰，近看死驼"，新疆维吾尔族的谚语还真管用。

从起点到终点，先遣连走了一个多月。到改则后，先遣连遇到了更大的困难，不然，时任二军副政委的左齐在先遣连挺进藏北总结报告中怎么会用"困守"这个词。王兴才如何与战友困守改则8个月的，电影和电视剧中都有再现。可以说，这是王兴才走上革命道路后的最为艰难的日子，137人，因"高原病"牺牲了一半，就是王兴才这些活着的一半，也是重病缠身。而牺牲的最后一个战士恰恰是总指挥李狄三，他看到了增援部队的到来后才闭了眼，他可以告慰魂归改则大地的战友了："先遣连的任务胜利完成了。"

增援部队来了，先遣连的幸存者并没有立刻回到新疆，而是继续坚守改则，并与增援部队一起挺进阿里。王兴才在阿里坚守了两年后才踏上归程。与来时一样，又一次经历了"天路"的磨难。

王兴才一生不知走过多少路，但这条路是唯一在他心中留下深深脚印的路，这是他的"心路"。

他在这条"心路"上走了一生。

### 手记

老战士王兴才话语不多，身体也不好，自打从西藏回到新疆后，他的身体就垮了，转业时他要求回老部队——四十一团。他说他一天拾棉花只能拾十来公斤。听到这里，我的心里不是滋味。王兴才是被累垮的，在西藏的那几年，饥饿、缺氧、缺盐的困守日子，彻底拖垮了这个钢铁一般的战士，先遣连的坚守，为西藏和平解放创造了条件。在困守的岁月里，王兴才的内心更坚定了，因为他知道了以后怎么走脚下的路。

# 魏振常：草湖女兵

魏振常　1949年8月在甘肃临洮报名参军，编入二军教导团，徒步进入新疆后，参加草湖开荒，在四十一团离休。

临洮参军的150多名女兵是第一批进疆女兵，教导团每到一个部队驻地，都要留下几个女兵。等到了疏勒时，只剩下70多名女兵。部队修整3天，就开拔到了草湖，开展大生产运动。当时教导团每个连队只有两三顶帐篷，享受住帐篷是对女兵的特殊照顾。至今想起帐篷里的蛇还让她们心有余悸。王淑莹（后与魏振常结婚）回忆道："我们的帐篷就搭在刚砍去芦苇的地上，有一股潮湿的发霉味道。我们割来芦苇铺在地上，这就是我们的床。我们都是两人合睡，一床被子当褥子，一床被子两人盖。草湖有三件宝：苍蝇、蚊子、芦苇草，我说还应加上一'宝'，就是蛇。我们在帐篷里时常看到蛇，它们如入无人之境，有时还钻到枕头下。有一次一条蛇钻进祈淑荣的裤子里，吓得她哇哇大叫。我们一帐篷人都不敢去抓，也跟着哇哇大叫。喊声惊动了连队通信员，是他从祈淑荣的裤腿里抓出了蛇。

刚开荒时，她们与男兵一道抢着锄头挖地，可"爬地龙"坚硬而柔韧，女兵的锄头砍下去，根本砍不断。她们的双手震得打满了血泡。再说有女兵在，男兵也不方便，干活热得浑身是汗，也不敢脱棉衣。没几日，领导就派女兵从事后勤工作，如烧水做饭、送水送饭、用芦苇编草帽、为团里官兵做军鞋。后来胡麻地里要锄草，要蹲在地里锄。男兵死活不干，说宁可抢锄头开荒，也不能像个小娘们整天蹲在地里锄草。所以，这70多名女兵又承担了全团胡麻地的锄草任务。

男兵有男兵的优势，女兵有女兵的特长。虽然缺粮少菜，但女兵还是能变着花样做饭。女兵记忆最深的是打柴火，起初，驻地不远就可打到柴火，可越往后，就要走到很远的地方才能打到柴火。有一次，杨迦丽、王淑莹几个女兵去打柴火，不料刮起了沙尘暴，那时她们并不知道是沙尘暴，只感到大风卷着沙子把天地搅得混混沌沌，沙子打在脸上、身上生疼，眼睛根本睁不开。她们几个将打好的柴火紧紧背在身上，那可是一天的任务，千万不能被风刮走。女兵围着一丛红柳，双手抓住红柳枝，低头缩脑席地而坐。也不知过来多少时间，风小了，可她们的腿完全被沙子埋住了。天渐渐黑了，她们转向了，不知往哪个方向走才能回到驻地。就在几个女兵绝望时，她们看到远处有火光在闪烁，原来团里派人打着火把接她们来了。

女兵杨克玉家里穷，她参军的目的非常单纯，就是为了能吃饱肚子。她到了军政干校，一连吃了30多天白面馒头，这是在家做梦都不敢想的事。到了草湖，她的任务是烧开水，她一连烧了一个夏天。烧开水对穷人家的孩子来说不是难事，可草湖烧开水是用一米多长的汽油桶，没有灶头，就在地上挖个坑，将灌满水的汽油桶放在坑上，就这么烧。遇到刮倒风，根本烧不着，她就使劲吹，有时几个女兵一同吹。火吹着了，杨克玉的眉毛也烧焦了。

41年后，杨克玉才看到当时军区摄影员袁国祥拍她烧开水的照片。

王淑莹还记着不少当年艰苦岁月的生活细节：7月天，荒滩上的太阳毒辣辣的，我们送饭、打柴、锄草，成天就这么晒着，脸都晒得脱了皮，用手一捋，皮屑能掉一层。想洗头，可没有肥皂，我们就拔一把灰灰菜到渠道里去洗头，洗过的头发粘成一团，梳都梳不开。不少女兵头上生了虱子，开始抹"六六"粉，后来索性一剪刀铰成"小子头"，男兵看了只笑，我们才不管呢，这样省得为洗头发愁。

由于营养严重不足，不少女兵得了夜盲症，在胡麻地里蹲着锄草，站起后，眼睛什么都看不见了，你也看不见，她也看不见，几个女兵相互牵着手才能走回驻地。医生看后说这是得了夜盲症。团里派人到喀什买来羊肝，煮后给女兵吃。一段时间后，女兵的夜盲症渐渐好了。

半个世纪过去了，女兵晏宁用一首诗来再现那段苦难的日子：

一九五〇年／全军大生产／初进草湖滩／不见有人烟／荒滩搭帐篷／埋锅就造饭／天当被地当毡／红柳作筷馍作碗／一条扁担两只筐／咱们一同把粪捡／风卷黄沙天弥漫／打柴途中险遇难……

## 手记

对于兵团人来说，《军垦第一犁》这张老照片，是兵团历史的记录；是传承兵团精神的载体；是兵团屯垦戍边的发轫之作。而袁国祥拍摄这张图片的地方就是草湖，那几个拉犁的战士就是教导团的战士。本文的女兵也是《军垦第一犁》的主角，她们是第一批跟随王震大军进疆的女兵，也是唯一一批徒步进疆的女兵，袁国祥另一张图片就是在她们列队进疆途中拍下的。而以后湖南、山东女兵都是坐汽车进疆的。

在兵团屯垦戍边的历史中，这些女兵和男兵一样，甚至还要忍受比男兵更多的困难，这些在文中都有叙述。我们的戈壁母亲纯净得不能再纯净了，因为她们"在清水里泡三次，在血水里浴三次，在碱水里煮三次"。苦尽甘来的戈壁母亲终于有了收获，她们拥有了两个绿洲：一个是"她累得一辈子都忘不了的亲手开垦的那块绿洲"；一个是她的家庭这个绿洲。

戈壁母亲的伟大之处就是同时孕育了两个绿洲。

# 吴前铃：共同理想让我们结为革命夫妻

吴前铃　1951年由福建参军。分配到六军十六师四十七团（红星二场）从事农场规划工作。与本场女兵肖凤源恋爱，1958年12月31日，领导为我们五对新人举行了结婚典礼，说从今天起，我们就正式结为革命夫妻。我们的恋爱缺少浪漫色彩，那时都这样，被子抱到一起，领导宣布结为革命夫妻，就成了。

肖凤源1952年从山东当兵来到哈密时，才15岁。在学生队学习半年后，就要分配，会上领导宣布她分到四十七团特务连，当时她想到特务连就是去当特务。到后才知道，特务连就是负责通信、警卫等特殊任务的单位。领导看她小，就让她到总机上当接线员。两年后，四十七团所在地（红星二场）来了几个学生模样的年轻人，说是搞农场规划，他们整天不是在地里测量，就是在屋里绘图。其中一个年轻人叫吴前铃，是1951年从福建参军的学生兵。

"那时每天吃过晚饭后，我们都要到球场上打球、打腰鼓，有时还跳舞。我是个文娱活动的积极分子，吴前铃他们几个学生也每天来看，他对我印象不错，这是结婚后他说的。"

在球场上，肖凤玲的一对大辫子一会儿荡到胸前，一会儿甩到身后，还不时发出银铃一般的笑声。起初吴前铃对这个姑娘并没有什么特别的印象，他是中学生，有文化，他不太看得上没有多少文化的这些山东女兵。但时间不长，每天他一吃完晚饭后，就想到球场，就想看看那个长得并不起眼的小姑娘。小姑娘在球场上依然跑来跑去，依然笑声串串，而吴前铃依然瞪着圆圆的眼睛像玻璃球似的跟着小姑娘转。

"有一天，我的一个女同事给我一个小纸条，我一看是吴前铃写的。上面都是鼓励我好好学习、好好工作的话。那时我已经17岁了，知道他写这些话的意思。我对吴前铃这样有文化的人还是挺敬重的，只是觉得自己还小，不着急，所以也没给他回信。"

肖凤源的沉默并没有打消吴前铃的念头，但他并没有像其他年轻人那样接二连三地写信，他也沉住了气，依然天天去球场，依然默默地欣赏着那个意中人。后来，农场的规划搞完了，他们又要到红星三场去搞规划，这会儿，吴前铃再也沉不住气了，他给肖凤源打了个电话，问她愿不愿跟他一道去三场。

"我说不去。说过后心想，以后球场上再也看不到他了，心里空空的。"

也许是从姑娘的口气、声调中吴前铃听出来什么？他坚定地认为她会来的。果然，两个月后，她被抽调到了红星三场。

"从此我们开始正式接触了，也就是散散步，缺乏浪漫的色彩。不久，我们打了结婚报告。1958年12月31日，领导为我们5对新人举行了结婚典礼，说从今天起，我们就正式结为革命夫妻。

"那时结婚就这么简单，两人的被子往一块一抱，就成了。"

手记

衡量爱情是否忠贞，一是看能否经得起磨难的考验，二是看能否经得起时间的考验。兵团创业初期，那时的爱情大多没有多少浪漫色彩，散步就是当时最为浪漫的。多少年过去了，我还记得女主人公在说"从此我们开始正式接触了，也就是散散步，缺乏浪漫的色彩。不久，我们打了结婚报告。"这句话时的表情，脸上好灿烂呀。散步，自然是下班吃过晚饭后，晚霞映红了半边天，在他们用汗水开垦的田野边的小路上，一个男兵和一个女兵或一前一后，或并肩而行，晚霞洒在他们的脸上，像是害羞的红晕，洒在他们的身上，像是披了一件花衣裳。难怪不少女兵四五十年后仍记得当时散步的这个细节。散步缺少浪漫色彩是这些戈壁母亲用今天的浪漫来对比那时的浪漫，在那个时代，散步无疑是最为浪漫的。

# 希仲明：人民子弟兵为人民

希仲明　五〇团战士，在六十六团离休。

五〇团刚到惠远古城时，城内的老百姓并不了解解放军，他们倚在破旧的院门上怯怯地观察着这支陌生部队。接着，他们看到，这些军人没有房屋住也不打扰他们，解放军看到烤馕老人阿不都拉没有棉衣穿；牧羊人卡斯木用破布裹着脚在雪地里放羊；十几个无家可归的老人挤在一间破屋里相依为命。解放军拿出自己的棉衣、棉鞋和棉被送给这些人；老百姓家没有取暖的煤炭，解放军就出动几百名干部战士到20公里外的南台子用爬犁拉回3000多公斤煤，挨家挨户送给老乡……

解放军的这些举动感动了老百姓。

看到解放军住在四处透风的破屋子里的，30多名哈萨克族青年送来打地铺的麦草，几位维吾尔族老大爷砍倒了自家的大树，为五〇团送来了做门窗的木料。当时部队没有菜吃，虽然友邻的民族军每月都要送来一车蔬菜，但仍是杯水车薪。老百姓看到解放军常常用辣子面拌盐巴当菜吃，就从家里拿来窖藏的土豆、白菜。维吾尔族青年猎人吐尔迪还上山打了5只黄羊，送到部队改善伙食。

为了让少数民族群众了解解放军的阶级立场，发动群众揭发地方恶霸罪行，鼓舞人民群众的革命斗志，文工队在操场上经常为惠远城里的老百姓演出《白毛女》《赤叶河》等歌剧，虽然他们听不懂歌词，但剧情大意还是能看懂的。当演到黄世仁要奸污喜儿时，下面的各族群众愤怒地用手指着黄世仁大骂，有些群众捡起地上的石头要砸黄世仁。翻译赶忙解释，说这是演出，扮演黄世仁是演员，不是真的黄世仁，这才平息了群众的愤怒。

正月初三到正月初五，连下了几天大雪，老百姓都说，这是解放军带来的好运，明年一定是个丰收年景。可这样下大雪，老百姓的房顶也承受不住的。雪还没停，五〇团的官兵就去百姓家扫雪，并把街道清扫得干干净净。

"哪朝哪代也没见过这样的部队。"

"真是人们的子弟兵呀。"

"解放军亚克西。"

群众的议论像长了翅膀一样，传遍伊犁河两岸。各族农牧民骑马或步行，成群结队来到惠远城，想一睹解放军的风采。有一名回族青年听说解放军为老百姓办事后，特意从绥定（今霍城县）来到惠远，他找到团长刘光汉，诉说他的冤案。原来他是一个卖凉皮的生意人，有一天早上，他去巴扎路经一巴依（地主）门前时放了一个响屁，正巧被开门的巴依（地主）听到了，巴依大怒，说这是晦气，是对本巴依（地主）的侮辱，于是叫出一帮打手将回族青年打得皮开肉绽。回族青年躺在床上小半年伤才好，可他咽不下这口气，就去打官司。谁知，官司打下来，他输了，判他赔打他的巴依（地主）几十两银子。他不服，接着打官司，又输了，罚的银子比第一次还多。他被迫卖掉了几亩地。他一连打了三场官司，结果可想而知，只得卖掉最后的几间房。

团长刘光汉气愤地说，现在解放了，人民当家做主了，你和所有受苦人的冤案都要申诉，巴依（地主）剥削去的田地和房屋很快就会回到你们手中的，解放军为你做主！

手记

历史记着的是细节。国民党统治的新疆是多么黑暗，各族老百姓受巴依（地主）欺压多么深，细节最有说服力。

本文中那个卖凉皮的回族青年只因在巴依门外放了一个屁，就被巴依（地主）指使的打手打得皮开肉绽。回族青年不服，三场官司打下来，输的家破人亡。

这个细节就是那个黑暗时代的缩影。

是解放军为回族青年申冤，被巴依（地主）强行霸占的田地和房屋回到了他的手中，你说，这样的部队，老百姓能不拥护吗。

# 徐根发：沉睡荒原开了眼

　　徐根发　一兵团六军十七师五十一团副班长。开发蔡家湖先锋班成员。1953年7月，先锋班在荒原上打出第一口水井，被人们比喻为荒原上的眼睛。西北空军组建时，上级调他去空军部队，他没去，理由是"舍不得走"。

　　早在剿匪时，有一次部队在一片长满野草的荒原上宿营，六军十七师师长程悦长骑在马上，举目望着平坦的荒原说，这真是个种粮食的好地方呀，瞧这地多肥沃，马蹄子都能踩出油来。只要引来天山雪水，又是一个南泥湾。他让警卫员拿来地图，在上面划了一个圆圈。

　　此地名叫蔡家湖，可名不副实，这里方圆几十里，既没有姓蔡的人家，也没有湖的影子，干涸得能踩出烟尘来。1953年3月，六军军长程悦长（已升任六军军长）和十七师副师长苟成富一行徒步踏勘了五家渠至蔡家湖地区，历时10天，决定十七师五十一团开发蔡家湖。

老战士徐根发回忆道："那年我还是个20岁的毛头小伙子，浑身憋着一股劲。有一天，党支部书记刘满堂传达毛主席命令，号召我们一手拿枪，一手拿镐，屯垦戍边。我听了激动得一晚上都没睡着。不久，团里要组织开发蔡家湖先锋班，任务是打井、盖房。我一早就向连长递交了请战书。"

1952年6月24日，一架胶轮马车驶出营地，马车上坐着先锋班的队员，分别是排长李文革、机枪班长陈发天、副班长徐根发、战士苏胜利、刘文建、张德福及炊事员李水林。他们每人带着一把工兵锹和一支步枪。为预防大股残匪偷袭，团里还为他们配备了一挺机关枪和一万发子弹。

戈壁三件宝：红柳、梭梭、芨芨草。荒原上没有路，马车只得在红柳、梭梭、芨芨草丛中行驶，走走停停，绕来绕去，直到第三天才到达蔡家湖。

在一棵开满小花散发着浓郁香味的沙枣树下，马车停了下来。排长李文革说："徐根发，你在老家打过井，你看这里长着一棵沙枣树，这里肯定能打出水来。"

徐根发赞成排长的说法。于是，在沙枣树旁，不一会儿，两顶军用帐篷支起来了，做饭的大锅架起来了。战士们顾不得劳累，两人一组，在选好点的地方挖下了第一锹土。这不是普普通通的一锹土，这是开发蔡家湖军垦农场的奠基之土。挖井并没有想象的那么简单，起初土质松软，可挖到两三米后，是一层黑碱土，硬如石板。再说，用来吊土的绑腿带已断得不能再接了，盛土的桶也破得无法再用了，一时人们的情绪低落。夜晚，蔡家湖是蚊子的天堂。吃过饭后的徐根发在井旁蹲着发愣。怎么办呢？没有绳子和吊桶，井里的土是不会自己上来的，越想不出办法越着急，徐根发急出了一头汗。不知什么时候，他的头上已聚集了一团黑压压的蚊子，并不断地向他发起进攻。徐根发被叮急了，想拔一把芨芨草驱赶蚊子，可他用力拔也没拔下来。突然，他的心里一亮：我们何不利用地面资源开发地下资源——用芨芨草编绳子。他一口气跑回帐篷，见大家一个个像霜打似的躺在铺上，就大声喊道："我有办法了，我有办法了。"排长一骨碌爬起来，追问道："快说，什么办法？"徐根发说："这满地都是芨芨草，我们可以用它来编绳子呀。我试了，芨芨草可结实了。"排长一拍脑壳，大笑起来："我们真是活人让尿憋死，好，我们今晚就割芨芨草编绳子。"这时，炊事员老李插话说："有了绳子，没有桶还是'白坎'呀。"进疆两年多了，他们都学了不少新疆方言。徐根发突发联想："既然芨芨草可以编绳子，我看铃铛刺枝条柔软，可以编筐。"说干就干，7个人一夜没睡觉，编出了十几根草绳，七八个筐子。第二天一试，还行。虽然草绳将手磨出了血，但总比没绳强。掘井的速度也快多了。

解决了挖井工具问题，又出现了水的问题——掘井人遇到了水荒。茫茫戈壁大漠没有一滴水，每天炊事员老李将每人的军用水壶背在身上，再提上一个带盖的桶，骑着马到七八公里外的老河床去找水。那河床都干得龟裂了，头一天只在坑洼处和兽蹄窝里找了点水，喝起来一股马尿味。老李想，常言说水往低处流，那我在河床低洼处再挖个坑，看看能不能渗出水来。果然，第二天他再来时，坑里渗出一汪清水来。但只能舀满一桶，勉强够一天做饭用的。

每天掘井人只能分得一壶水。6月的太阳毒得像烧红的馕坑，别说干活了，就是站在那一会儿就得浑身大汗。所以，战士们喝的水没有流的汗多，他们的身上天天都要结一层鱼鳞似的碱花。渴得实在不行了，井上的人就顺着草绳溜下去，挖起湿土盖在身上，好让发烫的躯体降降温。有一次，徐根发蹲在一棵胡杨树下，用嘴吮吸树干裂缝里的潮气，倒也管些用。由于缺少水分，大家的嘴唇裂了一道道口子，一说话就冒血。

一号井出水了。徐根发大声喊道："荒原开眼了，荒原开眼了。"7名先锋班队员打上来一桶桶水，像孩童似的喝得肚子溜圆，他们相互泼水，从头到脚湿淋淋的，他们要用这种方式来庆祝胜利。

在以后的三个月里，他们共挖了17口井，挖好了足够700人居住的地窝子。六军军长程悦长还专程看望了大家。十七师授予"开发蔡家湖先锋班"为"特等模范班"称号。

手记

### 绿洲就是一首诗

亘古荒原，一无所有。从南泥湾走来的解放军，在戈壁荒原上开辟绿洲，开挖渠道，植树造林。艰苦卓绝之后，戈壁惊开新世界。

本文的老兵最让我难忘的是他们那句"荒原开眼了"的大声喊叫。劳动创造艺术，劳动创造美，用富于色彩的、又是极为简约的字眼表达那一刻的喜悦，就是一种艺术创作的迸发，就如他们挖的水井一样，那清澈甘冽的地下水终于见到了阳光，创作的激情抑制不住地喷涌而出。他们不是诗人，但"荒原开眼了"却极富于诗意，诗句中能拧出汗水，能嗅出烟味，能感觉到"开眼人"的喜悦。"荒原开眼了"，从此，没有人烟的荒原便有了人烟，没有歌声的荒原便有了歌声，这是何其乐观而又浪漫的情怀呀。

谁说老兵没有情调，谁说老兵没有诗意，老兵在天山南北一手翻出金银川，一手翻出莫索湾，绿洲就是兵团人创造的最美的诗篇。

# 杨德荣、耿庙生：回归绿洲

杨德荣 "9·25"起义人员，一四八团职工。1950年，被评为二十二兵团劳动模范，出席西北劳模表彰大会。

耿庙生 "9·25"起义人员，一四八团职工。在团场浇了大半辈子水，胶筒、马灯、破棉袄"三件宝"伴了他大半辈子。

"兵头将尾"杨德荣是1993年去世的。他是开发莫索湾尖刀连的一名班长，从起义的那天起，这44年里，他流过太多的血水和汗水，为了将莫索湾变成金银湾，他耗尽了身体最后一丝力气，最终，他将自己交给了这片土地——葬在这片土地上，他的灵魂得以安息。

杨德荣是个荣誉等身的人，是名副其实的屯垦戍边功臣：

1950年，他用坎土曼日开荒2.8亩，被称为二十二兵团的开荒冠军，由此落了个"气死牛"的绰号，同时成为二十二兵团劳动模范，并出席了西北劳模表彰大会。1952年加入中国共产党。1958年，他在600亩玉米田里创造了单产485公斤的纪录，被莫二场誉为"丰产状元"；1955年至1965年的10年，他九次被评为先进生产者。

1958年元旦，尖刀连开展移丘填沟平地大竞赛，他累得吐血，班里的年轻人要替换他，他不让，而且还要让班里保密他吐血的事。大冬天，地冻如铁，他的虎口多次被撕开，鲜血把镐把都浸红了，抓起来只粘手。夜里，他看年轻人都入睡了，就将猪油在灯火上烤化，滴在撕裂的虎口上，以防感染。一天夜里，年轻人小孙发现老班长用猪油疗伤，抱着班长哭着说："班长，再别这样干了，你这是在拼命呀。"班长杨德荣眼睛也湿润了，他说："现在国家需要粮食呀，如果场里能实现当年开荒，当年生产，当年向国家上交粮棉目标，我就是少活几年，也值。"他握紧拳头在胸前一晃："战士，战士，就是要战呀！"

对参加莫索湾开发的起义人员来说，他们也都经历、参与了两次开荒，因为他们分别来自农八师二十二团、二十三团、二十四团、三十团、机耕农场、种羊场等老场，起义后，他们在那开荒造田，挖渠建房，植树造林，等把团场建设得有鼻子有眼睛了，上级一声令下，他们又到了莫索湾。他们记着王震将军的那句话，"劳动可以改造世界，劳动可以改造人。"过去，旧军队的官兵怕劳动、鄙视劳动、不愿劳动，经过改造后，这支军队的官兵树立了劳动光荣的意识。所以，当杨德荣接到去古尔班通古特大沙漠边缘的莫索湾去开荒，去建设新农场的命令时，没有一丝的犹豫与不快。他把从老场转移到新场看作是打了一个漂亮的胜仗后，又去打一个更大的战役。共产党的军人，以服从命令为天职，以为人民谋利益为天职。杨德荣离开了有着诗一般意境的泉水地，来到莫索湾后，他还时常做梦回到他们建设的泉水地：椭圆形的水塘就是一泓泉眼，从地下涌出的清泉积满了水塘，又溢出来，顺着一条羊肠子般弯来扭去的小溪流入青草地。绿汪汪的水面上浮着几只鸭子，有一嘴没一嘴地在觅食。其实鸭子并不饿，青草地里有的是小虫……

在一四八团史志已故人员名单中，我果然找到了杨德荣。安息吧，绿洲永远记着你。我对他说，不，我是对已故的3319名莫索湾的建设者说。

没人知道他的姓名，只有在开会点名时，连长才喊他的大号，人们平时只叫他老偏头。他的大号叫耿庙生，是母亲把他生在一座破山神庙里。庙里除了神没有其他人，在神面前是不能哭嚎的，母亲静静地把他生下来，又用牙咬断了脐带。1947年，他被国民党抓了壮丁，为了侍奉相依为命的母亲，他逃跑了，又抓回来，一连跑了三次，抓了三次。最后一次暴怒的连长一脚将他三根肋骨踹断，又五花大绑用绳子像牵牲口一样把他拽到了新疆。天苍苍，野茫茫，在他眼里，新疆就是天边边。他对着老家的方向大吼一声后，便穿上了国民党军服。从此，他很少说话，人们都叫他"木头人"。"9·25"起义了，"木头人"铁树开花，一句"拿着啰开山斧啰"的四川民歌让周围的人吓了一跳。耿庙生变了一个人。

在莫索湾，耿庙生浇了大半辈子水，胶筒、马灯、破棉袄"三件宝"陪伴了他大半辈子，他一生没结过婚，连里不少热心婆娘为他拉扯过对象，可他不理这个茬，气得婆娘直骂他"和你的'三件宝'过一辈子吧"。

有一次浇水，他发现了一个鸟窝，那形如碗状的鸟巢像一个工艺品，窝内有4枚鸟蛋。眼看水就要淹到鸟窝了，有人说把鸟蛋喝了，但他不依，将那四枚鸟蛋拿了回来，送到有抱窝鸡的人家。一个月后，四只小鸟破壳而出，小鸟长大了，有一天四只小鸟飞走了，人们都笑老偏头干了一件"白忙活"的傻事。没成家的老偏头抱了一窝鸟也就成了人们谈论的笑话。

老偏头静静地来到人世，又静静地回归绿洲。

手记

### 为绿洲而来 为绿洲而去

从宏观角度来审视兵团老兵，其实他们这一生只干了一件事——屯垦戍边。

具体说，他们这一生就干了开辟绿洲这一件事，他们是为绿洲而来的，为绿洲而去的。杨德荣建起一个富有诗意的泉水地后，又到了一个新的地方开荒、植树、建新场。他为了多生产国家急需的粮棉，就是"少活几年也值"。为了理想信念，杨德荣可以豁出性命，在和平建设时期，这是对国家对党最忠诚的承诺。

在记忆中，不少团场都有耿庙生这样一辈子没成家的人，他们以连队为家，以工作为重，除此之外，别无他求，干好本职工作是他们的全部。这些老兵并不是没有情趣、不食人间烟火，耿庙生捡回鸟蛋让鸡孵蛋就是一个非常典型的细节，他懂得感情，懂得爱，只是他将这些爱都给了绿洲罢了。